辛雅敏 著

"莎翁"的诞生

早期莎士比亚文化史

生活·讀書·新知 三联书店

Copyright © 2023 by SDX Joint Publishing Company.
All Rights Reserved.
本作品版权由生活·读书·新知三联书店所有。
未经许可，不得翻印。

图书在版编目（CIP）数据

"莎翁"的诞生：早期莎士比亚文化史／辛雅敏著．—北京：生活·读书·新知三联书店，2023.4
ISBN 978－7－108－07525－3

Ⅰ.①莎… Ⅱ.①辛… Ⅲ.①莎士比亚（Shakespeare, William 1564-1616）－戏剧文学－文学研究 Ⅳ.① I561.073

中国版本图书馆 CIP 数据核字（2022）第 191292 号

责任编辑	唐明星
装帧设计	薛　宇
责任校对	曹忠苓
责任印制	卢　岳
出版发行	**生活·讀書·新知** 三联书店
	（北京市东城区美术馆东街 22 号 100010）
网　　址	www.sdxjpc.com
经　　销	新华书店
印　　刷	北京隆昌伟业印刷有限公司
版　　次	2023 年 4 月北京第 1 版
	2023 年 4 月北京第 1 次印刷
开　　本	880 毫米 × 1092 毫米　1/32　印张 13.25
字　　数	249 千字　图 17 幅
印　　数	0,001－4,000 册
定　　价	59.00 元

（印装查询：01064002715；邮购查询：01084010542）

目 录

前　言　*1*

第一章　舞台演出（1730年之前）
　　　　——从复辟时代幸存　*21*
　　　一、戴夫南特与莎士比亚　*25*
　　　二、莎士比亚改编剧　*33*
　　　三、演员贝特顿　*48*

第二章　文学批评（1730年之前）
　　　　——为莎士比亚辩护　*55*
　　　一、古典主义诗学原则　*58*
　　　二、自然诗人莎士比亚　*68*
　　　三、从"英国的奥维德"到"英国的荷马"　*81*
　　　四、德莱顿与莎士比亚　*89*
　　　五、莱默激起的争论　*98*

第三章　文本校勘
　　　　——成为学术考证对象　*121*
　　　一、17世纪的对开本与四开本莎剧　*124*

二、尼古拉斯·罗的《莎士比亚作品集》　130

　　三、蒲柏与西奥博德　137

　　四、约翰逊博士与卡佩尔　145

　　五、斯蒂文斯与马隆　149

　　六、莎学在莎剧出版中诞生　155

第四章　舞台演出（1730年之后）
　　——称霸伦敦舞台　161

　　一、"夫人俱乐部"与《戏剧授权法》　164

　　二、加里克与莎士比亚　172

　　三、从加里克到凯恩　179

第五章　文学批评（1730年之后）
　　——成为民族诗人　191

　　一、莎士比亚与英国民族意识的觉醒　193

　　二、约翰逊博士论莎士比亚　202

　　三、伏尔泰激起的争论　209

　　四、古典主义诗学原则的瓦解　217

　　五、从"英国的荷马"到性格塑造大师　224

第六章　文化产业
　　——成为文化符号　233

　　一、莎剧单行本与版权之争　236

　　二、莎士比亚在斯特拉特福　248

　　三、伪书、报刊与小说　264

四、审美与修辞教育中的莎士比亚　*282*

五、艺术中的莎士比亚　*295*

第七章　走出英国
　　——借浪漫主义风靡欧洲　*321*

一、莎士比亚在法国　*325*

二、莎士比亚在德国　*338*

三、莎士比亚在其他欧洲国家　*352*

结　语　*367*

参考文献　*371*

前　言

英语中有 bard 一词，意为"诗人"或"吟游诗人"，但首字母大写的 Bard 前面加定冠词 the，就成了"莎士比亚"专有名词。不仅如此，由这个词引申而来的另一个词 bardolatry，虽然字面意思为"诗人崇拜"，但其实特指"莎士比亚崇拜"。[①] 这种作家享有专有名词的待遇，可以说在世界文学的范围内都是少见的。不仅如此，在今天的英语世界乃至全世界，莎士比亚已不仅仅是一个文学家，更是一个文化符号和文化偶像，我们会在音乐、绘画、电影、旅游、文创等各种文化领域看到莎士比亚的影响和其中隐含的莎士比亚元素。然而，这显然是一种长期的文化挪用的结果。莎士比亚这个名字并非一开始便有如此大的影响力，这位大作家在世时虽然已有一定声望，获得了一些世俗上的成就，但其实在当时他连文学偶像都算不上，更谈不上是什么经典作家了。因为在文学史上，传世的作家作品往往是经受住了时间的考验，才会被奉为经典。

作家的名望并非是一成不变的，生前的名气与其身后名也往往并不相同。有的作家少年成名，活着的时候

---

① bardolatry 一词由爱尔兰剧作家萧伯纳在 1901 年首创，本意是讽刺盲目的莎士比亚崇拜，但流传开之后，逐渐具有中性色彩。

便知道自己会永垂不朽,去世后更是万人敬仰,文学地位也几乎从未受到挑战,比如歌德和雨果;也有的作家在世时名满天下,举世瞩目,如明星闪耀于文坛,去世后名望却不断下降,比如拜伦;还有的作家在世时寂寂无闻,去世后却一飞冲天,其名望与在世时形成了鲜明的对比,比如卡夫卡。但莎士比亚的情况却不同于以上任何一种,他的名望变化过程是一个作家不断积累名望并逐步经典化的最完整的案例。

抛开作品不谈,从有限的可靠记载中我们可以拼凑出莎士比亚的世俗生活。小镇青年、手套商的儿子莎士比亚在十八岁时娶了比自己大八岁的妻子,在生下三个孩子后,二十多岁的他只身前往伦敦谋生,此后写诗、作剧,从演员一步步成为剧团股东,既有了文学上的声望,也获得了世俗上的成功。1596年,三十二岁的莎士比亚以父亲的名义向纹章院申请家族纹章,几经周折后终于获批,此事意味着他和他的父亲从手工业从业者变成了受人尊重的乡绅;短短一年之后,莎士比亚花六十英镑在家乡斯特拉特福买下了全镇第二大的房子;又过了五年,莎士比亚花费三百二十英镑巨款在故乡购得大片土地;大概在1611年,莎士比亚便开始在斯特拉特福过起了悠闲的退休乡绅生活,而此时的他还不到五十岁。

从莎士比亚还乡置业并早早退休的经历来看,这位剧作家虽然在世时已有些名气,但应该从未想过自己能靠戏剧名垂青史。他在意的似乎是能否通过在戏剧界建立的功名来换取一些实际的好处,比如如何在故乡买下好房子和土地,衣锦还乡安享晚年;如何从当时社会地位并不高的工商业从业者变为拥有家族纹章的乡绅，等等。甚至连约翰逊博士也怀疑："莎士比亚似乎并不认为自己的作品值得流传后世，他并不要求给他崇高名望，他希望得到的只是当世的名声和利益。"① 不过这么说并不完全准确，因为莎士比亚在自己的十四行诗中是很自信这些诗歌能永世流传的。② 因此，从他的作品和行为来看，可以肯定的是，莎士比亚即便想过自己会作为一个诗人名垂青史，也应该从没想过会作为戏剧家被后世所铭记，甚至有许多学者认为，莎士比亚创作戏剧时根本没想过要出版这些剧本。③

实际上，虽然活着的时候就已经作为剧作家广为人知，但当莎士比亚在 1616 年去世的时候，他的死并没有给英国文化界带来任何轰动效应，也没有激起任何的感伤情绪，甚至当年文化界人士提及他的去世也寥寥无几。而在接下来的 1617 年，根据现有的资料显示，整整一年中只有两个人提到过莎士比亚。④ 可以说，在莎士比亚去世的时候已

---

① 杨周翰选编：《莎士比亚评论汇编（上）》，北京：中国社会科学出版社，1979，第 68 页。
② 参见莎士比亚十四行诗第十五、十七、十八、十九、六十三、八十一、一百零七等篇目，可见用诗歌战胜时间是莎士比亚十四行诗的一个常见主题，但话说回来，这也是当时流行的一个来自古代的文学主题，起码可以追溯到古罗马时期，奥维德在《变形记》结尾就曾表达了类似的思想。受此影响，许多文艺复兴时期的诗人都曾吹嘘自己的诗歌将永世长存，因此莎士比亚是真的认为自己的诗歌能够流芳百世，还是仅仅借用了一个当时许多诗人都会用到的"套话"，这是值得进一步讨论的。参见西德尼·李：《莎士比亚传》，黄四宏译，北京：华文出版社，2019，第 122—126 页。
③ 参见戴维·斯科特·卡斯顿的专著《莎士比亚与书》绪论及第一章部分内容，郝田虎、冯伟译，商务印书馆 2012 年版。
④ 参见 C. M. Ingleby, John James Munro ed., *The Shakspere Allusion-Book: A Collection of Allusions to Shakspere from 1591 to 1700, Vol.1*, London: Chatto & Windus, 1909, p.14。

经没有多少人还记得这位伦敦戏剧界曾经的风云人物,作为剧作家的莎士比亚此时已经离开这个世界并走到了被遗忘的边缘,他的十四行诗也不足以让他被世人所铭记,而作为民族诗人和英国文化符号的莎士比亚还远远没有诞生。因此,"对伊丽莎白时代的人们来说,莎士比亚就是一个同时代人,并不是普世荣耀的传人"①。直至17世纪下半叶,虽然褒奖的声音开始不断涌现,但英国的作家和批评家们还普遍认为莎士比亚的作品是粗俗的,莎士比亚也未必比琼生或弗莱彻等同时代的剧作家更伟大。然而到了18世纪下半叶,莎士比亚的文学经典地位已完全确立,其民族诗人和文化偶像的身份也广为人知。19世纪初浪漫主义兴起时,莎士比亚更是被推上神坛,成为全欧洲的浪漫主义偶像。那么,这一百余年间发生了什么?是什么因素推动莎士比亚走向了新的经典作家的地位,甚至获得了新的文化身份,这正是本书所要讨论的问题。

莎士比亚是如何从一位伦敦戏剧界的退休乡绅变成万众瞩目的文学大师和英国文化偶像的?这个变化是何时发生的?怎样发生的?其实在传统莎学界,很早便有人开始关注这一问题。这种研究后来也就变成了传统莎学的一个分支,即莎士比亚的名望或身后名研究(reputation study)。最初这一问题进入莎学家的视野与传统莎学的另一个问题有关,即莎士比亚的作者身份问题,不过此类研究一直未能成为莎学界主流。早在1848年,一位名叫约瑟夫·哈

---

① 参见 C. M. Ingleby, John James Munro ed., *The Shakspere Allusion-Book: A Collection of Allusions to Shakspere from 1591 to 1700, Vol.1*, London: Chatto & Windus, 1909, p.xx。

特（Joseph C. Hart，1798—1855）的美国作家便著书声称莎士比亚并非莎剧的作者，因此他认为莎士比亚的名望是在17—18世纪不断积累而来的，不过哈特这种研究的目的并不是要说明莎士比亚名望积累的过程，而是为了证明莎士比亚并非莎剧的作者。莎学中真正涉及莎士比亚名望问题的研究始于19世纪莎学家对莎士比亚批评史的梳理。著名莎学家克勒门·英格尔比（Clement Mansfield Ingleby，1823—1886）曾编辑了一部莎士比亚指涉辞典，并将其命名为《百年莎士比亚美誉：莎士比亚及其作品评论资料汇编》（*Shakespeare's Centurie of Prayse: Being Materials for a History of Opinion on Shakespeare and His Works*，1874），此书收集了1592—1692年的一百年间文坛对莎士比亚的赞誉。1879年，这本书在当时著名的新莎士比亚协会[①]的资助下出版了增订版，而后来莎学家约翰·门罗（John Munro，1849—1930）又将英格尔比的《百年莎士比亚美誉》扩展为了《莎士比亚指涉辞典》（*The Shakespere Allusion Book*，1909），在莎学界产生了很大影响，导致同一时期类似的书籍也时有出现。

莎士比亚名望问题的研究繁荣于20世纪，最开始学者们主要关注的是莎士比亚在文学批评史上所引起的争论，

[①] 新莎士比亚协会（New Shakspere Society，其中"莎士比亚"的拼写与今天不同）由语文学家弗里德里克·弗尼韦尔（Frederick James Furnivall，1825—1910）创立于1873年，旨在"向莎士比亚致敬，阐明其戏剧作品的顺序，促进发现他的思想和艺术的发展过程；促进对他的明智的研究，并出版阐述其作品和时代的文本"。新莎士比亚协会在19世纪末确实促进了莎学的发展。因莎学家约翰·科利尔（John Payne Collier，1789—1883）曾于1840年创办"莎士比亚协会"（Shakespeare Society），因此弗尼韦尔的协会称为"新莎士比亚协会"。

以及与之相关的莎士比亚名望的变化。此类研究往往将莎士比亚置于关于文学品位的争论中,将其在文学领域名望逐渐增加的过程解读为他能够成为经典作家的原因。1901年,托马斯·劳恩斯伯里(Thomas Raynesford Lounsbury,1838—1915)的开创性专著《作为戏剧艺术家的莎士比亚:各个时期的名望》(*Shakespeare as a Dramatic Artist, with an Account of His Reputation at Various Periods*)就是这类研究的代表性作品。与完整的莎评史不同,这种研究主要关注莎士比亚的早期名望问题,考察莎士比亚如何在17—18世纪从众多本土作家中脱颖而出,成为英国民族诗人的代表。而另一方面,由英格尔比所开创的《莎士比亚指涉辞典》在20世纪也得到了传承,比如到了40年代,杰拉德·本特利(Gerald Eades Bentley,1901—1994)编著的《莎士比亚与琼生:两人名望在17世纪的对比》(*Shakespeare and Jonson: Their Reputations in the Seventeenth Century Compared*)便是这类研究在20世纪的发展。

在指涉研究更加深入的同时,传统莎学中的莎士比亚名望研究也更加深入,开始转向对现象背后的因果关系的考察,即分析莎士比亚获得赞美的原因,将提问方式从莎士比亚如何获得美誉、获得哪些美誉,变为莎士比亚为何能够获得这些美誉,为何能在同时代作家中脱颖而出,进而成为民族诗人的代表。不过与20世纪末的学者们在各种政治、文化、历史语境中寻找答案不同,20世纪上半叶的学者们还是更倾向于从文学批评内部和文学品位的变革中去寻找原因,比如普渡大学教授罗伯特·巴布考克(Robert W. Babcock,1893—1963)在20世纪30年代出版的专著《莎士比亚崇拜的起源，1766—1799》(*The Genesis of Shakespeare Idolatry, 1766-1799*)便是此类研究的代表，此书副标题为《18世纪晚期英国文学批评研究》(*A Study in English Criticism of the Late Eighteenth Century*)，书名本身便已经说明作者的意图在于从文学批评中寻找莎士比亚崇拜的源头。此书主要讨论的便是18世纪下半叶的英国文学批评家们在莎士比亚评论中是如何逐步摆脱古典主义诗学原则的束缚，最终走向浪漫主义的莎士比亚神话的。不过此书的重要贡献还在于巴布考克注意到18世纪报纸杂志的价值，花费巨大精力对其进行梳理，引用了大量报刊中对莎士比亚的评论证明莎士比亚的名望变化，很大程度上开拓了传统文学批评研究的文献资源。

莎士比亚的名望研究属于传统莎学考证的范围。① 历史和文本考证是传统莎士比亚学术考证的基础，但20世纪以来，在国别文学史研究中，由于以历史研究和文本校勘为代表的考证型学术研究在西方不断衰落，传统莎学考证也在消亡与转型中不断挣扎，莎士比亚名望研究也是如此。而造成这种变化的根本原因在于文学研究本身的变革，这种变革体现在以下几个方面：

第一个威胁传统文学考证地位的因素在于考证材料本身的匮乏。文学考证以厘清事实为己任，但在欧洲的国别（民族）文学研究中，从文艺复兴开始算起，民族作家的创作历史也不过四五百年，而文学考证的历史自18世纪下半

---

① 参见第三章第六节相关内容。

叶开始也已经有一百余年，可明辨的事实大多已辨析清楚，可释义的文字也已阐释殆尽。早在1930年，美国著名莎学家哈丁·克雷格（Hardin Craig，1875—1968）便曾感慨："自从1923年以后，关于莎士比亚生平的真实知识已经很少被发现，但推测还是一如既往地繁荣。"① 于是，在鲜有新材料和新文献被发现的情况下，到了20世纪中叶，许多传统的莎学考证方向已难以产生有价值的新成果。

在传统文学考证自身遇到材料穷尽问题的情况下，第二个挑战其地位的便是文学批评的体制化。在20世纪之前，文学批评往往被认为是文学创作的附属，但随着英美新批评的崛起，文学批评开始进入大学，成为体制化的文学研究的一部分，批评家与从事学术考证的学者们一样成为大学教授。② 在这个过程中，传统的学术考证受到了很大冲击，新批评的重要成员艾伦·泰特（Allen Tate，1899—1979）就曾借用福克纳的小说《献给艾米丽的玫瑰花》中的内容写作了《艾米丽小姐与目录学家》（"Miss Emily and the Bibliographer"）一文，并在其中将目录学家比作被艾米丽小姐藏匿的死尸，比喻其抱残守缺，僵化而无意义③。不过文学批评虽然侵占了考证型研究的学术资源，但并没有将其置于死地。正如有学者所指出的："即便如此，在40、

---

① Hardin Craig, "Recent Shakespeare Scholarship", in *The Shakespeare Association Bulletin*, Vol. 5, No. 2 (April, 1930), p.41.
② 参见拙文《文学批评的改造与独立——从艾·阿·瑞恰兹到诺斯罗普·弗莱》，载《湖南大学学报（社会科学版）》2013年第2期。
③ 参见 Allen Tate, "Miss Emily and the Bibliographer", in *The American Scholar*, Vol. 9, No. 4 (Autumn 1940), pp. 449–450。

50年代批评家与学者之间达成了一种能够减少相互对立的共识：批评家们是从'内部'处理文学作品'本身'的问题，而文学史研究者们则处理文学作品的'外部背景'问题。更确切地说，批评与历史各自都是一个完整的文学认知的一个方面而已，因此任何一个教授都可以既是批评家也是学者，而这两种功能之间不可避免的对立开始减少。"[①] 而勒内·韦勒克（René Wellek，1903—1995）和奥斯汀·沃伦（Austin Warren，1899—1986）在著名的《文学理论》（*Theory of Literature*，1948）一书中所提出的文学研究三分法将文学史考证和文学批评置于互相依存的理想关系中，其实也是这种共识的表现。于是，在各司其职的情况下，文学批评与文学史考证的共同目标都在于加深我们对文学作品的理解，两者在学术体制中的关系也在20世纪中叶从对抗走向共存。

不过除了以上这两个因素，更大的挑战还在后面。20世纪60年代之后，更大的变革来临。随着解构主义等欧陆思想在英美产生影响，文学理论迅速兴起，情况开始发生天翻地覆的变化。新的"文学理论"不同于韦勒克和沃伦所设想的存在于文学"本体"范围内的关于文学的原理、范畴和判断标准，而是带有明显跨学科性质，并且抛弃了价值判断的多元"理论"，而这恰恰是韦勒克等人所反对的。这种文学理论的繁荣不断在大学的文学研究体制内同时侵蚀着以事实判断为己任的传统学术考证和以价值判断

---

① Gerald Graff, *Professing Literature, An Institutional History*, Chicago: The University of Chicago Press, 2007, p.183.

为基础的文学批评，韦勒克等人所设想的文学批评、文学史与文学理论之间互补的理想状态已不复存在。尤其是20世纪70年代之后，来自欧洲大陆的各种带有左派色彩的理论开始影响英美学术界，其结果是几乎重塑了文学学术研究乃至整个人文学科的格局。尤其是在福柯的权力理论的影响下，知识本身的不确定性被不断强调。在这种情况下，重新考察知识的来源问题成为学术界的显学。于是，传统学术研究由历史和文本考证得来的知识开始受到质疑，通过学术考证来获得知识的方法本身也开始变得有问题。因此，自20世纪70年代以来，国外学术界出现了大量重新考量文学经典、反思经典形成过程的研究，并形成了本质主义和建构主义两大互相对立的经典理论。本质主义理论以哈罗德·布鲁姆（Harold Bloom, 1930—2019）这类"经典的捍卫者"为代表，仍然坚持从文学经典的内部价值出发捍卫经典的地位；而反本质主义的各种建构主义理论则声势浩大地集合了文学社会学、文化研究、西方马克思主义等理论和文学研究新势力，抛开文学经典的内部审美价值，从政治、意识形态、文化权力等外部因素考察文学经典的形成过程，强调经典作家作品的形成是一种历史建构的结果，此类研究目前已经在英美学界广为流行。

　　这种思潮自然也反映在了莎学界，于是关于莎士比亚的知识不再是学术考证可以确定的事实，而是变成了一种知识生产的结果。那么问题来了：谁在生产这些关于莎士比亚的知识？为什么要生产这些知识？提问方式的改变导致传统学术考证所赖以存在的事实性前提受到了破坏，比如在新历史主义者格林布拉特（Stephen Greenblatt,

1943— ）那里，文学与历史都只是大文化的一部分，都是某些社会、政治、文化力量在一系列的权力运作中所塑造的产物。而在西方历史学界，在历史学家米歇尔·福柯、海登·怀特（Hayden White，1928—2018），文化人类学家克利福德·格尔茨（Clifford Geertz，1926—2006）等人的影响下，"新文化史"研究开始兴起。这种历史研究一方面更"注重从文化的角度、在文化的视野中进行历史的考察，也就是说，历史学的研究对象和研究领域从以往偏重于政治军事或经济社会等方面转移到社会文化的范畴之内；另一方面，它提出用文化的观念来解释历史，……借助了文化人类学、心理学、文化研究等学科的理论和方法，通过对语言、符号、仪式等文化象征的分析，解释其中的文化内涵与意义"[①]。毫无疑问，与文学研究中的理论和文化转向一样，这种立足于社会文化的史学是一种反精英主义的、微观的、大众文化的历史研究。

于是，在20世纪70年代中期之后，文学研究与历史研究不约而同地向文化研究靠拢，学科壁垒与学科界限更加模糊，而且在人类学的影响下，文化的概念也在不断扩大，人工制品、符号象征、实践活动等均成为文化史研究的内容；而另一方面，莎士比亚并无完整手稿存世，生平文献也十分有限，自18世纪的埃德蒙·马隆之后，莎学考证的繁荣已梳理了从文本到历史背景的关于莎士比亚的各方面知识，到了20世纪下半叶，传统莎学又面临着史料

[①] 周兵：《新文化史：历史学的"文化转向"》，上海：复旦大学出版社，2012，第66页。

穷尽的窘境。在这种情况下，传统莎学必然也要经历巨大的变革，其中大部分已经充分考证的问题逐渐失去了研究价值，造成莎学中有些研究方向的衰落，比如莎剧的创作年表问题、莎士比亚的学识问题和莎剧的题材来源问题等；而另外有一些问题则与新的文学理论和文化研究融合并开始转型，以新的提问方式出现，比如莎士比亚生平与传记问题以及我们正在讨论的莎士比亚名望问题，等等。

在20世纪50年代末60年代初，出现了两部研究莎士比亚名望变化的书，两书研究都不算深入，却标志着莎学中这一传统问题的某种转型已经开始，因为两位作者都敏锐地意识到了莎士比亚在文化领域的传播问题。1957年，一位叫作哈勒迪（F. E. Halliday, 1903—1982）的英国学者出版了一部全面研究莎士比亚身后名的著作，书名叫作《莎士比亚教》（*The Cult of Shakespeare*），书中简要回顾了莎士比亚去世之后在各种文化领域中名望的变化。1963年，美国学者路易斯·马德（Louis Marder, 1915—2009）出版了《他的退场与出场：莎士比亚的名望史》（*His Exits and His Entrances: The Story of Shakespeare's Reputation*），此书前半部分将传统莎学中许多问题做了一定程度的总结，梳理了包括莎士比亚文本研究、生平传记研究、作者身份研究在内的诸多传统莎学问题，并试图以此来说明莎士比亚名望的变迁，后半部分则重点关注了斯特拉特福镇的莎士比亚庆典、莎士比亚肖像的变化、莎士比亚的伪书事件、莎士比亚在英语教育中的作用等文化领域的传播问题，而这些问题正是后来的莎士比亚文化史与经典化研究所关注的重点问题。此外，到了1970年，著名莎学家、莎士比亚传记专家塞缪尔·舍恩鲍姆（Samuel Schoenbaum, 1927—1996）出版了一本名为《莎士比亚的不同生命》（*Shakespeare's Lives*）的著作，此书植根于莎士比亚传记研究和其他考证型莎学研究，却系统地梳理了莎士比亚去世后在各个领域的名望变化，可以说是传统的莎士比亚名望研究与莎士比亚传记研究结合的成功典范。

20世纪80年代中期以后，在建构主义理论的影响下，传统的莎士比亚名望研究完成了研究范式的转型，国外莎学界逐渐形成了一个新的研究热点，那就是考察莎士比亚在17、18世纪经典化的过程，并发掘这一过程背后的社会、文化、政治和意识形态等因素，目的则在于强调"莎士比亚"是被建构出来的一个文化符号。在这种新的认识下，传统的莎士比亚名望研究随着莎学考证的衰落彻底消亡，但经过研究范式的转型以新的面貌重现，变为莎士比亚的经典化和文化史研究。这期间出现了一系列研究专著及论文，其中比较有影响的包括加里·泰勒（Gary Taylor）的《重新发明莎士比亚——从王政复辟到当代的文化史》（*Reinventing Shakespeare: A Cultural History, from the Restoration to the Present*，1989）、玛格利塔·德·格雷西亚（Margreta de Grazia）的《逐字逐句莎士比亚——1790年版莎士比亚与复制的真实性》（*Shakespeare Verbatim: The Reproduction of Authenticity and the 1790 Apparatus*，1991）、迈克尔·道布森（Michael Dobson）的《创造民族诗人——莎士比亚、改编剧与作者身份，1660—1769》（*The Making of the National Poet: Shakespeare, Adaptation, and Authorship, 1660-1769*，1992）、简·马斯登（Jean

I. Marsden)的《重构的文本——莎士比亚、改编剧和18世纪文学理论》(*The Re-Imagined Text: Shakespeare, Adaptation & Eighteenth-Century Literary Theory*,1995)、罗伯特·休姆(Robert D. Hume)的论文《莎翁之前——"莎士比亚"在18世纪早期的伦敦》("Before the Bard: 'Shakespeare' in Early Eighteenth-Century London",1997)、杰克·林奇(Jack Lynch)的《成为莎士比亚:一位外乡剧作家如何成为莎翁的身后史》(*Becoming Shakespeare: The Unlikely Afterlife that Turned a Provincial Playwright into the Bard*,2007)以及艾玛·德普莱奇(Emma Depledge)的《莎士比亚崛起至文化显赫:政治、印刷和改编,1642—1700》(*Shakespeare's Rise to Cultural Prominence: Politics, Print and Alteration, 1642–1700*,2018)等等。这些研究虽然也处理莎士比亚的身后名问题,但几乎与传统的名望研究完全决裂,很少引用前人的相关成果,甚至闭口不提文学批评和文学品位的变化,而其关注的共同点在于,在莎士比亚被经典化的过程中,都有哪些外部因素和力量在起作用以及是如何起作用的,或者说,"莎士比亚"这一文化符号是如何被"建构"出来的。因此,这种考察莎士比亚如何成为"莎士比亚"的研究不仅涉及戏剧舞台史和演出史、编辑校勘史、新闻出版史、审查制度史等各种史学考证,还涉及经济、政治、意识形态等其他人文社会领域,最终难免会综合成为一种关于莎士比亚的文化史,较早进行相关研究的佛罗里达大学教授加里·泰勒便为这种新的研究起了一个名字,叫作"莎氏名学"(shakesperotics)。①

不过,此类研究的问题也在于,其背后的立场表达甚至政治诉求十分强烈,因此往往过于夸大政治、文化因素在莎士比亚经典化过程中的作用,而忽视了莎剧丰富的文本含义等内在因素。况且,这种政治倾向性对于国内学界来说未必就适用,因为西方左派学者的政治诉求往往针对的是西方特定的社会语境,常常还带有各种平权运动的痕迹,如果在同样的社会语境缺失的情况下生搬硬套,那么只不过是建造了学术研究的空中楼阁而已;如果采用建构主义立场仅仅是为了消解西方文学经典,那么未免有些狭隘了。因此,我们在研究莎士比亚经典化的过程中,在借鉴这些国外最新成果,将研究视野扩展至更广阔的文化领域,追寻文学经典形成背后的历史语境和多重动因的同时,也不能否认莎士比亚文本自身的丰富含义和魅力,不能否认历代莎学家和莎评家们对莎士比亚的考证与诠释做出的贡献。

回到莎士比亚的身后名问题,通过梳理我们不难看出,莎士比亚在17、18世纪经典化的过程,其实也就是莎士比亚如何获得经典作家身份,乃至成为"莎士比亚"这一文化符号的过程。这个过程非常复杂,起码涉及当时的莎剧演出史、文本校勘史以及莎士比亚批评史等传统莎学研究,还涉及各种与莎士比亚有关的文化现象,也就是新兴研究中所处理的各种大众文化乃至意识形态因素。因为17、18

---

① "莎氏名学"一词从郝田虎教授在《发明莎士比亚》一文中提出的译名,见《江西社会科学》2014年第1期。

世纪不仅是莎士比亚经典地位确立的关键时期，也是整个英国民族文学经典形成的关键时期。贵族制度的衰落、印刷术的发展、读者群体（尤其是女性读者）的兴起、书籍交易市场的形成、文学创作的职业化、历史意识的凸显与文学史考证的专业化等文化与文学领域的变革催生了最早一批被经典化的欧洲现代民族作家，而莎士比亚正是其中最重要的一位。也就是说，恰恰是欧洲文化的现代转型产生了所谓的民族文学经典。在这种情况下，18世纪出现的关于莎士比亚的许多文化现象都在"莎士比亚"的身份建构过程中发挥过重要作用，比如发生在1769年的莎士比亚庆典、莎士比亚伪书事件、对莎剧的各种改编甚至戏仿、莎剧插图展览等。这些文化现象都是莎士比亚影响力不断扩张的体现，而这些现象级事件反过来也促进了莎士比亚经典化的进程。因此我们认为，莎士比亚经典地位确立的历史进程既是一部早期莎学史和莎评史，也是一部早期莎剧演出史，更是一部早期莎士比亚文化史，是传统莎学研究与新兴的文化研究共同处理的对象，忽略其中任何一方面都会造成我们认知上的偏颇。

在这种认识的基础上，我们认为莎士比亚经典化的基本过程可以概括为：在17世纪下半叶靠个别经典剧作和大量改编剧在戏剧舞台上受到民众的喜爱，有多部作品逐渐进入当时两大官方授权剧团的保留剧目，从而保持了作品传承的生命力。与此同时，莎士比亚也在文学批评家们的争论中越来越成为自然诗人和天才诗人的代表，继而在民族意识的不断觉醒中成为英国人文化认同的标志性人物，从而代表英国诗歌对抗法国古典主义诗学的文化入侵。

18世纪之后，随着戏剧作品集的不断出版，莎士比亚的戏剧文本被不断校勘并逐渐确立，在这个过程中莎士比亚最终与古代作家一样，成为学术研究的对象，并催生了传统的莎学考证。随后在18世纪中叶以后，莎士比亚的影响迅速超出文学范围，扩大至教育、艺术等其他大文化领域，甚至出现了现代文化产业的雏形，比如斯特拉特福镇的旅游业兴起、伦敦的莎士比亚画廊计划等。最后浪漫主义运动兴起，浪漫主义所崇尚的自然和天才恰恰是此前一百余年间英国批评家们不断赋予莎士比亚的特质，这种特质又最利于反对古典主义的僵硬规则，于是借着浪漫主义的东风，莎士比亚走出英国，终于成为全欧洲的文学偶像和文化符号。[①]因此，本书基本按照这一顺序构建了各章节内容，即从舞台演出、文学批评、学术考证、文化产业和浪漫主义等几个方面梳理莎士比亚的文化史，讨论莎士比亚经典地位的形成问题。

此外，还需要说明的是本书所讨论内容的时间跨度问题。由于我们讨论的是莎士比亚如何从众多伦敦剧作家中

---

① 迈克尔·道布森认为莎士比亚在英国本土的经典地位在1769年的莎士比亚庆典时就已经确立，因此将1660—1769年莎士比亚在英国本土的经典化过程按时间顺序分为四个阶段，分别是1660—1678年，此阶段莎士比亚既是戏剧前辈又是粗俗的剧作家，其剧本被随意改编以适应新的舞台；1678—1688年，此阶段莎士比亚被认为是个人情欲（passion）领域的大师；1688—1735年，此阶段莎士比亚一方面被进一步"净化"，但另一方面其文本也开始被尊重，改编和经典化变成了共生的关系；1735—1769年，此阶段莎士比亚真正成为民族理想的超验化身，完成了经典化进程。参见 Michael Dobson,*The Making of the National Poet: Shakespeare, Adaptation, and Authorship, 1660–1769*, Oxford: Clarendon Press, 1992, pp.13-14。道布森的研究影响很大，近年来被广为引用，但其完全从政治角度解读这一过程。此外，在整个欧洲范围内，莎士比亚的经典化过程显然是伴随浪漫主义运动的兴起而完成的。

脱颖而出成为代表英国乃至整个西方文学的一个经典作家和文化偶像的问题，因此处理的主要是莎士比亚的身后名问题，所以时间上的起点实际是莎士比亚去世的1616年；另一方面，18世纪末兴起的浪漫主义运动对莎士比亚走出英国并成为整个欧洲的文化偶像来说至关重要，因此有必要将本书所讨论问题的时间下延至19世纪上半叶浪漫主义运动的高潮时期。本书副标题为"早期莎士比亚文化史"，指的就是从莎士比亚去世到浪漫主义兴起的大概两百年时间。鉴于浪漫主义运动在欧洲各国出现和发展的时间不同，在德国和英国的时间稍早，在法国则由于古典主义传统过于强大，兴起的时间非常晚，而俄国、意大利等国的浪漫主义兴起也较晚，基本在19世纪之后，因此涉及这些国家时会有一些19世纪的内容出现。况且在英国史学界内部也有"漫长的18世纪"一说，强调这一时期在社会史和文化史上的一致性和完整性以及现代意义上的民族国家的诞生过程。史学界所谓"漫长的18世纪"的时间跨度甚至从1660年王政复辟开始，一直到1832年的议会改革为止，而这个截止时间与文学史上浪漫主义的衰落和莎士比亚神话确立的时间基本上也是吻合的，也基本符合本书所讨论的时间范围。

另一方面，莎士比亚在英国本土经典化的过程其实在浪漫主义兴起之前就已经结束，加里克（David Garrick, 1717—1779）在1769年举办的莎士比亚庆典上就已经将莎士比亚奉为神明，其经典地位已难以撼动，浪漫主义在英国兴起时虽然对莎士比亚推崇备至，但只是将莎士比亚进一步推向神坛而已；而在欧洲大陆范围内，莎士比亚的经典化却是借助浪漫主义运动的发展才得以完成的，甚至德国的浪漫主义莎评还进一步影响了英国浪漫派对莎士比亚的崇拜。因此本书讨论的范围在英国本土截止于浪漫主义兴起之前，在欧洲大陆则重点讨论浪漫主义兴起之后的情况，这是值得说明的另一个问题。

最后需要说明的是，本书部分内容的研究受到国家社科基金青年项目资助（15CWW019），在此向评审专家和鉴定专家致以谢意；本书的出版受到郑州大学文学院全额资助，在此向甘剑锋、李运富、罗家湘等院领导表示衷心的感谢；三联书店以及责任编辑唐明星博士为此书的出版付出了辛劳，在此也一并致以谢意。本书论题宏大而笔者才学有限，疏漏舛误在所难免，有不当之处，还请方家海涵并批评指正。

第一章

舞台演出

(1730 年之前)

——从复辟时代幸存

1603年，无嗣的伊丽莎白女王驾崩，都铎王朝随之成为历史。新王詹姆斯一世来自苏格兰，但同样喜爱看戏，而且还成为莎士比亚所在宫内大臣供奉剧团的庇护人，因此剧团改名为国王供奉剧团。此时的莎士比亚备受鼓舞，进入成熟悲剧创作的高潮期，短短几年便写出《奥赛罗》《麦克白》《李尔王》等重要作品。不过此后不久，莎士比亚似乎便已满足于自己的世俗成就，在创作了几部传奇剧之后，大概在1611年，这位剧作家在未及知命之年便返回家乡准备安享晚年了。1616年4月23日，莎士比亚在故乡斯特拉特福离开了这个世界，据说五十二年前的这一天也是他的生日。①

　　莎士比亚去世后，他的作品依然活跃在当时的戏剧舞台上，他所在的国王供奉剧团在重建的环球剧院②和黑修士剧院中继续上演着莎剧。直到1642年剧院关闭时，国王供奉剧团依然是活跃在伦敦戏剧界的五大剧团中影响最大的一个。不过，戏剧最辉煌的伊丽莎白时代已一去不返，室内小剧场在詹姆斯时代开始流行，戏剧的品位也开始发

---

① 莎士比亚的受洗记录是1564年4月26日，4月23日是根据当时习俗推测而来。
② 环球剧院于1613年的火灾中烧毁，但1614年重建，直至1642年剧院被迫关闭，1644年再次被毁。

生变化，戏剧的衰落变得不可避免。莎士比亚的好友和剧团合伙人、当时的著名演员理查德·伯比奇于1619年去世；莎士比亚的同行和好友，另一位著名剧作家本·琼生也于1637年去世。从莎士比亚去世到1642年，莎剧依然是国王供奉剧团的财产，也依然在舞台上被演出，但有记载的演出不过几十场而已，且大部分都是宫廷演出或黑修士剧院的封闭演出，伊丽莎白时代公共露天剧场的盛况早已不再。总之，这些演出波澜不惊，只能说延续了莎士比亚在剧场中的生命而已。

詹姆斯一世的统治在莎士比亚去世后又延续了九年。这位国王鼓吹"君权神授"，不断强化君权的行为引发了其与议会之间的矛盾，为后来的内战埋下了祸根。查理一世继位后，宗教和政治矛盾进一步激化，一意孤行的国王最终殒命断头台。1642年，内战爆发，清教徒很快就控制了伦敦城。一向敌视戏剧活动的清教徒政权于当年9月强行关闭了所有剧院，禁止一切公开的戏剧活动，并在1647年和1648年两次颁布法令重申了这一禁令。莎士比亚在世时莎剧演出的重要舞台，此时已经历过毁灭与重建的环球剧院也被迫关闭。到了1660年，查理二世从法国归来，成功复辟，开启了复辟时代的序幕。[①] 新王与老王一样，喜爱看戏，剧院随之重开，戏剧也再次复兴。从内战爆发到复辟之间的十八年间，英国戏剧的发展几乎完全陷入了停滞的

[①] 查理二世不仅复辟了斯图亚特王朝，也带来了天主教的隐患，其弟詹姆斯二世继位后公然复辟天主教，导致了1688年的光荣革命。历史上的复辟时代指的是从1660年查理二世复辟到1688年光荣革命这段时期，但戏剧史上提及的复辟时代往往会下延至18世纪初。

状态。不过，即便在如此严酷的大环境下，依然有一个人试图让戏剧以另一种方式生存下去，这个人便是后来复辟时代为复兴莎士比亚戏剧做出重要贡献的威廉·戴夫南特（Sir William Davenant，1606—1668）。

一、戴夫南特与莎士比亚

戴夫南特的父母分别是约翰·戴夫南特（John Davenant，生卒年不详）和简·戴夫南特（Jane Davenant，生卒年不详），此二人是位于牛津的皇冠酒馆（Crown Tavern）的经营者。据说莎士比亚自从在斯特拉特福镇买下"新居"后便时常来往于斯特拉特福和伦敦之间，但这段路程当时需要走两天时间，这位大诗人便会在途中找酒馆客栈借宿一夜，牛津又位于斯特拉特福与伦敦之间，因此戴夫南特夫妇的酒馆便成了莎士比亚的落脚之处。久而久之，莎士比亚与这对夫妻成了很好的朋友，有一种说法认为莎士比亚因此还做了小威廉·戴夫南特的教父，更有甚者，有人认为戴夫南特也许是莎士比亚的私生子。而且这种说法在戴夫南特在世时就开始流传，但他本人并没有对此进行否认，也许戴夫南特本来就希望自己真的与莎士比亚有血缘关系。也许正是由于这种关系，小戴夫南特成了莎士比亚最早的一批崇拜者之一。莎士比亚去世时，戴夫南特只有十岁，但莎士比亚也许为他的童年留下了一些记忆，因此后来他宣称，当他只有十二岁的时候便写了一首名为《怀念莎士比亚先生》（*In Remembrance of Master*

Shakespeare）的短诗。这首短诗的大概内容是借景抒情，告诫诗人们在吟诵春天的景致时不要去埃汶河畔的斯特拉特福，因为那里的花草树木以及河流小溪都沉浸在哀思中，因思念莎士比亚而拒绝春天的到来。这首诗被收录在1638年戴夫南特出版的一本诗集中。

也许是受到了教父莎士比亚的影响，戴夫南特从小便立志成为诗人和剧作家，这让他年纪轻轻便有了一些名气。1637年本·琼生去世，1638年戴夫南特接替琼生获得了"桂冠诗人"的称号，此时的他只有三十二岁。1642年剧院关闭之前，戴夫南特已经在戏剧界获得了一定声望，成为一名剧团经理，但当时的莎剧演出权利还属于国王供奉剧团，戴夫南特无权上演。剧院关闭之后，戴夫南特也没有完全放弃自己对戏剧的热爱。在1656年9月3日，他利用自己的关系获得了护国公奥利弗·克伦威尔（Oliver Cromwell, 1599—1658）的特许，在一个小型剧场里上演了一部名为《围攻罗德岛》（The Siege of Rhodes）的歌剧，而此剧作者正是戴夫南特自己。此剧不仅是英国历史上第一部歌剧，也很可能是伦敦舞台上第一次有职业女演员登台演出，这位演员叫作考曼夫人（Mrs. Coleman，生卒年不详）。[①] 戴夫南特正是以歌剧的形式规避了清教徒政府对戏剧的敌视态度，因为他对外声称这种表演是一种宣叙调

---

① 考曼夫人的事迹已难以考证，英国舞台史上被提及最多的第一位女演员是玛格丽特·休斯（Margaret Hughes, 1630—1719），1660年12月8日，她作为基利格鲁的国王供奉剧团的演员出演了莎剧《奥赛罗》，饰演了苔丝狄蒙娜一角，也有人说是同一剧团的安妮·马歇尔（Anne Marshall，约1661—1682）才是这场演出中的第一位女演员。但无论如何，复辟时代的到来彻底改变了英国舞台上只能用男童扮演女性角色的历史。

《威廉·戴夫南特版画像》

原画作者：约翰·格林希尔（John Greenhill，1644?—1676）
版画作者：威廉·费索恩（William Faithorne，约 1620—1691）

音乐（recitative music），而非清教徒所敌视的戏剧。

在那个戏剧被禁的特殊年代，《围攻罗德岛》的成功让戴夫南特有了进一步进行舞台表演的雄心，在1658年他又组织上演了一部名为《西班牙人在秘鲁的暴政》(The Cruelty of the Spaniards in Peru)的半歌剧半假面剧。此剧再一次获得了克伦威尔的特许，因为戴夫南特在这部剧中展现了秘鲁原住民的纯真和西班牙人对南美殖民地的残暴统治，明智地将批判的矛头指向英国的敌人西班牙及其所代表的天主教集团，因此破例获得了清教徒当局的赏识，甚至被认为有一定的宣传价值。在这种情况下，戴夫南特借机于次年又上演了另一部歌剧作品《弗朗西斯·德雷克爵士的历史》(The History of Sir Francis Drake)，这也让他成为剧院关闭时期为数不多的能够继续从事戏剧活动的人之一。

不过无论如何，复辟时代来临之前，戴夫南特都只能小规模地借助歌剧的名义来从事戏剧表演活动，真正让他的戏剧才华得以展现的还是1660年之后的王政复辟时代。1658年，护国公克伦威尔去世，清教徒政权开始瓦解。1660年5月，流亡国外的查理二世被迎回伦敦，次年4月23日即位为不列颠国王，开始了英国历史上的王政复辟时代。有趣的是，4月23日既是莎士比亚的生日，也是他的忌日，这似乎预示着这位剧作家在这个新时代的新生。新的国王喜欢戏剧，重回伦敦后马上便颁发了两个经营剧院的特许经营许可，而得到许可的其中一个人便是威廉·戴夫南特。戴夫南特的剧团叫作"公爵供奉剧团"，由约克公爵提供庇护，剧团先是安顿在林肯律师学院广场（Lincoln's Inn Fields）的一座新剧场，后来几经周折，终于在1671年将演出地点设置在了多塞特花园剧院（Dorset Garden）；另一个经营许可被颁发给了托马斯·基利格鲁（Thomas Killigrew，1612—1683），此人的剧团叫作"国王供奉剧团"，剧团受到查理二世本人庇护，其剧院于三年后建成于特鲁里街（Drury Lane），这座剧院后来也成为复辟时代和整个18世纪伦敦最重要的剧院。从此伦敦的戏剧演出进入了两家剧团的垄断特许经营时代。

剧院重开之后，戴夫南特和基利格鲁两位拥有特许经营权的剧团经理都在试图从上一个时代的剧作家中寻找戏剧资源，于是，莎士比亚的作品也开始光明正大地重新回到戏剧舞台，但此时的戏剧已经不是伊丽莎白和詹姆斯时代的戏剧了，查理二世不仅带来了新的政权，也带来了新的戏剧品位。与伊丽莎白时代的露天剧场不同，新的戏剧演出完全转入室内，剧场更小，门票也更贵。于是，宫廷和贵族品位对戏剧的影响也越来越大。另一方面，舞台本身也发生了一些变革，透视布景（Perspective Scenery）的方法被广泛应用，机械装置越来越复杂，换景装置开始被使用，女性演员也开始大量出现。在这种情况下，许多伊丽莎白和詹姆斯时代的戏剧都会显得多少有些不合时宜，而新的戏剧从业者们很快就发现，最受观众欢迎的旧时代剧作家既不是莎士比亚，也不是本·琼生，而是以喜剧见长的鲍芒（Francis Beaumont，1584—1616）与弗莱彻（John Fletcher，1579—1625）。根据当时的宫廷游艺总管（Master of the Revels）亨利·赫伯特爵士（Sir Henry Herbert，1595—1673）的记录，在1660—1662年间，莎士比亚和琼生的作品各有三次演出，而鲍芒与弗莱彻的剧作则有二十七次演出。① 这种状况持续的时间很久，以至于德莱顿在1688年的《论戏剧诗》中还提到过这一点："他们（鲍芒与弗莱彻）的戏剧现在是最令人愉悦的，在舞台上演出也最多，一年里每演两部他们的剧才有一部莎士比亚或琼生的剧。"②

复辟时代莎剧在舞台上的演出情况也可以从当时留下的一些文献中找到证据，其中最重要的是塞缪尔·皮普斯（Samuel Pepys，1633—1703）的日记和约翰·唐斯（John Downes，？—约1712）的《英国舞台回顾》（*Roscius Anglicanus*，1708）。皮普斯是英国海军官员和议会议员，他的日记在19世纪初被发现，其记录时间自1660年1月至1669年3月，内容包罗万象，事无巨细，大到军事外交等国家大事，小到自己的家庭收入等家长里短，在日记里都有所反映。③ 更难得的是，碰巧皮普斯是个喜欢看剧之人，而且对戏剧演出从不挑剔，只要剧院有演出他就去看。1660年皮普斯开始记日记时恰逢剧院重开，九年间他记录下了大概三百五十场戏剧演出，因此他的日记对伊朝戏剧在复辟时代的复兴情况做了非常有价值的记载。

约翰·唐斯是戴夫南特的公爵供奉剧团的演员，不过他的主要工作是在演员演出时帮助提示台词。唐斯于1694

---

① 参见 George C. D. Odell, *Shakespeare from Betterton to Irving*, Vol. 1, London: Constable, 1921, p.23。

② D. D. Arundell ed., *Dryden & Howard 1664–1668, the Text of an Essay of Dramatic Poesy, The Indian Emperor and the Duke of Lerma*, Cambridge: Cambridge University Press, 1929, p.68.

③ 参见杨周翰先生的《皮普斯的日记》一文，收入《十七世纪英国文学》一书，北京大学出版社1996年版。

年之后追随著名演员托马斯·贝特顿（Thomas Betterton，约1635—1710）到国王供奉剧团工作，直到1706年左右退休。唐斯在戴夫南特和贝特顿的剧团中工作了近四十年，他的《英国舞台回顾》记录了17世纪60年代至18世纪初整个复辟时代的戏剧演出情况，其独特之处在于从一个戏剧从业者的角度提供了许多其他戏剧史家无法提供的信息，比如剧作的演职人员表、演出情况等。虽然此书内容有一些错误，但总的来说文献价值非常高，而且唐斯的著作记载了皮普斯日记中从未提到的一些演出情况，可视为对后者的补充。

皮普斯的日记和唐斯的《英国舞台回顾》进一步佐证了德莱顿上面那句话，那就是莎士比亚在复辟时代的舞台上其实并不是最受欢迎的剧作家。剧院重开的时候，莎剧中大概也只有《奥赛罗》《亨利四世（上）》和《温莎的风流娘们》等几部战前就已经进入保留剧目的剧作还算比较受欢迎。而《哈姆雷特》《罗密欧与朱丽叶》《第十二夜》等剧则是经过戴夫南特等人的努力，在复辟时代重新上演才逐渐得到了观众的认可。前文提到，在复辟时代的舞台上，最流行的是弗莱彻式的喜剧作品。而另一方面，当时的知识界和批评家们其实更偏爱琼生的作品，因为法国古典主义的戏剧品位已经开始影响英国，古典学识渊博的本·琼生无疑更符合新兴的古典主义品位，因此琼生虽然在观众中没有鲍芒与弗莱彻受欢迎，但明显更受知识界的喜爱。[①] 于是，在伊

[①] 杰拉德·本特利（Bentley）将当时留存的文献中对两人的指涉进行了系统的梳理，并分门别类进行了统计，得出的结论是，纵观整个17世纪，时人对琼生的指涉在各方面都要多于莎士比亚，但莎士比亚的名望在最后二十年间迅速增长，在17世纪的最后十年中，莎士比亚的名望开始超过琼生，不过，（转下页）

丽莎白和詹姆斯时代硕果累累的三大戏剧巨头中（如果把鲍芒与弗莱彻算一个的话），莎士比亚面对的是一个最不利的局面。在这种情况下，莎士比亚能够在风尚大变的舞台上幸存已实属不易。而纵观整个复辟时代，莎士比亚不仅得以在英国舞台上保持活力，而且能逐渐扩大影响，一步步走向复兴，这其中威廉·戴夫南特发挥了非常重要的作用。

在戴夫南特和基利格鲁分别获得了剧团的特许经营权之后，所有莎剧的演出权也被这两家剧团瓜分。但这个分配并不公平，基利格鲁的国王供奉剧团多由内战之前的老演员组成，他们不仅得到了莎士比亚剧团的名称，还要求得到上演所有老国王供奉剧团剧目的权利，但没有成功。不过即便如此，新的国王供奉剧团也得到了莎士比亚时代的老国王剧团大部分剧目的演出权利，其中包括《奥赛罗》《温莎的风流娘们》《亨利四世（上）》和《仲夏夜之梦》等大部分当时较受欢迎的莎剧，此外还有琼生和弗莱彻的大部分剧目；而戴夫南特在向国王和宫内大臣申请之后，也只拿到了九部莎剧的演出权，其中只有《哈姆雷特》一部勉强还算卖座，其他许多剧目内战之前就已不常上演，包括《第十二夜》《暴风雨》《无事生非》《一报还一报》《麦克白》《罗密欧与朱丽叶》《李尔王》《亨利八世》等。这些

（接上页）总的来看，17世纪批评家眼中最伟大的剧作家还是琼生，而非莎士比亚。本特利的研究也揭示了一些有趣的现象，比如莎士比亚在整体上虽不如琼生在文化界受欢迎，但人们提及莎剧人物的次数却远多于提及琼生笔下的人物，这说明早在17世纪，批评家和知识界便已经将莎士比亚视为比琼生更善于塑造人物的作家。参见 Gerald Eades Bentley, *Shakespeare and Jonson—Their Reputations in the Seventeenth Century Compared*, Chicago: University of Chicago Press, 1945, pp.131-139.

剧目在今天看来大多都是经典剧目，但在当时并非如此，它们基本已处在被遗忘的边缘，因此戴夫南特在与国王剧团的竞争中明显处于劣势。这也是为什么戴夫南特的剧团更倾向于在舞台布景和歌舞等方面进行创新的一个重要原因，因为只有不断创新才能争取更多的观众，扭转竞争中的不利开局。为了和国王剧团竞争，戴夫南特的另一个自我救赎的方式便是对不太受欢迎的旧剧进行改编。既然其他莎剧不够卖座，那就干脆将它们改编成当代观众喜爱的形式。于是，戴夫南特也就成了莎士比亚改编剧的始作俑者。

二、莎士比亚改编剧

剧院重开之后，来自欧陆的新的戏剧风尚很快席卷伦敦。而1688年光荣革命之后，资产阶级革命的完成让生活在新时代的人们认为自己的时代是更精致和开化的，而伊丽莎白时代则是一个野蛮未开化的时代，伊朝戏剧自然也是野蛮时代的粗俗产物。正如一位学者所概括的，复辟时代的批评家和文人对待莎士比亚的态度"可以形容为公开的或半遮半掩的鄙夷中夹杂着不温不火的崇敬"[1]。而且如前文所述，此时的莎士比亚在普通观众中不如鲍芒与弗莱彻受欢迎，在批评家中又不如琼生那样被欣赏。在这种情

---

[1] Frederick W. Kilbourne, *Alteration and Adaptation of Shakespeare*, Boston: Richard G. Badger, The Gorham Press, 1910, p.8.

况下,直接将莎士比亚的剧作搬上舞台便显得有些不合时宜,于是各种改编剧便应运而生。因此,多少有点讽刺的是,莎士比亚能够从复辟时代幸存,很大程度上得益于17世纪伦敦的戏剧从业者们对他的文本的随意篡改,而为莎士比亚剧作的传播做出重要贡献的戴夫南特便是最早的莎剧改编者之一。

复辟时代的剧院重开让莎士比亚重新进入人们的视野,戴夫南特等人虽然对莎士比亚充满崇敬并热衷于在舞台上复活莎剧,但这种对莎翁的崇敬之情只针对作者本人,并不会带来对莎士比亚文本的尊重。由于版权观念的缺失,作者与文本之间的联系并非如今天一样紧密,因此随意删减和改编的情况在当时随处可见。实际上在整个复辟时代,伦敦戏剧舞台上演出的莎剧大部分都是经过改编的,并不是莎剧的本来面目。这种现象一直持续到18世纪下半叶,个别改编剧甚至一直到19世纪上半叶还活跃在英国的戏剧舞台上。虽然直至今日,无论在戏剧舞台还是银幕或荧屏上,世界各国的导演和演员们对莎剧的改编、模仿以及挪用无处不在,但我们会很清楚地意识到,这些改编成果并不是莎士比亚的作品,而且莎士比亚的文本本身是值得尊重的,甚至是神圣不可侵犯的。也就是说,虽然法律意义上的版权早已过期,但作家对自己的作品仍拥有无可争议的所有权,一旦被改编,那么这部作品便不再被认为是原作者的文本。然而,17世纪下半叶英国的戏剧从业者们并不这样认为,他们在改编莎士比亚作品的时候只是出于舞台演出效果的需要,不仅没有任何版权意识,也从不认为莎剧文本与自己的改编版本之间有本质上的区别,甚至有时会堂而皇之地为改编剧署上莎士比亚的名字来达到宣传的效果。因此，17、18世纪英国戏剧界对莎剧的集体改编依然是戏剧史上一个很特殊的现象，值得我们与后来的各种莎剧改编行为进行区别对待。

不仅如此，莎士比亚自己生活的时代也没有版权概念，某种程度上讲，莎士比亚自己也是一个改编者，而非严格意义上的原创者，因为绝大部分莎剧都是在现有故事基础上的再创作，甚至是对现成剧作的改编。何况当时流行的许多四开本莎剧其实也都是演员版本，四开本善本与劣本之间差别非常大，四开本与后来的对开本之间也有很大差别。后文我们会看到，是18世纪开始的一系列编辑校勘活动才奠定了今日莎剧文本之基础。那么一个重要问题在于，在莎剧文本还未确定的情况下，究竟如何界定一部莎剧是不是改编剧？有些激进的学者在研究莎士比亚改编剧问题时把许多四开本都当作改编剧对待，理由是当时许多四开本都是演员版本，其中对莎剧有许多删减和改动，比如1676年的四开本《哈姆雷特》。但实际上，单纯的删减和文本细节的改动仍不足以让我们将其视为改编剧，而且这种出于演出时间或其他原因的删节与复辟时代为了满足当代审美品位而进行的改编还是有本质的区别。而另一方面，还有一种极端的情况值得说明，比如德莱顿曾根据莎剧《安东尼与克里奥佩特拉》的情节写了一部新剧，名为《一切为了爱情》(*All for Love*)，有些学者也将其视为改编剧，也有学者认为："《一切为了爱情》不算莎士比亚改编剧，而是一部全新的剧作，虽然德莱顿宣称模仿了莎士比亚，但只是针对同一个主题进行创作而已。"① 因此，界定一部剧是否是改编剧应该在删减与重写这两个极端中间选取一个标准：首先，改编剧不仅仅是对莎剧的删减和个别词句的改动，而应有大量词句实质上的改动乃至情节、人物上的改动；其次，改编剧应以莎剧为基础进行改编，对莎剧原文有大量保留，而不是仅仅在参考主要情节的情况下重写。

不过即便以此标准衡量，从复辟时代到18世纪下半叶，绝大部分莎剧也都被改编过。1662年年初，深受歌剧影响的戴夫南特以《一报还一报》为基础，融合了另一部莎剧《无事生非》中的情节，将其改编成一部新剧，名为《反对恋爱的法律》（The Law against Lovers），此剧对莎剧改动极大，可谓开17、18世纪改编莎剧之先河。在这部剧中，戴夫南特加入了大量歌舞场景，将原剧中粗俗的喜剧场景删除，玛利安娜的支线情节也被删除。《无事生非》中的培尼狄克则变成了安哲鲁的兄弟，组成了新的支线情节。紧接着戴夫南特又改编了《麦克白》（1664），在此剧中戴夫南特再次展示了他对歌剧和华丽布景的偏爱，尤其在女巫出场的时候加入了大量歌舞表演。此外，为了追求情节上的对称效果，麦克德夫夫妇的戏份被增加，与麦克白夫妇形成对照。这种偏爱对称性的倾向在戴夫南特的另一部改编剧中更加明显。1667年左右，戴夫南特和德莱顿合作，一起改编了《暴风雨》，此剧又名《魔法岛》（The

---

① Frederick W. Kilbourne, *Alteration and Adaptation of Shakespeare*, Boston: Richard G. Badger, The Gorham Press, 1910, p.173. 后来的简·马斯登（Jean I. Marsden）等人也持同样观点，理由是此剧虽以莎剧为蓝本，但完全是重新创作。

Enchanted Island）。改编版《暴风雨》体现了戴夫南特乃至整个复辟时代剧作家们对一种对称美感的追求，因为几乎所有主要人物均被增加了一个与之对称的伴侣。比如凯列班多了一个名为西克莱克斯（Sycorax）的孪生妹妹，米兰达多了一个妹妹叫多琳达（Dorinda），爱丽儿也多了一个叫作米尔恰（Milcha）的伴侣。甚至为了与米兰达对应，剧中还出现了一个从未见过女人的男子，名叫希波利托（Hippolito）。于是，多琳达与希波利托之间的爱情故事也顺理成章地成为此剧的支线情节。

从当时的舞台效果和观众反应来看，戴夫南特对莎剧的改编还是很成功的，虽然戴夫南特在完成了上述几部改编剧之后便于1668年去世，但他的改编对莎士比亚在复辟时代戏剧舞台上的复兴意义重大。在一个阅读尚未成为大众审美的日常形式，但戏剧风尚却已完全改变的时代，正是这些改编剧让莎士比亚以一种特殊的方式得以幸存。而且正是由于看到了戴夫南特的成功，他的竞争对手国王供奉剧团也开始对莎剧和莎剧改编产生了兴趣，德莱顿这样的大作家也开始积极参与莎剧改编，而德莱顿的参与也带动了更多人加入莎剧改编的事业。本就对莎士比亚心存敬意的德莱顿在自己改编的《特洛伊罗斯与克瑞西达》的序言中还为改编莎剧的原因进行了辩解和说明："（改编）在现时代必须被允许，因为自从莎士比亚时代以来，我们的语言已经变得精致了太多，他有太多的词汇和短语已变得难以理解，即便是我们能理解的，其中一些是不符合语法规范的，另一些则粗鄙不堪，而且他的文风偏爱比喻，情感充沛却晦涩难懂。"①由此可见，莎士比亚的文风在复辟时代的舞台上确实难以取悦观众，而改编则不失为一种复兴莎剧的权宜之计。此后，莎剧改编之风日盛。复辟时代之后的百余年间，大概除了《亨利四世（上）》《奥赛罗》和其他几部很少上演的历史剧没有被改编之外，其他莎剧均有改编剧问世，而复辟时代改编之风尤甚。根据17世纪下半叶皮普斯日记的记录，在1660年至1669年间，他所观看的四十二场莎士比亚戏剧演出中，只有十五场演出的是莎士比亚原剧，另外二十七场都是改编剧。而作为对比，日记中关于鲍芒与弗莱彻剧作的记录则有七十六次之多，而且绝大部分未经任何改编。②

1682年，公爵供奉剧团和国王供奉剧团合并成为联合剧团。从1662年戴夫南特改编莎剧获得成功到两大剧团合并之间的二十年是伦敦舞台上莎剧改编的一个高潮时期，除了上文提到的戴夫南特和德莱顿的《暴风雨》，重要的莎士比亚改编剧还包括约翰·雷西（John Lacy，约1615?—1681）的《驯悍记》、托马斯·西德维尔（Thomas

---

① W. P. Ker ed., *Essays of John Dryden*, Vol. 1, Oxford: Clarendon Press, 1900, p.203. 莎士比亚的作品在德莱顿的时代变得晦涩难懂的原因主要在于莎士比亚的语言风格与复辟时代追求明晰的文风格格不入，但也有部分原因在于当时的对开本和四开本文本质量堪忧，但莎士比亚的文本问题要到18世纪才能逐步得到解决，参见后文第三章相关内容。

② 参见 Gary Taylor, *Reinventing Shakespeare: A Cultural History, from the Restoration to the Present*, New York: Weidenfeld & Nicolson, 1989, p.29。由于改编剧的复杂性问题以及合作创作等问题，该数据的各种统计有出入，比如奥戴尔（Odell）提到，鲍芒与弗莱彻剧作演出的记录有七十二场，涉及二十八部剧作，莎剧记录是四十一场，涉及十二部剧作，参见 George C. D. Odell, *Shakespeare from Betterton to Irving*, Vol. 1, London: Constable, 1921, p.22。

Shadwell，约1642—1692）的《雅典的泰门》、爱德华·雷文斯克劳福（Edward Ravenscroff，约1654—1707）的《泰特斯·安德洛尼克斯》、汤姆·杜飞（Tom D'urfey，1653—1723）的《受伤的公主》(*The Injured Princess*，改编自《辛白林》)、托马斯·奥特韦（Thomas Otway，1652—1685）的《盖乌斯·马略的覆灭》(*Fall of Caius Marius*，改编自《罗密欧与朱丽叶》，但故事背景和人物被替换)、纳胡姆·泰特（Nahum Tate，1652—1715）的《理查二世》和《李尔王》等。两大剧团合并后，由于垄断经营没有竞争压力，莎剧改编停滞了近二十年。1700年之后的十年间，又一轮莎剧改编热潮兴起，诞生的主要改编剧有查尔斯·戈尔登（Charles Gildon，1665—1724）改编的《一报还一报》、乔治·格兰维尔（George Granville，1666—1735）的《威尼斯的犹太人》(*Jew of Venice*，改编自《威尼斯商人》)、查尔斯·波纳比（Charles Burnaby，生卒年不详）的《被背叛的爱》(*Love Betrayed*，改编自《第十二夜》)、约翰·丹尼斯（John Dennis，1658—1734）的《可笑的求爱者》(*Comical Gallant*，改编自《温莎的风流娘们》)以及考利·西伯（Colley Cibber，1671—1757）的《理查三世》等。此后的整个18世纪，断断续续的莎剧改编仍在继续，许多莎剧都有不止一个改编版出现。但由于莎士比亚文本的不断出版、读者大众的兴起以及版权制度的确立等原因，改编剧在整体上逐渐走向衰落。

在复辟时代和18世纪的所有改编剧中，有许多剧作都进入了剧院的保留剧目，长期在英国舞台上上演。这些改编剧中最著名的有三部，分别是上文提到的戴夫南特与德莱顿合作改编的《暴风雨》、纳胡姆·泰特改编的《李尔王》(1681)以及考利·西伯改编的《理查三世》(1700)。后两部剧都在英国舞台上活跃了一个世纪之久,一直到19世纪还在上演。泰特改编的《李尔王》经过后人的不断修改,其主要情节甚至一直上演到1836年。因此,爱尔兰诗人纳胡姆·泰特的这部《李尔王》可谓整个17、18世纪最著名的改编剧。

在为此剧所写的《序言》中,泰特称《李尔王》原剧为"一堆凌乱的珠宝,散落一地且未经打磨,但这种混乱中又透露着耀眼的光芒"[①]。应该说这样的评价在当时是很有代表性的。为了让莎剧语言明白易懂,泰特不仅大量改动了原剧的语言,而且删除了弄人的角色。因为他认为弄人角色不过是伊丽莎白时代粗俗品位的体现,并无任何意义。为了使情节整一并符合古典主义或然律,泰特直接删除了法国国王这个角色。不仅如此,泰特还重写了原剧中的爱情故事,让原剧中从未见面的考狄利娅和爱德伽在这部剧中成为恋人,而他这样做的原因是为了给考狄利娅冷漠应答李尔王寻找合理的动机。因为她正是出于对爱德伽的爱,所以要违抗自己的父亲,拒绝勃艮第公爵的求婚,从而才能留在英国。应该说,从情节角度讲,这个改动还是有道理的。不过泰特对《李尔王》最著名也最受诟病的改动在于,这部剧被改成了善恶终有报的大团圆结局,高纳里尔和里根双双中毒身亡,李尔最后恢复了王位,考狄

[①] Brian Vickers ed., *William Shakespeare, The Critical Heritage, Vol. 1,1623–1692*, London: Routledge, 1974, p.344.

利娅与爱德伽也终成眷属。这一改动往往被认为是为了迎合古典主义的"诗性正义"(poetic justice)原则,体现诗歌的教化作用。对此,泰特辩解道:"把悲剧的结尾变成皆大欢喜并不是一个无关紧要的做法,因为拯救要比毁灭困难得多:匕首和毒药随时都能派上用场,但是把行动带到终点,然后用可能的手段恢复一切,这就需要一位作家有一定的技巧和判断,而且在实施时会给他带来很大的痛苦。"① 当然,无论泰特如何辩解,这样的改动完全抹杀了《李尔王》原剧的悲剧色彩和荒诞而深刻的内涵。

考利·西伯早年曾跟随贝特顿在特鲁里街剧院当演员,后来开始从事戏剧创作,成为剧作家,1710年之后成为特鲁里街剧院的三位经理之一,晚年还获得了"桂冠诗人"的称号。西伯是贝特顿之后和加里克之前伦敦戏剧界举足轻重的人物,《理查三世》改编剧也是他最重要的戏剧成就之一。1699年西伯便将此剧提交给了当时的宫廷游艺总管进行审查,但后者看了剧本之后禁止了该剧的演出,认为演出此剧会有政治风险。西伯于1700年将剧本出版,直到1710年,此剧才得以搬上舞台,但很快就获得了成功,此后在英国舞台上演出了长达一个世纪之久。加里克和凯恩等著名莎剧演员演出的都是此版本及其衍生版本。客观地讲,此剧在艺术上的成就并不算差。西伯不仅大量删减莎剧原文,将演出时间控制在两小时左右,而且删除了一些支线情节,将主要篇幅集中于刻画主人公理查三世,导

---

① Brian Vickers ed., *William Shakespeare, The Critical Heritage, Vol. 1,1623–1692*, London: Routledge, 1974, p.345.

致其邪恶的性格特征甚至比莎士比亚原剧有过之而无不及。不仅如此，西伯还小心翼翼地从《亨利六世（上、中、下）》《理查二世》《亨利四世（下）》《亨利五世》等其他莎士比亚历史剧中挑选了一些台词，放入此剧中，因此此剧某种程度上可以说集几部莎剧之精华。

莎士比亚改编剧对英国的戏剧演出影响深远。一直到18世纪下半叶，即便当大卫·加里克宣称莎士比亚是自己所崇拜的戏剧之神的时候，也还是会在上演时对《哈姆雷特》等剧进行大幅度的改编①，而加里克改编自《驯悍记》的《凯瑟琳和彼特鲁乔》(Catherine and Petruchio)则一直到1887年还有演出。最让人感到不可思议的是，由于长期流行于英国舞台，西伯的《理查三世》和泰特的《李尔王》这两部剧作甚至被许多普通观众认为是莎士比亚的原作，以至于19世纪上半叶莎士比亚的《理查三世》和《李尔王》的原剧开始上演时，有不少不熟悉莎士比亚文本的观众还误认为新上演的原剧才是改编剧。

不仅如此，在1730年以前，普通民众对莎士比亚作者身份的了解其实并不多，而仅有的这些了解主要是通过莎剧（大部分是改编剧）的演出，但这些演出（无论是否是改编剧）甚至常常连莎士比亚的名字都不曾提及。实际上在复辟时代之后，不论是原剧还是改编剧，莎士比亚的作者身份都是逐步恢复并反映在舞台演出中的。早期的改编剧几乎没有任何保护原作者的意识，不过这种情况也随着时间的推移有明显的好转。"17世纪60年代的所有改编

---

① 参见后文加里克部分。

剧里只有《魔法岛》在序言里提到了原剧的作者。而到了'废黜危机'（1678—1681）的时候，创作于期间的九部改编剧中有六部明确提到了改编自莎士比亚作品。"① 而在剧院的广告中，直到18世纪以后，莎士比亚的作者身份才开始逐渐凸显。在1710年戏剧季，不论是改编剧还是原剧，在广告中注明剧作者是莎士比亚的情况几乎没有，但到了1740年戏剧季，原剧演出已经有80%在广告中说明了作者的身份，而改编剧中采取同样做法的也达到一半以上。② 显然，莎士比亚的作品在18世纪开始越来越被重视，而作为作者的莎士比亚也开始被更多的人所关注。

对作者身份的关注显然来自一种对莎士比亚本人的兴趣。随着版权法案的颁布和莎士比亚文集的不断出版，作者与著作权观念开始深入人心。人们开始认识到，作家对作品拥有无可争议的主权，因此随意改编是不对的。在这种情况下，虽然改编剧在18世纪下半叶仍然在舞台上很流行，莎剧改编现象也仍然存在，但莎士比亚的作者身份以及莎剧文本的权威地位正在得到强化。道布森提到过1750年刊登在《伦敦杂志》（London Magazine）上的一篇匿名文章，文章作者以莎士比亚鬼魂的口吻敦促著名莎剧演员加里克纠正当时伦敦戏剧界对自己的"伤害"，要求按照自己的原文和原意来演出莎剧。③ 当时出现这样的文章显然有

---

① Michael Dobson, *The Making of the National Poet: Shakespeare, Adaptation and Authorship, 1660–1769,* Oxford: Clarendon Press 1992, p.62.
② 参见 Robert D. Hume, "Before the Bard: 'Shakespeare' in Early Eighteenth-Century London", in *ELH*, Vol. 64, No. 1 (Spring, 1997), p.55。
③ 参见 Michael Dobson, *The Making of the National Poet: Shakespeare, Adaptation and Authorship, 1660–1769*, Oxford: Clarendon Press, 1992, p.167.

一定的观念基础,这种观念是在作者著作权不断强化,英国本土作家经典地位开始确立的文化大背景中形成的,这也是后文我们要着重讨论的问题。

文学史上对17、18世纪的莎士比亚改编剧评价一向不高,几十部改编剧中唯一一部能够入文学史家法眼的就算德莱顿的《一切为了爱情》了。"德莱顿的《一切为了爱情》不仅仅对莎剧做了改编,也使安东尼和克里奥佩特拉这一历史题材与17世纪晚期的戏剧哲学和谐统一。虽然被莎士比亚的悲剧所影响,但它还是抛弃了莎剧的激情,并且将历史事件的情节精简,将复杂的人物情感简化,目的是为了使德莱顿时代的观众能够欣赏。"[1] 这是曾致力于戏剧史研究的著名莎评家阿·尼柯尔(Allardyce Nicoll,1894—1976)在《英国戏剧》一书中对此剧做出的评价。但正如前文所提到的,这部剧到底算不算是莎士比亚改编剧其实还有争议。不过从尼柯尔的这一评价我们也能窥探到改编剧的一个重要原则,那就是迎合复辟时代观众的戏剧品位。基于这一原则,许多改编剧都有一些共同的特点,这些特点包括简化情节以去除道德困境,彰显古典主义批评家所强调的"诗性正义";将复杂人物变为类型人物等。按照当时的观念,这些改编剧是剧作家们按照古典主义诗学原则对莎士比亚原剧进行的"改良"。这种改良现在看来自然是荒唐甚至幼稚的,所以传统莎学家们普遍认为改编剧本身的文学价值不高。除了上文提到的简化人物矛盾,

---

[1] Allardyce Nicoll, *British Drama*, New York: Barnes Noble, Inc., 1961, p.147.

彰显"诗性正义"等原则,改编剧作者的种种改编理由还包括:去掉隐喻以及有可能造成理解困难的语言,删除太过大胆而不能被当代文学品位所接受的比喻;去除违反三一律(尤其是地点和时间整一律)的部分;去除不符合得体原则的行为,比如舞台上的暴力或死亡;去除不符合得体原则的角色,比如严肃情节中的下层人角色,或讲话不得体的英雄角色;去除体裁不符合得体原则的地方,比如悲剧中的喜剧人物或情节等。[①]从这些改编手段来看,这些剧作确实是在用古典主义原则改编莎士比亚,而且往往要对莎剧进行大量删减,比如作为最流行的莎剧改编剧之一,西伯版的《理查三世》篇幅只有原剧的三分之二,少了八百余行诗句,所有有歧义的诗句都被删除。

然而20世纪英美学术界对改编剧看法的改变本身也值得注意。改编剧最早的研究者之一基尔伯恩(Frederick W. Kilbourne)博士出版于1906年的《莎士比亚改编剧》(*Alteration and Adaptation of Shakespeare*)一书虽然对改编剧进行了系统的研究,但明显受到莎翁崇拜情绪的影响,他对改编剧的偏见与厌恶非常明显。全书提及各种改编剧时用了大量诸如"可耻的""胆大妄为的"等修饰语,并直言不讳地将改编剧称为"病态"和"暴力的残害"等。在评价改编剧时基尔伯恩宣称:"由于坚持一种错误的艺术原则以及由这种错误信念所带来的对莎士比亚

[①] 参见 Brian Vickers ed., *William Shakespeare: The Critical Heritage*, Vol. 1,1623–1692, p.6, 以及 Frederick W. Kilbourne, *Alteration and Adaptation of Shakespeare*, pp.12–20。关于古典主义诗学原则,参见后文第二章第一节相关论述。

的粗暴侵犯，这些剧作家与批评家们将自己理解力的缺陷展示得一览无余"[1]，他认为改编剧"不仅严重缺乏真正的戏剧技艺，而且也缺乏对伟大戏剧家应有的尊重"。[2] 乔治·奥戴尔（George C. D. Odell）1920年在他的莎士比亚舞台史研究巨著《莎士比亚从贝特顿到欧文》（*Shakespeare from Betterton to Irving*）中也常常用"暴行"之类的词来形容改编行为，他还认为："戏剧舞台上对莎士比亚的玷污恰恰始自他的崇拜者戴夫南特，……在这方面他比基利格鲁所犯的罪行大得多，起码后者单调地将《奥赛罗》和《裘力斯·凯撒》搬上舞台时基本按照莎士比亚的原样。"[3] 黑泽尔顿·斯宾塞（Hazelton Spencer）于1927年出版的《被改良的莎士比亚》（*Shakespeare Improved*）一书在措辞上相对缓和一些，但提起改编剧时仍使用了大量诸如"偷窃""盗用"等词语。直到20世纪末，持保守立场的著名莎学家布莱恩·维克斯（Brian Vickers）还是坚持认为改编剧是对莎士比亚的亵渎。[4]

不过，由于受到日渐兴起的各种左派理论和文化研究的影响，持建构主义立场的当代研究者更倾向于从客观甚至积极的方面考察改编剧。简·马斯登在1995年出版的《重构的文本——莎士比亚、改编剧和18世纪文学理论》

---

[1] Frederick W. Kilbourne, *Alteration and Adaptation of Shakespeare*, Boston: Richard G. Badger, The Gorham Press, 1910, p.16.
[2] Ibid., p.19.
[3] George C. D. Odell, *Shakespeare from Betterton to Irving*, Vol. 1, London: Constable, 1921, p.24.
[4] 参见 Brian Vickers ed., *William Shakespeare: The Critical Heritage, Vol. 1* 序言部分，以及维克斯的论文"Shakespearean Adaptations: The Tyranny of the Audience"，收入其文集 *Returning to Shakespeare*，1989年Routledge出版。

中从历史语境出发,将改编剧视为当时大众文化的某种形式的代表,因此赋予其更多积极意义,用马斯登自己的话说,她试图"通过对文学语境而非舞台历史的关注来弥补改编剧这种大众文化与批评理论之间的鸿沟[①]。"道布森在《创造民族诗人》中的观点更具代表性,他这样说道:

> 完全的经典化与大量的改编同时并存,在将莎士比亚的文本奉为国宝的同时却并未改变其内容,一直以来这被认为是一个古怪的悖论,改编版的莎剧通常被认为充其量是文学史上的一个怪异的死胡同,在莎士比亚的"真实"接受史上无关紧要。但我认为,这种观点严重扭曲了我们对莎士比亚在奥古斯都时期文化中不断变化的角色的理解,而且暗示了他在我们时代的持续影响力,因为在那个时期汇聚在一起确立了他的霸权地位的社会和文化力量也一直持续至今。我希望在本研究的过程中表明,改编和经典化不仅远非矛盾的过程,而且往往是相辅相成的:声称莎士比亚是启蒙文化英雄,既受益于对他的戏剧的改编,有时也需要这种改编。[②]

因此,在道布森看来,"改编剧是'真正的'莎士比亚在被建构的过程中的众多和可能的手段之一"[③]。总的来说,

[①] Jean Marsden, *The Re-Imagined Text: Shakespeare, Adaptation, & Eighteenth-Century Literary Theory*, Lexington: University Press of Kentucky, 1995, p.7.

[②] Michael Dobson, *The Making of the National Poet: Shakespeare, Adaptation, and Authorship, 1660–1769*, Oxford: Clarendon Press, 1992, pp.4–5.

[③] Ibid., p.10.

当代研究者更倾向于将改编剧视为一种文化挪用现象加以解读，认为这种对原著文本的改造和重新阐释是文化生产者们应对新的历史语境的一种方式，其本身就推动了莎士比亚的经典化进程，这也是大部分当代学者对待改编剧的态度。

客观地讲，在17世纪下半叶，图书出版并未像18世纪一样繁荣，大批图书读者也并未形成，因此舞台仍然是大众接触戏剧作品最直接的媒介。在这种情况下，戴夫南特等人对莎士比亚的改编虽然向当时流行的古典主义品位进行了妥协，甚至在很多情况下连莎士比亚的名字都未曾提及，但改编剧还是确保了莎士比亚的作品在普通民众中以及在英国文化界没有被遗忘。可想而知，如果没有这些改编剧，莎士比亚的绝大部分剧作有可能在18世纪大众阅读与书籍文化兴起之前，便已经被人们遗落在那个相对"野蛮"的伊丽莎白时代。毫不夸张地说，莎士比亚改编剧作为文学价值不高的剧作虽然在英国文学史中不值一提，但在莎士比亚批评史尤其是莎士比亚文化史中找到了自己的一席之地，甚至可以说它们本身便是17、18世纪的古典主义诗学在英国的实践，同时也是莎士比亚文化身份建构背后的重要推手。

三、演员贝特顿

除了戴夫南特这样的改编者和剧院经理，莎士比亚在复辟时代舞台上的复兴也离不开伟大演员对剧中人物的诠释。莎士比亚在世时便有理查德·伯比奇（Richard

Burbage，1567—1619）这样的戏剧名角用自己的表演诠释了理查三世、罗密欧、亨利五世、哈姆雷特、麦克白、奥赛罗、李尔王等一系列莎剧角色，帮助莎士比亚在伦敦的戏剧舞台获得成功，复辟时代当然也需要这样的演员来帮助莎士比亚征服像皮普斯这样的观众。

剧院重开之后，戏剧演出开始活跃，但见证过伊朝戏剧辉煌时代的老演员已经是凤毛麟角，能够继续从事演出事业的更是少之又少，而新演员的培养又需要一个过程。正是在这种情况下，复辟时代最伟大的演员托马斯·贝特顿登上了伦敦舞台，也登上了英国戏剧史的舞台。大约在1635年，贝特顿出生于伦敦的威斯敏斯特地区，其父是国王查理一世的一名厨师。早年的贝特顿曾经做过书商的学徒，也许在1660年剧院重开之前就已经开始从事一些戏剧演出活动。不过可以肯定的是，在剧院重开之后，贝特顿开始在特鲁里街一个名为"斗鸡场"（Cockpit）的剧院当演员，其剧团由一个名为约翰·罗兹（John Rhodes，生卒年不详）的人担任经理。贝特顿便是在这个剧院取得了登台演出的机会，正式开始了职业演员的生涯。

贝特顿成为演员之后，戴夫南特曾邀请罗兹的剧团演出自己的剧本《围攻罗德岛》，在表演方面天赋异禀的贝特顿因此获得了与戴夫南特接触的机会，并得到了后者的赏识。戴夫南特非常器重这位年轻演员，不仅将自己的演出经验亲自传授给贝特顿，而且后来还邀请他与自己一起经营公爵供奉剧团。在与戴夫南特的合作中，贝特顿迅速成长为复辟时代最重要的演员，他在舞台上的统治地位甚至一直持续至18世纪初。戴夫南特对莎士比亚的崇拜无疑也影响了贝特顿,他最擅长扮演的便是各种莎剧角色。贝特顿扮演的主要莎剧角色包括哈姆雷特、奥赛罗、麦克白、配力克里斯、亨利八世以及《第十二夜》中的托比-培尔契爵士、《罗密欧与朱丽叶》中的茂丘西奥和《亨利四世》中的霍茨波等。

毫无疑问,贝特顿表演所依据的许多剧本都是当时的改编剧,并非莎士比亚原剧。而且由于剧院关闭长达十八年之久,贝特顿在表演风格上能够从伊丽莎白时代的演员那里继承多少也难以考证。不过根据某些推测,贝特顿所扮演的亨利八世很可能与莎士比亚本人有一定渊源,"贝特顿能够将国王的角色正确而恰如其分地表演出来,是由于威廉爵士(戴夫南特)指导了他表演这个角色,而后者得到了罗文先生[①]的指导,罗文则受到过莎士比亚的亲自指导"[②]。还有一种说法提到戴夫南特在剧院关闭之前曾看过国王供奉剧团的另一位演员约瑟夫·泰勒(Joseph Taylor,?—1652)所扮演的哈姆雷特,而后者在1619年伯比奇去世之后加入莎士比亚的国王供奉剧团,并接替伯比奇扮演哈姆雷特等重要莎剧角色,此人后来在莎士比亚时代的老辈演员陆续去世之后还成为剧团的股东之一。因此,贝特顿所扮演的哈姆雷特也有可能通过某种间接的方式从莎士比亚的剧团那里继承了一些元素。不过,这些说法更多的还是后人希望为贝特顿寻找到与莎士比亚剧团的

[①] 约翰·罗文(John Lowin,1576—1659),演员,莎士比亚的同事,大概在1603年成为莎士比亚的国王供奉剧团的成员。

[②] Stanley Wells, *Great Shakespeare Actors—Burbage to Branagh*, Oxford University Press, 2015, p.30.

托马斯·贝特顿饰演哈姆雷特,1661年左右,作者未知

亲缘关系和演出莎剧角色的合法性而已。

贝特顿最著名的角色便是哈姆雷特,他对这个角色的演绎甚至得到了国王查理二世的赏识。1709年尼古拉斯·罗版的《莎士比亚作品集》中为《哈姆雷特》配的版画插图便是贝特顿扮演哈姆雷特时的场景。皮普斯也在他的日记中多次记录了观看贝特顿扮演哈姆雷特的场景,比如在1661年8月24日,皮普斯提到:"去剧院看了'丹麦王子哈姆雷特',布景不错,但最重要的是,贝特顿扮演的王子超乎想象。"①1663年5月28日,他这样写道:"坐船去了皇家剧院,但人太多,没有位置了,就又去了公爵剧团,在那儿看了'哈姆雷特',结果再次证明贝特顿永远不会让人失望。"②

曾与贝特顿共事,后来成名的考利·西伯也曾热情洋溢地写道:

> 贝特顿在演员中的地位正如莎士比亚在作家中一样,他们都是无与伦比的!两者都互相印证了对方的天赋!所有对自然有所了解的人都能阅读并理解莎士比亚所写的——然而如果大家心中想着贝特顿的表演去读莎士比亚,那么将得到多少高级的愉悦!此时他就会知道,贝特顿就是为了演绎莎士比亚所写的东西而生的!③

---

① Samuel Pepys, *Diary and Correspondence of Samuel Pepys, F.R.S., Vol. 1.*, Philadelphia: John D. Morris & Company, 1900, p.211.
② Ibid., p.426.
③ 转引自 Anonymous, *The Life and Times of the Excellent and Renowned Actor Thomas Betterton*, London: Reader, 1888, p.105。

1668年戴夫南特去世，贝特顿成为公爵供奉剧团的实际经营者。1682年两大剧团合并，贝特顿又成为坐落在特鲁里街的联合剧团的主要经营者之一。到了1695年，由于不满律师出身的联合剧团经理克里斯托弗·里奇（Christopher Rich，约1648—1714）对戏剧的垄断和对剧团经营上的专权，贝特顿在争取到宫内大臣等权贵人士的支持之后，带着一批老演员出走，在林肯律师学院广场组建了新的剧团，并获得了国王威廉三世颁发的新的经营许可。这个剧团后来更换了演出剧场，然后持续经营到1708年，直到新的联合剧团成立，这期间贝特顿一直担任剧团经理，这位伟大演员的商业天赋和领导能力也可见一斑。贝特顿不仅用表演诠释莎剧人物，他在去世之前还为后世了解莎士比亚的生平做出了非常重要的贡献，因为他亲自去了一趟莎士比亚的故乡斯特拉特福，向当地人询问并收集了一些莎士比亚的生平信息。1709年，这些信息被尼古拉斯·罗用在了他为《莎士比亚作品集》所写的作者传记中，而这部传记在莎学史上具有不可替代的重要地位。[①] 而且罗在这篇传记中也提到："没有人比贝特顿更熟悉莎士比亚的表达方式，他对这位诗人的研究非常细致，是这方面的专家，以至于无论他表演什么角色，这个角色都像是专门为他塑造的，就像作者想象的正是他所表演的。"[②]

1710年4月28日，贝特顿逝世于伦敦，是年5月2

[①] 参见第三章第二节相关内容。
[②] Nicholas Rowe, "Some Account of the Life of Mr. William Shakespeare", in *Eighteenth Century Essays on Shakespeare*, D. Nichol Smith, ed., Glasgow: James MacLehose and Sons, 1903, p.20.

日被安葬在威斯敏斯特大教堂旁边的回廊之下。著名散文家理查德·斯蒂尔（Richard Steele，1672—1729）得知后前往吊唁，并在两天后出版的第一百六十七期的《闲谈者》上刊文纪念这位伟大的戏剧演员。斯蒂尔这样写道：

>　　听到著名演员贝特顿先生今晚要在威斯敏斯特教堂旁边的回廊下葬的消息，我决定前去吊唁，去看一看这个我一向都很敬重的人。从他的行为里我看到人性中的伟大和高贵，比我读过的最深刻的哲学家所阐述的或最有魅力的诗人所描绘的还要多。①

贝特顿去世后，考利·西伯成为特鲁里街剧院的经理之一。剧院在他的主持下持续运营二十年之久，但一直到大卫·加里克横空出世之前，伦敦的戏剧舞台上始终没有出现如贝特顿一样伟大的演员。

无论如何，在整个复辟时代，演员和剧团经理才是莎士比亚的名望复兴道路上的主要推动者，正是他们的努力延续了莎士比亚在伦敦舞台上的生命力，为后来的批评家、学者、出版商乃至艺术家们的莎士比亚文化事业奠定了受众基础。

---

① Brian Vickers, ed., *William Shakespeare, The Critical Heritage, Vol. 2, 1693–1733*, London: Routledge, 1974, p.212.

第二章

文 学 批 评

(1730年之前)

——为莎士比亚辩护

文学批评的首要任务是对作品进行价值判断，评判其好坏，评价其得失。在20世纪80年代的各种建构主义理论和文化研究兴起之前，文学批评往往被认为是促成一位作家经典地位形成最重要的动力。这种认识自有其道理，莎士比亚民族诗人身份的形成与17、18世纪批评家们对他的评价的变化确实密切相关。莎士比亚在舞台上的成功离不开批评家们对他的颂扬，而批评家们对莎士比亚作品优缺点的辨析以及所做的价值判断也是莎士比亚经典化过程中的重要推手。莎士比亚在世时，便已经有人或是赞誉或是诋毁他。一位叫作弗朗西斯·米尔斯（Francis Meres，1565—1647）的作家在1598年便对莎士比亚赞不绝口，但大学才子派的剧作家罗伯特·格林（Robert Greene，1558—1592）则早在1592年便提醒同行要警惕这个用别人的羽毛装点自己的"爆发的乌鸦"，言外之意是莎士比亚在剧作中剽窃了大学才子派的诗句。不过，这些莎士比亚在世时只言片语的评论大多只能算是莎评史中的遗闻逸事，真正有价值的批评几乎没有。莎士比亚去世之后不久，古典主义诗学开始在英国流行，其教条化的原则严重影响了英国批评家们对戏剧的理解以及对这位剧作家的评价。因此，在莎士比亚去世之后的一百余年时间里，如何替他开脱、为他辩护才是英国批评家们的主要任务。

一、古典主义诗学原则

虽然有一百五十四首十四行诗存世，也有《维纳斯与阿多尼斯》这样的叙事长诗出版，但莎士比亚在世和刚去世时的身份也许更是个成功的剧作家和乡绅，完全称不上是民族诗人的代表，甚至不是典型的诗人。写作《为诗辩护》和《爱星者与星》的菲利普·锡德尼（Sir Philip Sidney，1554—1586）、创作《仙后》和《小爱神》的斯宾塞等人也许更符合当时人们对诗人的想象。即便在戏剧界同行中，本·琼生很可能也比莎士比亚在诗坛更有影响力。一个很重要的证据便是1616年2月，也就是莎士比亚去世两个月前，琼生从詹姆斯一世那里领到了作为皇室御用诗人的俸禄，他也因此成为英国历史上第一位"桂冠诗人"。①正如上文所提到的，复辟时代开始之后，莎士比亚在舞台上靠着被人随意篡改才得以延续生命，而在文学批

---

① "桂冠诗人"一般要负责为皇室的重大庆典活动创作颂诗，究竟谁是英国第一位"桂冠诗人"一直存有争议。14世纪的诗人乔叟便已经被人称为"桂冠诗人"，而且也获得过皇室嘉奖，但许多人认为约翰·德莱顿是第一位正式获得此称号者，因为德莱顿的"桂冠诗人"头衔是在1668年由皇室颁布任命状（letters patent）任命的，证据确凿，且德莱顿去世后"桂冠诗人"的授予方式和具体职责被规范化。不过也有许多人认为琼生实际上是第一位"桂冠诗人"，因为琼生在1616年从詹姆斯一世那里领到了作为御用诗人的俸禄，可谓英国现代"桂冠诗人"的源头。而且琼生去世后，戴夫南特获得了此项荣誉，德莱顿接替的正是戴夫南特，说明从琼生开始已经形成了固定的传统。

评家那里，这位大作家所面对的境遇则更加严峻。从复辟时代到18世纪30年代，英国的剧作家和批评家们深受法国古典主义诗学原则的影响，他们大多从古典主义的角度衡量莎士比亚，即便对莎士比亚有所褒奖，也往往伴随着对其缺点的大量讨论。

众所周知，随着文艺复兴运动的深入，古代戏剧尤其是希腊戏剧开始被西欧的人文主义者所了解，亚里士多德的《诗学》和贺拉斯的《诗艺》也逐渐被奉为圭臬。在这种情况下，西欧出现了在创作中模仿希腊罗马戏剧，并将亚里士多德和贺拉斯关于戏剧的诗学理论教条化的风气——正是这种风气催生了古典主义文学思潮。这种流行于17、18世纪欧洲的古典主义思潮以法国为中心，有时又被称为"新古典主义"（New Classicism），甚至后世有人称之为"伪古典主义"（Pseudo-classicism）。古典主义诗学原则其实最早是在意大利逐渐形成的，最终却在法国成为教条化的规则，这些规则在17世纪之后又通过法国影响了整个欧洲。要讨论17、18世纪的英国莎评，首先要了解深刻影响当时英国批评家们的古典主义诗学原则的来源与主要内容。古典主义诗学的一系列原则是17世纪法国文学理论家经由文艺复兴时期的一些意大利文人，直接或间接从亚里士多德和贺拉斯那里总结出的一系列关于诗歌（尤其是戏剧诗）创作的僵化的教条性原则，其源头还要从意大利讲起。

亚里士多德的《诗学》在中世纪的西欧长期处于失传状态，直到15世纪末，意大利才开始出现亚里士多德《诗学》的拉丁文译本。到了1536年，帕齐（Alessandro

Pazzi，生卒年不详）翻译的拉丁文版《诗学》出版，这个译本影响很大，此后许多人开始对《诗学》进行评论、阐释以及重新翻译。这些人包括吉安·特里西诺（Gian Giorgio Trissino，1478—1550）、吉拉尔迪·钦齐奥（Giraldi Cinthio，1504—1573）、弗兰切斯科·罗伯特里（Francesco Robortelli，1516—1567）、斯卡里杰（Julius Caesar Scaliger，1484—1558）[①]、明屠尔诺（Antonio Sebastiano Minturno，1500—1574）、卡斯特尔维特罗（Lodovico Castelvetro，1505—1571）等。正是这些人确立了亚里士多德在古典主义诗学中的权威地位，并总结出一套适用于戏剧和史诗创作的普遍法则，而著名的三一律——情节、时间、地点整一律——就是在这个过程中被总结出来的。

在《诗学》第八章中，亚里士多德明确提到了情节要整一：

> 有人以为，只要写一个人的事，情节就会整一，其实不然。在一个人所经历的许多或者说无数的事件中，有的缺乏整一性。同样，一个人可以经历许多行动，但这些并不组成一个完整的行动。……因此，正如在其他模仿艺术里一部作品只模仿一个事物，在诗里，情节既然是对行动的模仿，就必须模仿一个单一而完整的行动。事件的结合要紧密到这样一种程度，

[①] 斯卡里杰出生于意大利，后移居法国，有时也被认为是法国学者。此人往往被称为老斯卡里杰，因其子约瑟夫·斯卡里杰（Joseph Justus Scaliger，1540—1609）后来成为法国著名的古典学家。

以至若是挪动或删减其中的任何一部分就会使整体松裂或脱节。如果一个事物在整体中的出现与否都不会引起显著的差异，那么，它就不是这个整体的一部分。①

这便是古典主义诗学情节整一律的基础。关于时间，亚里士多德在《诗学》第五章提到了一句："在长度方面，悲剧尽量把它的跨度限制在'太阳的一周'或稍长于此的时间内。"② 根据这个说法，1543 年，钦齐奥在《论喜剧和悲剧》(*Discorso delle comedie e delle tragedie*)中首次提出了悲剧和喜剧的行动都应该在一天之内完成的观点，将亚里士多德的事实性描述变成了一条戏剧规则。另一位意大利古典学者和人文主义者罗伯特里在 1548 年首次提出，由于晚上人要睡觉，因此戏剧内的一天应该是十二小时。此后，关于亚里士多德的"太阳的一周"到底指什么开始有了争议，有人认为是二十四小时，也有人认为是十二小时。但实际上，在《诗学》第七章，亚里士多德又一次提到过悲剧的长度问题。他认为情节的长度"以能不被费事地记住为宜"，"作品的长度要以能容纳可表现人物从败逆之境转入顺达之境或从顺达之境转入败逆之境的一系列按可然或必然的原则依次组织起来的事件为宜"。③ 也就是说，悲剧的长度还是以情节的设置为基础的，只要情节整一律得

---

① 亚里士多德：《诗学》，陈中梅译，北京：商务印书馆，2016，第 78—79 页。
② 同上书，第 58 页。
③ 同上书，第 75 页。

以遵守，那么长度满足情节的要求即可。显然，生硬地将戏剧的长度进行明确的限定是不合理的。

在《诗学》中，亚里士多德根本没有提到过地点整一律。但按照文艺复兴时期意大利学者的理解，如果戏剧内行动的时间被限定在一天之内，那么这些行动必然会被缩减到一定程度，为了保证戏剧所模仿的行动的真实性，地点自然不会发生太大的变化，因为在一天时间内人能够移动的距离是非常有限的。因此，在这些意大利学者那里，时间整一律是地点整一律的逻辑基础。经过斯卡里杰和明屠尔诺等人的暗示，卡斯特尔维特罗最终明确地提出了地点整一律，由此也完成了三一律的雏形。

卡斯特尔维特罗以翻译并阐释亚里士多德的《诗学》著称，尤其以三一律的最早提出者闻名于世。但实际上卡斯特尔维特罗的某些观点并不正统，比如他并不将亚里士多德的《诗学》当作权威来对待，而是认为这本小书只是一个大纲或草稿，并不完整，因此其中的许多观点需要重新阐释。在这种认识的基础上，卡斯特尔维特罗对亚里士多德的许多观点进行了修正，其中最离经叛道的是他对诗歌目的的认识。与后来的古典主义者从贺拉斯那里继承来的寓教于乐的观点不同，卡斯特尔维特罗不强调诗歌的教育意义，却认为诗歌的目的就是为了给人们提供娱乐。之所以有这样的观点，是因为卡斯特尔维特罗认为戏剧诗是写给普通人看的，因此观众是一群缺乏想象力、耐心有限、无知却只会寻求快乐的人。这也许与当时的教育水平有关，但这种虚构的观众却导致卡斯特尔维特罗以观众的认知能力出发，害怕戏剧中复杂的情节和时空转换造成观众的误解，因此制定出严苛的规则以适应这种无知的观众，从而提出了三一律原则。而且正是基于这种认识，卡斯特尔维特罗认为时间和地点整一律甚至比情节整一律更重要。

在戏剧创作方面，意大利的剧作家们同样热衷于学习古代经验。早在1515年左右，意大利诗人、剧作家和人文主义者特里西诺便创作了一部名为《索福尼斯巴》(*Sofonisba*)①的悲剧。此剧出版于1524年，直到1562年才上演。《索福尼斯巴》以索福克勒斯和欧里庇得斯为模仿对象，遵守情节整一律和时间整一律，是欧洲文学史上最早将古典主义一致性原则运用于戏剧创作的作品之一，一时间成为意大利悲剧的典范。不久后此剧便被翻译成法语，继而在法国产生了很大影响。1541年，剧作家和小说家钦齐奥创作了悲剧《奥尔贝卡》(*Orbecche*)。此剧是一部塞内加风格的复仇悲剧，在结构上遵循亚里士多德的诗学原则，成为又一部影响深远的意大利古典主义悲剧。

16世纪中叶，亚里士多德的《诗学》在法国出版，与此同时，意大利的戏剧理论与实践也开始传入法国。此后，法国批评家们不仅接受了意大利人文主义者所总结出的古典主义诗学原则，而且开始不断完善这些原则，最终这些原则伴随着高乃依、拉辛等人的戏剧创作开始影响整个西欧，但越来越僵化的规则最终却束缚了戏剧的发展，直到浪漫主义的兴起才将其完全打破。到了17世纪上半叶，一

---

① 索福尼斯巴，生卒年不详，活动于公元前3世纪末第二次布匿战争时期，迦太基贵族女性，以美貌著称，迦太基兵败罗马后服毒自杀。索福尼斯巴的故事在文艺复兴时期非常有名，与埃及艳后克里奥佩特拉的故事一样都是当时戏剧中经常出现的题材。

大批古典主义批评家已经活跃于法国戏剧界。这些人中的代表人物有法兰西学院的创始人之一让·夏伯朗（Jean Chapelain，1595—1674）、梅萨迪艾尔（La Mesnardière，1610—1663）、海德林（François Hédelin d'Aubignac，1604—1676）、玛勃兰（Pierre Mambrun，1601—1661）以及剧作家让·梅瑞特（Jean Mairet，1604—1686）等，这其中有些人也是1637年著名的"《熙德》之争"（La Querelle du Cid）[①]的参与者。正是这几位法国批评家将古典主义诗学原则不断系统化，最终形成了一个相对完整的理论体系。

到了17世纪下半叶，法国古典主义诗学进一步发展，又出现了几位代表性人物，其中包括布瓦洛（Nicolas Boileau，1636—1711）、勒内·拉宾（René Rapin，1621—1687）、勒内·拉博苏（René Le Bossu，1631—1680）和安德烈·达希尔（André Dacier，1651—1722）等人，其中以布瓦洛名望最高。布瓦洛著有长诗《诗的艺术》（*L'Art poétique*，1674）。此诗模仿贺拉斯的《诗艺》，集中阐述了古典主义诗学思想，成为法国古典主义思潮的代表性作品。在这一批法国批评家那里，古典主义诗学虽然得以进一步完善，但也更加僵化和教条化。

[①] "《熙德》之争"指的是1637年高乃依的作品《熙德》由于没有严格遵守三一律等古典主义诗学原则，引起刚成立的法兰西学院的不满，导致法兰西学院和高乃依之间的一系列争论。以夏伯朗等人为代表的法兰西学院学者指出《熙德》中有多处不符合古典主义诗学原则的地方，但高乃依认为自己的作品在效果上激起了亚里士多德所谓的怜悯和恐惧，是一部合格的悲剧作品。正是这场争论对法国古典主义诗学原则的进一步僵化起到了推波助澜的作用，也导致高乃依此后搁笔多年。

于是，法国古典主义在至少两代人的努力下，形成了一套理论体系。这套理论体系又经过英国人的再次总结和阐发，最终流行于英国的古典主义诗学包括几个基本信条和一系列基本原则。这些基本信条包括：首先，古典主义者相信普遍人性论，即人性中有些普遍的东西是超越时代的；其次，与人性的普遍一样，文艺也具有普遍永恒的绝对标准；再次，希腊罗马的经典作品是反映普遍人性和永恒艺术准则的典范。从这几个信条不难推论出，只有通过不断磨炼艺术技巧，模仿希腊罗马的艺术典范，才能最好地反映普遍的人性，这就是古典主义者所谓的模仿自然。由这些信条出发，古典主义者结合亚里士多德、贺拉斯以及文艺复兴时期的意大利和法国学者的论述，总结出文学创作的一些重要原则，其中主要包括或然律或必然律（logical verisimilitude 或 rational probability，又译可然律）原则、一致性（unities）原则（主要指三一律）、诗性正义原则以及得体（decorum）原则。前三个原则主要应用于情节方面，最后一个得体原则主要是对人物塑造及其他方面的规定。除了这几个重要原则，古典主义诗学也有一些次要原则，比如悲喜剧文体应该分用、语言要尽量清楚明晰、舞台上不应该出现血腥场面等。

亚里士多德在《诗学》中明确提出情节是悲剧的第一要素，因此古典主义诗学首先便强调情节的重要性。或然律原则便与情节有关，且同样来源于亚里士多德的相关论述。"诗人的职责不在于描述已经发生的事，而在于描述可能发生的事,即根据可然或必然的原则可能发生的事。"[①]亚里士多德认为诗歌比历史更富哲学性,也更严肃,因为诗歌"倾向于表现带有普遍性的事,而历史却倾向于记载具体事件"[②]。根据这一原则,诗歌反映的并不是真实发生的事,而是可能发生的事,也就是说,符合逻辑要比符合真实更重要。简单讲,情节需要符合逻辑并符合理性,也就是要可信。

三一律是古典主义诗学最著名的规则,也是最具争议乃至最受诟病的规则,代表着古典主义对古代戏剧和亚里士多德《诗学》的僵化认知。但正如上文所述,这一原则其实来自意大利学者对亚里士多德的解读。法国古典主义批评家们从卡斯特尔维特罗那里学到了三一律。而在"《熙德》之争"之后,三一律成为戏剧创作所必须遵守的基本规则,并且变得越来越严苛,许多法国批评家往往将剧内时间限定在十二小时以内,有人甚至要求剧内时间等同于戏剧表演时间,这就极大地限制了戏剧创作的自由。

诗性正义原则来自古典主义对诗歌目的的认识,其源头同样是亚里士多德和贺拉斯。亚里士多德认为悲剧的效果是通过怜悯和恐惧而达到的"净化"或"卡塔西斯"(Katharsis)。关于卡塔西斯是什么有很多种解释,其中一种是从道德层面进行解读,认为它所达到的是一种教化作用。贺拉斯更是明确提出,诗歌的目的在于寓教于乐。因此,在古典主义者看来,诗歌的最终目的在于教化,娱乐

[①] 亚里士多德:《诗学》,陈中梅译,北京:商务印书馆,2016,第81页。
[②] 同上。

只是其达到诗歌最终目的的手段而已。如果诗歌要有教化作用，那么其情节的结局一定要让正义得以彰显，让邪恶得到惩罚，这就是诗性正义原则的理论来源和逻辑基础。

以上三个原则均是对情节的规定，古典主义诗学的第四条"得体"原则却更多是对人物塑造的规定。在《诗学》中，亚里士多德为人物性格的刻画制定了四条原则：第一，也是最重要的一点，性格应该好；第二，性格应该适宜；第三，性格应该相似；第四，性格应该一致。亚里士多德进而指出，性格刻画与情节一样，也应符合必然和或然律原则。亚里士多德的性格刻画原则在罗马作家贺拉斯那里得到了进一步阐释。在《诗艺》中，贺拉斯便提到不同年龄的人物性格的合适与得体问题："如果你希望观众欣赏，……那你必须（在创作的时候）注意不同年龄的习性，给不同的性格和年龄以恰如其分的修饰。"[①] 紧接着，在描述了从儿童到老年的不同性格表现之后，贺拉斯总结道："所以，我们不要把青年写成个老人的性格，也不要把儿童写成个成年人的性格，我们必须永远坚定不移地把年龄和特点恰当配合起来。"[②] 此外，在《修辞学》第二卷第十二到十七章，亚里士多德也论述过人的性格问题，尤其详细讨论了年轻人、中年人、老年人的不同性格，以及财富和权力对性格的影响等问题。虽然这里不是讨论悲剧性格，但对后世批评家理解悲剧性格有一定的影响。亚里士多德与贺拉斯的这些论述是得体原则的理论基础，不过在古典

---

① 贺拉斯：《诗艺》，杨周翰译，北京：人民文学出版社，2008，第134页。
② 同上书，第134页。

主义诗学中，得体原则对人物的规定更繁复，它的发展有一个过程，而且与法国的宫廷和贵族品位有关。在"《熙德》之争"时，法国批评家们还只是要求人物塑造要符合时间、地点、年龄、习俗等因素，后来的规定则越来越复杂和明确。梅萨迪艾尔便已经开始明确列出许多具体的规定，将人物进一步类型化，甚至规定了每一种人物的行为规范，而这些规范多与当时的宫廷礼仪相关。此后玛勃兰、海德林、拉宾、拉博苏等法国批评家更是将这些规定进一步细致化，同时也进一步僵化，最终形成了古典主义的得体原则。

总之，17世纪中叶到下半叶，法国正值"太阳王"路易十四当政，政治、文化均进入全盛时代，路易十四的宫廷风尚影响了整个西欧，其中也包括英国；而另一方面，英国复辟国王查理二世曾流亡法国多年，在文学和戏剧品位上深受法国文化影响。因此复辟时代伊始，查理二世虽然重开了剧院，但此时法国的古典主义戏剧品位和戏剧文化开始在英国大行其道。

二、自然诗人莎士比亚

虽然16世纪末古典主义诗学才在法国兴起，但古典主义诗学本身在英国的接受也可以追溯到这一时期，也就是莎士比亚还在世的时候。在法国批评家们刚开始从亚里士多德和意大利人那里学到这些规则的时候，英国剧作家乔治·惠茨通（George Whetstone，1544—1587）在自己创作的喜剧《普罗莫斯与卡珊德拉》(*Promos and Cassandra*)的献词中便提到，包括英国在内的欧洲各国在戏剧创作中都没有遵守古人定下的规则——此剧出版于1578年，也是莎剧《一报还一报》的重要题材来源之一。不久之后，英国诗人菲利普·锡德尼在《为诗辩护》中便花了大量篇幅抱怨英国戏剧对戏剧规则的无视。"我们的悲剧、喜剧也并非毫无理由地为人家所辱骂，它们既不遵守正当的礼法，也不遵守诗艺的规则。"① 随后锡德尼论述了英国戏剧如何在地点和时间上都缺乏一致性，然后又批评了英国戏剧混合悲剧和喜剧的问题。由此可见，锡德尼已经对古典主义的戏剧规则有所了解。锡德尼最后总结道："我在这戏剧问题上费了太多的话了。我这样做，因为它是诗的重要部分。在英国用得最多，最被滥用；它像一个撒野的女儿，显出了坏的教养，使她母亲——诗——的是否正派也成了问题。"② 《为诗辩护》出版于锡德尼去世后的1595年，学界一般认为大概写作于1581年左右，最晚不会晚于1585年。也就是说，在莎士比亚还未在伦敦戏剧舞台崭露头角之时，代表贵族阶层审美品位的锡德尼便已经开始把古典主义的戏剧原则作为标准来批评英国戏剧了。鉴于《为诗辩护》中的论述要早于大部分法国批评家对古典主义诗学的讨论，锡德尼对古典主义戏剧规则的这些认识很可能直接来自意大利的卡斯特尔维特罗甚至是亚里士多德。但无论如何，锡德尼的抱怨似乎并没有影响英国本土的戏剧创作。从大

---

① 锡德尼：《为诗辩护》，钱学熙译，北京：人民文学出版社，1964，第61页。
② 同上书，第66页。

学才子派到马洛和莎士比亚,英国的剧作家们一如既往地无视三一律,也一再违反古典主义诗学的其他原则。

不过在当时的英国戏剧界,也并不是所有剧作家都无视古典主义诗学。大概在1605年,琼生在《狐狸》(*Volpone*)一剧的序诗中便以第三人称提到了自己对一致性原则的遵守:

> 他遵守关于时间、地点、人物的规则,
> 规则若有用,他从不背离。[1]

关于"时间""地点"的规则显然与三一律有关,但"人物"的规则指什么,我们并不清楚。不过此时法国学界也还未将三一律完全教条化,也许琼生对其有不同的认识。琼生不仅自认为遵守古典主义原则,而且还讽刺不遵守的人。在1616年出版的对开本文集中,以博学著称的琼生为自己的剧作《人人高兴》(*Every Man in his Humor*)写了一首序诗,讽刺了英国戏剧中不遵守时间整一律的现象,其中提到:

> 让一个襁褓中的孩子长大成人,
> 然后又迅速变老,
> 一晃过去六十年;

---

[1] David Klein, *Literary Criticism from the Elizabethan Dramatists; Repertory and Synthesis*, New York: Sturgis & Walton Company, 1910, p.129. 原文为 The Laws of Time, Place, Persons He Observeth; From No Needful Rule He Swerveth。

> 再用三支破剑,
> 加上韵脚不全的诗句,
> 为约克与兰开斯特的世仇而战。①

随后,不遵守地点整一律的现象也被讽刺,"一首曲子让你漂洋过海"(Chorus wafts you o'er seas)。② 这几句话明显是对以英国历史为题材的戏剧作品的揶揄,而莎士比亚正是历史剧创作的代表人物。兰开斯特与约克之间的红白玫瑰战争正是莎士比亚《亨利六世》三部曲的主题,也是从《理查二世》到《理查三世》等其他五部历史剧的大背景。而在《亨利五世》中,也确实出现场景变换后漂洋过海,从英国到法国的情况,而且莎士比亚在此剧序曲歌中也明确提到:

> 观众们,且忍耐一下吧,帮着我们把遥远的路程缩得不露痕迹,以便凑成那么一出戏文!再说,那钱是付下了,那三个卖国贼把话许下了,当今的皇上从伦敦出发了;那场景是——请各位注意,转移到扫桑顿来了。咱们这个戏园子跟着搬到了那儿;诸君现在也就是在那儿安坐。从那儿我们将平安无恙地把你们运送到法兰西,再把你们从那儿送回来。(《亨利五世》第二幕序曲)

---

① David Klein, *Literary Criticism from the Elizabethan Dramatists; Repertory and Synthesis*, New York: Sturgis & Walton Company, 1910, p.130.
② Ibid.

这几句实际上是在提醒观众用自己的想象力来理解戏剧中场景的变换，说明莎士比亚超越了古典主义地点整一律，明确诉诸想象力来解决地点问题对戏剧的限制。不过在古典主义者看来，这当然也是对地点整一律的违反。正因如此，琼生的上述几句诗往往被认为是对莎士比亚未指名道姓的讽刺。不过应当指出的是，上述诗句虽然说明琼生是了解古典主义一致性原则的，但在实际创作中，琼生也并没有完全遵守这些规则，尤其是时间整一律和地点整一律。只不过在当时的英国剧作家中，以古典学识见长的琼生已经算是尊重艺术规则、倡导三一律的代表人物了。

耐人寻味的是，琼生其实与莎士比亚熟识。根据现有资料来看，两人的关系应该还不错，起码表面上看是如此。鉴于后世常常将两人相提并论并分别视为"自然"与"技艺"（学识）的代表人物，我们有必要简要回顾一下两人生前的关系，以及琼生对莎士比亚的实际评价。有一种说法认为莎士比亚的死正是由于当时诗人的二女儿朱迪斯结婚，琼生和其他戏剧界老友专程从伦敦赶来祝贺，莎士比亚与琼生、迈克尔·德雷顿（Michael Drayton，1563—1631）等几位友人喝酒，酒后感染风寒而不治身亡。[①]1623 年的第一对开本《莎士比亚戏剧集》中收入了琼生为莎士比亚

---

① 这种说法来自斯特拉特福镇圣三一教堂的教区牧师约翰·沃德（John Ward，生卒年不详）。1661 年，他在日记中提到三位诗人本·琼生、迈克尔·德雷顿和莎士比亚在 1616 年 4 月聚会。这是"一个快乐的聚会，似乎喝得很多，因为莎士比亚不久便死于因此而得的风寒"。莎士比亚传记学者舍恩鲍姆（Schoenbaum）认为此说法是可信的。参见 S. Schoenbaum, *Shakespeare's Lives*, Oxford: Clarendon Press, 1970, p.120.

所写的颂诗，其中"时代的灵魂""他不属于一个时代，而是属于所有世纪"之类热情洋溢的赞美之词，如今看来也与莎士比亚的历史地位完全相符。这似乎说明琼生虽然讽刺过莎士比亚，但也认识到了莎士比亚的艺术价值并对其赞誉有加，然而事实并非如此。颂诗（eulogy）在当时其实是一种特定的体裁，其中对悼念对象的评价往往会高于其实际价值，而且内容大多是与古代先贤相提并论之类的套话。我们今天认为的这首颂诗中与莎士比亚实际地位相符的评价其实在当时的颂诗中普遍存在，因此这首诗也并不一定代表琼生的实际想法。

琼生一向恃才傲物，他不仅写了上述含沙射影的话讽刺莎士比亚，而且私下对莎士比亚的评价也并没有那么好。1637年琼生去世，在他去世之后出版的一部《人与事杂记》(*Timber, or Discoveries Made upon Men and Matter*)中，琼生对莎士比亚多有微词，主要批评了《裘力斯·凯撒》，还提到《冬天的故事》中船在波希米亚海岸失事，但波希米亚根本没有海，甚至还提到莎剧"要是能删一千行就好了"[①]。而早在1619年，也就是莎士比亚去世三年后，琼生拜访了苏格兰贵族威廉·德鲁芒（William Drummond of Hawthornden，1585—1649）。后者记录了琼生在他的城堡做客期间的言行，其中提到琼生说莎士比亚"缺少艺术"（wanted art）。"缺少艺术"与琼生在第一对开本颂诗中暗示莎士比亚学识有限的另一句著名评价"少拉丁、更少希

---

① Brian Vickers ed., *William Shakespeare: The Critical Heritage, Vol. 1, 1623–1692*, London: Routledge, 1974, p.26.

腊"是一个意思，只不过更直白一些，指的是莎士比亚不懂古代戏剧，因此也就不懂戏剧艺术的种种规则。由于与莎士比亚熟识，琼生的这一指责成为此后一百余年间古典主义者批评莎士比亚的主要借口。相应地，博学与精通艺术技巧也就成为琼生的优点，两人之间的这种对比分别成为各自的标签，在后世百余年间不断被人提及。

正是由于"缺少艺术"，不懂古代的艺术规则，所以莎士比亚没有遵守三一律，但这也为莎士比亚带来了一个与"技艺"相反的特点，那就是"自然"（nature）[①]。后来人们为莎士比亚辩护时常常提到他是自然之子，这种观点最早便来自莎士比亚与琼生之间的对比。莎士比亚其实也知道自己的学识并不出众，甚至不断自认"不学"，自称所依赖的是自然而非技艺。这种思想在莎士比亚的十四行诗中多次出现，比如在第七十八首中，诗人赞美诗神，承认诗神能让博学的人锦上添花，但最后却对其说道：

> 但对于我，你就是我全部的艺术，
> 把我的愚拙提到博学的高度。

此诗的言外之意便是，诗人自知自己"不学"，无法靠学识写诗，只能完全依靠诗神的帮助，后世将莎士比亚

[①] "自然"一词是17、18世纪的审美关键词之一，其内涵极为复杂。古典主义者强调模仿"自然"，指的是人性和人类经验中的因果关系。17世纪早期，英国批评家口中莎士比亚的"自然"风格则多有"浑然天成"的含义，具体所指比较模糊，后来才逐渐有了对人性的忠实和对人物栩栩如生的刻画等内涵，而后者与英国小说的兴起不无关系。

视为对抗技艺的诗歌天才其实也是这个意思。在第八十五首十四行诗中,莎士比亚再次将"我的哑口无言的真诚"与他们"经过艺神雕琢的名言"进行对比,只是为了说明"我对你的爱,虽拙于辞令,行动却永远带头"。在《维纳斯与阿多尼斯》开篇的献词中,莎士比亚也将这首诗自称为"未经雕琢的诗句"(unpolished lines)。当然,这样的献词中也许有自谦的成分,不过结合上述两首十四行诗,再加上本·琼生的暗讽和罗伯特·格林临终时的挖苦,莎士比亚对自己的学识可能确实有自知之明,只是并未觉得有何不妥,甚至他自己也许已经意识到自然淳朴的诗歌天赋才是能够对抗大学才子派和琼生等技艺娴熟的博学之人的唯一方式。

琼生确实以古典学识见长,他虽然不像大学才子派一样上过牛津、剑桥,却受到过良好的古典教育,而且后来还获得了牛津和剑桥的荣誉学位。琼生曾在威斯敏斯特学校(Westminster School)求学,是当时著名的古典学家威廉·卡姆登(William Camden,1551—1623)的高足。大概在1615年,一位署名F.B.的作者[①]用诗体写了一封信给琼生,在提到自己写此信的风格时,作者说道:

> 如果我还有些学问的话,
> 我应该尽量不在这里卖弄学问,
> 不用学问来把这封信变得晦涩,
> 正如我们的后人所应该了解莎士比亚最好的那些

[①] 这封信在1921年才被发现,写作的时间也不确定,大概在1608—1615年之间,学界一般认为作者正是与莎士比亚和琼生同时代的剧作家弗兰西斯·鲍芒。

成就，
> 未来的布道者要恰如其分地展示给他的听众，
> 一个普通人在仅仅凭借自然之微光的照耀下，
> 能走多远。①

这应该是除了莎士比亚本人之外，最早将莎士比亚看作自然诗人的评论之一。这位署名 F.B. 的作者如果真的是剧作家鲍芒的话，那么他在这里对莎士比亚这位同行的评价就很有意思。一方面他预言了后世对莎士比亚的评价，因为自然正是后世赋予莎士比亚最重要的特点；而另一方面，考虑到鲍芒是在写给琼生的信中提到莎士比亚，但莎士比亚又是两人共同的竞争对手，这也意味着鲍芒的话很可能并不是对莎士比亚的褒奖，而是指出了他的缺点，大意是莎士比亚充其量是一个未来布道者口中的例证，证明了一个没有学识的人在戏剧领域所能达到的最高成就。

不过这至少说明，在莎士比亚和琼生都还在世的时候，琼生的博学与莎士比亚的"不学"就已经成为明显的对比，缺乏学识的莎士比亚只能靠天赋来成为自然诗人。于是莎士比亚与琼生分别成为自然天赋与艺术技巧的代表。要做到诗风自然无雕饰，靠的是诗人的天赋异禀，而天才与技艺之间的这种对比其实古已有之，贺拉斯在《诗艺》中就讨论过天才与技艺之间的关系："有人问：写一首好诗，是靠天才呢，还是靠艺术？我的看法是：苦学而没有丰富的

---

① E. K. Chambers, *William Shakespeare: A Study of Facts and Problems*, Vol. 1, Oxford University Press, 1930, p.70.

天才，有天才而没有训练，都归无用；两者应该相互为用，相互结合。"[①] 对贺拉斯来说，两者兼而有之是最好的情况。这种观念也被文艺复兴时期的诗人所继承，琼生自己在第一对开本中写给莎士比亚的那首颂诗中便提道："好诗人靠天生也是靠炼成。"[②] 然而，将技巧与天赋集于一身显然是大多数人所难以企及的，琼生也不过是在公开恭维自己的老朋友而已，否则他也不会在同一首诗中说莎士比亚"少拉丁、更少希腊"了。那么，强调莎士比亚是自然诗人，这本身就是一个可以从两方面解释的描述，一方面说明他的艺术真实自然，且创作全凭诗歌天赋；另一方面也说明他确实缺少古典知识，不懂艺术规则。而对这两方面的不同阐释也决定了后世一百余年间批评家们对待莎士比亚的不同态度。

在这种情况下，在莎士比亚去世之后，他的"不学"很快便被后人也贴上了"自然"这个标签。如果说鲍芒并没有将"自然"视为莎士比亚的优点的话，那么早在1640年，就有人用"自然"来为莎士比亚辩护了。当时的诗人和翻译家伦纳德·迪格斯（Leonard Digges，1588—1635）在为《莎士比亚诗集》写的一首序诗中说道：

> 只有自然对他有所助益，因为翻遍此书
> 你会发现他没有引用
> 任何一句希腊文，也没模仿任何拉丁文

---

① 贺拉斯：《诗艺》，杨周翰译，北京：人民文学出版社，2008，第144页。
② 杨周翰选编：《莎士比亚评论汇编（上）》，北京：中国社会科学出版社，1979，第14页。

甚至没有借用任何其他语言。①

与鲍芒同样以自然来标榜莎士比亚，但迪格斯的口气已经有了明显的变化。托马斯·福勒（Thomas Fuller，1608—1661）在1662年出版的《英国名人传》（*The History of the Worthies of England*）中也认为莎士比亚是"Poeta non fit sed nascitur"（天生的诗人）②，并说莎士比亚像钻石一样生来就不需雕琢，因为"自然本身就是他的艺术"③。福勒紧接着还非常生动地形容了莎士比亚与琼生之间的竞争关系："他与琼生之间有许多斗智，我觉得就像是西班牙的巨型盖伦战舰和英国战艇间的对决：琼生就像前者，学识超群，表现得坚实却缓慢；莎士比亚则像后者，体量虽小却轻盈迅捷，用他的智慧和对各种风向的创造性利用，应付各种浪潮。"④福勒这个也许是无意间想到的比喻其实很有意思，因为它已经暗示出两层含义：第一，莎士比亚能够代表英国，而本·琼生则不能；第二，英国在1588年的海战中成功战胜了西班牙的无敌舰队，从此逐渐确立了海洋霸权，并走上了称霸世界的道路，这也预示着莎士比亚终将在这场智力的角逐中胜出，走出英国并走向世界。

此后，"自然"就逐渐成为莎士比亚的一个重要标签，

---

① Brian Vickers ed., William *Shakespeare: The Critical Heritage, Vol. 1,1623-1692*, London: Routledge, 1974, p.27.
② C. M. Ingleby and John James Munro ed., *The Shakspere Allusion-Book: A Collection of Allusions to Shakspere from 1591 to 1700, Vol.1*, London: Chatto & Windus, 1909, p.483.
③ Ibid.
④ Ibid., p.484.

与琼生的博学和技艺相对立,而且人们逐渐开始将其视为莎士比亚的优点和特质。到了18世纪,连作为古典主义者的蒲柏在自己编辑的《莎士比亚作品集》的序言中也表达了莎士比亚是自然诗人的观点:"莎士比亚的诗歌的确是灵感的源泉:他不是一个模仿者,而是自然的媒介;不是他从自然中发声,而是自然通过他来发声。"①

文艺复兴时期的文艺理论继承的是古代的模仿说,模仿说认为艺术是对自然或人性的模仿。但当时的艺术家同时又以古代艺术为模仿的典范,因此注重追求的是一种技艺与自然之间的平衡,两者不可偏废。不过到了17世纪后期,随着资产阶级共和国的建立和民族国家的诞生,一些英国批评家开始有意识地强调"自然"与"艺术"的对立,从而对抗法国古典主义的文化入侵。因此,以自然为由为莎士比亚"不学"辩护的声音此时开始出现,甚至有人直接将莎士比亚的"不学"视为其优点。伊顿的黑尔斯(Hales of Eton)②便是较早从这个角度解读莎士比亚的人。此人对莎士比亚的辩护非常有名,在17、18世纪广为流传,许多人提到过此事,不过其真实性有待考证。莎士比亚的第一位传记作者尼古拉斯·罗(Nicholas Rowe,1674—1718)在他所写的莎士比亚传记里记载了这件事:

在约翰·萨克林、威廉·戴夫南特、恩底弥

---

① Alexander Pope, "Preface to Edition of Shakespeare", in *Eighteenth Century Essays on Shakespeare*, D. Nichol Smith ed., Glasgow: James MacLehose and Sons, 1903, p.48.
② 即约翰·黑尔斯(John Hales,1584—1656),英国神学家和作家,曾长期在伊顿公学任教职。

翁·波特（Endymion Porter，1587—1649）、伊顿的黑尔斯先生以及本·琼生之间有一个对话：约翰·萨克林是莎士比亚的崇拜者，热情地反驳了本·琼生对莎士比亚的指责；黑尔斯先生则一直坐着没有说话，听着本一再指责莎士比亚不学、不了解古代先贤，最后他告诉本，如果说莎士比亚没有阅读古人的话，他恰恰也没有从古人那里偷窃任何东西；而且如果说他也写出了古人所擅长写作的内容的话，那说明同样的内容是莎士比亚自己所创作。①

这是一段在当时广为流传的对话，罗并不是第一位提到此事的人，约翰·德莱顿在17世纪时就曾提到过此事。如果这个记载属实的话，黑尔斯应该算最早将莎士比亚的"不学"直接视为其优点的那一批人。德莱顿本人在替莎翁的"不学"辩护方面也是一位承上启下的重要人物，在1668年出版的著名的《论戏剧诗》（*An Essay of Dramatic Poesy*）中，他为莎士比亚辩解道："那些指责他不学的人们反而会给他更高的褒奖。他的学识浑然天成；他无须戴着书本这副眼镜来阅读自然，他能直视自己的内心，并在那里找寻到她。"② 另外，德莱顿还有一段不太被人注意却更有代表性的话："在我们民族的所有作家中，莎士比亚像是一只孑然独立的不死鸟；他在充盈的自然中获得了一个

---

① Nicholas Rowe, "Some Account of the Life of Mr. William Shakespeare", in *Eighteenth Century Essays on Shakespeare*, D. Nichol Smith ed., Glasgow: James MacLehose and Sons, 1903, pp.8–9.

② John Dryden, *Dramatic essays*, London: J. M. Dent & Sons, Ltd., 1912, p.40.

伟大诗人和优异雄辩者的所有补给；只有对他这样的人我们才敢说，如果他有更多的学识的话，也许就不会成为这么伟大的诗人。"①

于是，莎评史上一个重要的传统观点在17世纪便开始形成，那就是将莎士比亚的"不学"视为天才与自然的结合，甚至等同于英国戏剧的特质与荣耀。因此，当批评家和剧作家查尔斯·戈尔登试图反驳琼生的说法，认为莎士比亚有学识的时候，当时的另一位批评家和剧作家约翰·丹尼斯就回应道："所有让莎士比亚有学识的人，尤其是认为他有古典学识的，都应被视为贬低伟大的英国荣耀的人。"② 莎士比亚的"不学"便是他的"自然"，经过这样的阐释，莎士比亚变为了自然诗人的代表。虽然在17世纪还没有太多人敢拿这个特点公开抗衡古典主义原则，但毕竟为后世批评家为莎士比亚的辩护埋下了伏笔。因此到了18世纪，在民族意识不断觉醒的情况下，莎士比亚"不学"的缺点完全变成了他的优点，而琼生博学的"优点"则因为与法国古典主义联系紧密而显得越来越不合时宜。

三、从"英国的奥维德"到"英国的荷马"

在文艺复兴时期的英国，罗马诗人奥维德无疑是所有

---

① George Thorn-Drury, *More Seventeenth Century Allusions to Shakespeare and His Works, Not Hitherto Collected*, London: P. J. and A. E. Dobell, 1924, p.38.

② Brian Vickers ed., William *Shakespeare: The Critical Heritage, Vol. 2, 1693–1733*, London: Routledge, 1974, p.293.

古代作家中最受人喜爱的一位，他的《变形记》则是当时的作家们了解古代神话的重要媒介，莎士比亚本人在这方面也深受奥维德作品的影响。①早在1598年，莎士比亚已经凭借一系列喜剧和历史剧创作在伦敦戏剧界有了立足之地，在英国诗坛也因几首长诗的出版有了一定声望。此时另一位作家弗朗西斯·米尔斯在《智慧的宝库》(*Palladis Tamia*)一书中便将莎士比亚与奥维德相提并论："正如欧福耳玻斯（Euphorbus）的灵魂被认为转世在毕达哥拉斯身上，奥维德那甜蜜的灵魂也出现在甜美悦耳的莎士比亚身上。"②此话无异于将莎士比亚称为英国的奥维德。此后，莎士比亚与奥维德之间的类比便时常出现，比如上文提到的托马斯·福勒在1662年出版的《英国名人传》中就曾认为，莎士比亚可以被视为三位古代作家结合之后的化身，他们分别是马提亚尔（Martial）③、奥维德和普劳图斯，而奥维德则是"所有诗人中最自然和智慧的"④。后来这个三者结合的说法流传很广，在17世纪下半叶也被其他论者所提及。有学者列举了一些莎士比亚与奥维德之间的相似性来佐证米尔斯等人这一类比：

---

① 参见拙著《莎士比亚与古典文学传统》第四章，中国社会科学出版社2021年版。
② C. M. Ingleby and John James Munro ed., *The Shakspere Allusion-Book: A Collection of Allusions to Shakspere from 1591 to 1700, Vol.1,* London: Chatto & Windus, 1909, p.46.
③ 马库斯·瓦列里乌斯·马提亚尔（Marcus Valerius Martialis, 约40—104），罗马帝国时期西班牙诗人。
④ C. M. Ingleby and John James Munro ed., *The Shakspere Allusion-Book: A Collection of Allusions to Shakspere from 1591 to 1700, Vol.1,* London: Chatto & Windus, 1909, p.483.

(两人都)以一种全新的方式塑造从前人那里继承来的故事;拒绝服从文体的礼节,喜欢将对比鲜明的风格并列使用,比如悲剧和怪诞、滑稽和可怜、愤世嫉俗和宽宏大量;对人类心理的兴趣高于一切,尤其是对各种欲望心理的兴趣;探索极端情绪所带来的转变;喜欢修辞的巧妙、语言的丰富、文字的游戏;将多样性和灵活性作为基本的思维习惯和表达形式。①

可见,米尔斯对莎士比亚的评价也并非完全是一种恭维,两人之间确实有不少相似之处。然而到了1668年,德莱顿在著名的《论戏剧诗》中一改前人这个"英国的奥维德"的说法,将莎士比亚变成了"英国的荷马"。② 德莱顿在此文中借尼安德这个虚构人物之口说道:"莎士比亚就是荷马,是我们的戏剧诗人之父。琼生是维吉尔,是更精致的写作模式。我钦佩他,但我爱莎士比亚。"③ 很明显,在德莱顿这里,莎士比亚已经超越了同时代的琼生和弗莱彻等人,是传说中的"诗人之王"荷马,而荷马也是维吉尔

---

① Jonathan Bate, *Shakespeare and Ovid*, Oxford: Clarendon Press, 1993, p.3.
② 有趣的是,在伊丽莎白时代,米尔斯在《智慧的宝库》中将莎士比亚称为"英国的奥维德",却将另一位当时声名显赫,如今已无人问津的诗人威廉·华纳(William Warner,约1558—1609)称为"我们英国的荷马"。不过,在查普曼(George Chapman,1559—1634)翻译的荷马史诗于1616年出版之前,英国作家们只能通过有限的拉丁文和希腊文版本阅读荷马,对荷马的了解十分有限,对其文体风格、人物塑造等特征知之甚少,只是大概了解荷马的文学声望和历史地位。米尔斯将华纳称为"英国的荷马",原因也许只是由于华纳创作了一首英雄史诗《阿尔比恩的英格兰》(*Albion's England*)。
③ D. D. Arundell ed, *Dryden & Howard 1664–1668, the Text of an Essay of Dramatic Poesy, The Indian Emperor and the Duke of Lerma*, Cambridge: Cambridge University Press, 1929, p.69.

和奥维德等罗马诗人所学习的榜样。

德莱顿在17世纪下半叶抛弃了奥维德,而将莎士比亚与荷马相提并论,应该并非出自偶然的联想。荷马虽然一直享有"诗人之王"的美誉,但实际上《荷马史诗》在14世纪才被西欧知识界重新发现,这位来自远古时代的希腊诗人在文艺复兴时期远没有用拉丁文写作的维吉尔和奥维德等人受欢迎。但丁笔下的主人公在地狱中虽然见到了荷马,但也不过提到一句"诗人之王"而已,两人之间连对话都没有。无论从哪方面来看,但丁在《神曲》中的精神导师都是维吉尔。[1] 正如有学者指出的:"文艺复兴时期的批评家大多认为,荷马作为诗歌的滥觞,长于'创新',更加具有原创性,但维吉尔却是一个更加完美的艺术家,反映了一个更加文明的时代的价值。"[2] 这种观念影响深远,直到17世纪中叶,在斯卡里杰等意大利和法国古典主义者眼中,维吉尔都是优于荷马的。不过荷马的原创性与维吉尔的艺术技巧之间的对比显然让人想起了莎士比亚与琼生在17世纪英国批评界的竞争关系,毕竟原创性就意味着天才与自然。因此,随着荷马的声望在17世纪的不断提升,德莱顿在将莎士比亚与琼生做对比时想到荷马与维吉尔也就不足为奇了。[3]

---

[1] 参见《神曲·地狱篇》第四章。
[2] K. W. 格兰斯登:《荷马与史诗》,载 M. I. 芬利主编:《希腊的遗产》,张强等译,上海:上海人民出版社,2016,第111页。
[3] 荷马的名望在17世纪得到了持续提升,到了17世纪末席卷西欧知识界的"古今之争"爆发时,荷马已经因代表古代文化而成为争论的核心。关于"古今之争"中的荷马问题,可参见刘小枫的专著《古典学与古今之争》,北京:华夏出版社,2016,第70页以后。

从此之后,莎士比亚是"英国的荷马"的说法开始流行,因为莎士比亚的"不学"就像荷马的眼盲,不用借助学识便能将自然(人性)看得通透。一位叫作罗伯特·古尔德(Robert Gould,? —1709)的诗人在1685年左右写了一首诗,诗中便提到"荷马虽盲,却看到整个自然;你虽不学,但所知却和荷马一样"①。而早在1694年,查尔斯·戈尔登在反驳莱默对莎士比亚的指责时便提到,荷马很幸运出生在一个如此遥远的时代,不然也会被莱默之流吹毛求疵。在将莎士比亚与荷马进行了简单的对比后戈尔登反问道:"如果由于思想的高贵、言辞的威严和笔法的多变使后来的时代如此喜欢荷马,以至于会为他在行为描写和人物塑造上的失败找到一些借口,那么人们对莎士比亚是否太过苛求,他的错误是否就抹杀了他的美妙与卓越?"②

到了1711年,约翰·丹尼斯提到了将荷马与莎士比亚相提并论的原因:"人们可以像评价荷马那样评价莎士比亚,因为后者同样在不模仿任何人的情况下便做到了无与伦比。"③1719年,后来成为著名莎剧校勘专家的西奥博德曾说:"所有人都承认莎士比亚是荷马之后的诗人中最出色的天才,拥有最动人的想象力。"④随后,西奥博德又引

---

① C. M. Ingleby, John James Munro ed., *The Shakspere Allusion-Book: A Collection of Allusions to Shakspere from 1591 to 1700, Vol.2*, London: Chatto & Windus, 1909, p.292.
② Brian Vickers, ed., *William Shakespeare: The Critical Heritage, Vol. 2, 1693–1733*, London: Routledge, 1974, p.66.
③ Ibid., p.282.
④ Ibid., p.353.

述了17世纪诗人约翰·德纳姆（Sir John Denham，1615—1669）称颂荷马的一首诗，诗的大意是盲诗人荷马目不能视，却给世界带来光明，对此西奥博德评价说："对我而言，我必须说莎士比亚缺乏关于古人的学识与德纳姆提到荷马缺乏视力的情况一样。"[①]这个眼盲与"不学"之间的类比显然继承了古尔德的诗句，意指莎士比亚缺乏学识就像荷马缺乏视力一样，但两者都做出了开创性的贡献。在丹尼斯和西奥博德这里，荷马对莎士比亚来说是一个完美的类比对象，一个不能读也不会写的盲诗人，在诗神的庇佑下吟唱出传世的诗篇，这与莎士比亚的浑然天成却缺乏学识是何其相似。1733年，西奥博德在自己编辑的《莎士比亚作品集》的序言中再次将荷马与莎士比亚相提并论："虽然难以作为莎士比亚阅读古代作家的证据并得出结论，但还是应该提到，他总是在所有的描写中生动地展现出荷马以及其他古代诗人才有的天赋；用大胆的隐喻和意象赋予无趣的事物以鲜活的特征。"[②]而作为西奥博德的死对头，亚历山大·蒲柏（Alexander Pope，1688—1744）在自己编辑的《莎士比亚作品集》中也热情洋溢地将莎士比亚和荷马做了对比："如果有任何一个作家可以称得上是独创性天才，那么非莎士比亚莫属。连荷马也不能如此直接地从自

[①] Brian Vickers, ed., *William Shakespeare: The Critical Heritage, Vol. 2, 1693–1733*, London: Routledge, 1974, p.354.
[②] Ibid., p.482.

然之源泉中汲取自己的艺术灵感。"① 同为自然诗人，莎士比亚甚至要比荷马更贴近自然，蒲柏因此也是最早提出莎士比亚在某些方面比荷马还要优秀的批评家之一。

通过以上梳理我们不难看出，英国批评家们在17世纪末18世纪初开始集体抛弃奥维德，选择荷马作为与莎士比亚对应的古代典范，这背后显然有更深刻的文化动因。我们知道，18世纪上半叶在传统的英国文学史上又被称为"奥古斯都时期"，因为此时在文学创作上被奉为典范的是罗马奥古斯都时期的维吉尔、贺拉斯和奥维德等作家，但这种文学品位显然来自法国古典主义的影响。从古希腊的亚里士多德与索福克勒斯到古罗马的奥古斯都文学，法国人所推崇的古代典范都是以理性、规则、尺度、技艺等为关键词的，而我们不应忘记的是，古代西方文明是跨越了荷马时代的蒙昧才最终走向这种理性精神的，这实际上是西方文明在公元前6世纪至公元前5世纪的第一次启蒙的结果。类似于18世纪的启蒙运动，从苏格拉底、柏拉图到亚里士多德，短短百年时间，希腊人完成了对以荷马为代表的奥林波斯教和神话传说的祛魅。几乎与此同时，科学得以发展，戏剧开始繁荣，哲学思想活跃，民主制度也达到巅峰。这在本质上就是一次改变西方文明走向的启蒙。但另一方面，这也意味着以荷马为代表的神话时代的终结，

---

① Alexander Pope, "Preface to Edition of Shakespeare", in *Eighteenth Century Essays on Shakespeare*, D. Nichol Smith ed., Glasgow: James MacLehose and Sons, 1903, p.48.

神话与宗教剥离，最终被视为虚构和虚假的东西。①

而15世纪之后，随着亚里士多德的《诗学》被重新发现，古典主义诗学原则兴起，但这种古典主义显然是以亚里士多德和贺拉斯等启蒙之后的少数古典文论家的文学鉴赏学说为原则的古典主义，其狭隘性也正源于此（因此有人称其为"伪古典主义"）。面对法国这种强势而狭隘的古典主义文化的入侵，英国人在不否认古典主义原则的前提下，只能选择扩大古代典范的范围来为本民族的文学进行辩护。如果只能在古代文学的范围中找到一条不同的路径，既能彰显英国的与众不同，又有足够的权威性和说服力，那么留给英国人可选择的古代典范恐怕只有生活在神话时代的传奇诗人荷马了。如果公元前6世纪开启了古代西方世界一个新的启蒙时代的话，那么公元前6世纪之前的希腊就类似于文艺复兴之前的中世纪，这是一个原始的、蒙昧的、现代人知之甚少的被宗教所支配的时代。因此在某种程度上，英国批评家们选择荷马不仅意味着与法国古典主义划清界限，也意味着回到一个启蒙理性开启之前的原始时代，这就与后来的浪漫主义回到中世纪的审美诉求可谓一脉相承。

---

① 关于西方文明在古希腊的第一次启蒙运动以及西方文明对"神话"（myth）或"秘索思"（mythos）一词的遮蔽，可参见陈中梅先生《言诗》一书第十章《秘索思》，以及《秘索思词源考》上下两篇，分别载于陈思和、王德威主编《文学》2013年春夏卷和秋冬卷。如果从秘索思的角度看待英国人对荷马与莎士比亚的类比，会得出一些有趣的结论。如果选择荷马意味着回到一个与法国古典主义以及启蒙运动的逻格斯属性不同的秘索思时代的话，那么浪漫主义的源头其实已经埋藏在18世纪初"奥古斯都时期"对荷马的赞扬以及"古今之争"中的荷马问题里。

因此,英国文学的"奥古斯都时期"表面上与法国古典主义的文学品位保持一致,但实际上在民族情绪的作用下早已暗潮涌动,寻找着反抗法国文化入侵的突破口。作为"奥古斯都时期"的代表诗人,蒲柏不仅亲自翻译了荷马史诗,而且在自己的长诗《论批评》中也已经提到,荷马才是我们应该模仿的典范:"请认真研习荷马,从中获得乐趣,每日都读,每夜思考;它会带给你判断和准则,带你追随缪斯到文艺的源泉;……荷马和自然是一回事,……模仿自然便意味着模仿他们。"① 因此,蒲柏强调对荷马的模仿,在某种程度上已经超越了"奥古斯都时期"的法国古典主义品位。在这种情况下,与古典主义诗学格格不入的莎士比亚恰恰成为这种民族情绪宣泄的一个出口。此后,英国批评家们不断有意识地避开亚里士多德所推崇的希腊悲剧以及维吉尔和奥维德等罗马作家,将莎士比亚与荷马置于同样的文化语境,强调两者的文学之父地位和自然诗人特征,这种文学品位的选择本身便是与法国古典主义对抗的结果,背后其实还是一种民族意识的自觉和民族情感的流露。

四、德莱顿与莎士比亚

古典主义诗学在复辟时代虽然流行,但是英国剧作家

---

① Pat Rogers ed., *Alexander Pope, The Major Works*, Oxford: Oxford University Press, 1993, p.22.

和批评家们对待三一律等规则的态度其实很矛盾。一方面他们尊重三一律,认为这是戏剧艺术的金科玉律,因为古典主义者们认为这是古代戏剧艺术留下的瑰宝,而且他们认为时间、地点、情节的整一律确实能够让戏剧显得更真实,因此也更接近自然;但另一方面,由于有伊朝戏剧的优良传统,在实际创作中英国的剧作家们又往往口是心非,并没有完全遵守这些规则。而这种矛盾也造成了一种现象,那就是英国人在理论上突破三一律的限制要比在实践上困难许多。

在德莱顿的时代,只有极个别的英国批评家敢于明确反对三一律。德莱顿的妻弟罗伯特·霍华德爵士(Sir Robert Howard,1626—1698)便是最早一批公开质疑三一律的批评家之一。[①]早在1668年,在自己的剧作《勒玛公爵》(*The Duke of Lerma*)的序言中,霍华德在列举了三一律的规则之后说道:

> 为了说明这些规则如何建立在一个错误的基础上来影响戏剧诗,我将试图证明根本没有这回事。因为

[①] 在德莱顿著名的《论戏剧诗》中有四个虚构人物的对话,其中崇尚古典传统的柯莱特斯(Crites)往往被认为是霍华德的化身。这一观点最早来自埃德蒙·马隆,后人大多沿用了马隆的说法。此说法的根据在于在《论戏剧诗》最后一部分尼安德与柯莱特斯关于诗歌韵律的争论中,柯莱特斯的观点与霍华德基本一致,而德莱顿与霍华德在现实中也确实有此争论。但根据我们的引述,霍华德在对待古典传统这一关键问题上的态度与柯莱特斯完全相反。因此,柯莱特斯是不是霍华德的化身在学术界其实存在争议。参见 G. R. Noyes, "'Crites' in Dryden's Essay of Dramatic Poesy", in *Modern Language Notes*, Vol. 38, No. 6 (Jun., 1923), pp. 333-337。

> 严格来说，如果在一个舞台上展现两个国家是不可能的，那么展现两座房子或两间屋子也同样是不可能的；同理，如果一千个小时或数年时间被压缩在短时间内是不可能的，那么五个小时或二十四个小时被压缩成两个半小时的戏剧时间也是不可能的，……这种不可能性都是一样的，没有程度的区别。[①]

到了1702年，一位名叫乔治·法夸尔（George Farquhar，1678—1707）的喜剧作家和诗人也曾令人信服地反驳过古典主义诗学规则。法夸尔认为不应该迷信古代权威，因为当今的时代一点也不比古代逊色，那么凭什么亚里士多德的诗学规则能成为不可改变的权威？况且，英国的戏剧是演给当下的英国观众看的，不是法国、西班牙，也不是古希腊、罗马，而英国的观众"不仅在地理上与其他地方隔绝，而且在身体的容貌和脾气上也与其他民族不同，甚至在政治体制上也异于他邦"[②]。因此，不同的戏剧目的带来了不同的戏剧手段。在这种认识的基础上，法夸尔甚至试图抛开亚里士多德，重建一种关于喜剧创作的规则，不过限于篇幅，我们不再详细讨论。

虽然霍华德和法夸尔对古典主义诗学进行了大胆的批评，但一直到18世纪初，他们的观点应者寥寥。在这样的

[①] D. D. Arundell ed., *Dryden & Howard 1664–1668, the Text of an Essay of Dramatic Poesy, The Indian Emperor and the Duke of Lerma*, Cambridge: Cambridge University Press, 1929, p.97.

[②] Brian Vickers ed., *William Shakespeare: The Critical Heritage, Vol. 2,1693–1733*, London: Routledge, 1974, p.183.

大背景下，当时的英国就形成一个矛盾的现象：一方面，无论改编与否，戴夫南特和贝特顿等人都热衷于在舞台上演绎莎剧，而大量像皮普斯这样的观众则热衷于去看莎剧，莎士比亚在剧场中依然被观众所喜爱；而另一方面，深受古典主义规则影响的批评家和剧作家们虽然也喜爱莎士比亚，也在莎士比亚身上看到了"自然"这样的优点，但更多人则是看到莎士比亚身上各种各样令人难以忍受的缺点。而且这些缺点不断被人提及，反映了英国批评家们对待莎士比亚的矛盾态度。

在古典主义诗学原则的影响下，当时的批评家对莎士比亚的指责主要集中在以下几个方面。第一，是莎剧对古典主义三一律的无视，这反映了莎士比亚对戏剧艺术规则的无知。第二，是莎剧的人物塑造不符合古典主义的"得体"原则。第三，是莎士比亚对古典文学的无知。——这几点都与莎士比亚的"不学"有关。当然上文已经提到，这些缺点也可以用"自然"来解释，甚至经过阐释可以成为莎士比亚的优点，因此长期以来是莎评界争论的一个焦点。第四，是莎剧中的悲喜剧混合不符合古典主义的文体原则。第五，是莎剧中各种超自然角色的出现和血腥暴力场面不适宜舞台演出。第六，是莎剧语言上多用隐喻和双关语，含义模糊，不符合古典主义对语言明晰的要求，而且无韵诗并不是古典主义戏剧所提倡的诗体等。这其中尤其以前两个问题所引起的批评较多。

在如此众多的缺点被不断提及的情况下，纵使有上文提到的个别批评家明确地将莎士比亚的"自然"和"不学"视为其优点，但仍然难以改变17世纪的英国批评界在整体上将莎士比亚视为一个文学品位低下的野蛮时代所留下的文化遗产的事实。此时的莎士比亚亟须一位德高望重的文坛领袖来拯救这位诗人在古典主义思潮下岌岌可危的声望，而当时最重要的剧作家和批评家德莱顿恰恰就是在这时登上了莎评史的舞台。作为文学批评家的德莱顿显然在莎士比亚经典化的过程中起到了举足轻重的作用。前文提到，早在1667年，德莱顿和戴夫南特就合作改编了莎士比亚的《暴风雨》，在这部改编剧的序诗中，德莱顿热情洋溢地赞美了莎士比亚，并明确将这位诗人的地位置于同时代的弗莱彻和琼生之上：

> 无师自通的莎士比亚第一次
> 将智慧传授给弗莱彻，将技艺传授给勤奋的琼生。
> 他像是一位君主，将法律授予臣民，
> 他们描绘的是自然。
> 弗莱彻达到了他的高度，
> 而琼生还在下面爬行摸索：
> 一个继承了他的爱情描写，另一个继承了他的欢乐场面，
> 一个模仿得多，另一个模仿得好。[①]

结合德莱顿后来对莎士比亚的评价来看，这应该是他对莎士比亚最高的赞美。1668年，德莱顿出版了以对话体

---

① Brian Vickers ed., *William Shakespeare: The Critical Heritage, Vol.1, 1623–1692*, London: Routledge, 1974, p.78.

形式写成的评论著作《论戏剧诗》。这是17世纪的一篇重要的文学批评文献,德莱顿在其中同样给予莎士比亚相当高的评价,其观点基本上为复辟时代乃至后来的18世纪莎评定下了基调:

> 在所有古今诗人中,他(莎士比亚)具有最广阔、最包容万物的灵魂。自然的所有意象总是在他面前展现,供他毫不费力地随意选取。当他描绘任何事物时,你不仅能看到它,而且能感觉到它。那些指责他缺乏学识的人实际上是给了他更大的赞美:他的学识浑然天成(naturally learned),他不需要通过书本去了解自然;他反观自己的内心,在那里发现自然。我不能说他总是如此,如果他是这样的话,那么我拿他和人类中最伟大者相比也是对他的贬损。他有时也是平淡无味的,他的滑稽机智流于俏皮,他的严肃变为浮夸。但是一旦涉及重要的场景,他总是伟大的;所有人都承认,一旦他有了一个合适的题材,他会超越其他所有诗人。[1]

德莱顿在这里就明确地将莎士比亚的"不学"解释为他的"自然",而且认为这是莎士比亚浑然天成的、不需要从书本得来的学识。在评论了莎士比亚之后,德莱顿又通

---

[1] D. D. Arundell ed., *Dryden & Howard 1664–1668, the Text of an Essay of Dramatic Poesy, The Indian Emperor and the Duke of Lerma*, Cambridge: Cambridge University Press, 1929, pp.66–67.

过虚构人物尼安德之口,对鲍芒与弗莱彻以及本·琼生这几位英国本土剧作家也多有褒奖,但在将琼生和莎士比亚做对比时,尼安德提到:"我必须承认他(琼生)是更正确的诗人,但莎士比亚却有更伟大的智慧。"① 把莎士比亚与智慧联系在一起来区别于琼生的古典主义,进而为莎士比亚辩护,这也是当时批评家的常见策略之一。

不过即便如此,德莱顿也远远没有摆脱古典主义的束缚。在德莱顿看来,莎士比亚仍然是一个野蛮时代的诗人,既有优点,也有各种各样的缺点。德莱顿对莎士比亚更细致全面的评论出现在1679年出版的《〈特洛伊罗斯与克瑞西达〉序言》中,也就是《悲剧批评的基础》一文②。而在这篇文章中,德莱顿的观点更倾向于保守。德莱顿在此文中从亚里士多德的观点出发讨论了悲剧的情节和人物性格等问题,同时大量引述法国古典主义者拉宾和拉博苏等人的观点,并以这些观点来衡量莎士比亚和弗莱彻等伊丽莎白时代剧作家的作品,阐述其各自价值,并将两者进行了比较。

在谈到人物的情欲(passion)③问题时,德莱顿这样批

---

① D. D. Arundell ed., *Dryden & Howard 1664–1668, the Text of an Essay of Dramatic Poesy, The Indian Emperor and the Duke of Lerma*, Cambridge: Cambridge University Press, 1929, p.69.
② 《悲剧批评的基础》("The Grounds of Criticism in Tragedy")是这篇《序言》的一部分,是德莱顿自己提到的一个标题,占绝大部分篇幅。
③ 严格来讲,从文艺复兴时期一直到18世纪,passion一词在许多时候的含义并非我们今天所理解的"激情",而是一种与当时的心理学有关的"情欲",或者更准确地说,是人的不同心理状态和情绪。德莱顿在前文中自己也说passion指的是在戏中人物身上的"愤怒、爱情、野心、妒忌、复仇等情绪"。关于passion与莎剧的关系问题可参见Lily B. Campbell, *Shakespeare's Tragic Heroes: Slaves of Passion*, Cambridge: Cambridge University Press, 1930。

评了莎士比亚的语言:

> 他常常以辞害意,有时使得意思不可理解。我不愿说这样伟大的诗人分不清什么是膨胀臃肿的风格,什么是真正的雄伟;但我可以冒昧地说他那狂热的幻想常常使他超出理智的界限,或是铸造新字异句,或是硬把日常使用的字句粗暴地误用。①

"以辞害意"(obscures his meaning by his words)是德莱顿对莎士比亚的一个著名指责,鲜明地反映了他追求语言明晰的古典主义立场。在列举了一些具体的例子之后,德莱顿总结道:

> 我并不贬责高贵的思想,或激昂的悲情,或任何恰当的崇高的表现手法;我所贬责的是这些东西的不恰当的分量,有点像他们但又不是他们;这是布列斯特尔的石英,看起来仿佛是金刚钻;这是夸大的思想而不是崇高的思想;这是大叫大嚷的疯狂状态而不是激烈的情绪;这是有声音而无意义。如果把莎士比亚描写激情的夸张之词全部删去,而用最庸俗的字句来表现它,我们仍旧能够发现留下来的美丽的思想;如果把他的虚文都烧尽了,熔炉的底子里仍旧有着银子。……我们在一个更为文雅的时代继承了他(莎士

---

① 杨周翰选编:《莎士比亚评论汇编(上)》,北京:中国社会科学出版社,1979,第30页。

比亚),如果我们模仿他的工作做得太坏,以致我们只模仿他的缺点,而且把他的著作中不完美的东西变成我们作品中的优点,那是我们的过错。[1]

直到全文的最后,德莱顿还在引用拉宾的观点来强调规则的重要性和幻想的破坏性:"只有依赖法则,情节中的可能性才能保住,那是诗歌的灵魂。……但只以自己的幻想作为引导的那些诗人,他们犯过的种种可笑的错误和荒谬绝伦的事情证明:如果幻想不受节制,那么它仅仅是乖僻之物,完全不能创造合理而明智的诗篇。"[2] 强调规则而否定想象,强调通过符合理性的或然律原则来模仿自然,强调语言的明晰而否定隐喻和多义,这是典型的古典主义诗学观点。由此可见,19世纪的浪漫主义者热爱莎士比亚的想象力,20世纪的批评家和各种理论家热衷于发掘莎士比亚语言背后的丰富含义,但17世纪的古典主义者所反对的恰恰是这些,他们所欣赏的既不是莎士比亚的语言,也不是其想象力,而是其符合理性的模仿能力和崇高的思想。不过,莎士比亚在其他许多方面显然并没有遵守古典主义规则。因此,古典主义者对莎士比亚的欣赏往往伴随着遗憾和惋惜,语言的多义和想象力的泛滥在德莱顿这里正是莎士比亚令人遗憾的缺点。

总的来说,年轻时的德莱顿对伊丽莎白时代的戏剧更

---

[1] 杨周翰选编:《莎士比亚评论汇编(上)》,北京:中国社会科学出版社,1979,第32—33页。
[2] 同上书,第34页,译文有改动。

有热情,晚年的德莱顿更倾向于理智,也更倾向于古典主义。不过处在外来的古典主义原则与本土戏剧的民族情感之间的德莱顿始终是矛盾的,正如一位学者所描述的:"在这一页他好像与伊丽莎白时代的人们在一个层次,另一页他就陷入了冷冰冰的、讲究逻辑的古典主义。有时他为英雄剧辩护,有时他又用最刻薄的咒骂攻击它。他时常雄辩地表达对莎士比亚的热爱,但又多次对这位伟大的前辈抱怨个不停。"[1]德莱顿作为17世纪下半叶英国文学的重要代表人物之一,在某种程度上,他对莎士比亚的矛盾态度也是那个时代的矛盾。但无论如何,德莱顿的那些热情洋溢的赞美还是为莎士比亚的名望带来了极大的提升,为日后莎士比亚代表英国文学对抗法国古典主义埋下了伏笔。当然,德莱顿后来对莎士比亚的赞美也常常是一种民族主义情绪的体现,这一点在托马斯·莱默开始公开攻击莎士比亚之后变得更加明显。

五、莱默激起的争论

如果当德莱顿出于对莎士比亚的喜爱和民族自尊心,可以在表面上不违背古典主义诗学原则的前提下用类似"未经反思的自然、未受教育的天才、不经艺术加工的美"这类词语标榜莎士比亚的英国价值的话,那么后来围

---

[1] Wm. E. Bohn, "The Development of John Dryden's Literary Criticism", in *PMLA*, Vol. 22, No. 1 (1907), pp. 57–58.

绕莱默所发生的争论则更清晰地暴露了批评家们对待本国诗人莎士比亚的强烈情感以及他们在古典原则和莎士比亚之间进行选择时所陷入的困境。托马斯·莱默（Thomas Rymer，1643—1713）是威廉三世的皇室史官，也是将法国古典主义诗学介绍到英国的重要人物。此人应该算是复辟时代英国最博学的批评家之一，但同时也是最固守古典主义诗学原则的一位。早在1673年，莱默便翻译了法国作家勒内·拉宾的《对亚里士多德诗学的反思》（*Reflections on Aristotle's Treatise of Poesie*）一书，显示出他对法国古典主义的了解与认同。

莱默在1677年出版了一本专著，叫作《从古典作品和常识看上一时代之悲剧》（*The Tragedies of the Last Age Consider'd and Examined by the Practice of the Ancients, and by the Common Sense of All Ages*），这本书除了提到不少古典主义诗学的老生常谈外，还攻击了弗莱彻的三部剧作。亚里士多德在《诗学》中认为情节是悲剧六要素中最重要的，这个观点深刻影响了文艺复兴之后的戏剧理论和创作。莱默在此书中一开始便提到，自己最关注的是"虚构"或"情节"，因为这是悲剧的灵魂。莱默认为评论戏剧作品的情节不需要太多的学识，仅靠常识便可以做出判断，因此莱默自称自己的戏剧评论是建立在常识和普遍理性的基础上的。

随后，莱默反驳了英国与希腊历史地理不同而有不同标准的观点，他认为自然（人性）是放之四海而皆准的标准，因为"人是一样的，两个地方的人都会爱、会伤心、会恨、会嫉妒，有同样的情感和情欲，同样的原因促使他们行动。在一个地方能激起怜悯,在另一个地方也会有一样的效果"①。这是典型的古典主义诗学理论,即承认普遍人性,否认文学创作的具体历史语境。如果在承认这种普遍人性论的前提下强调古代戏剧的典范作用,那么为不遵守古典主义原则的莎士比亚等英国剧作家辩护就会变得非常困难。因为从古希腊到近代英国,如果所谓的自然或人性是不变的,那么模仿自然便可以通过模仿古人来完成,古代的典范便应该遵循。莱默最后总结道:"我认为我们上一个时代的诗歌和我们的建筑一样粗俗,其中一个原因在于,我们当时不懂亚里士多德的《诗学》。在我们还不知道这本书之前,意大利人就已经在阿尔卑斯山的另一边评论此书了。"②

也许是由于攻击矛头并没有明确指向莎士比亚,与后来的《悲剧简论》相比,莱默的这本书在当时的影响并不算大。书商汤森曾提到,莱默出版了《从古典作品和常识看上一时代之悲剧》之后,曾专门赠送给德莱顿一本。大约在1677年,在为汤森版的《鲍芒与弗莱彻作品集》所写的序言中,德莱顿系统地评价了莱默的这本书,并在这篇文章中为英国戏剧进行了辩护。德莱顿认为亚里士多德所说的恐惧和怜悯并不是悲剧的主要目的,悲剧的目的是道德层面的趋善避恶,恐惧和怜悯只是达到这个目的的手段,而英国戏剧在激起怜悯和恐惧方面做得并不比古代戏剧差。

---

① Brian Vickers ed., *William Shakespeare: The Critical Heritage, Vol.1, 1623–1692*, London: Routledge, 1974, p.187.
② J. E. Spingarn ed., *Critical Essays of the Seventeenth Century, Vol. 2.*, Oxford: Clarendon, 1908, p.207.

英国戏剧之所以能够成功,在德莱顿看来原因在于:

> 我认为莎士比亚和弗莱彻是代表了他们所生活的那个时代和民族的天才。因为正如莱默所反驳的,自然(人性)在所有的地方都一样,理性也一样,但气候、时代以及作家所面对的人民的性格却是不同的,所以让希腊人感到愉悦的东西未必能打动一位英国观众。①

这段话是针对莱默的普遍人性论的反驳,德莱顿肯定了莱默的普遍人性论,却用性格(dispositions)的差异来为英国戏剧辩解,进而强调古代戏剧与近代戏剧的不同,这就避免了与古典主义诗学的直接冲突。另外,根据亚里士多德在《诗学》中划分的悲剧六要素,德莱顿认为在人物、思想、言辞等方面,英国戏剧都比古代戏剧好,只是在情节上不如古人更正确,但这并不是问题,因为:

> 如果古人的戏剧在情节上更正确,那我们的戏剧就在文笔上更精彩;如果我们在更差的基础上反而能达到同样的情感效果,那就说明在悲剧方面我们更有天赋,因为在悲剧的其他所有方面英国人都超越了他们。②

---

① Brian Vickers ed., *William Shakespeare: The Critical Heritage, Vol.1, 1623–1692*, London: Routledge, 1974, p.199.
② Ibid., p.200.

我们此前已经看到，德莱顿对莎士比亚的语言是颇有微词的，但面对莱默的苛责，德莱顿却认为，在悲剧的几大要素中，语言和言辞是英国戏剧的强项，尤其以莎士比亚为代表。而关于悲剧的效果，德莱顿提到，怜悯和恐惧只是悲剧所激起的情感的一部分，亚里士多德之所以认为怜悯和恐惧是悲剧所激起的主要情感，那是因为他看到的是索福克勒斯和欧里庇得斯的悲剧，而没有看到英国的悲剧。"如果他看了我们的悲剧，说不定会改变自己的看法。"[①]

最后，德莱顿对莱默的这部著作进行了总体评价：

> 它非常博学，但它的作者对希腊戏剧的了解比对英国戏剧要多；所有作家都应该学习一下这位批评家的观点，因为他是我见过论述古代作家最好的；他在这里给出的那些悲剧的典范无疑是优秀的，而且是完全正确的，但是悲剧并不是只有一种典范。古代的悲剧在情节和人物上有种种规矩，此书的作者让我们尊崇和学习古人，却对我们本国带有偏见。[②]

在1679年的《悲剧批评的基础》一文中，德莱顿再次提到了莱默，不过口气更缓和了一些，承认了莱默所提到的那些缺点，言外之意是认为莎士比亚的文采抵消了他的

[①] Brian Vickers ed., *William Shakespeare: The Critical Heritage, Vol.1, 1623–1692*, London: Routledge, 1974, p.201.

[②] Ibid., p.202.

过失:

> 莎士比亚和弗莱彻全部的戏剧情节包含了什么样的缺点,莱默先生在他的评论文章中已经指出了:我辈追随他们也无法避免同样或更大的错误;这在我们更是不可原谅,因为我们缺少他们那种文采来抵消我们的过失。①

这样看来德莱顿与莱默之间的分歧其实并不严重,大家都在古典主义诗学的框架内心平气和地讨论英国戏剧的优缺点,但这种情况随着莱默的新著出版很快发生了变化。如果说莱默在《上一时代之悲剧》中对英国戏剧的指责以及德莱顿为英国戏剧的辩解还算温和理智的话,那么莱默另一部著作的出版就彻底激起了德莱顿等英国批评家的民族情绪。

莱默在1693年出版了一本名为《悲剧简论:起源、美德和堕落》(*A Short View of Tragedy*: *Its Original, Excellecy and Corruption*)的书,其中将攻击的矛头直指莎士比亚,尤其是《奥赛罗》。在此书第七章,莱默详细评价了莎士比亚的悲剧《奥赛罗》。这位信奉古典主义原则的批评家首先从亚里士多德的悲剧理论出发,指出悲剧有四大要素,即情节、人物、思想以及言辞,然后进行了一些解释。与上一本书一样,莱默再次重申了情节是悲剧灵魂的观点,但

---

① 杨周翰选编:《莎士比亚评论汇编(上)》,北京:中国社会科学出版社,1979,第19页。

这次他给出了自己的理由。他认为人物与道德哲学有关，思想与修辞学有关，言辞则与文法有关，因此只有情节完全是诗人的工作。应该说，这种观点还是有道理的。随后莱默便分别从这四要素出发，对《奥赛罗》中的缺点进行了评论。

莱默首先指出《奥赛罗》的情节来自意大利作家吉拉尔迪·钦齐奥的小说。如果说原小说在情节上还讲得通的话，那么经过莎士比亚的修改却变得更不符合古典主义诗学中的或然律原则了。为了说明这一点，莱默引用了贺拉斯的《诗艺》。因为贺拉斯在《诗艺》开篇就提到："'画家和诗人一向都有大胆创造的权利。'不错，我知道，我们诗人要求有这种权利，同时也给予别人这种权利，但是不能因此就允许把野性的和驯服的结合起来，把蟒蛇和飞鸟、羔羊和猛虎，交配在一起。"[①] 因此，奥赛罗与苔丝狄蒙娜的组合本身就有问题。威尼斯贵族小姐苔丝狄蒙娜不应该也不可能爱上摩尔人奥赛罗，威尼斯元老院更不可能用一个摩尔黑人当将军去攻打土耳其的穆斯林。总之，《奥赛罗》在情节上完全不遵守或然律。莱默总结道："在自然中没有什么比一个不可能发生的谎言更令人厌恶的，也没有哪部戏剧像《奥赛罗》一样充满各种不可能性。"[②]

从人物的角度出发，根据古典主义诗学原则，人物的性格特征要符合人物的身份，莱默认为在这方面《奥赛罗》

---

① 贺拉斯：《诗艺》，杨周翰译，北京：人民文学出版社，2008，第127页。
② Brian Vickers ed., *William Shakespeare, The Critical Heritage, Vol. 2, 1693–1733*, London: Routledge, 1974, p.29.

同样充满不可思议和荒唐的描绘。奥赛罗不仅不像个将军，而且出于嫉妒杀妻根本不是军人应有的品性；伊阿古更是如此，军人应该有勇敢、忠诚、正直、诚实等品性，绝不应该是个恶棍；苔丝狄蒙娜作为威尼斯贵族小姐也不应该如此愚蠢。在讨论完人物的问题后莱默指出，由于在人物性格问题上完全不可理喻，《奥赛罗》在悲剧的第三要素"思想"上必然是既无理智也无意义的，这也导致此剧的第四个要素"言辞"根本不值得单独拿来讨论。此时莱默说出了也许是整个莎评史上关于莎剧最恶毒的话之一："马的嘶鸣或者犬的吠吼都各有其意义，其中都有生动的表达，如果我能这么说的话，许多时候都比莎士比亚的悲剧更有人性。"[①] 马鸣犬吠都比莎剧更有"人性"，这话恐怕比后来的伏尔泰、托尔斯泰、萧伯纳等著名的莎士比亚诋毁者的言论加起来都有过之而无不及。也许正是这样的话彻底激怒了德莱顿、约翰·丹尼斯、戈尔登等同样信奉古典主义诗学原则的英国诗人和批评家们，导致他们都对莱默的这部著作做出了不同程度的回应。

在从悲剧四大要素的角度上对《奥赛罗》进行评价之后，莱默并没有善罢甘休，而是开始花费大量篇幅细致分析了此剧文本中的不合理细节，尤其对第二幕和第四幕中的一些场景进行了非常详细的考察，从古典主义原则出发指出其荒唐和不合理之处，限于篇幅，我们不再详细讨论。最后，莱默这样总结了《奥赛罗》："此剧中有些滑稽、幽

---

① Brian Vickers ed., *William Shakespeare, The Critical Heritage, Vol. 2, 1693–1733*, London: Routledge, 1974, p.30.

默场景，也时不时有些喜剧的机智，有些模仿能吸引观众的注意，但从悲剧的角度来看，这只不过是一场血腥的闹剧，毫无味道可言。"[1]

德莱顿对莱默这些观点的不满很快就表现出来。但是严格按照古典主义诗学原则来说，莱默说的其实是有道理的，他的分析不仅条理清晰，而且引经据典，还辅以大量莎士比亚的文本进行说明。这样严密的论证让德莱顿陷入了相当被动的境地。在写给丹尼斯的信中，也许是已经厌倦了再次反驳莱默，抑或是明知道莱默的论证很难从细节上进行反驳，德莱顿干脆写道：

> 我们的喜剧不讲规则，和古代的戏剧完全不同，我们的悲剧也一样。莎士比亚在这方面是个天才。我们知道，不管莱默先生说了什么，这种天才本身就是优点，而且这种优点比所有的其他条件加起来还要大。你能看到这位博学的批评家在污蔑莎士比亚方面获得的成功。他找到的几乎所有错误都确实存在，但谁会放着莎士比亚不读而去读莱默的作品？对我来说，我尊重莱默先生的学识，但我看不惯他的恶意（ill nature）和傲慢。确实，从这方面来说，我有理由惧怕他，但是莎士比亚却不会。[2]

---

[1] Brian Vickers ed., *William Shakespeare, The Critical Heritage, Vol. 2, 1693–1733*, London: Routledge, 1974, p.54.
[2] Ibid., p.86.

不难看出，德莱顿的这番言语在不满的同时也透露出些许无奈。因为在古典主义原则的框架下，除了强调英国戏剧的独特性，他很难再对莱默进行有效的反驳，最后只能说出"我有理由惧怕他，但是莎士比亚却不会"这样的话。不过德莱顿在走投无路、无可奈何之中却提到了一个后世莎评家为莎士比亚辩护的关键词，那就是"天才"。"天才本身就是优点，而且这种优点比所有的其他条件加起来还要大"，这恰恰是18世纪莎评将莎士比亚视为民族诗人的主要逻辑，而天才理论也是一百多年后浪漫主义对抗古典主义的主要武器。由此可见，在17世纪末，"自然""不学""天才"这三个相互关联的修饰语已经变成了莎士比亚与众不同的重要特质和为他辩护的主要理由。

剧作家和批评家约翰·丹尼斯的情况和德莱顿差不多，他也对莱默的评论不满，但同样难以从学理上进行反驳。1693年，在一篇名为《公正的批评家：或对莱默先生新著〈悲剧简论〉的一些评论》("The Impartial Critick: Or, Some Observations Upon A Late Book, Entitled a Short View of Tragedy, Written by Mr. Rymer")的文章中，丹尼斯先是提到"莎士比亚是伟大的天才"[①]，随后通过一个虚构的人物弗里曼（Freeman）之口说道："他（莱默）对莎士比亚的批评大部分情况下是理智和公正的，但这并不能说明因为莎士比亚有错误，所以他就没有优点。"[②] 但有趣的是

[①] Brian Vickers ed., *William Shakespeare, The Critical Heritage, Vol. 2, 1693–1733*, London: Routledge, 1974, p.61.

[②] Ibid., p.62.

弗里曼并没有说出到底是什么优点，却向对话者说下次见面再说。正是这句"下次再说"的承诺让另一位批评家查理·戈尔登等了一年，因为他觉得作为戏剧界的前辈，丹尼斯的反驳一定比自己更有力。可是戈尔登等来等去也等不到丹尼斯所说的优点。于是，在1694年的《对莱默先生〈悲剧简论〉的一些思考和对莎士比亚的辩护》（"Some Reflection on Mr. Rymer's Short View of Tragedy and an Attempt at a Vindication of Shakespeare"）一文中，戈尔登不无遗憾地说道：

> 可是等了这么久，等不到任何进展，我的结论是一定有什么更重要或更美好的事情让他抽不开身；或者他认为没有必要为大家已经接受的事实去继续辩护；或者没必要回应一部注定会被自己所诅咒的书。然而，既然我发现莎士比亚的支持者们集体沉默，认为莱默对莎士比亚的异议无可反驳，那么我决定花两三天的时间写一篇文章来证明莱默是可反驳的。[①]

由于戈尔登写这篇文章是献给德莱顿的，鉴于德莱顿在当时文坛的地位以及对莎士比亚的态度，我们可以将这段话理解为戈尔登在德莱顿面前的抱怨，其中隐含了对丹尼斯等人无法反驳莱默的不满。因为戈尔登在后文中甚至向德莱顿提到："我希望关于此事先生您能够给公众一个更

[①] Brian Vickers ed., *William Shakespeare, The Critical Heritage, Vol. 2, 1693–1733*, London: Routledge, 1974, p.64.

公正的辩护，我知道您也非常尊重这位诗人（莎士比亚），除了您没人能超越他。"①的确，莱默让喜爱莎士比亚却囿于古典主义诗学原则的大部分英国批评家陷入了难为莎士比亚辩护的尴尬境地，此时是戈尔登在德莱顿面前主动挑起了这个艰巨的任务。与德莱顿和丹尼斯等同时代人一样，戈尔登也信奉古典主义诗学原则。但与德莱顿和丹尼斯等人用莎士比亚的天才含糊其词地去搪塞莱默严密细致的文本分析不同，戈尔登终于在不违反古典主义原则的情况下完成了对莱默学理上的反驳，因此他的辩驳是有一定说服力的。

戈尔登先是将莎士比亚的缺点归因于他的时代，将时代通行的错误与莎士比亚本人所犯的错误进行区分。戈尔登认为莎士比亚的戏剧是为了取悦和迎合观众而创作的，这就是为什么他的悲剧中会混有喜剧成分。同样的道理，人物的反常、语言上的繁复与粗俗都可以用那个时代在审美品位上的缺陷去解释。至于莎士比亚违反三一律的事实，戈尔登认为可以从以下方面去解释，那就是莎士比亚确实不懂亚里士多德的《诗学》，但他很可能了解另一部古典主义诗学的权威著作，那就是贺拉斯用拉丁文写成的《诗艺》。但是贺拉斯在《诗艺》中并没有对戏剧的时间、地点、情节等问题进行规定。因此，"由于在这方面他无法从贺拉斯那里得到指示，所以我们可以原谅他对三一律的

---

① Brian Vickers ed., *William Shakespeare, The Critical Heritage, Vol. 2, 1693–1733*, London: Routledge, 1974, p.67.

违反"。①

随后戈尔登提到了那个在贺拉斯那里就已经存在的老问题,即天才和技艺哪个对诗人来说更重要?莱默显然认为是技艺,但戈尔登则认为技艺和规则是对天才的束缚,因此天才可以冒犯规则:

> 对于伟大的天才来说,完全遵守规则是一种无法容忍的束缚,必然想挣脱它。虽然法国人的天赋和语言都不足以让他们戴上诗歌的王冠,也更容易让他们陷入规则的管制,最近这些年更是越来越严格地遵守规则,但我还没见过任何英国人更喜欢他们的诗歌,而不是我们的。人性中的伟大事物更能让我们接近伟大的永恒之完美,也更能让我们尽可能地接近无限。这不是靠普通的规则或方法所决定,而是靠超越常规带来的荣耀。这不仅表现在文学中,也体现在一些人的行为中。亚历山大、凯撒、亚西比德等人似乎都不是以常人的准则行事,在他们身上都有伟大的德行与深深的恶行并存,莎士比亚的创作也是如此。如果他们被认为是英雄,那么莎士比亚也必将被当作诗人。英雄便当如阿喀琉斯:让他宣称规则不是为他所制定的。②

---

① Brian Vickers ed., *William Shakespeare, The Critical Heritage, Vol. 2, 1693–1733*, London: Routledge, 1974, p.69.
② Ibid., p.70. 最后一句为拉丁文,出自贺拉斯《诗艺》。

将规则与法国人联系在一起,却明确把天才同莎士比亚联系在一起。单独看这段话,我们甚至会以为这是一百年后某位浪漫主义莎评家的言论。也许是意识到这段话说得有点过分了,戈尔登马上又补充道:"我并不是认为伟大的人一定要抛弃规则,因此我必须承认维吉尔、索福克勒斯和您本人(指德莱顿)都是伟大的人,却都非常符合规则。"① 戈尔登继而指出,像莎士比亚这样的作家虽不完美,但我们不应该因为有缺点就忽视其价值。因为诗歌的目的便是寓教于乐,莎士比亚在这方面无疑是成功的。

在此文后半部分,戈尔登针对莱默在《奥赛罗》中挑出的缺点对莎士比亚进行了具体的辩护。莱默指出《奥赛罗》最大的问题在于情节,戈尔登便从情节入手进行反驳。戈尔登认为完美的戏剧情节既要有不寻常的一面,也要遵循常理,这样才能同时做到既吸引人又符合或然律。《奥赛罗》的情节无疑是吸引人的,莱默质疑的主要是或然律,即威尼斯元老院不可能用一个摩尔人当将军来攻打土耳其,苔丝狄蒙娜也不可能爱上摩尔人奥赛罗,等等。戈尔登指出,奥赛罗的基督徒身份可以证明他的高贵,而苔丝狄蒙娜对奥赛罗的爱也有维吉尔笔下的狄多对埃涅阿斯的爱情作为先例。因此,戈尔登反驳莱默的主要策略是用古代作家作为反例,且与莎士比亚形成类比,来证明莱默所遵循的古代典范本身便是有问题的。应该说这样的反驳还是有说服力的。

---

① Brian Vickers ed., *William Shakespeare, The Critical Heritage, Vol. 2, 1693–1733*, London: Routledge, 1974, p.70.

进入18世纪以后,莱默莎评的影响还在持续,不断有人站出来为莎士比亚辩护。1710年,戈尔登在为一本《莎士比亚诗集》写的序言中又提到了莱默①,他从自己的阅读体验出发再次为莎士比亚辩护:

> 必须承认莱默先生过于吹毛求疵了,一个人只要稍能欣赏诗歌便会承认莎士比亚的天才。抛开那些明显的错误,当我在阅读莎士比亚的时候,即便是他最不符合诗学规则的剧本也能给我带来巨大的欢乐,以至于我的判断力受到影响,会忽视那些错误,纵使它们从未这样粗俗和明显。那些艺术原则虽然以坚实可靠的理性为基础,但他有一种魔力能用他所惯用的方式让它们完全消失,以至于让我觉得我从未了解过这些原则。我承认,这种快乐既特别又强烈,它来自莎士比亚对人物行为的刻画,他的令人惊奇的思考和主题,辅之以言辞与数的和谐;在这些方面,没有人能超越他,甚至很少有人能达到他的水平。②

不过,由于始终没有放弃古典主义思想,晚年的戈尔登对莱默的同情和尊重更多一些,比早年更为保守。1709

---

① 1709年六卷本罗版的《莎士比亚作品集》并没有收录莎士比亚的诗歌,这本诗集是另一位出版商为了补充罗版的《莎士比亚作品集》而出版的,号称罗版文集的"第七卷",实际上并不被汤森承认。不过这位出版商邀请戈尔登为此书写了长篇论文作为序言,这篇论文很有价值,可以说是最早的全面考察莎士比亚所有作品的评论性文章。

② Brian Vickers ed., *William Shakespeare: The Critical Heritage, Vol. 2, 1693–1733*, London: Routledge, 1974, p.218.

年,剧作家尼古拉斯·罗在为自己编辑的《莎士比亚作品集》所写的作者传记中对莱默进行了挖苦,坚定地与德莱顿站在了一条战线上:

> 我必须承认,在整个世界都倾向于尊重莎士比亚的情况下,我不太清楚他(莱默)对一个在许多方面很优秀的人提出如此责难的原因是什么。如果莱默是为了展示自己在诗艺方面的知识,除此之外便是这种做法背后的虚荣,问题是他对他人指点江山、大谈原则和规范的时候,是否自己就没有缺点,而且他自己写的悲剧是否展示了他的优秀天赋。……我不相信任何一位绅士或一位心胸宽厚的人会喜欢他的评论。不管他用意如何,挑毛病总是知识工作中最轻松的一种。有良好判断力的人一般也都有温良的气质,一般都会抛弃这种"学究式暴政"(Tyranny of Pedants)的忘恩负义的做法。一个人如果接触到莎士比亚的美好,他将进入一个更广阔也更可爱的世界。[1]

罗在这里并没有对莱默进行有效的反驳,却在质疑莱默的诗歌创作才华。其实德莱顿当年也有类似的说法。德莱顿不仅在反驳莱默时明确提到"谁会放着莎士比亚不读而去读莱默的作品"(见前文)。而且在1693年,在为自

---

[1] Nicholas Rowe, "Some Account of the Life of Mr. William Shakespeare", in *Eighteenth Century Essays on Shakespeare*, D. Nichol Smith ed., Glasgow: James MacLehose and Sons, 1903, pp.9–10.

己的诗歌作品所写的题献中德莱顿也说道："二流作家（ill writers）常常是最刻薄的批评家，因为他们在完全完成这种蜕变之后便会醋意大发，重返文坛。于是，一个作家的退化便是一个批评家的诞生。"[①] 德莱顿写这话的时候大概正是莱默在《悲剧简论》中攻击莎士比亚之时，这里的二流作家很可能指的就是莱默。正如罗所谓的"学究式暴政"，德莱顿作为文学成就斐然的大作家，显然是在抱怨二流作家化身批评家之后对一流作家"挑毛病"的现象。但是作家同时身兼批评家是很常见的现象，文学批评的本质便是辨析作品的好坏，对其做出价值判断，而且一个人的鉴赏能力与创作能力也是两种不同的精神活动，因此用一个人在文学创作领域的成就来判定其在文学批评领域成功与否并不是一种很有说服力的观点。

不过罗对莱默的反驳并未结束，他在后文中又继续提到：

> 由于我不准备介入任何批评争论，我不打算考察莱默先生评论《奥赛罗》的正当性。他确实明智地指出了一些错误，也有许多人都同意这些确实是错误，但是我希望他同样能看到一些优点，因为我认为一个公正的评论应该做到这一点，奇怪的地方就在于莱默一句优点也没提。如果故事情节不合他的品位，至少思想是高贵的，言辞是雄壮和适宜的。在这些方面莎

[①] W. P. Ker ed., *Essays of John Dryden Vol. 2*, Oxford: Clarendon Press, 1900, pp.2–3.

士比亚的赞誉是难以质疑的。他的情感与意象是伟大而自然的,他的言辞(虽然偶尔有些杂乱)是恰当的,适合于他的主题与场景。①

罗在这里用了另一种方法为莎士比亚辩护,那就是指责莱默只说缺点不谈优点,继而论证莎士比亚的优点大于缺点。这个辩护在逻辑上是有效的,类似于戈尔登从自己的阅读体验出发为莎士比亚所做的辩护。更重要的是,在提到这段话之前,罗还说了这样的话为莎士比亚辩护:"莎士比亚仅仅依靠自然的微光,也从不知道那些前人的规则,因此很难用一种他不知道的规则去评判他。"② 这个为莎士比亚辩护的观点重复了莎士比亚"自然诗人"的特点,但也暗示了一种历史主义思想,即古希腊的亚里士多德制定的规则并不适用于后来的莎士比亚,正是这种思想在后来古典主义诗学原则的瓦解中起到了至关重要的作用。

由于罗的这篇传记在18世纪广为流传,几乎每一版莎士比亚文集都会将其收录其中③,因此他的评论虽然既不深刻也不全面,但其观点影响很大。另外,除了反驳莱默,罗的这篇传记中还有一些观点值得一提,比如罗谈到了《威尼斯商人》的悲剧性,谈到了读者对福斯塔夫的同

---

① Nicholas Rowe, "Some Account of the Life of Mr. William Shakespeare", in *Eighteenth Century Essays on Shakespeare*, D. Nichol Smith ed., Glasgow: James MacLehose and Sons, 1903, p.20.
② Ibid., p.15.
③ 参见第三章第二节及第六节。

情，而这些都是后来浪漫主义莎评所热衷讨论的问题。而通过梳理我们不难发现，英国批评家们在被莱默激怒的时候，往往会更加强调莎士比亚的天才。也就是说，莱默的批评愈发激起了莎士比亚的天才论。由此可见，天才能够无视艺术技巧，进而对抗规则，这种典型的浪漫主义观点在17世纪末18世纪初已经若隐若现。

不过，17、18世纪的英国批评家并不像浪漫主义者一样有意识地用天才理论来对抗古典主义。恰恰相反，当时的批评家们发现这种对天才的强调其实也有其古代源头。这些英国批评家之所以能认识到天才的重要，很可能得益于朗吉努斯（Longinus，生卒年不详，活跃于公元1世纪）的崇高理论的传播。早在1652年，古希腊批评家朗吉努斯的《论崇高》一文的英文版便已问世，当时影响并不算大，不过德莱顿在1679年的《悲剧批评的基础》一文中便已经提到了朗吉努斯。到了1680年，英国出现了从布瓦洛的法文版翻译而来的英文版《论崇高》。在布瓦洛影响力的作用下，此文渐渐进入英国批评家的视野并成为古典主义诗学的又一经典文献。在1712年的时候开始有批评家试图用莎士比亚来反证朗吉努斯，随后更多的批评家开始用"崇高"概念来论证莎士比亚剧作，以使其更符合古典主义的品位，或者说使其能与古典主义相协调。这其中尤其是朗吉努斯关于天才的论述使英国批评家们如获至宝。"我知道，最伟大的才华绝不是十全十美的。十全十美的精细容易陷于琐屑；伟大的文章，正如巨大的财富，不免偶有疏忽。低能或平庸的才情，因为从来不敢冒险，永不好高骛远，多半也不犯过失，最为稳健，而伟大的才情却因其伟大所以危险——这也是理所当然的。"① 这段话不正是英国批评家们长久以来所苦苦寻找的天才理论吗?简直像是完全为莎士比亚量身定做的一样。最重要的是,这种天才理论出自古代权威,可以成为古典主义诗学的一部分。

在这种情况下,古代规则不一定适用于莎士比亚,莎士比亚可以用天才对抗规则等观点开始被越来越多的人所接受。18世纪的著名诗人亚历山大·蒲柏在1725年也重复了罗的上述论点。在蒲柏编辑的《莎士比亚作品集》的序言中,他这样说道:"用亚里士多德所制定的规则去评判莎士比亚就像用一个国家的法律去判决一个在另一个国家行动的人。"② 这种为莎士比亚辩护的方式实际上暗示了希腊戏剧和英国戏剧在历史语境上的不同,其背后的逻辑可以追溯到德莱顿的那句"让希腊人感到愉悦的东西未必能打动一位英国观众"。这种逻辑后来当然也被浪漫主义者所继承。不难看出,从德莱顿到罗再到蒲柏,古典主义诗学的英国拥护者们虽然没有明确提到莎士比亚和希腊悲剧各自不同的历史语境,但已经暗示了这种区别。这无疑是一种历史主义思想的开端,而后来英国的莫尔根和德国的赫尔德等人所开启的浪漫主义莎评更是将这种从历史主义的角度为莎士比亚辩护的方法视为反抗古典主义诗学的主

---

① 章安祺编订:《缪灵珠美学译文集》,第一卷,北京:中国人民大学出版社,1987,第121页。
② Alexander Pope, "Preface to Edition of Shakespeare", in *Eighteenth Century Essays on Shakespeare*, D. Nichol Smith ed., Glasgow: James MacLehose and Sons, 1903, p.50.

要武器。①

在《序言》的结尾,蒲柏还这样说道:

> 我将得出这样的结论:关于莎士比亚,无论他犯了多少错误,无论他的戏剧作品中有多少不合规矩的地方,我们可以把他的作品和那些更完美、更规矩的作品相比,就像比较一座古代的宏伟的哥特建筑与一座工整的现代建筑。虽然后者更优雅、更炫目,但是前者更坚固、更庄严。我们必须承认,虽然吸引我们的常常是哥特建筑那黑暗、怪异的走廊,但它们中有现代建筑所需要的所有材料,而且其风格还更富于变化,其房间也更高贵。虽然它们的许多部分显得幼稚、不合时宜,且显得与其自身的雄伟不成比例,但它们仍然会让我们肃然起敬。②

从这段被后人广为引用的话可以看出,面对莎士比亚与古典主义之间的冲突,蒲柏的古典主义立场已经有所动摇。而且蒲柏在这里将莎士比亚与哥特建筑相提并论,某种程度上也已经预示了后来的浪漫主义通过回到中世纪来与古典主义对抗的立场。

总之,莱默成功地让复辟时代以及18世纪初的英国批评家暴露了对待莎士比亚与古典主义诗学原则的两难困境,

---

① 莫尔根的观点参见下文第五章第五节,赫尔德的观点参见第七章第二节。
② Alexander Pope, "Preface to Edition of Shakespeare", in *Eighteenth Century Essays on Shakespeare*, D. Nichol Smith ed., Glasgow: James MacLehose and Sons, 1903, p.62.

当然也更加激起了以德莱顿为首的批评家的民族情感。德莱顿已经在《论戏剧诗》中声称自己虽然敬佩琼生，但爱莎士比亚，而喜爱一件事物往往是不需要从学理上去论证的。不过在古典主义诗学原则占主导地位的时代，莱默对莎士比亚的批评之所以被一再反驳，表面上看是因为他触动了德莱顿等英国批评家对莎士比亚的喜爱，但实际上是因为他挑动了英国批评家们的民族情绪。因此从某种程度上说，莎士比亚从德莱顿时代之后便已经走在了通往民族诗人的道路上。也就是说，莱默的批评反而促进了莎士比亚名望的提高和经典地位的形成。

因此，莱默针对莎士比亚的批评虽然产生了很大影响，但也引起了广泛的争论，激起了英国批评家们对莎士比亚的辩护，通过以上梳理我们会发现这些辩护有这几种基本逻辑：

第一，将莎士比亚的优点与缺点分开对待，将其缺点和错误归因于他所处的时代，因此这些缺点是可以原谅的。

第二，承认莎士比亚的缺点，但认为他的优点远大于其缺点。

第三，莎士比亚是天才，天才不应该被规则所束缚，甚至可以无视规则。

第四，莎士比亚的创作有其时代特征，不能用古代戏剧的标准来衡量伊丽莎白时代的戏剧（可由第一点推导而来）。

第五，针对莱默本人的质疑，以莱默文学创作的成就质疑他是否有资格对大作家莎士比亚进行评论。

这其中第五点近乎人身攻击，并没有什么意义，只有前四点是对莱默有效的反驳。从前四点来看，第一点和第二点并没有走出古典主义诗学语境，但第一点在逻辑上已经有了历史主义思想的基础。尤其值得注意的是第三点和第四点，戈尔登明确提到了第三点，德莱顿和蒲柏等人则暗示出了第四点。用天才对抗古典主义的规则和将莎士比亚置于具体历史语境来强调古典主义原则的无效恰恰是后来浪漫主义莎评惯用的逻辑。但我们已经看到，这种逻辑实际上已经隐含在英国的古典主义批评家那里。也就是说，得益于朗吉努斯《论崇高》的传播，后来浪漫主义者们所钟爱的天才理论在德莱顿等古典主义者为莎士比亚辩护的时候就已经出现，这无异于古典主义诗学内部的一次自我更新。

莱默对莎士比亚的批评反而激发了英国批评家们的民族情绪，正是在对莱默的反驳中，英国批评家们逐渐从古典主义诗学内部完成了对它的突破，同时也开始有意识地将莎士比亚当作对抗法国文化入侵的工具。这个过程无疑有助于莎士比亚在英国本土经典地位的确立，而这也许是莱默所始料未及的。18世纪30年代之后，英国批评家们用古典主义诗学原则指责莎士比亚的声音越来越少，而对类似莱默观点的反驳却日渐增多，为莎士比亚辩护的声音开始在批评界流行。当然，辩护的主要观点还是那些老生常谈的话，即莎士比亚虽然有缺陷，学识也有限，但他靠天赋写作，是自然诗人的代表；他模仿的是自然，替自然发声；等等。虽然为莎士比亚辩护的逻辑没有变，但这种辩护的声音却越来越大，参与的人也越来越多，最终将莎士比亚的名望推到了一个新的高度。

第三章

文 本 校 勘

——成为学术考证对象

作为作家，莎士比亚经典地位得以传承的载体是其文本。虽然莎剧演出在复辟时代的舞台上得以复活，甚至一再进入保留剧目，但如前文所述，当时的莎剧文本并不稳定，各种改编和删减无处不在。从长远来看，文本的确定性与广泛传播才是一个作家生命力最重要的保证，也是舞台演出所依赖的根本。莎士比亚的文本在17世纪和18世纪经历了完全不同的命运。二百年间，莎剧的编辑方式、出版方式、传播方式都发生了巨大的变革。这场变革既是17、18世纪更广阔的现代传媒出版行业变革的一部分，但也是莎士比亚的名望不断提升，他的文本不断得到重视的结果。这场变革不仅促进了莎士比亚经典化的进程，也因校勘学和传记研究的发展促成了莎士比亚学术考证的发轫，使莎士比亚在18世纪成为学术考证的对象。成为学术考证的对象，不仅意味着莎士比亚在知识界真正获得了与荷马、维吉尔等古代诗人对等的地位，某种程度上从文艺复兴时代的"今人"变成了"古人"，也意味着以莎士比亚为代表的英国民族文学学术研究的确立和国别文学史研究的出现。而另一方面，文本的传播和学术考证的深入无疑又促进了莎士比亚在舞台演出、文学批评、文艺创作乃至教育、旅游等其他文化领域被广泛接受。

一、17世纪的对开本与四开本莎剧

我们知道，莎士比亚在世的时候，其剧本已开始出版，但当时的剧作家对自己"作品"的认识与今天很不相同：剧本更被认为是剧团的财产，而不是剧作家证明自己文学创作能力的"作品"。与此形成鲜明对比的是，虽然戏剧大多也由诗体写成，但抒情诗和叙事诗却更被认为是作家的创作能力的体现，而非戏剧。因此，当1593年莎士比亚的叙事长诗《维纳斯与阿多尼斯》出版的时候，诗人在此诗的献词中写道：这是其"初次问世之篇章"（first heir of my invention）。但实际上，此时的莎士比亚已经开始从事戏剧创作，而且他的戏剧成就已足以让罗伯特·格林在一年前就称其为"爆发的乌鸦"了。

更重要的是，当时的出版行业由书商公会（Stationer's Company）所垄断，这是一个于1403年建立的具有中世纪同业公会性质的松散组织。1557年书商公会获得皇家授权，开始具有垄断性质，只有其会员可在伦敦进行合法的出版活动。当时并无现代意义上的版权观念，伦敦的书商公会实行的是一种注册制度。只要有会员在公会注册了一部出版物，便等于宣布对其拥有版权，并成为该出版物的"所有人"（proprietor），公会在行业内部对其提供保护。不过，与今天的版权保护不同，这种"所有人"的权利一般不会持续太久，因为它可以在书商公会的干涉下进行随意转让，因此一般很少出现版权纠纷。

在这种情况下，由于无利可图，剧本出版不仅不受作家自己的重视，而且遭到作家所在剧团的排斥，造成市面上出版的剧本文本来源不够权威。而另一方面，当时的书商们一般情况下更在意的是通过注册自己认为有利可图的剧本来宣布版权，至于出版与否则视情况而定。因此书商不会太在意文本的来源和质量，这导致很多剧本都来自剧团演员或其他人员的回忆，文本质量极不稳定。正如有学者所指出的："一部发表的剧本不是无价的文学文物，而是廉价的小册子（pamphlet）；它所代表的不是伟大作家的不朽文字，而是职业演员的作品，演员的技巧有回忆，也有即兴创作。"①

1594年2月6日，一位名叫约翰·丹特（John Danter，生卒年不详）的出版商在书商公会注册了《泰特斯·安德洛尼克斯》并出版，此剧便成为第一部在书商公会被注册的莎剧。莎士比亚在世时只有十九部莎剧被注册，并以四开本形式出版，大约占后来存世莎剧数目的一半。这其中有的剧目被出版不止一次，但文本来源不一定一致，学界往往以"第一""第二"四开本进行区分。这些四开本往往按质量又被分为"善本"（good quartos）和"劣本"（bad quartos），其中以"劣本"居多。这种劣质四开本的存世本身就说明不仅莎士比亚本人及其剧团不追求戏剧作品的出版，伦敦的书商们对出版高质量、具有可读性的戏剧作品的兴趣也不大。

1616年莎士比亚在斯特拉特福去世，至今学界也

---

① 戴维·斯科特·卡斯顿：《莎士比亚与书》，郝田虎、冯伟译，北京：商务印书馆，2012，第61页。

没有发现这位诗人完整的剧本手稿存世。不过在诗人去世七年之后的1623年，一本名为《莎士比亚先生的喜剧、历史剧和悲剧》(*Mr. William Shakespeare's Comedies, Histories & Tragedies*)的对开本戏剧集问世，这就是历史上著名的第一对开本（First Folio）。这是莎士比亚戏剧作品的第一部文集，由莎士比亚剧团的两位同事约翰·赫明（John Heminge，1556？—1630）和亨利·康戴尔（Henry Condell，？—1627）收集存世莎剧并出版，印数在一千册左右。这部文集形式为单卷对开本双栏排版，有九百余页，一共包括三十六部莎剧（未包括此前已有四开本问世的《配力克里斯》），其中有十八部是从未以四开本形式问世的剧目。第一对开本的扉页书名的下面有一行小字，写着"根据'真正的原始版本'出版"（Published according to the True Original Copies）。这句话暗示了此书文本来源的权威性，说明莎士比亚的演员同事们有可能在某种程度上掌握了一些莎士比亚的手稿或其他可靠来源。但实际上，第一对开本的文本质量虽然在总体上比之前的四开本好得多，但剧本之间差别很大，有的剧作质量很高，像是有手稿作为底本，比如《裘力斯·凯撒》；也有一些剧作质量很差，含义不明的词句很多，让人怀疑其文本来源与四开本劣本是一种类型，这样的剧目有《一报还一报》《辛白林》《麦克白》《科里奥兰纳斯》等。

即便如此，第一对开本的问世对莎士比亚的身后名来说也是至关重要的。首先，能出版对开本文集对作家来说本身就是一种荣誉，是对其价值的一种肯定。本土作家的对开本文集是17世纪的一种特定出版物。在整个17世纪，拥有对开本作品集的英国本土作家并不多，17世纪上半叶则更少，大概只有乔叟（1602）、塞缪尔·丹尼尔（1621）、本·琼生（1616）、莎士比亚（1623）、鲍芒与弗莱彻（1647）等少数几位。在整个17世纪，戏剧家中拥有对开本文集的也只有三位，即莎士比亚、本·琼生和鲍芒与弗莱彻（如果两位合作者算一位的话）。因此，莎士比亚对开本文集的问世也意味着他成为戏剧界的"智慧三巨头"（triumvirate of wit）[①]之一。其次，第一对开本不仅整体质量比四开本高了许多，而且保存了近一半从未以四开本形式问世的莎剧，因此成为这些莎剧的唯一文本来源，这其中包括《麦克白》《暴风雨》《裘力斯·凯撒》《第十二夜》《辛白林》《冬天的故事》这样的重要作品。而已经以四开本形式出现的莎剧中有许多也由于文本质量不如第一对开本高，价值大打折扣。可以想象，如果没有第一对开本，莎剧文本在质量和数量上都会有难以估量的损失，日后也会大大影响莎士比亚作为剧作家的历史地位。

除了第一对开本和早期的四开本莎剧，17世纪还有三个对开本莎剧文集问世，某种程度上都是以第一对开本为基础的再版。它们分别是第二对开本（1632），第三对开本（1663—1664）以及第四对开本（1685）。这几个对开本文集的形式与第一对开本一样，都是双栏排版的单卷大开本，也都没有专业编辑署名，但从第二对开本开始已经有

[①] triumvirate of wit 的说法来自当时的诗人约翰·德纳姆在1647年为鲍芒与弗莱彻的对开本文集所写的一首颂诗，其中提到琼生、莎士比亚和弗莱彻三人是"智慧三巨头"，后来此说法得以广泛流传。

第一对开本扉页上的莎士比亚画像,即著名的德罗肖特画像

一些校勘上的改动，纠正了一些明显的印刷错误，更正了一些人名和外语段落。不过由于缺乏科学的编辑意识和编辑标准，这些改动也造成了一些新的错误，而且这些错误大多被第三和第四对开本沿用，还导致了错误的积累效应，即越靠后的对开本错误越多。此外，从第三对开本开始，增加了包括《泰尔亲王配力克里斯》在内的七部莎剧，使莎剧总数达到了四十三部，而第四对开本则延续了这些增补。① 这些增补的莎剧之所以被收入，是因为之前都曾以四开本形式问世，而且有的明确署名莎士比亚，有的则署名为 W. S.。但后来经过 18 世纪的莎剧编辑们考证，这七部剧中只有《泰尔亲王配力克里斯》最后被认定为莎剧。

到了 17 世纪末，不仅是莎士比亚，所有本土作家的对开本文集质量都开始下降。由于得不到专业编辑的校勘，错误不断积累，出版商也开始逐渐停出对开本文集。更重要的是，16、17 世纪的拼写与印刷方式，以及伊丽莎白时代的戏剧分幕分场等形式都和 18 世纪之后形成的现代习惯不符，造成对开本文集在 18 世纪之后可读性变得非常差。因此，从后世莎学的角度来看，17 世纪的对开本莎士比亚戏剧集和四开单行本的作用只是将莎剧保存下来而已。由于缺乏作家手稿存世，不仅没有任何一个莎剧版本是绝对权威的，而且大部分莎剧在形式上也远不是我们今天所看

---

① 这七部被增补的剧作分别是：《配力克里斯》(*Pericles, Prince of Tyre*)、《约翰·奥尔德卡斯尔爵士》(*Sir John Oldcastle*)、《约克郡悲剧》(*A Yorkshire Tragedy*)、《伦敦浪子》(*The London Prodigal*)、《清教寡妇》(*The Puritan Widow*)、《托马斯·克伦威尔》(*Thomas Lord Cromwell*) 和《洛克林》(*Locrine*)。

到的样子，这就给 18 世纪的编辑校勘工作带来了很大的麻烦。而我们今天看到的莎士比亚文本，绝大部分内容都是由 18 世纪的莎剧编辑们通过不断校勘逐步确定的。

二、尼古拉斯·罗的《莎士比亚作品集》

在英国乃至整个欧洲，18 世纪是至关重要的一百年，这是一个现代社会开始成形的历史时期。在文学领域，由于资产阶级的崛起和民众受教育程度的提高，阅读开始和观剧一样成为民众的主要娱乐方式。伴随着小说的兴起、印刷和出版的繁荣，现代文学市场也开始形成，文艺的贵族庇护人制度开始瓦解，职业文学家也开始出现。于是，戏剧作品不仅有被观看的需求，也开始有被阅读的需求。与此同时，由于技术的提升，印刷书籍所用的纸张越来越大，对开纸已不可能用来印刷书籍；而另一方面，由于阅读的需求不断增大，便携性和私人阅读属性也越来越重要，因此多卷本小开本成为出版文学作品的新趋势。

18 世纪初，出版商雅各布·汤森获得了莎剧的版权，并开始筹备重新出版莎士比亚文集。汤森家族主要由三位名字一样的雅各布·汤森（Jacob Tonson）组成，第一位是雅各布·汤森一世（1655—1736），此人没有子嗣，在 1720 年退休后其合伙人和侄子雅各布·汤森二世接替其工作。汤森二世（1682—1735）大概在 1700 年之后开始给自己的叔叔老汤森当学徒，后来成为其合作伙伴，从 1720 年开始接手家族的出版事业，直至 1735 年去世。雅各布·汤森三世(1714—1767)是老汤森的侄孙,他在1735年以后接替去世的父亲继续掌控汤森家族的生意,直至1767年去世。作为当时最有影响的书商之一,汤森家族专注于文学作品的出版,而且在外部文化环境变化的情况下,到了18世纪初,汤森便开始出版包括莎士比亚文集在内的小开本多卷本的本土作家文集。在1709—1768年间,汤森家族出版了市场上绝大部分的莎士比亚文集,主要包括:1709年尼古拉斯·罗编辑的六卷八开本文集,1725年亚历山大·蒲柏编辑的六卷四开本文集,1733年刘易斯·西奥博德编辑的七卷八开本文集,1747年威廉·沃伯顿编辑的八卷八开本文集,1765年约翰逊博士编辑的八卷八开本文集以及1768年爱德华·卡佩尔编辑的十卷八开本文集,而且这其中大部分版本都不止一次再版。由于这些文集在确立莎士比亚文本过程中的重要作用,汤森家族也成为莎士比亚经典化过程中的重要推手。①

尼古拉斯·罗是英国剧作家和"桂冠诗人",此人在1709年被汤森邀请担任新的莎士比亚文集的编辑,该文集出版时被命名为《莎士比亚作品集》,后来汤森出版的莎士比亚文集大多沿用此名。在1685年的第四对开本之后,已经有二十余年没有莎士比亚文集问世。在莎士比亚出版史乃至整个莎学史上,罗的重要性不言而喻。他是第一位公开署名的莎剧编辑,这无疑是现代莎剧学术出版的开端。不仅如此,罗还在历史上第一次明确了莎剧编辑的性质和

---

① 本章主要讨论文本考证问题,作为文化产业的重要推手,汤森家族的贡献在后文第六章第一节详细论述。

任务。在给萨默赛特公爵(Duke of Somerset)查尔斯·西摩(Charles Seymour,1662—1748)的题献中,罗自称:"我不会谎称将这个文集恢复到作者原始手稿的精确程度。因为手稿已经遗失了,或者说,至少不是我能找到的。因此,我能做到的只是比较几种版本,并尽可能从中找出真正的含义(true Reading)。我非常小心地努力去做到这一点,并将许多地方从不可理解恢复到可以理解的程度。"①也就是说在罗看来,莎剧编辑应以找到"真正的含义"为己任,即在没有手稿的情况下尽可能减少流传过程中遗留下来的破坏,恢复莎士比亚的文字。罗的这一观点无疑为后来的18世纪莎剧编辑们指明了方向,勾画了编辑校勘工作的基本内容。

在没有手稿存世的情况下,罗所说的通过比较不同的版本来寻找"真正的含义"确实是确立莎剧文本的唯一途径。只可惜罗虽然自称比较了几种版本,但实际上他采用的底本是1685年出版的第四对开本,除此之外仅参考过个别四开本莎剧,很少对照其他版本,因此罗对早期莎剧版本并没有形成系统的认识。而且由于第三和第四对开本都包含四十三部剧作,所以罗的版本也收入了包括六部伪作在内的四十三部莎剧。前文提到,由于错误的积累效应,第四对开本的质量并不高,又由于罗之后的莎剧编辑都习惯在前一版本的基础上进行编辑校勘,所以罗的这个错误

---

① 转引自 Barbara A. Mowat, "The problem of Shakespeare's Texts", in *Textual Formations and Reformations*, Laurie E. Maguire, Thomas L. Berger ed., Newark: University of Delaware Press, 1998, p.131。

决定一直在影响着18世纪上半叶的莎剧出版，直到1768年的卡佩尔版本才从根本上得到纠正。

罗的编辑工作主要集中在以下方面，他不仅将17世纪莎剧版本中的拼写、标点、语法标准化，而且由于自己也是剧作家，他按照18世纪的戏剧习惯将许多戏剧形式上的问题也进行了标准化处理，比如17世纪的对开本莎剧中只有八部剧有出场人物表，而罗为所有剧本都加上了出场人物表。不仅如此，罗还按角色的性别与社会地位情况将人物进行了重新排列，同时还给一些场景加入了地点说明和舞台说明。更重要的是，对开本莎剧中幕与场的划分很混乱，有的划分了幕与场，有的只分场没有分幕，甚至还有一部分根本没有幕和场的划分。而作为剧作家，罗非常专业地为所有的剧本都进行了完整的幕与场划分，完善了五幕剧的形式。此外，罗还将对开本中的一些拉丁文翻译成了英文，还将所有文本重新进行了排版，使其成为六卷小开本，等等。

除了戏剧形式上的完善，罗的版本还有一个重要特征，那就是他为每部莎剧都加入了一幅版画插图。插图出自法国画家弗兰西斯·博伊塔（François Boitard，约1670—1715）之手，又经英国版画师以利沙·刻尔考（Elisha Kirkall，约1682—1742）制成版画。这些插图描绘的都是剧中场景，被放在每部剧作前面，再加上两幅不同的莎士比亚画像，全书总共有四十五幅插图。因此，罗编辑的这部文集也是莎剧出版史上第一部插图版莎士比亚文集。

对于莎士比亚学术考证史来说，罗的贡献还不止于文本上的编辑和校勘。在此版莎士比亚文集开篇附有一篇罗所写的《作者传记》("Account of the Life and Writings of the Author")作为序言,这篇传记是第一篇关于莎士比亚生平的完整记载,开启了莎学中的莎士比亚生平考证研究,不仅对莎学考证的起源来说意义重大,而且成为后世学者考证莎士比亚生平的重要依据。[①]这篇传记的出现本身也意味着作品背后的作家成为被关注的对象,作家及其作品成为一个统一的整体。正如罗在传记开篇所言:

> 出于对优秀之人的怀念,尤其是那些因智慧和学识而著名的人,为后世记载一些此人的生平和作品情况似乎是一种对他的尊重。正是由于这个原因,如果有人发现了古代伟人的哪怕一点生平事迹我们都会觉得欣喜,他们的家庭、他们生活中的琐事乃至他们的体型、性情、容貌,都是人们考察的对象。无论这种好奇心如何微不足道,它无疑是非常自然的。……对于文人而言,我们对于一位作家的了解有时会帮助我们更好地理解他的作品。[②]

[①] 在罗的传记之前,17世纪有几个人对莎士比亚的生平有简短的介绍,很难说是传记。最早的介绍者是上文提到的福勒的《英国名人传》,但有价值的信息很少。古物爱好者约翰·奥布里(John Aubrey,1626—1697)在17世纪下半叶曾收集过不少伊丽莎白时代的名人逸事,对莎士比亚有一些介绍,但有些信息有误,比如他提到莎士比亚的父亲是斯特拉特福镇的屠夫,莎士比亚十八岁左右便去了伦敦,等等。1691年,杰拉德·郎贝恩(Gerard Langbaine,1656—1692)的《英国剧作家述略》(*An Account of the English Dramatic Poets*)中对福勒和奥布里的信息有所补充,提到了莎士比亚去世的时间和圣三一教堂的墓地情况,另外还有其他人补充过一些信息,但总的来说学术价值不高。

[②] Nicholas Rowe, "Some Account of the Life of Mr. William Shakespeare", in *Eighteenth Century Essays on Shakespeare*, D. Nichol Smith ed., Glasgow: James MacLehose and Sons, 1903, p.1.

对莎士比亚本人的了解能够帮助我们理解他的作品，这样的认识不仅反映出时人对作家生平越来越强烈的兴趣，更预示了一种在文学研究中以历史考证为基本方法的文学史研究的诞生。这种脱胎于历史研究的文学史是18世纪历史意识发展的产物，它假设了一种通过细致的考证便能够获得的清晰的史实，而且透过这种史实可以加深我们对文学作品的认识，因为文学作品的创作离不开作家自己的历史语境，这些历史语境中的思想、史实、习俗、信仰等会不可避免地反映在作品里。当然，通过历史考证来接近作品的内涵，其背后的核心观念是对作者意图的信仰与关注。①

罗自称这篇传记中的信息主要来自当时的著名演员托马斯·贝特顿。作为莎士比亚重要的早期崇拜者，贝特顿曾在1708年专门前往斯特拉特福镇调查过莎士比亚的生平故事，收集了一些材料②。罗的传记篇幅不长，但信息量很大，后世所了解的关于莎士比亚的许多故事都是在这篇

---

① 18世纪初时人对作者生平和创作意图兴趣的背后显然是更大的观念史变革。韦勒克便认为，这种对传记的关注体现了人们将注意力从诗人技艺的非个性化产物转向创作过程本身，而这种创作过程被认为是诗人个性化的产物。由此，"独创性"观念便成为对抗古典主义"摹仿"观念和既有文学典范的口号。参见 René Wellek, *The Rise of English Literary History*, Chapel Hill: The University of North Carolina Press, 1941, p49。

② 1708年时贝特顿已经是七十三岁高龄，学界对他是否真的到过斯特拉特福寻访莎翁生平资料存在争议。另一方面，莎士比亚的二女儿于1662年去世，外孙女于1670年去世，此后这位大诗人便再无亲人在世。贝特顿到访斯特拉特福时莎士比亚已经去世近一百年，因此即便他真的去过斯特拉特福，想要得到关于莎士比亚生平的准确信息应该也比较困难。埃德蒙·马隆就曾感慨，如果德莱顿、戴夫南特或者贝特顿中的任何一个人能早点去斯特拉特福寻访莎士比亚的后人，我们就不至于对莎士比亚的生平了解得这么少了。但问题就在于，17世纪时，即便如戴夫南特这样热爱莎士比亚的人，也丝毫没有意识到作者生平的重要性。

传记中第一次被提到，其中有史实也有逸事。比如莎士比亚在童年时代上了一个免费的文法学校，很年轻的时候便娶了一个叫作海瑟薇（Hathaway）的姑娘，再比如伊丽莎白女王命令莎士比亚创作关于福斯塔夫的喜剧，南安普顿伯爵曾赠给莎士比亚一千英镑，等等。而且罗还详细记载了莎士比亚由于偷猎托马斯·路西爵士（Sir Thomas Lucy, 1532—1600）的鹿而不得不出逃伦敦的故事，这个关于莎士比亚的著名逸事便是罗第一次以文字形式固定下来的。不过此事与许多有关莎士比亚的逸事一样，在17世纪下半叶才开始流传。此类逸事与南安普顿赠给莎士比亚一千英镑一样，不应被后世的莎学界当作史实来接受。

作为莎士比亚的第一位传记作者，罗的传记中也有一些非常明显的错误，比如他说莎士比亚的父亲约翰·莎士比亚是一位羊毛商，但其实约翰是一位手套商。而且罗可能还将莎士比亚的父亲与另一位沃里克郡的同名鞋匠混淆在一起，因此错误地认为莎士比亚有兄弟姐妹十人之多，而且他还是家中的长子。罗还提到由于子女众多，一度导致约翰·莎士比亚的家庭出现经济困难，而小莎士比亚也不得不放弃学业回家帮助父亲维持生计。罗的这个错误延续了很多年，甚至在整个18世纪都没有得到彻底更正。此外，罗还错误地认为莎士比亚有三个女儿，而实际上莎士比亚有两个女儿和一个早早夭折的儿子。

另外需要指出的是，罗的这篇传记虽然名义上叫作"对莎士比亚生平的描述"，但其中记载莎士比亚生平信息的文字最多只占三分之一，剩下的大量篇幅都是评论性的文字，其中有的内容是对一些莎学问题的讨论，另一些则是对莎士比亚作品的评价，可见文学批评的价值判断和学术考证的事实判断在罗那里并没有被加以区分，罗应该也没有意识到这一点。罗关于莎学问题的讨论还涉及莎士比亚的学识问题，甚至提及了莎剧的创作年表问题。他对这些问题的讨论虽然只有简单的分析，甚至有的完全是推测，但无疑是此类问题在莎学史上的开端；而罗对莎士比亚的评论某种程度上也是对莱默的回应，而且应和了德莱顿等人对莎士比亚的辩护。这也让罗的这篇传记成为早期莎评史的一个重要组成部分，甚至可以说是17世纪下半叶各种莎评观点的一个总结。

尽管有各种各样的缺点，但罗的版本毕竟开辟了莎剧出版的一个新时代。罗校勘莎剧的一个重要原则就是让文本变得可读，让许多之前不可理解的地方变得可以理解。由于更符合18世纪的阅读习惯，罗的莎士比亚文集与17世纪的对开本和四开本莎剧出版传统完全决裂，成为现代莎士比亚文本的开端。这个版本出版之后很快便获得成功，当年便有加印，1714年又在汤森的安排下出版了第二版。此版在形式上改为了更便捷的十二开本，后来还加入了莎士比亚的诗歌作品。

三、蒲柏与西奥博德

1723年，正值第一对开本出版一百周年，汤森家族决定再出一版莎士比亚文集。这次他们继续利用名人效应，选择了当时的大诗人亚历山大·蒲柏代替已经去世的罗当编辑。蒲柏是18世纪英国文坛上的重要诗人，不过他编辑的莎剧版本引起了很大争议。蒲柏版本的贡献在于有比罗版更细致的场景与地点说明和更细致的场幕划分，而且蒲柏果断地将第三对开本中加入的七部作品全部认定为伪作，并声称《爱的徒劳》、《冬天的故事》和《泰特斯·安德洛尼克斯》这几部剧中也只有部分内容是莎士比亚的手笔。[①]将伪作排除在外算是蒲柏对莎学的一个重要贡献。在对文本的认识上蒲柏也有一定的贡献，他对莎剧的各种早期版本都有一定的研究，甚至还附上了一个自己收集的莎剧早期版本目录，这让他在序言中对四开本和对开本的许多基本特征所做出的描述都比较准确。而且他还认识到，在没有手稿的情况下，越早的版本越应该被当作手稿来对待。以这种认识为基础，蒲柏甚至增加了一些对开本中没有但四开本中有的段落。

蒲柏的版本引起争议的地方在于他对编辑校勘工作本身缺乏尊重和理解。蒲柏版虽有几百处的文字改动，但这些改动大部分都不是真正意义上的校勘和更正，而是对文本的随意更改，其目的在于使莎士比亚的文字在诗律上更和谐。由于蒲柏本人是诗人，他便将自己对诗歌的审美引入编辑工作，不仅对莎士比亚原有的诗律有所更改，还按照自己的喜好来删节原文，再把这些删掉的原文放在注释里，同时又将自认为优美的段落在文中用特定符号标示出来。因此，蒲柏的主要问题在于他对编辑和校勘的认识使

---

① Alexander Pope, "Preface to Edition of Shakespeare", in *Eighteenth Century Essays on Shakespeare*, D. Nichol Smith ed., Glasgow: James MacLehose and Sons, 1903, pp.59-60.

THE WORKS OF SHAKESPEAR.

IN SIX VOLUMES.

COLLATED and CORRECTED by the former EDITIONS,

By Mr. *POPE*.

> ―― *Laniatum corpore toto*
> *Deiphobum vidi, & lacerum crudeliter ora,*
> *Ora, manusque ambas, populataque tempora raptis*
> *Auribus, & truncas inhonesto vulnere nares!*
> *Quis tam crudeles optavit sumere pœnas?*
> *Cui tantum de te licuit?* ―― Virg.

LONDON:
Printed for JACOB TONSON in the *Strand*.
MDCCXXV.

蒲柏版《莎士比亚作品集》扉页

其偏离了现代编辑学发展的轨道。他将编辑校勘工作的文本考证与文学批评混为一谈,因而严重缺乏校勘精神,不尊重文本,甚至视文本为可随意更改的对象。在今天的专业编辑眼中,蒲柏的这些改动并不是基于文本错误的校勘,而是依据自己作为诗人对语言形式美感的执着,是在18世纪对形式美感的审美要求下做的更改。

蒲柏这样做的原因可以从两方面来解释:一方面他对莎士比亚文本的状况比较绝望,他认为莎士比亚文本在没有手稿的情况下经过时人和后人不断的增减与更改,其中的错误是不可能完全恢复的;更重要的一方面是他其实从内心深处瞧不起编辑工作。蒲柏版序言中的这段话很能反映出他的这种双重心态:"要恢复已经施加在他(莎士比亚)身上的伤害是不可能的,时间已经过去太久了,材料又太少。我能为他带来的正义与其说出于我的能力,不如说证明了我的意愿。我怀着对各种创新的宗教般的厌恶,从不诉诸自己的个人观念与推测,用我最好的判断力履行了作为编辑的枯燥职责(the dull duty of an Editor),花费的工夫远大于我的预期。"[①] 蒲柏的这段话暴露了他对编辑工作的态度,而且他明知道编辑应该忠于作者文本,尽量避免个人观念和推测,但也许出于对恢复莎士比亚文本的绝望,也许出于对自己诗人才华的过分自信,他的实际做法与他的说法正好相反,根本没有做到对莎士比亚文本的尊重。不过客观地讲,蒲柏对莎剧文本中的优美篇章进行

---

① Alexander Pope, "Preface to Edition of Shakespeare", in *Eighteenth Century Essays on Shakespeare*, D. Nichol Smith ed., Glasgow: James MacLehose and Sons, 1903, p.61.

挑选和标注的做法本质上是一种对莎剧的鉴赏，这种鉴赏对不久后兴起的修辞与美文运动产生了一定的影响。①

蒲柏版本中的种种问题很快就激起了反对的声音。这个版本出版之后的第二年，也就是1726年，一位叫作刘易斯·西奥博德（Lewis Theobald，1688—1744）的学者便出版了《恢复莎士比亚》（*Shakespeare Restored*）一书。这个书名本身便说明了西奥博德对待莎士比亚文本的态度。此书主要以《哈姆雷特》为例揭露蒲柏版中的错误，目的就在于反驳蒲柏的编辑方法，同时西奥博德还声称要亲自编辑一部莎士比亚文集。西奥博德这本书的重要性在于，它是莎学史上第一部研究莎士比亚文本的专著，是莎士比亚文本研究的里程碑式著作。鉴于文本考证在莎学考证中的先驱作用和基础地位，此书也可以说是第一部莎学专著。因此西奥博德不仅是第一位莎士比亚文本学家，也可以说是第一位莎学家。20世纪上半叶出版的《莎士比亚研究指南》曾这样评价他："毫无疑问，西奥博德是莎士比亚学术研究中的第一位巨人。"②

在此书序言中，西奥博德对编辑的任务有比罗和蒲柏更清晰的认识："批评的科学（science of criticism），从编辑的角度来说，似乎可以简化为三种：对错误段落的更正，对难以理解的段落的解释，对作家创作的优缺点的考察。编辑工作主要集中在前两种，虽然最后一种也有一些标本

---

① 参见后文"审美与修辞教育中的莎士比亚"一节。
② J. Isaacs, "Shakespearian Scholarship", in *A Companion to Shakespeare Studies*, Harley Granville-barker, G. B. Harrison ed., Cambridge: Cambridge University Press, 1934, p.307.

可鉴。因为注意到这位不朽诗人创作的优缺点有些时候会支撑某些更正的合理性,也会解释某些疑难之处。不过这都是少见的情况,而且仅仅出于对前两种工作的完善。前两种才是编辑工作的目标。第三种工作对任何人都是敞开的,然而我却希望它由专业人士来完成。"① 从这段话可以看出,西奥博德并没有将编辑或文本校勘工作与所谓的批评科学进行概念上的区分,将作为校勘的"批评"与判断作品优缺点的"批评"混为一谈,将其都视为"批评的科学"的一部分。但由于意识到"编辑工作主要集中在前两种",因此实际上他已对以文本校勘(或所谓的"文本批评")为任务的编辑工作有了清晰的认识,与考察作者创作优缺点的文学批评进行了实质上的区分。而且这段话同时暗示出,校勘工作需要专业人士来做,而文学批评的门槛则没有那么高。② 这种认识对于莎剧文本校勘走向专业化来说无疑是至关重要的。

西奥博德之所以能做到这一点,很大程度上得益于他受到当时英国著名的古典学家理查德·本特利(Richard Bentley,1662—1742)的影响,将当时已经逐渐成熟的古

---

① Lewis Theobald, "Preface to Edition of Shakespeare", in *Eighteenth Century Essays on Shakespeare*, D. Nichol Smith ed., Glasgow: James MacLehose and Sons, 1903, pp.81–82.
② "批评"(criticism)一词在文艺复兴时期确实曾与语言和文法研究混为一谈,西奥博德显然也是在这一意义上使用的"批评"一词。参见韦勒克的《文学批评的术语和概念》一文,载《批评的诸种概念》,罗钢等译,上海:上海人民出版社,2015,第31—32页。此外,文本校勘(即文本批评,textual criticism)作为文本考证(textual scholarship)的一个分支,使用的也是 criticism 一词。因此,文学批评中的"批评"与文本批评中的"批评"是不同的,也是值得辨析的,不过限于篇幅与主题,我们只能另文论述,不便在此展开。

典学语言研究和文本校勘方法带入莎士比亚文本校勘领域。本特利是当时负有盛名的古典学家和剑桥大学教授,尤其在古代文献的校勘方面成就斐然,曾编校贺拉斯、西塞罗、泰伦斯等古代作家的作品。西奥博德在他编辑的莎士比亚文集的序言部分也明确意识到了这一点:

> 拉丁语和希腊语从此前两个时代的编辑和批评家的劳动中获得了可以想象的最大的进步;在这些人的帮助下,文法学家们在文法学上的成果甚至比他们那些生活在这两门语言还在蓬勃发展时期的前辈们都要好得多。那么我在此项工作中所做的微弱的试验如果可以为更有能力的后人们指明一条道路,让他们使我们自己的语言拥有类似的进步,那我就认为这是一种特殊的福气了。[①]

应该这样说,在当时的英国学界,在莎士比亚(某种程度上也包括弥尔顿)之前,大概只有《圣经》和希腊罗马的经典作家才能享有这种"文本批评"的待遇。因此,西奥博德显然是有意识地借鉴了古典学和古代语言文法研究的方法来处理英语这种民族语言和本土作家。这也是西奥博德能够成为莎学考证先驱的一个重要原因。这种观念也反映了时人开始将莎士比亚视为"古人",并将英语视为

[①] Lewis Theobald, "Preface to Edition of Shakespeare", in *Eighteenth Century Essays on Shakespeare*, D. Nichol Smith ed., Glasgow: James MacLehose and Sons, 1903, pp.89–90.

与拉丁语和希腊语同样重要的现代民族语言的倾向。我们应该认识到,正是这种倾向极大地推动了文艺复兴时期西欧各国的俗语作家们在一个蓬勃发展的现代社会中不断被经典化。

更难能可贵的是,西奥博德不仅对编辑校勘工作本身有比较清晰的认识,同时还意识到编辑需要熟悉作者时代的文化和历史语境。"编辑如果想要把工作做好,那么就应该熟悉这位作家所处时代的历史和习俗。"[①] 这种历史意识也是绝大部分文学考证的重要观念基础,西奥博德在这方面显然也算得上先驱之一。于是,西奥博德自称为了校勘莎士比亚文本,专门阅读了莎士比亚所读过的历史与文学著作,比如爱德华·霍尔(Edward Hall,约 1498—1547)与拉斐尔·霍林谢德(Raphael Holinshed,? —约 1580)的英国史著作、普鲁塔克的《希腊罗马名人传》、乔叟和斯宾塞等人的作品以及同时代的琼生和鲍芒与弗莱彻的作品,等等。从这些有意识的考证行为来看,西奥博德作为莎士比亚学术研究的先驱是当之无愧的。

作为诗人而非学者,蒲柏对西奥博德的反驳是将其当作无趣的书呆子和学究的代表放在自己创作的讽刺长诗《愚人志》("Dunciad")中作为主人公进行无情嘲讽,然后却悄无声息地在再版的莎士比亚文集中更正了许多西奥博德所指出的错误,但没有进行任何说明。西奥博德对此忍气吞声,却一直在积极准备着自己的版本。由于这场争论

---

① Lewis Theobald, "Preface to Edition of Shakespeare", in *Eighteenth Century Essays on Shakespeare*, D. Nichol Smith ed., Glasgow: James MacLehose and Sons, 1903, p.84.

也引起了汤森家族的注意，于是西奥博德也被邀请担任新一版的莎士比亚文集的编辑。于是到了1733年，西奥博德版的《莎士比亚作品集》终于得以出版。此版文集有大量注释，学术价值很高，但在注释里西奥博德终于忍不住对蒲柏的所作所为进行了揭露与回击。整体来说，西奥博德的版本无疑更能代表未来学术编辑的发展方向。然而这个版本的问题在于，虽然与罗和蒲柏一样声称校勘了大量早期版本，但实际上西奥博德的文本仍然延续了罗和蒲柏的底本，没有能够避免第四对开本带来的许多问题。最后值得一提的是，蒲柏与西奥博德之间的恩怨也反映了诗人型批评家的审美精神与严谨学者对事实考证的执着之间的矛盾，而这种矛盾时至今日也是文学研究中难以调和的两个层面，尤其体现在文学批评和文献考证之间的张力中。

四、约翰逊博士与卡佩尔

西奥博德版莎士比亚文集问世十几年后，汤森家族为其找到的继任者是教士威廉·沃伯顿（William Warburton，1698—1779）。此人当过蒲柏的助手，后来曾任格洛斯特主教。沃伯顿版本的莎士比亚文集出版于1747年，在商业上和学术上都比较失败，从未再版。1744年牛津大学出版社在未经汤森家族同意的情况下也出版了一部莎士比亚文集，由托马斯·汉默爵士（Sir Thomas Hanmer，1677—1746）担任编辑。此版文集装帧精美，但与1747年沃伯顿版一样学术质量不高，对文本的认识也无新的建树。这两个版本对莎学的发展贡献都不大。此后近二十年间并没有新的莎剧版本问世,但有两人一直在为新的版本做准备。一位是当时的文坛翘楚,大名鼎鼎的约翰逊博士,另一位是当时并没有什么名气的批评家、学者和政府官员爱德华·卡佩尔(Edward Capell,1713—1781)。

约翰逊博士一直都关心着莎剧的出版,在1756年还发表了《建议以订阅方式印刷莎士比亚戏剧集》("Proposal for Printing, by Subscription, the Dramatik Works of William Shakespeare")一文,并在此文中对莎剧编辑与出版提出了自己的意见。此文问世后,汤森家族的汤森三世便决定与约翰逊博士合作。于是,约翰逊版的莎士比亚文集最终在1765年问世。此版文集因约翰逊的评论性序言在莎评史上闻名遐迩,但在莎学的文本考证方面,约翰逊的校勘其实比较保守和谨慎。他主张尽量保护原文,避免不必要的更正,所以在校勘上比较克制。不过约翰逊之所以这样做,是因为他开始意识到,莎剧编辑的整个过程就是错误的积累过程,更正和校勘的同时不必要的错误也在积累,其结果是更正越多错误也就越多。因此,原文中的文字即便不易理解,但也很可能是正确的。而且要想最大程度保留原文,只能回到第一对开本那里去寻找权威文本。然而令人遗憾的是,约翰逊虽然意识到了这个原则,但并没有贯彻这个原则,而是在编辑中仍然沿用了西奥博德和沃伯顿的版本作为底本。因此,虽然在校勘上对莎士比亚文本研究的贡献并不大,但约翰逊对莎士比亚文本的这种认识在某种程度上决定了后来莎学的发展方向,也决定了未来几十年莎剧出版的方向。

在1765年版的《莎士比亚作品集》出版时，约翰逊博士已经因为编撰著名的《英语大辞典》而闻名于世。这项伟大的工作对约翰逊本人的影响也很大。虽然他主导了这项艰巨的任务，但如此繁复的工作却使约翰逊认识到学术研究是需要不同学者之间的不断合作才能达到完善的一种知识积累过程。因此，约翰逊博士将这种观念引入莎剧编辑，以序言和注释的形式大量采用前人的校勘成果乃至其他方面的莎学研究成果。虽然蒲柏等人已经开始在正文前收入罗的传记等前人成果，但无疑是约翰逊博士将这一集注方法合法化并加以推广，而他也在自己的版本中收入了之前所有版本的序言。这一做法影响深远，不仅影响了后来的斯蒂文斯版和马隆版，而且明确了此后半个多世纪的莎剧出版都在朝着集注版的方向发展。此外，约翰逊博士在莎士比亚生平考证方面也有所贡献，因为他在罗的莎士比亚传记基础上增加了两个新的内容，一个是他首次提到了莎士比亚初到伦敦时曾在剧院门口给他人牵马的说法，另一个是他在文集中附上了莎士比亚的遗嘱。这个遗嘱出现在1747年，由当时斯特拉特福镇的牧师和文法学校校长约瑟夫·格林（Joseph Greene，生卒年不详）首次发现，此后因约翰逊博士收入莎士比亚文集而广为流传。

在这部文集的《序言》中，约翰逊博士还针对蒲柏对编辑工作的抱怨提到了他对编辑工作的认识：

> 做这项工作，蒲柏似乎觉得委屈了自己的才干，不免流露"编辑工作是沉闷的"鄙视态度。他担任的工作性质他只了解一半。编辑工作确实沉闷，可是，

像其他乏味工作一样,是必要的;然而,如果一个校订批评家除了不怕沉闷之外不具备其他远异于此的条件,他的工作一定无法做好。在批阅一段舛误文字的时候,他必须想到各种可能的意义、各种可能的表达形式。他的思想理解必须如此广博,他的语文知识必须如此丰富。从许多条可能的异文之中,他必须有本领选定与各种意见,每个时代流行的语言格式,他的作家的思想特点和语言风格这些东西最适合的一条。他必须有这样的知识,必须有这种鉴别力。做推测批评需要具备超出一般人所有的能力,能把这项工作做得很好的人常常需要人们的宽容。[①]

从这段话来看,站在学术考证角度的约翰逊显然比蒲柏更了解编辑工作的重要性,也对编辑工作的性质有更深刻的体会和认识,因此也希望校勘者能得到更多的宽容。

在约翰逊博士准备自己的版本的同时,一位叫作爱德华·卡佩尔的学者由于不满汉默的版本,也已经为新的莎士比亚文集准备了许久。1768年,这个版本同样在汤森家族的安排下出版,形式为十卷八开本,但名字却回到了对开本的老名字——《威廉·莎士比亚先生的喜剧、历史剧与悲剧》。卡佩尔清晰地意识到从罗开始选用第四对开本为底本的做法是不对的,因此应该从零开始校勘莎剧。他的编辑策略是将莎剧的权威文本追溯到最早的四开本,没有

---

① 杨周翰选编:《莎士比亚评论汇编(上)》,北京:中国社会科学出版社,1979,第70—71页。

四开本的便以第一对开本为权威,并以此为标准校勘莎剧,终于清除了从罗以来不断积累下来的大量错误。卡佩尔自称誊写所有莎剧达十遍之多,他是第一个真正将文本建立在对四开本和对开本的全面研究基础上的文本专家。卡佩尔版注释并不多,而且与约翰逊版相反,并没有朝着集注版发展,几乎以莎剧作品的纯文本形式呈现。而且他自己做出的许多校勘也并未以注释形式标明。这就造成了他的版本后来虽被他人所借鉴,但很多却并未标明来源,因此其价值长期以来被人低估。好在卡佩尔从1774年开始出版自己的校勘笔记,并在去世两年后的1783年出版了一共三卷四开本的笔记,其中包含了大量校勘莎剧时的注释,大家这才逐渐认识到他的价值。卡佩尔的问题在于将四开本看得太重,只排除了《亨利四世(下)》《理查三世》和《奥赛罗》这几个四开本,认为其不够权威,但四开本中其实有很多质量都不好。除此之外,卡佩尔也做了一些不必要的猜测性更正,有时有矫枉过正之嫌。总之,约翰逊和卡佩尔在18世纪60年代先后编辑校勘了莎士比亚的文本,分别以自己的方式为后世的莎剧出版留下了学术遗产,也因此值得在莎士比亚学术史上留下自己的名字。

五、斯蒂文斯与马隆

乔治·斯蒂文斯(George Steevens,1736—1800)与约翰逊博士在1773年合作出版了新版的莎士比亚文集,此版借鉴了大量卡佩尔版的文本校勘成果(斯蒂文斯对此进行了否认，但实际上很明显），同时去除了卡佩尔版中的一些不必要的更正，因此学术质量很高，也被认为更忠于莎士比亚原文。此版有一个重要特征，那就是从这版起，莎士比亚文集的出版开始沿着约翰逊博士所开启的集注模式发展，此后的版本集注倾向越来越明显，几乎每一版都是集当时文本校勘和莎学研究之大成，并试图将已知的与莎士比亚有关的全部知识都收入其中，内容涉及有关莎士比亚学术考证的方方面面。于是，这种需要不同学者通力合作来生产知识的出版模式将莎士比亚的文本校勘与莎学本身的发展更紧密地关联起来，成为一个相辅相成的知识积累过程。

当1778年斯蒂文斯版莎士比亚文集再版时，另一位大莎学家也开始崭露头角，那就是著名的埃德蒙·马隆（Edmond Malone，1741—1812）。正是在此版文集中，斯蒂文斯收录了马隆所写的著名莎学论文《论莎士比亚的创作年表》("Essay on the Chronology of Shakespeare's Plays")。此文开启了莎学考证中的另一个重要的研究领域，即莎士比亚的创作年表问题。马隆对照了早期四开本的扉页、书商公会的注册记录、宫廷表演记录、时人的指涉等材料确定了至少十几部莎剧的创作时间，同时还开创了在莎剧内部通过诗歌技巧的变化来推测创作时间的研究方法，并在此基础上提出了所有莎剧的创作年表。今天看来，这个年表虽然还有些明显的错误，但基本在朝着正确的方向努力，而且此后马隆不断修改此文，最终的成果已经非常接近后世所广为接受的结论。

1780年，马隆在对内容有所补充后单独出版了此文，

THE
PLAYS AND POEMS
OF
WILLIAM SHAKSPEARE,
IN TEN VOLUMES;

COLLATED *VERBATIM* WITH THE MOST AUTHENTICK
COPIES, AND REVISED:

WITH THE

CORRECTIONS AND ILLUSTRATIONS
OF
VARIOUS COMMENTATORS;

TO WHICH ARE ADDED,

AN ESSAY ON THE CHRONOLOGICAL ORDER
OF HIS PLAYS;

AN ESSAY RELATIVE TO SHAKSPEARE AND JONSON;

A DISSERTATION ON THE THREE PARTS
OF KING HENRY VI.;

AN HISTORICAL ACCOUNT OF THE ENGLISH STAGE;
AND NOTES;

BY EDMOND MALONE.

Της φυσεως γραμματευς ην, τον καλαμον αποβρεχων εις νην.
Vet. Auct. apud Suidam.

——— QUEM TU, DEA, TEMPORE IN OMNI
OMNIBUS ORNATUM VOLUISTI EXCELLERE REBUS.—*Lucret.*

LONDON: PRINTED BY H. BALDWIN,

For J. Rivington and Sons, L. Davis, B. White and Son, T. Longman,
B. Law, H. S. Woodfall, C. Dilly, J. Robson, J. Johnson, T. Vernor,
G. G. J. and J. Robinson, T. Cadell, J. Murray, R. Baldwin,
H. L. Gardner, J. Sewell, J. Nichols, J. Bew, T. Payne, jun.
S. Hayes, R. Faulder, W. Lowndes, G. and T. Wilkie, Scatcherd and
Whitaker, T. and J. Egerton, C. Stalker, J. Barker, J. Edwards,
Ogilvie and Speare, J. Cuthell, J. Lackington, and E. Newbery.

M DCC XC.

马隆版《莎士比亚作品集》扉页

而此时的他也开始筹备出版自己的莎士比亚文集。斯蒂文斯这时已经退休，将自己的编辑工作交给了继任者艾萨克·里德（Isaac Reed，1742—1807）。后者在斯蒂文斯前两版的基础上于1785年出版了第三版莎士比亚文集。马隆自己的版本则出版于1790年，又是莎学史上非常重要的一个版本。马隆对莎剧版本的认识基本与卡佩尔一致，他也认为越早的版本越有权威性，因此他虽然选取了约翰逊-斯蒂文斯版为底本，但实际上对早期版本做了大量校勘。有学者曾指出马隆版莎士比亚文集的几个重要特征，其中包括：首次在处理莎士比亚作品以及与莎士比亚有关的材料时强调真实性原则；首次收录研究莎士比亚时代的语言与诗歌细节的论文；首次依赖事实来构建莎士比亚传记；首次收录莎士比亚创作年表；首次出版、注释1609年版十四行诗并使其经典化。[①]不难看出，与此对应的是一种对真实可信的客观文本的追求，对回到历史语境的渴望，对作者生平的重视以及试图通过具体创作时间的确定来推测作者精神发展的过程，而这些都是现代学术考证的重要内容。

因此，马隆之所以是重要的莎学家，是因为他的莎学研究远不只文本校勘，其考证涉及莎学的方方面面，比如他对莎士比亚的生平问题有详尽的考证，用严谨的态度重

[①] 参见 Margreta de Grazia, *Shakespeare Verbatim: The Reproduction of Authenticity and the 1790 Apparatus*, Oxford: Clarendon Press, 1991, p.2. 格雷西亚（Grazia）认为正是从马隆的1790年版文集开始，文本的真实性、历史背景、追求事实的传记、年代发展观念和深入的阅读诠释等标准才成为启蒙运动以后的文本范式的一部分。

新审查了此前罗版传记中的逸事，因此他意识到罗关于莎士比亚父亲的描述一定是错误的，罗提到的其他一些逸事也不可信。不仅如此，马隆对莎士比亚时代的戏剧传统等历史背景也有开创性研究，他的长篇论文《英国戏剧史》(*History of the English Stage*)便收录在1790年的莎士比亚文集中。因此可以说，马隆是整个18世纪莎学考证的集大成者和标志性人物。

马隆版莎士比亚文集的出版显然刺激了已经退休的斯蒂文斯。后者于1793年又出版了第四版莎士比亚文集，目的便是要代替马隆版成为当时最权威的版本。但此版在校勘方法上有问题，斯蒂文斯为了反对马隆而故意用第二对开本当底本，而且在方法上重回蒲柏的老路，在对文本的更正上耍小聪明，最终让这部文集成为一次失败的尝试。前面提到，从约翰逊和斯蒂文斯开始，集注版成为趋势，其结果就是莎士比亚文集的卷数越来越多，绪论部分和注释也越来越长。以马隆的1790年版文集为例，此版共十卷，第一卷分上下两部，其中上部的内容包含：约翰逊版的序言；斯蒂文斯的广告说明；莎士比亚时代的古代作品翻译情况；蒲柏版的序言；罗的莎士比亚传记；莎士比亚的其他逸事；斯特拉特福镇的记录；莎士比亚的家族纹章（Shakespeare's coat of arms）、抵押证明和遗嘱；古今评论莎士比亚的诗歌；早期莎剧版本目录；早期莎士比亚诗歌版本目录；莎士比亚改编剧列表；莎士比亚评论目录；书商公会的莎剧出版登记记录；马隆所写的关于莎士比亚创作年表的论文以及他写的另一篇揭露一起文学造假的论文《莎士比亚、福特与琼生》("Shakespeare, Ford and

Jonson");① 下部则包含马隆的长文《英国戏剧史》,以及《暴风雨》《维罗纳二绅士》和《温莎的风流娘们》等三部莎剧。

斯蒂文斯的1793年第四版集注特征更加明显,此版比马隆版又多了五卷,共十五卷。其中前两卷都是绪论性质,在马隆版的基础上对内容进一步增补,几乎囊括了整个18世纪几代编辑和学者积累下来的莎学成果和当时所知的有关莎士比亚的所有知识。该文集仅在第一卷和第二卷中就不仅包含了马隆版收录的所有内容,还多出了西奥博德、汉默、沃伯顿、卡佩尔、里德等各版序言;法玛尔(Richard Farmer,1735—1797)关于莎士比亚学识的长篇论文《论莎士比亚的学识》("An essay on the learning of Shakespeare")以及考曼(George Colman,1732—1794)对此文的评论;斯蒂文斯所列的古代作品翻译目录等内容。这其中法玛尔关于莎士比亚学识的研究论文是此方面莎学研究的开创性作品,1767年一经出版便引起了广泛关注②,

---

① 此文旨在揭露著名演员查尔斯·麦克林(Charles Macklin,约1699—1797)早年从事的一起与莎士比亚有关的伪造事件。1748年,麦克林出版了一本小册子,主要内容是谴责琼生对莎士比亚的忘恩负义。在小册子中麦克林还附了一封信,信中声称小册子写于查理一世时期,原书作者与琼生熟识,并称当时的另一位剧作家约翰·福特(John Ford,1586—1637)曾公开反对琼生对莎士比亚的谩骂。马隆指出是麦克林伪造了这本小册子,而造假的目的是为了给他的夫人出演福特的剧作《情人的忧郁》(*The Lover's Melancholy*)造势。另外,马隆后来也在此事的基础上深入考证了琼生与莎士比亚二人的关系。
② 关于法玛尔的论文及其影响,参见拙文《少拉丁更少希腊——莎士比亚的学识问题》,载《湖南大学学报(社会科学版)》2017年第2期。需要补充的是,法玛尔的这篇长文当时影响很大,被收入多部莎士比亚文集中,但其背后还隐含了这样的逻辑,即研究莎士比亚是否受到古代和其他欧洲国家的影响实际上是在证明莎士比亚的原创性,进而证明英国文学的独立性。这个逻辑的背后既有民族情绪的因素,又有当时的审美风尚的影响。因此表面上看这是一篇严谨的莎学研究论文,但实际上它本身已经成为复杂的莎士比亚经典化过程中的一种学术现象。

由此可见当时的集注版莎剧文集对其他莎学研究成果的关注与吸纳。莎士比亚戏剧出版中的这种集注倾向在19世纪上半叶被发展到极致，斯蒂文斯版和马隆版后来分别发展成著名的第一、第二、第三集注版《莎士比亚文集》，比如1821年詹姆斯·鲍斯韦尔（James Boswell，1778—1822）在马隆版基础上扩展而来的二十一卷本《莎士比亚文集》，也就是广为人知的第三集注本。此版文集内容繁复，其中前三卷全部是绪论性质的内容，汇集了前人的大量莎学考证成果，尤其是在第二卷中首次收录了马隆为莎士比亚写的长达三百页的传记，展示了马隆的莎士比亚生平考证成果。

六、莎学在莎剧出版中诞生

在学术研究中，针对某一对象的专门研究往往被我们称为"某某学"，所谓"莎学"便是如此。今天我们所说的"莎学"（Shakespeare Study）是一个含义很广的概念，狭义的学术考证与广义的学术研究之间的界限已经很模糊，这是20世纪下半叶的一系列文学研究变革带来的结果，但并不在本书讨论的范围。其实在20世纪中叶以前，所谓的莎学考证或莎士比亚学术（Shakespearean Scholarship）还是一个很清晰的概念。比如在1939年，著名的莎学家哈里森（G. B. Harrison，1894—1991）在《介绍莎士比亚》（*Introducing Shakespeare*）一书中曾指出，关于莎士比亚的研究有三种，分别是学术（考证）的（Scholarly）、文学的（Literary）、戏剧的（Dramatic）。这三种研究分别对应于莎士比亚学术考证（scholarship）、莎士比亚批评（criticism）以及莎剧表演，从事这三种事业的人分别是学者（scholar）、批评家（critic）和演员（actor）。哈里森继而指出，学者与批评家之间的分歧在于学者要求回到莎士比亚的时代去理解莎士比亚，这就需要学者用专业素养去考证关于那个时代的种种知识；而批评家则认为莎士比亚的价值是超越时空的，因此永远是属于现代的，只需从艺术和现实的角度去评价莎士比亚即可。① 这个分歧的背后其实便是20世纪上半叶的文学考证与文学批评之间的对立，不过这个更宏大的问题显然需要另文讨论。

哈里森在此书中认为莎士比亚学术考证主要处理三种问题，第一种是莎士比亚时代的戏剧情况，第二种是文本问题和出版情况，第三种则是莎士比亚时代的其他各种思想、政治、文化研究。这个分类概括性比较强，但过于笼统，其实传统莎学研究可以划分得更细致。同样首版于20世纪30年代，而且也是由哈里森担任主编的另一本书《莎士比亚研究指南》（*A Companion to Shakespeare Studies*）中收录了艾萨克（J. Isaccs）的一篇介绍莎学的文章，其中便将莎学分为更加细致的二十六个问题。它们分别是：文本的确立、文本的传播、文本释义、文本去伪存真、创作的时序排列、题材来源、莎士比亚的生平考证、莎士比亚对材料的应用、莎士比亚的精神发展史、莎士比亚的诗律与

---

① 参见 G. B. Harrison, *Introducing Shakespear*, West Drayton: Pelican Books, 1939, p.51。

诗体、莎士比亚的阅读情况、莎士比亚的诗歌意象、莎士比亚与当时文学思潮的关系、莎士比亚与当时个别作家的关系、莎士比亚的身后名、莎士比亚在国内与国外的影响、历史与政治背景、社会背景、科学与哲学等知识背景、语言背景、古文字研究、肖像研究、戏剧传统、具体的演出情况、莎士比亚的戏剧技巧以及莎士比亚的成长模式。①

如果将这种莎士比亚学术史追根溯源的话我们将不难发现，文本问题是莎学的基本问题，而艾萨克所列的传统莎学中的前几个问题也都与文本有关。更何况，如果没有文本的确定性，后面的诸如莎士比亚的语言、意象、诗律、精神发展史等其他莎学问题就无从研究。不仅如此，如果不建立起可信的文本，批评家们（尤其20世纪批评家）所从事的莎士比亚评论恐怕也无从着手。因此，文本考证是其他考证的基础，确立莎士比亚的文本便意味着莎学考证的开端。而事实上，莎士比亚学术考证正是起源于18世纪的莎剧出版，起源于一代代编辑对莎士比亚文本去伪存真的努力。

由于莎士比亚没有完整手稿存世，因此要确立莎剧的文本是非常困难的。这个工作主要完成于18世纪，其发展过程可以分为两个阶段：一是文本的猜测阶段，在这个阶段莎剧编辑们针对早期版本中不可理解的文字进行了猜测，做出了大量猜测性更正（conjectural emendations），其中有

---

① J. Isaccs "Shakespearian Scholarship", in *A Companion to Shakespeare Studies*, Harley Granville-barker, G. B. Harrison ed., Cambridge: Cambridge University Press, 1934, p.305.

许多被后世所接受；二是文本的巩固阶段，这个阶段编辑们形成了对早期版本的系统认识，并将这些认识与校勘结合，形成了一些文本编辑原则，最终产生了我们今天所看到的莎剧文本。通过前文的梳理我们不难发现，在这个从猜测到巩固的过程中，不仅莎士比亚文本校勘与考证开始出现，莎士比亚的生平研究、莎士比亚时代的语言情况、莎士比亚的创作年表研究、伊丽莎白时代的舞台演出和戏剧史研究等相关的莎学研究也开始在各种莎士比亚文集中出现。如果说除了让莎士比亚的文本变得可读，罗对莎学的贡献只是提供了一个简单的传记而已，那么从西奥博德之后，莎剧编辑们对莎士比亚文本的学术兴趣则越来越明显，尤其像马隆这样的编辑本身就是当时莎学研究的集大成者，其考证已经涉及莎学的方方面面。马隆在这方面既是现代国别文学史学术考证的开端，也是对整个18世纪相关成果的总结。

经过近一个世纪的努力，18世纪的莎剧编辑们不仅基本上确立了莎士比亚的文本，而且许多其他莎学问题也在这一过程中得到了开创性的研究。由于莎士比亚文集不断被强化的集注性质，一个集注版本的《莎士比亚作品集》往往是一系列莎学研究成果的集中展示，其中尤其是莎剧题材来源、莎士比亚生平考证、创作年表等重要的莎学问题在莎剧文集的编辑过程中也得到了相当程度的研究。更重要的是，通过一系列关于文本校勘等问题的学术争论，莎士比亚学术考证逐步完成了与文学批评的分离。此时的莎学家们的身份虽然以作家和"文人"为主，都还不是大学教授，但其学者身份已逐渐确立（从罗和蒲柏等作家逐渐变为马隆这种相对专业的学者），这本身也是一个文学学术研究不断现代化的过程。正是在这个意义上，18世纪的莎剧出版与莎学的起源其实是同一个过程，同时也是一种现代文学知识生产的诞生过程。虽然如本书前言中所提到的，莎学考证最终由于种种原因在20世纪下半叶衰落并转型，许多当代学者也开始反思这种知识生产背后的历史原因乃至其本身的合理性，甚至有许多当代学者认为莎士比亚的文本也是在18世纪被"建构"起来的。从上述莎剧文本确立的过程来看，这种观点当然没有错，但莎士比亚学术考证所积累的大量成果确实极大地深化了我们对这位大作家的认识，进而构成了文学经典的核心价值，这一点也是毋庸置疑的。建构主义的观点虽然深刻，但不应该也不足以成为消解莎士比亚文本价值的理由。

第四章

舞 台 演 出

（1730年之后）

——称霸伦敦舞台

进入 18 世纪之后，随着英国人民族意识的觉醒，英国传统戏剧的价值不断被认可，迎合法国古典主义品位的改编剧也开始减少。另一方面，出版与演出之间的关系也发生了微妙的变化："17 世纪初一部戏剧的成功取决于舞台上的反响，进而决定了它是否会被印刷，以及多久印一次；而到了 18 世纪初，一部戏剧出版后的声誉决定了它在舞台上是否成功。"[1] 在这种情况下，莎剧凭借 17 世纪在舞台上积累的声望，有了图书市场的需求。而汤森家族不断重新出版莎士比亚文集的做法则会进一步促进莎剧在舞台上的繁荣，同时也有助于莎士比亚原剧在舞台上的恢复。莎士比亚的名望由此进入了一个出版与舞台互动的良性循环。到了 18 世纪 30 年代，莎士比亚不仅持续在伦敦舞台上焕发着生机，而且越来越被视为英国民族戏剧的代表人物，这种思想在 30 年代出现的"莎士比亚夫人俱乐部"那里就得到了很好的体现。

---

[1] Gary Taylor, *Reinventing Shakespeare: A Cultural History, from the Restoration to the Present*, New York: Weidenfeld & Nicolson, 1989, p.68.

一、"夫人俱乐部"与《戏剧授权法》

在 18 世纪的英国,由于社会化生产的出现和教育水平的提高,中产阶级以上的女性拥有了更多的闲暇时间和更高的审美品位与追求。在这种情况下,戏剧的女性观众和小说的女性读者大增,女性作家和女性批评家也开始出现,成为 18 世纪文学品位变革中的一支重要的社会力量。早在 18 世纪 30 年代,有一个女性团体便在维护莎剧在戏剧舞台上的生命力方面做出了巨大贡献,那就是"莎士比亚夫人俱乐部"(Shakespeare Ladies Club)。

莎士比亚夫人俱乐部的成员由一些热爱莎剧的贵妇人和女性知识分子组成,大概在 1736 年年底成立,并至少存在了四年时间。这个带有些许神秘色彩的贵妇人俱乐部以促进伦敦的剧院排演莎剧为己任,不惜花费重金资助这些演出,成为 18 世纪上半叶莎剧演出不断走向繁荣的一支重要幕后力量。长期以来,夫人俱乐部的具体成员都有谁并不为人所知,不过根据迈克尔·道布森在《创造民族诗人》一书中的考证,可以确定的夫人俱乐部主要成员包括沙夫茨伯里伯爵夫人苏珊娜·阿什利库珀(Susanna Ashley-Cooper,生卒年不详)、第一代柯珀伯爵威廉·柯珀(William Cowper, 1st Earl Cowper, 1664?—1723)的女儿玛丽·柯珀(Mary Cowper,生卒年不详)以及女作家伊丽莎白·博伊德(Elizabeth Boyd, 1710—1745)等人。

由于 17 世纪下半叶剧院重开以后戏剧风气的改变, 18 世纪初的英国戏剧舞台仍然被意大利歌剧、古典主义戏剧以及各种滑稽剧和假面剧所影响，喜剧、歌剧以及各种滑稽表演大行其道，有文化的英国观众不免感到悲剧精神泯灭、阳刚之气尽失。因此，有些英国人认为亟须在本民族的戏剧传统中寻找一位优秀的代表来肃清英国舞台上的这些外来影响。莎士比亚夫人俱乐部便是在这种情况下悄然出现的，而这些贵夫人的立场从一开始就带有很明显的民族情绪，同时也具有鲜明的18世纪理性主义的特征。夫人俱乐部的成员玛丽·柯珀有一首名为《诸夫人在1738年复兴莎士比亚》(*On the Revival of Shakespeare's Plays by the Ladies in 1738*)的诗歌作品便反映了夫人俱乐部的这种立场：

> 在淑女们友善的协助下，
> 看欢乐的不列颠昂起她低垂的头。
> 愚钝（dullness）这个人类思想的鸦片，
> 现在要让位并服从理智（sense）。
> ……
> 智慧像一股清泉，它的急流早已被阻碍，
> 现在它要以双倍的力量夺路而出。
> 温柔的女性将救赎这片土地，
> 在她们的要求下莎士比亚将再临人间。[①]

理智要胜利，就要通过莎士比亚来改革戏剧舞台上种

---

① 转引自 Michael Dobson, *The Making of the National Poet: Shakespeare, Adaptation, and Authorship, 1660–1769*, Oxford: Clarendon Press, 1992, pp.150–151。

种愚钝的陋习,要"驱逐(舞台上)所有的杂耍、闹剧和滑稽小丑"①。在这首诗的结尾,柯珀再次重申了在莎士比亚的帮助下,理智终将使英国摆脱欧陆的影响:

> 未来的时代将由理智所主宰,
> 不列颠再也不被她的邻居所嘲弄。②

值得注意的是,柯珀在莎士比亚的剧本中看到的是"理智",这显然还是受到古典主义文学品位的影响,与半个多世纪以后的浪漫主义者们眼中的莎士比亚完全不同。更重要的是,本诗中的民族情绪非常明显,英法的民族对立再一次成为莎士比亚在伦敦舞台复兴的背后最重要的推手。在这种纲领的指导下,莎士比亚夫人俱乐部的成员们利用自己的社会影响和经济实力不断说服伦敦的剧院上演更多的莎士比亚作品,这些努力在俱乐部成立之初便收到了良好的效果。在1735—1736年的戏剧季,伦敦上演的六百五十场戏剧中有九十一场是莎剧(包括改编剧)。而到了夫人俱乐部成立之后的1736—1737年戏剧季,伦敦上演的五百三十九场戏剧中有九十二场是莎剧,莎剧占比从14%上升到了17%。这其中尤其值得一提的是特鲁里街皇家剧院,当年上演的一百九十八场戏中有五十八场都是莎剧,占到了全部场次的将近三分之一。不仅如此,从1737

---

① 转引自 Michael Dobson, *The Making of the National Poet: Shakespeare, Adaptation, and Authorship, 1660–1769*, Oxford: Clarendon Press, 1992, p.151.
② Ibid.

年1月开始,在特鲁里街皇家剧院上演的每部莎剧的票根上都会印有"据几位贵夫人之愿上演"的字样。在此后的1737—1738年,受到《戏剧授权法》的影响,伦敦的戏剧演出总量有所减少,但在所有的三百零六场演出中,莎剧占据了六十八场之多,这个比例也从前一年的17%再次上升,占到了总数的22%。而这次变化得益于莎士比亚夫人俱乐部对当时伦敦的另一个重要剧院——科芬园(Covent Garden)剧院所施加的影响。

在成功影响了特鲁里街剧院之后,莎士比亚夫人俱乐部在次年将注意力转向了科芬园剧院。此时这个剧院的经理是约翰·里奇(John Rich,1682—1761),也就是在17世纪末迫使贝特顿出走的那个联合剧团经理克里斯托弗·里奇的儿子。此人在1714年老里奇死后继承了其父在林肯律师学院广场剧院的股份,并成为剧院经理。1732年,约翰·里奇又创建了新的科芬园剧院,此后便同时经营着两家剧院,从而成为伦敦戏剧界举足轻重的人物。约翰·里奇在伦敦舞台史上以钟爱滑稽剧和制造各种视觉效果著称。不过经过夫人俱乐部的请愿和资助,在1737—1738年戏剧季该剧院所有的一百四十八场戏剧演出中,有四十一场都是莎剧,占到总数的将近三分之一。[①]

在夫人俱乐部的努力下,不仅莎士比亚最著名的那些戏剧作品在舞台上获得了更多的演出机会,而且一批早已被当时的剧院所遗忘的莎剧也得以重新焕发生机。比如,

---

[①] 参见 Emmett L. Avery, "The Shakespeare Ladies Club", in *Shakespeare Quarterly*, Vol. 7, No. 2 (Spring, 1956), p.156。

在夫人俱乐部的请愿下,《辛白林》于1737年2月15日在科芬园剧院被搬上舞台,而之前此剧至少已有十余年没有在伦敦的舞台上演出过;同样,《约翰王》于同年2月26日在夫人俱乐部的影响下上演,这是此剧在18世纪以来的首次演出;当《理查二世》在1738年2月6日在科芬园剧院上演的时候,也有至少十余年不曾出现在舞台上,类似的情况还有《一报还一报》《温莎的风流娘们》《无事生非》等莎剧。这些莎剧的演出大部分都获得了成功,而莎士比亚夫人俱乐部无疑为莎士比亚在18世纪的英国戏剧舞台上保持活力起到了至关重要的作用。

很快,莎士比亚夫人俱乐部的活动对当时的整个文化界产生了广泛的影响,1737年3月的报纸上甚至出现了两封托名莎士比亚的感谢信。其中一封信托名莎士比亚、琼生、德莱顿以及罗四位已故剧作家,以这四位的口吻说道:"我们很高兴听到夫人们已经开始推广明智的常识,我们希望绅士们也能以这些夫人为榜样。"[①] 另一封直接托名莎士比亚的信也表达了类似的观点:"不列颠的夫人们通过融入社会并复活已被我们抛弃的莎士比亚来诚挚地希望挽救智慧与理智沉沦的现状。"[②] 最后这封信还以莎士比亚的名义对夫人俱乐部的辛勤付出表示了感谢。

就在莎士比亚夫人俱乐部乐此不疲地为莎剧的上演奔走疾呼的同时,伦敦戏剧界还发生了另一件影响深远的大

---

① 转引自 Emmett L. Avery, "The Shakespeare Ladies Club", in *Shakespeare Quarterly*, Vol. 7, No. 2 (Spring, 1956), p.155。

② Ibid., p.156。

事，那就是《1737年戏剧授权法》(*Licensing Act of 1737*)的颁布。这是一个新剧审查法案，规定所有新剧上演必须经过宫内大臣的审查，而且剧团的戏剧许可也将由宫内大臣颁发。其实戏剧审查在伊丽莎白时代便已经制度化，当时属于皇室权力，刚开始由宫内大臣直接负责，后由专门的宫廷游艺总管负责，但这套制度在18世纪初逐渐瓦解。18世纪20年代之后，新的剧团和剧院不断出现，开始挑战复辟之后拥有特许经营权的特鲁里街和科芬园两大剧团的戏剧垄断地位。这些新剧团的演出也很难再受到审查，导致审查制度完全瓦解。在这种情况下，戏剧创作更加繁荣，但这种快速的繁荣也招致了官方的不满。面对戏剧界的"乱象"，时任首相罗伯特·沃波尔（Robert Walpole，1676—1745）在1735年便试图游说议会通过一项涉及戏剧管制的法案，但未能成功。到了1737年，沃波尔终于等到了重提这项法案的时机。

《1737年戏剧授权法》的颁布与当时的著名作家亨利·菲尔丁有关。菲尔丁初涉文坛时以创作戏剧为生，后来甚至还成为一家新剧院的股东，但他为人正直，看不惯以首相沃波尔为首的辉格党官僚集团一手遮天、玩弄权术的作风。另一方面，在18世纪20年代的伦敦戏剧界，政治讽刺剧开始逐渐流行，菲尔丁初出茅庐时受其影响很大。于是大概从1730年开始，菲尔丁便热衷于创作政治讽刺剧，并很快成为当时最重要的政治剧作家。菲尔丁的这些作品起初只是针对整个辉格党政府，并没有指名道姓，但到了1736年，他创作了专门针对首相沃波尔的讽刺剧《帕斯昆》(*Pasquin*)，结果一时间好评如潮，获得了巨大成功。受到鼓舞的菲尔丁紧接着又创作了《1736年的历史纪事》(The Historical Register for the Year 1736)，对沃波尔进行进一步挖苦和讽刺。此剧连演多日，甚至比《帕斯昆》风头更盛，但罗伯特·沃波尔也因此被彻底激怒。这位英国历史上的第一位首相想尽一切办法干涉菲尔丁的创作，最后借助议会讨论管理流浪艺人法案的时机，成功游说议员们通过了戏剧管制法案，这就是《1737年戏剧授权法》。沃波尔游说议会通过《1737年戏剧授权法》时所引用的戏剧是一部未署名的名为《金屁股》(The Golden Rump)的闹剧。此剧从未出版，剧本早已失传，有人认为此剧也是菲尔丁所作，但无论如何沃波尔的真实目的就是为了阻止菲尔丁的创作。因此，某种程度上该法案其实是一部为菲尔丁量身定做的法律法规，却对整个伦敦戏剧界产生了深远的影响。有趣的是，正是由于《1737年戏剧授权法》的颁布，让菲尔丁无法继续从事戏剧创作（也有说法认为沃波尔给了菲尔丁一些钱作为补偿，实际上在某种程度上收买了他），这位才华横溢的作家才转向小说创作，后来成为18世纪英国最重要的小说家之一。

为了阻止政治讽刺剧的创作和演出，《1737年戏剧授权法》规定，未经授权的剧团和演员在伦敦从事戏剧演出将会面临巨额罚金；而即便是取得授权的剧团，如果要上演新创作的戏剧作品，剧团经理也必须在原定上演日的至少十四天前将剧本提交给宫内大臣审查。如果未经宫内大臣的批准上演新剧，不仅将面临罚金，而且还会被吊销剧团的演出许可证，剧团经理甚至有可能会面临牢狱之灾。法案颁布之后，沃波尔的辉格党政府凭借该法案对伦敦的戏剧活动进行了强有力的约束和控制。到了1738年，宫内大臣将审查的权力下放，专门设置了戏剧授权官员来对新剧进行审查。不难看出，《1737年戏剧授权法》的直接受益者是早已取得戏剧演出专营权的特鲁里街和科芬园两大剧院及其剧团，伦敦自此又一次进入了两大剧团垄断戏剧市场的时代。

在政府的强力监管下，新剧上演面临着太多的不确定性。出于自身利益的考虑，两大专营剧团都不愿冒险上演票房难以保证且有政治风险的新剧，而更愿意选择经过时间检验的旧剧。因此，《1737年戏剧授权法》的颁布为新剧的上演设置了重重障碍，严重打击了当代剧作家的创作热情，造成的直接后果是除了一些喜剧和闹剧，其他新剧很难得到两大剧团的青睐。但这种情况却在客观上促进了旧剧的进一步繁荣，这其中受益最大者恐怕就是刚刚经历过夫人俱乐部不断请愿的各种莎剧。由于没有审查的风险，以莎剧为代表的旧剧成为两大剧团最稳定的收入来源。于是，在夫人俱乐部和《1737年戏剧授权法》的双重影响下，从18世纪40年代开始，莎剧在两大授权剧团都已经成为最受欢迎的剧目，尤其是《罗密欧与朱丽叶》《哈姆雷特》《奥赛罗》《麦克白》《温莎的风流娘们》《威尼斯商人》等剧。[1] 另外值得一提的是，除了旧剧地位的提高，《1737年戏剧授权法》的另一个影响便是演员地位的不断提高。

---

[1] 参见 David Thomas, "The 1737 Licensing Act and Its Impact", in Julia Swindells, David Francis Taylor ed., *The Oxford Handbook of the Georgian Theatre 1737–1832*, Oxford: Oxford University Press, 2014, pp.99–101。

由于戏剧创作不再繁荣，剧作家地位相应下降，而演员们却由于对旧剧人物的不断演绎和诠释成为观众关注的焦点，明星演员开始不断出现。正是在这样的大背景下，大卫·加里克登上了莎士比亚文化史的舞台。

二、加里克与莎士比亚

如果说"莎士比亚夫人俱乐部"在18世纪上半叶试图通过唤起英国人对民族戏剧的情感来帮助莎士比亚巩固其经典地位的话，那么作为当时最伟大的戏剧演员，大卫·加里克在18世纪下半叶就已经致力于将莎士比亚推上神坛了。

加里克于1717年出生于赫里福德郡的一个法国移民家庭。他的祖父从法国移民英国，他的父亲彼得·加里克（Peter Garrick，生卒年不详）是一位军官。加里克年幼时随父母搬往母亲的家乡居住，也就是斯塔福德郡的利奇菲尔德（Lichfield），这里也是塞缪尔·约翰逊博士的故乡。1735年左右，年轻的约翰逊在妻子的帮助下，在利奇菲尔德附近的艾迪尔（Edial）办了一所名为"艾迪尔大厅"（Edial Hall）的学校。虽然这所学校只维持了两年时间，但还是吸引了十几岁的加里克前来学习。加里克先是在利奇菲尔德当地的文法学校学习，1736年来到约翰逊刚创办的"艾迪尔大厅"学习，并因此和约翰逊成为朋友。1737年，学校倒闭，加里克和约翰逊便双双来到伦敦寻求发展，前者继续在林肯律师学院学习法律，后者则开始创办刊物、

《加里克画像》,托马斯·庚斯博罗
(Thomas Gainsborough, 1727—1788)绘

从事创作，逐渐在英国文坛站稳脚跟。不安分的加里克并不专注于学业，他先是尝试了通过贩卖红酒赚钱，同时也在接触到戏剧之后开始从事戏剧创作。1740年，经商失败的加里克终于在戏剧上获得了一些成绩，这一年特鲁里街剧院上演了加里克创作的第一部讽刺喜剧作品《忘川，或阴影中的伊索》(*Lethe, or Aesop in the Shade*)。

在尝试并热爱上戏剧表演之后，加里克于1741年开始了他的职业演员生涯。这一年10月19日，加里克在一家位于市郊的没有特许经营权的小剧团中完成了自己的舞台首秀。二十四岁的他扮演的正是后来让他名满天下的理查三世一角。对于演员来说，加里克的先天条件并不算好，他身材矮小，只有五英尺四英寸高（约163厘米），声音也不洪亮，但他的表演轻松自然，富有亲和力。虽然这座剧院不大，剧团也没有名气，但这位未来之星的表演还是引起了一些轰动，很快加里克便因为扮演理查三世而崭露头角。通过扮演理查三世成名不久后，加里克便开始在特鲁里街剧院登台表演。由于加里克一改当时流行的法国古典主义戏剧做作不自然的表演风格，给观众带来了前所未有的观剧体验，从而赢得了一致好评。特鲁里街剧院的经理查尔斯·弗利特伍德（Charles Fleetwood，？—1747）甚至开出演员少有的高薪，只是为了将加里克挽留在剧团。

到了1747年，弗利特伍德的经营陷入困境，他所获得的特鲁里街剧院经营权也即将到期。于是加里克东拼西凑筹集了八千英镑，更新了这座特许经营剧院的经营权，并成为剧院的合伙人。在此后长达二十九年的时间里，加里克都在担任特鲁里街剧院的经理，实际负责剧院的演出事

《加里克饰演理查三世》,威廉·荷加斯绘

宜。加里克的弟弟乔治·加里克（George Garrick，1723—1779）也参与了剧院的经营和管理，并一直帮助哥哥直至退休。在拿到特鲁里街剧院的经营权之后，加里克还重新装修了剧院。1747年9月，重新装修的剧院迎来了当年戏剧季的首场演出，加里克借这个机会做了一个开场演讲，演讲稿由他的朋友约翰逊博士代笔，内容主要是指责复辟时代为戏剧留下的不良影响，比如戏剧被规则所束缚，缺乏娱乐性，表演风格不自然，观众被音乐、舞台景观、哑剧所吸引，等等，而拯救戏剧的方法便是通过恢复"不朽的莎士比亚"，从而回归自然，重塑理智。[①]

加里克对戏剧从表演到形式的改良无疑是他成功的最重要原因。他为英国舞台带来了一股新鲜的风气，有助于英国戏剧逐渐摆脱法国古典主义的影响。更重要的是，加里克对莎士比亚的热爱人尽皆知，他以各种方式公开表达对莎士比亚的崇拜。1756年，加里克甚至在泰晤士河旁边为莎士比亚建造了一个小型神庙，里面摆上莎士比亚的塑像来供自己表达敬仰之情。不仅如此，早在1742年，加里克便陪同当时著名的莎剧演员查尔斯·麦克林一起到过莎士比亚的故乡斯特拉特福，寻访了当时还没被拆除的莎士比亚的"新居"。因此，与贝特顿一样，加里克也算是斯特拉特福最早的游客之一。更重要的是，1769年，加里克在莎士比亚的家乡斯特拉特福镇组织了为期三天的莎士比亚

---

① 参见 Robert Shaughnessy, "Shakespeare and the London Stage", in *Shakespeare in the Eighteenth Century*, Fiona Ritchie and Peter Sabor ed., Cambridge: Cambridge University Press, 2012, p.162。

庆典。这一事件可以说是莎士比亚身后名发展史上的里程碑，是莎士比亚从文学、戏剧领域走向整个文化产业的重要一步。鉴于其巨大影响，我们在后文会专门论述。

与其他著名莎剧演员不同的是，加里克不仅在戏剧界赢得了名望，而且和当时的许多名人私交很好，他的朋友中不乏王公贵族、艺术家、政客和各种文化精英。不仅约翰逊博士是加里克的老友，莎剧编辑乔治·斯蒂文斯和威廉·沃伯顿也与加里克熟识，哲学家埃德蒙·伯克、画家约书亚·雷诺兹（Joshua Reynolds，1723—1792）都是他的好友。加里克的声名甚至远播海外，法国和意大利戏剧界都曾邀请他去演出，连俄国人也对他有所耳闻。可以这样说，加里克在当时的欧洲戏剧界乃至整个文化界都享有极高的威望。1757年，英国甚至出现了一部以他为原型的小说。这部名为《大卫·兰吉尔的青年冒险》(*The Juvenile Adventures of David Ranger*)的小说出自一位叫作爱德华·金伯（Edward Kimber，1719—1769）的擅长写作流浪汉小说的作家之手，书中以"兰吉尔"的名义重述了加里克如何在戏剧领域一步步获得声望的过程，也提到了兰吉尔对莎士比亚的尊敬以及他在莎剧演出方面获得的成就。

在这种情况下，加里克的言行往往能产生很大的影响。他在成为剧院经理之后显著提高了莎剧在剧团中的演出场次，这无疑进一步巩固了莎士比亚的经典地位。不过也应该指出的是，在18世纪的大环境下，虽然各种版本的莎士比亚文本已经开始不断出现，但各种各样的莎士比亚改编剧仍然在舞台上流行。加里克虽然增加了莎剧的上演场次，也恢复过一些在改编剧中被删去的原作场景，但总的来说并没有能够将莎士比亚从改编剧的束缚中解放出来。而且为了追求舞台效果，加里克自己甚至也改编过《驯悍记》等莎剧。此外，加里克所上演的《李尔王》还是泰特所改编的版本[①]，他上演的《暴风雨》是德莱顿的改编版，《理查三世》是西伯的改编版，而广受欢迎的《哈姆雷特》中也删去了古典主义者们所反感的掘墓人那场戏和奥菲利娅的死。因此，与17、18世纪的其他改编者一样，加里克同样认为改编能让莎士比亚变得更好。但正如我们上文提到的，客观地讲，是改编剧让莎士比亚在伦敦舞台上保持了长久的生命力，而加里克的贡献便在于延续并增强了莎剧的这种舞台活力。更何况，加里克确实在表演和对人物的理解上比之前的改编剧离莎士比亚原剧更近了一步。

在加里克的时代，莎剧在各大剧场中已经拥有了不可替代的地位。自1747年加里克担任剧院经理至1776年他退休的三十年间，特鲁里街和科芬园两大伦敦剧院都保持着高频率的莎剧演出场次，尤其是加里克的特鲁里街剧院，三十年里共有五千三百余场戏剧演出，其中有一千场以上都是莎剧。也就是说，加里克的剧院常年保持着将近五分之一的莎剧演出频次，这当然主要是加里克的功劳。

1779年1月20日，不到六十二岁的加里克溘然长逝，死后他被安葬在威斯敏斯特教堂诗人角的莎士比亚雕像旁

[①] 1756年，加里克曾上演过一个泰特版和莎士比亚原版混合版本的《李尔王》，据说保留了泰特版中考狄利娅和爱德伽的爱情以及最后的大团圆结局，但恢复了莎剧中的大量台词，不过这个混合版的文本并未传世。

边，可以说得到了最好的归宿。

三、从加里克到凯恩

前面提到，1742年加里克曾陪同著名演员查尔斯·麦克林游览斯特拉特福，此时的加里克刚开始自己的演员生涯，而麦克林已经是有着丰富舞台经验的老演员了。麦克林比加里克年长十几岁，但两人成名其实都在1741年。①麦克林是爱尔兰人，其早期生活情况不为人知，据说是自学成才。大概在1725年，麦克林随家人移民到英格兰，并开始了演员生涯。在麦克林成名之前，伦敦舞台上流行的是以演员詹姆斯·奎恩（James Quin，1693—1766）为代表的浮夸、程式化、非自然的表演风格。从1725年首次登台演出，麦克林便反对这种流行的表演风格，坚持探索自己的风格，但他的固执和坚持在当时并未产生多大影响，反而阻碍了自己职业生涯的发展。据说首次在伦敦登台后，观众和剧团经理都不能接受麦克林生活化的表演方式，导致他一直到1733年左右才得以再次返回伦敦戏剧舞台。

---

① 1741年1月，莎士比亚像被竖立在威斯敏斯特大教堂诗人角；2月，《威尼斯商人》原剧首演，麦克林饰演的夏洛克引起轰动；10月，加里克完成舞台首秀。这几件事均有标志性意义。因此，这一年往往被认为是莎士比亚的身后名发生转折性变化的一年，不过这几件事的发生本身也是此前莎翁名望不断积累的结果。除此之外，1740—1741年戏剧季，包括《皆大欢喜》《第十二夜》《冬天的故事》《终成眷属》《错误的喜剧》在内的多部莎剧原剧都被恢复上演。参见 Michael Caines, *Shakespeare and the Eighteenth Century*, Oxford: Oxford University Press, 2013, pp. 56–57.

麦克林擅长表演的莎剧角色包括夏洛克、麦克白、伊阿古、马伏里奥等，而让麦克林取得巨大声望的，是《威尼斯商人》中的夏洛克一角。1741年之前，伦敦的戏剧舞台上并无《威尼斯商人》的莎士比亚原剧上演，取而代之的是乔治·格兰维尔1701年在原剧基础上改编的《威尼斯的犹太人》。这部改编剧按照古典主义原则删除了摩洛哥亲王、阿拉贡亲王等次要人物，增加了主人公巴萨尼奥和安东尼奥的戏份，删减了反面人物夏洛克的戏份，但增加了一些夏洛克守财奴性格的描写。无论在艺术上还是演出效果上，此剧都不算成功。1741年年初，麦克林说服特鲁里街剧院经理查尔斯·弗利特伍德恢复《威尼斯商人》原剧，并毛遂自荐饰演夏洛克。为了演好夏洛克这一角色，麦克林不仅认真学习了犹太历史，尤其是意大利犹太人史，还深入到犹太人中间，与他们交谈，观察他们的生活习惯。显然，麦克林的付出得到了回报，他的这次演出引起了轰动，可谓整个18世纪伦敦戏剧舞台最伟大的演出之一。这场演出从舞台布景到配乐都非常考究，麦克林所饰演的夏洛克阴险残忍、心怀恶意且狡猾多智，符合时人对夏洛克这个犹太恶人的想象，但同时他的表演又贴近生活，给观众带来了巨大的震撼。

在18世纪中叶，正是麦克林和加里克一起改变了此前讲究"技艺"的表演风格，主张从生活中汲取表演的灵感，开启了崇尚"自然"的表演风格。而麦克林在这方面显然是加里克的前辈和先驱。某种程度上，正是他的成功为加里克在八个月以后开启的辉煌演员生涯扫清了障碍。只不过虽然都强调"自然"，但与麦克林相比，加里克的表演更富激情，肢体表现力也更强，而麦克林则更强调观察生活和模仿生活。这场演出界从"技艺"到"自然"的变革，在某种程度上也反映了当时整个文化界对"自然"风格的偏爱和对古典主义矫揉造作讲求技巧的审美品位的反拨。

麦克林活到将近百岁，年近九十还在演出，直到1789年才退休，因此他活跃于18世纪英国舞台的时间非常长。虽然名气很大，但由于脾气不好且固执己见，他常常与各个剧团经理发生矛盾。早在1735年时他还曾因为与一位年轻同事争夺一顶假发失手将对方杀死，最后被判过失杀人；麦克林后来与加里克之间的关系也越来越差，从朋友变成了对手。凡此种种性格上的原因，导致麦克林难以固定在一个剧团长期工作，因此有时不得不选择在英格兰和爱尔兰各地巡演。在长达六十余年的职业生涯中，麦克林不仅自己热衷于表演，还喜欢教别人表演。他晚年甚至还写了一部名为《论表演的科学》（On the Science of Acting）的专著，但不幸的是，其手稿在1772年巡演时遭遇的一次船只失事中沉入大海，很遗憾没能出版。

18世纪80年代以后，随着加里克和麦克林相继退休，一个戏剧表演的辉煌时代走向了终点，但此时莎士比亚在伦敦舞台上的地位显然已无法撼动。莎剧与演员之间已经形成了良好的共生关系，著名演员一般都要在莎剧表演上有所建树才能获得观众的肯定。18世纪末至19世纪初，在英国戏剧舞台上最著名的演员是一对姐弟，约翰·菲利普·坎布尔（John Philip Kemble，1757—1823）和他的姐姐莎拉·西登斯（Sarah Siddons，1755—1831），两人也都是那个时代最伟大的莎剧演员。姐弟俩出生于一个戏剧大家庭，父亲罗杰·坎布尔（Roger Kemble，1721—1802）既是沃里克郡喜剧剧团的一位演员，同时也是该剧团的经理，母亲莎拉·沃德（Sara Ward，生卒年不详）是该剧团的女演员，也是剧团创建者约翰·沃德（John Ward，1704—1773）的女儿。莎拉·西登斯是罗杰·坎布尔和萨拉·沃德的大女儿，由于受到父母和家族的影响，她和她的兄弟姐妹十二人后来全部成为演员。

虽然复辟时代就已经有女演员开始登台演出，但莎拉·西登斯可以说是英国戏剧表演史上第一位引起轰动效应的女演员，其知名度和历史地位不亚于同一时期的任何男演员。1774年，莎拉的天赋就已经被加里克注意到，这位当时戏剧界的领袖人物将她邀请至特鲁里街剧院表演，但经验不足的莎拉并没有把握住这次机会，在几次登台之后很快就在竞争激烈的演员行业中败下阵来，甚至没能在伦敦找到立足之地。此后几年莎拉一直辗转于英国各地的小剧团。到了1782年，加里克已经去世，但逐渐积累起名声的莎拉再次获得了在特鲁里街剧院登台的机会，这次她终于不负众望，一举成名。

1785年，莎拉首次扮演麦克白夫人，正是这个角色让她真正闻名遐迩。莎拉的麦克白夫人一改之前阴狠毒辣的阴谋家面目，而是一个有着女性特质的角色，莎拉通过这个人物展示了一个外表强悍内心深处脆弱的女性的一面。除了麦克白夫人，莎拉还扮演过苔丝狄蒙娜、罗瑟琳、奥菲利娅、伏伦妮娅等莎剧女性角色，后来终于在《亨利八世》中的凯瑟琳王后一角中找到了自己最喜欢的感觉。莎拉·西登斯于1802年离开特鲁里街剧院到科芬园剧院，

《悲剧缪斯莎拉·西登斯》,约书亚·雷诺兹绘

1812年，五十七岁的莎拉在告别舞台的演出中再次扮演经典角色麦克白夫人，当演到麦克白夫人梦游的场景时，演出被狂热的观众打断，导致场面一度失控，演出无法继续，莎拉·西登斯不得不做了即兴的告别演说。

浪漫主义批评家威廉·哈兹列特对莎拉的评价很有名：

> 我们想象不到更壮观的东西。这是凌驾在自然之上的，甚至像是一种从天而降的高级秩序带着她威严的外表堕入凡间来惊异世人的。她的眉宇间富有力量，胸中尽是激情，好似源自神坛。她本人就是悲剧的化身。[1]

作为新一代的伦敦戏剧名角，莎拉的弟弟约翰·菲利普·坎布尔与莎拉一样，在18世纪80年代开始崭露头角。1783年，已经在约克和都柏林等地小有名气的坎布尔首次在伦敦的特鲁里街剧院登台表演。此后几年他主要扮演的角色是李尔王、理查三世和哈姆雷特，1788年以后则以麦克白的角色闻名于世。坎布尔的成名自然与他的姐姐莎拉有关，不过他的表演也有自己的特点。坎布尔与之前的加里克在外表上很不一样，他身材高大，站在舞台上犹如塑像一般，庄严肃穆，十分具有视觉冲击力。因此，坎布尔选择的表演方式恰恰是加里克和麦克林已经抛弃的古典主义程式化的表演，注重演说与雄辩之术，念白不仅铿锵有

---

[1] William Hazlitt, *A View of the English Stage, or, a Series of Dramatic Criticisms*, London: John Warren, 1821, p.305.

力，而且善于把握台词中的韵律和节奏，同时他也很重视在服饰上还原戏剧中的历史真实。坎布尔的这种外貌特点和表演方式也使他的表演有一定局限性，他擅长扮演麦克白和科里奥兰纳斯这样的武将，却不善于扮演罗密欧这种恋爱中的青年人，在扮演理查三世这样的恶棍时往往也显得很生硬、不自然。不仅如此，坎布尔的表演方式显然更适合悲剧角色而不是喜剧角色，因此他完全做不到像加里克那样全面。由于坎布尔家族在整个伦敦戏剧界的威望与人脉，坎布尔后来成为特鲁里街剧院的死对头——科芬园剧院的经理，但是同时与特鲁里街剧院的关系也处理得不错。因此在19世纪初，坎布尔一度成为伦敦戏剧界的绝对核心人物，几乎垄断了当时的戏剧舞台。也正是由于坎布尔及其家族在伦敦戏剧界的地位和影响力，他的古典主义表演方式在1814年之前的伦敦戏剧舞台一直占据统治地位。

不过，随着浪漫主义思潮的兴起，坎布尔的表演风格越来越显得不合时宜。这时，一位叫作埃德蒙·凯恩（Edmund Kean，1789—1833）的年轻人为伦敦舞台带来了全新的浪漫主义风尚。1814年1月26日，二十四岁的凯恩在特鲁里街的皇家剧院扮演了莎剧《威尼斯商人》中的夏洛克。虽然在座的观众人数并不算多，但这场演出还是获得了巨大的成功，其影响足以载入英国戏剧演出史。凯恩的演出不仅成就了自己，也拯救了经营危机中的特鲁里街剧院，因为此时的特鲁里街剧院已经在与坎布尔担任经理的科芬园剧院的竞争中完全处于劣势，甚至濒临破产。实际上，正是由于困境中的特鲁里街剧院不得不起用大量新演员做最后的尝试,才让年轻的凯恩有了登台的机会。凯恩的夏洛克与之前平面化的喜剧形象完全不同,他塑造了一个阴险却更具智慧,在怨恨中痛苦,因而也更加凸显复杂人性的圆形人物。这种人物塑造不仅增加了此剧的深度,而且也更符合当时的浪漫主义莎评家们对莎士比亚戏剧人物性格复杂性的期待视野。不仅如此,这位戏剧新秀的表演整体上更重视情感的表达,通过全身心的投入使人物充满激情,让表演更具张力,这也与浪漫主义对莎士比亚的欣赏一致。

凯恩的下一个莎剧角色是理查三世,这也是加里克当年最擅长的角色。和加里克一样,凯恩也个头不高,且表演富有激情和张力,不免让人想起加里克。于是,很快便有人将两人相提并论,甚至许多人认为凯恩便是加里克在19世纪的接班人。哈兹列特在1816年1月便这样写道:

> 虽然我们从没见过加里克的表演,不过凯恩先生是我们怀念加里克时一个优秀的替代者。一位作家去世并没有关系,因为他有作品存世。而当一位伟大的演员去世时,社会中就形成了一个真空,这是一片需要填补上的空白。现在谁不去看凯恩的演出?如果加里克在世的话,谁会不去看加里克的演出?①

凯恩以扮演夏洛克和理查三世成名,随后开始广泛涉

---

① William Hazlitt, *A View of the English Stage, or, a Series of Dramatic Criticisms*, London: John Warren, 1821, p.216.

《埃德蒙·凯恩饰演理查三世》,绘者未知

及其他莎剧角色。1817年12月,浪漫主义大诗人济慈在观看了凯恩的表演之后写道:

> 他的声音里有一种难以形容的热情(gusto),我们感觉到说话者在说话瞬间的同时也在思考过去和未来。当他在《奥赛罗》中说:"收起你们明晃晃的剑,它们沾了露水会生锈的",我们觉得他的喉咙已经完全指挥了剑。……其他演员在整部剧中不断考虑他们的总和效果。凯恩则让自己沉浸在瞬间的感觉中,丝毫不考虑其他任何事情。他和华兹华斯或我们任何一个知识垄断者一样深刻地感受到自己的存在。在他所有的同行中,他是独一无二的……[1]

另一位浪漫主义大诗人,英国浪漫主义的重要代表人物柯勒律治对凯恩的表演也有一句著名且形象生动的评价:"观看他的表演就好像在电闪雷鸣中阅读莎翁。"[2] 可见凯恩的这种表演风格在当时影响非常大,也完全符合浪漫主义者们的预期。

然而,一夜成名后的凯恩过着醉生梦死的生活,在私生活上是个十足的浪荡子。1825年他与伦敦市政委员夫人夏洛特·考科斯(Charlotte Cox,生卒年不详)之间的奸情被曝光并因此惹上官司。此事一度闹得满城风雨,差点

---

[1] Elizabeth Cook ed., *John Keats: A Critical Edition of the Major Works,* Oxford: Oxford University Press, 1990, p.346.

[2] Samuel Taylor Coleridge, *Specimens of the Table Talk of Samuel Taylor Coleridge*, London: John Murray, 1836, p.13.

儿彻底毁掉凯恩的戏剧生涯,使他不得不前往美国暂避风头。1833年,四十六岁的凯恩便在过度饮酒和纵欲中溘然长逝,据说他临死时说了一句后来被广为传颂的遗言:"死亡容易,喜剧太难。"①

从1660年剧院重开到19世纪初浪漫主义兴起,莎士比亚从被遗忘的边缘重新回到英国戏剧舞台的中心,他的作品不仅在英国的各类剧场中被不断演绎,而且也越来越受到演员的青睐和观众的喜爱。这样的成就是演员、剧场经理、剧作家等几代英国戏剧人不懈努力的结果。在这不到二百年的时间里,莎剧改编者(如德莱顿和戴夫南特)、剧院经理(如戴夫南特和加里克)、演员(如加里克和贝特顿)甚至观众(如莎士比亚夫人俱乐部)都在不断推动莎士比亚的经典化进程。正是这些人帮助英国戏剧抵御了来自法国的古典主义文化入侵,让莎士比亚从文学品位的变迁中得以幸存,又让他在舞台上恢复往日的荣光,并一步步成为英国戏剧的骄傲。于是,在莎士比亚去世两百年后,越来越多的莎剧进入各大剧院的保留剧目,越来越多的演员投身到莎剧表演事业,越来越多的观众喜爱观看莎剧演出,莎士比亚也真正在英国戏剧界"被推上神坛"。

---

① Dying is easy, comedy is hard. 这句话在戏剧界广为流传,但实际上未必是凯恩所说。在凯恩死后不久出版的《埃德蒙·凯恩传》(*The Life of Edmund Kean*, 1835)中,作者巴里·康沃尔(Barry Cornwall)描述了凯恩临死前的状态,其中没有提到此话,却明确提到凯恩去世前几个小时已经不省人事,见此书第二卷第245—246页。不过,后世把这句名言借凯恩之口说出,也可见他在戏剧表演史上的影响之大。

第五章

文 学 批 评

(1730年之后)

——成为民族诗人

18世纪30年代到40年代,在各种外部因素的综合影响下,莎士比亚的名望得到持续提升,比如上文提到的"夫人俱乐部"和《戏剧授权法》对莎剧演出的促进,西奥博德与蒲柏关于莎士比亚文本的争论以及随之而来的莎士比亚文集的不断出版,还有后文将要讨论的莎剧单行本价格战,等等。而作为当时最有影响力的莎士比亚崇拜者,加里克从1741年开始在伦敦戏剧舞台上的迅速崛起进一步推动了莎士比亚在剧场中的经典化进程。这些发生在舞台和出版领域的事件无疑也会反过来影响文学批评。如果说1730年之前,英国批评家们对莎士比亚的态度还是批评多于褒奖的话,那么1730年以后这种情况得到了很大改观,人们对莎士比亚的赞美之声越来越强烈,对古典主义的三一律等原则的摒弃态度也越来越明确。

一、莎士比亚与英国民族意识的觉醒

18世纪是西方现代社会的开端,也是西欧各民族民族意识觉醒的关键时刻。由于率先完成了资产阶级革命并成为现代意义上的民族国家,英国在这方面尤其如此。英国民族意识的觉醒与民族主义的兴起跟法国有千丝万缕的联系，是在与法国的冲突和交锋中逐渐发展的。[①] 从17世纪末到19世纪初，英国和法国之间战争不断，而且每次都持续数年之久，这些战争的背后实际上是欧洲两大强国之间长达百年的霸权争夺战。

路易十四统治时期，法国开始持续从事海上殖民扩张活动，其扩张的野心和迅速崛起的速度引起了全欧洲的警惕。而英国自从1588年击败西班牙无敌舰队之后就早已走向了全球殖民的扩张之路，再加上从新教改革之后就一直与法国存在的宗教冲突，法国与英国从17世纪末开始就不断产生新的摩擦，最终导致战争不断。从光荣革命到19世纪初的一百三十年中，英法之间大规模的战争便有不下六场。这些战争分别是1689—1697年间的威廉王之战（King William's War），也就是法国与反法的奥格斯堡同盟（英国、荷兰、奥地利、西班牙和瑞典等）之间的战争；1702—1713年间的安妮女王之战（Queen Anne's War），也就是英国、荷兰、奥地利阵营和法国、西班牙阵营围绕西班牙王位继承权展开的战争；1744—1748年间的乔治王之战（King George's War），也就是英国、奥地利、俄罗斯阵营与普鲁士、法国、西班牙阵营围绕奥地利王位继承权展开的战争；1756—1763年间的七年战争，这场战争是奥地利王位继承人战争的延续，主要围绕英法两大阵营展开；此后，还有1778—1783年间围绕北美独立战争展开的英法之战；1793—

[①] 关于18世纪英法关系与英国民族性格的形成，可参见琳达·科利（Linda Colley）的专著《英国人：国家的形成，1707—1837年》（*Britons: Forging the Nation, 1707–1837*），周玉鹏等译，商务印书馆2017年版。

1802年间由于法国大革命导致的英法之战以及随之而来的拿破仑战争和著名的滑铁卢战役。而在这一场场战争中，战场遍布世界各地，欧洲大陆、印度、北美都成为英法角力的舞台。更重要的是，光荣革命之后来之不易的宗教稳定让英国人对天主教国家心存警惕，与法国、西班牙等天主教国家之间的冲突时刻都让英国人感觉到天主教复辟的威胁。

因此，正是在与天主教法国的不断冲突中，英国人的民族意识和民族认同感不断增强，而这种民族意识也促进了本民族的文化自觉。来自法国的古典主义诗学在18世纪的英国虽然还是文学品位的主流，但此时的英国人已越来越意识到民族文学的重要性。莎士比亚作为与古典主义诗学格格不入的英国天才，此时愈发受到英国批评家的爱戴。新一代的批评家和文人已经不再像德莱顿那一代人一样，在古典规则与民族情感之间难以取舍。如果德莱顿为莎士比亚的辩护更多是被莱默的苛责所激怒，那么18世纪的批评家们为莎士比亚辩护则大多出于民族意识的文化自觉；如果德莱顿在为莎士比亚辩护时还带有某种自卑情结的话[①]，那么18世纪的批评家们在面对法国古典主义的文

---

① 参见 Robert D. Hume, "Before the Bard: 'Shakespeare' in Early Eighteenth-Century London", in *ELH*, Vol. 64, No. 1 (Spring, 1997)。按照休姆（Hume）的说法，"德莱顿在《论戏剧诗》中的困境既是政治上的也是文化上的。英格兰是一个因为内战而颜面丧尽且国力衰微的边缘小国，而且马上又在对荷兰的战争中陷入窘境"。当时的德莱顿"被文化自卑情结所困扰，急切希望抵御这种精神上的被殖民与被控制"，所以亟须找到一个能够振奋人心的、已经过世的并且意识形态上可以被接受的诗人来作为本民族的代表诗人，于是他便在本·琼生、弗莱彻和莎士比亚三者中间选出了莎士比亚。因为弗莱彻不够"英国"、本·琼生写作的多为喜剧，不符合德莱顿的口味。于是莎士比亚实际上在17世纪末的德莱顿那里便已经成了抵御法国文化入侵的阵线。

化入侵时底气无疑要足得多。正如一位学者所指出的:"莎士比亚的活力代表了一种可以被爱国主义借用的英国模式,批评家们把他推举为民族英雄,作为民族天才的他能够让死气沉沉的法国黯然失色。在批评家们的手中,莎士比亚变为了一个强有力的意识形态工具、一个英国美德的代表和一个爱国主义情绪的集结点。"①

在这种民族情绪的影响下,如果说从17世纪下半叶到18世纪初英国批评界对莎士比亚的态度还算模棱两可的话,那么在1730年之后,英国批评家们的态度明显朝着为莎士比亚辩护的方向发展。到了18世纪中叶,这种民族主义和爱国主义情绪已经在莎士比亚评论中随处可见。这种民族情绪在文学批评中的一个重要特征便是英国与法国之间的二元对立的出现。比如在18世纪就有一种观点认为,相对于其他同时期的剧作家,莎士比亚的语言是男性化的,而相对于以精致著称的法语,英语则是男性化的。因此,莎士比亚无疑更能代表英语。

这种观点可以追溯到17世纪的德莱顿,德莱顿曾多次提到英语的男性化和莎士比亚的男性化问题。在德莱顿为自己翻译的《埃涅阿斯纪》所写的献词中,他提到:"法国人将纯洁作为自己语言的标准,而我们的语言则有一种男性化的力量。正如他们的诗人之天赋来自他们的语言,与英国相比却是轻浮和琐碎的,更适合十四行诗、牧歌和挽

---

① Jean I. Marsden, *The Re-Imagined Text: Shakespeare, Adaptation, & Eighteenth-Century Literary Theory*, Lexington: University Press of Kentucky, 1995, p.50.

歌,而不是英雄诗歌。"① 法国戏剧缺少男性化想象的根源似乎在于法国的语言,而英语则是男性化的,更适合叙事诗。在《论戏剧诗》中,德莱顿自己的代言人尼安德在将英国戏剧与法国戏剧对比时又提到,"莎士比亚和弗莱彻的大部分不遵守三一律的戏剧(琼生大部分时候是遵守规则的)在文笔上有一种更男性化的想象和更宏大的精神,这是法国戏剧所缺少的。"② 也就是说,英国戏剧与法国戏剧相比更男性化。而在改编版的《特洛伊罗斯与克瑞西达》的序言中,德莱顿又将莎士比亚与弗莱彻进行了对比,这一次他提到莎士比亚的"男性化"特征,却把弗莱彻形容为女性的。"莎士比亚和弗莱彻所创情节的不同之点似乎在于这一方面,莎士比亚一般地引起更多的恐怖感,弗莱彻则引起更多的同情感,因为前者有一种更为男性的、大胆而剽悍的天才,后者则是较为柔和、女性的。"③ 于是,在德莱顿这里已经提到了关于男性化的两种观点,即莎士比亚与其他英国诗人相比是男性化的,而英国语言与法语相比是男性化的,但德莱顿并没有将这两点明确联系在一起。而且他谈到莎士比亚男性化时指的是莎剧故事情节,并非其语言。同样不应忘记的是,他在同一篇文章中还在指责莎士比亚的语言是"以辞害意",以及这位剧作家分不清朦

---

① W. P. Ker ed., *Essays of John Dryden Vol. 2*, Oxford: Clarendon Press, 1900, p.219.
② D. D. Arundell ed., *Dryden & Howard 1664–1668, the Text of An Essay of Dramatic Poesy, The Indian Emperor and The Duke of Lerma*, Cambridge: Cambridge University Press, 1929, p.66.
③ 杨周翰选编:《莎士比亚评论汇编(上)》,北京:中国社会科学出版社,1979,第20页。

肿的风格和真正的雄伟。

然而到了18世纪,莎士比亚的语言和英语之间便开始建立起了某种联系。于是这个男性和女性之间的二元对立便有了新的含义,雄伟与崇高也开始成为莎士比亚真正的风格。莎剧编辑西奥博德就明确提到过这一点,他在著名的《恢复莎士比亚》一书中曾说道:"在莎士比亚的时代,我们的语言并不精致,却是男性化的。"[1] 西奥博德这种观点的意义在于,它虽然没有完全抛弃德莱顿等古典主义者对莎士比亚语言的苛责,却将莎士比亚的语言与英语和法语之间的二元对立联系在一起。到了1736年,一位叫作乔治·斯塔布斯(George Stubbes,约1683—?)的牧师在一篇名为《关于悲剧〈哈姆雷特〉的评论》("Some Remarks on the Tragedy of Hamlet")的文章中提到,法语只适合喜剧,并不适合悲剧,因为"它们的韵律削弱了言辞的力量"[2]。而到了18世纪中叶,德莱顿等古典主义者眼中莎士比亚"以辞害意"的语言风格甚至已经开始变成莎士比亚的优点。1742年,托马斯·格雷(Thomas Gray,1716—1771)便认为,英国的诗歌语言并非时代的流行语言,但法国诗歌却与时代流行的散文并无区别。而且他这样评价莎士比亚的语言:"事实上,莎士比亚的语言是他最重要的魅力之一,……他的每个词都是一幅画。"[3]

于是,德莱顿眼中莎士比亚的男性化特征此时便不

---

[1] Brian Vickers ed., William *Shakespeare: The Critical Heritage, Vol. 2, 1693–1733*, London: Routledge, 1974, p.439.

[2] Ibid., p.69.

[3] Ibid., p.110.

仅仅体现在情节上，而是与莎士比亚的语言联系在一起，进而成为其基本审美特征，而受法国影响的古典主义文学品位则被视为是女性化、柔弱无力的。这种充满民族主义情绪的观念在1748年英国学者和批评家约翰·厄普顿（John Upton, 1707—1760）的《论莎士比亚》（*Critical Observations on Shakespeare*）中表现得非常明显。厄普顿对17世纪以来英国在文学品位上所受的法国影响感到非常气愤：

> 当国王复辟的时候，我们希望在伊丽莎白时代备受喜爱的文学品位也能恢复一些。但当我们将已经法国化的国王接回来的时候，不仅从法国传来了文学，也传来了道德与行为（这真是自由的英国人的耻辱！），并且这种影响一直持续至今。[①]

随后厄普顿便提到莎士比亚是男性的和强健的（nervous），并抱怨自己的时代处在女性化的审美中：

> 无怪乎男性的和强健的莎士比亚和弥尔顿难以取悦我们的女性化的品位，我越是思考我们的研究和乐趣，就越觉得它们难以取悦我们。幼稚的幻想和错误的虚饰充满我们的生活，没有什么比自然和单纯更难

[①] Brian Vickers ed., William *Shakespeare: The Critical Heritage, Vol. 3, 1733–1752*, London: Routledge, 1975, p.292.

以取悦我们。①

这种观点背后还是英法的二元对立，只是强调了法国对英国所施加的不良影响。于是，到了1762年，卡姆斯勋爵（Lord Kames）亨利·霍姆（Henry Home，1696—1782）在《批评的要素》(Elements of Criticism) 一书中讽刺伏尔泰和法国悲剧时便说道："就算加上韵脚，他的国家的悲剧也不过是闲谈聊天罢了。这说明法语是孱弱的，表达不了宏伟的题材。伏尔泰明知如此，但还是去尝试用法语创作史诗。"② 在这一系列对比中，不难看出其中的二元关系：英语与法语相比，英语是男性化的；英国的伊丽莎白时代与18世纪相比，伊丽莎白时代是男性化的；同为伊丽莎白时代的剧作家，莎士比亚与弗莱彻相比，莎士比亚是男性化的。那么结论不言而喻，伊丽莎白时代的莎士比亚无疑更能代表男性化的英国语言。也就是说，莎士比亚更能代表自己的时代，同时也更能代表英国。

18世纪中叶以后，英法之间艺术品位的差异越来越明显，批评家们也越来越有这种自觉的比较意识。苏格兰作家威廉·加斯里（William Guthrie，1708—1770）在1747年这样写道：

> 令我们永远感到惊讶的是，半个多世纪以来，英

---

① Brian Vickers ed., William *Shakespeare: The Critical Heritage, Vol. 3, 1733–1752*, London: Routledge, 1975, p.292.
② Henry Home, *Elements of Criticism*, London: B. Blake, 1839, p.306.

国的诗人和艺术庇护人们确实为了法兰西学院的虚饰而抛弃了莎士比亚的杰出价值。然而，为了我们国家的荣誉，我们会看到，无论是我国诗人的创作实践，还是艺术庇护人中的佼佼者，都不能熄灭人民心目中对他们亲爱的作家的热爱。……一时的风尚并不能扼杀热爱，英国精神终于占了上风，巧智连同他们的庇护人们让位于天才，而莎士比亚的戏剧现在已门庭若市，也许已经恢复了他生前的盛况。①

同样在1747年，演员和剧作家塞缪尔·福特（Samuel Foote，1720—1777）在一篇文章中写道：

> 总的来说，这些束缚（三一律）并没有影响这个岛上那些自由、富饶的居民的品位与天赋，他们不会在诗歌上再戴上枷锁，正如在宗教上一样。没有哪种政治的或文学批评的君主能再为他们立法。他们确实已经证明并不会由于能力不足而蔑视那些亚里士多德的规则②，因为他们在不借助其他国家帮助的情况下，便能够做到现有的成就。③

---

① Brian Vickers ed., William *Shakespeare: The Critical Heritage, Vol. 3, 1733–1752*, London: Routledge, 1975, p.194.
② 这里指的可能是琼生的大部分剧作和莎士比亚的《温莎的风流娘们》《暴风雨》等剧，因为这些作品并不违反三一律。
③ Brian Vickers ed., William *Shakespeare: The Critical Heritage, Vol. 3, 1733–1752*, London: Routledge, 1975, p.222.

福特在这里将英国批评家摆脱古典主义三一律的束缚与英国在宗教上的独立相提并论,其背后的民族主义情绪和政治指涉不言而喻。到了1760年,保守派政治家利特尔顿勋爵(Lord Lyttelton,1709—1773)甚至借法国批评家布瓦洛之口讲出英国人对莎士比亚的热爱:"对莎士比亚的崇敬似乎已成为你们民族宗教的一部分,而且你们最理智的人也会在其中变成狂热分子。"①

当然,莎评中所反映出的莎士比亚和爱国主义与民族主义之间的关系植根于18世纪复杂的历史语境,与当时启蒙运动的发展、资产阶级的崛起以及政治环境的变化都有千丝万缕的联系。这种矛盾立场的交织和18世纪英国不断高涨的民族意识也集中体现在当时的批评家对伏尔泰的反驳中,这一点我们将在后文展开讨论。

二、约翰逊博士论莎士比亚

如果说德莱顿是17世纪莎评的代表人物的话,那么塞缪尔·约翰逊博士无疑是18世纪莎评中最负盛名的代表人物。这两位都是各自时代文坛的领袖人物,他们对莎士比亚的评论不仅代表了各自时代对这位大诗人的看法,而且他们对莎士比亚的褒奖和辩护都极大地提高了莎士比亚的名望,推动了莎士比亚在英国本土的经典化

---

① Brian Vickers ed., William *Shakespeare: The Critical Heritage, Vol. 4, 1753–1765*, London: Routledge, 1976, p.411.

进程。1755年，约翰逊博士编撰的《英语大辞典》出版，为他赢得了极大的声誉，汤森家族主动找到他合作出版莎士比亚文集，这就是约翰逊版的《莎士比亚作品集》。上文已经讨论过约翰逊博士以及这部文集在莎士比亚学术考证史上的意义，而在莎士比亚批评史上，这部文集的名气可能更大，因为正是在这部文集的序言中，约翰逊对莎士比亚做了全面的评价，也让此文成为莎评史上的经典文献。

约翰逊博士的基本立场还是古典主义的，因此他对待莎士比亚的态度与德莱顿一样是矛盾的。但实际上，即便从古典主义诗学的立场出发，约翰逊博士还是为莎士比亚做了全面的辩护，这也是约翰逊的莎评最可贵的地方。可以这样说，在18世纪古典主义文学品位的大环境下，约翰逊博士对莎士比亚做出了最公正的评价。约翰逊博士对莎士比亚的辩护主要集中在三个方面，一是人物塑造；二是悲喜混用；三是三一律。这都是此前莎士比亚饱受诟病的几个地方，而约翰逊的评价无疑在很大程度上突破了以往古典主义诗学原则的束缚。

在这篇序言中，约翰逊与其他英国的莎士比亚辩护者一样，首先承认莎士比亚是自然诗人，因为他的作品反映了普遍的人性。但约翰逊认为正是因为莎士比亚忠于普遍人性，所以才被此前的古典主义者所责难，觉得他笔下的人物不像某个具体时代的人。约翰逊对此辩解道："但是莎士比亚永远把人性放在偶有性之上；只要他能够抓住性格的主要特征，他不大在乎那些外加的和偶有的区别。"① 应该说，这样的辩解是有说服力的，在没有违背古典主义诗学原则的情况下，约翰逊十分聪明地通过对普遍人性原则的运用将人物性格特征置于古典主义得体原则之上，不仅为莎剧人物塑造中的各种时代错误进行了解释，而且对其性格塑造进行了褒奖。在18世纪下半叶，随着古典主义诗学的瓦解，亚里士多德《诗学》中情节第一、人物第二的观点也开始受到挑战，人物塑造变得越来越重要，从性格和心理分析的角度解读莎剧也变得越来越普遍。因此约翰逊的这种观点也为后来英国批评家们将莎士比亚视为性格塑造大师奠定了一定的理论基础。

随后，约翰逊又为莎士比亚的悲喜剧混合风格进行了辩护。他还是从普遍人性论出发，先是承认莎士比亚确实违背了这种文学创作法则，但同时他又指出，人性本身就是有善有恶、有喜有悲。"不能否认混合体的戏剧可能给人以悲剧或喜剧的全部教导，因为它在交替表演中把二者都包括在内，而且较二者更接近生活的面貌。"② 约翰逊博士在这里用生活的真实来反对自古希腊以来确立的悲喜剧文体分用原则，这应该说是对文学创作的认识的一个巨大进步。毕竟，自从柏拉图和亚里士多德将诗歌视为一种"模仿"，模仿理论便成为西方文论的主流。但在柏拉图那里，模仿的终极对象是"理念"；在亚里士多德那里，模仿的对

---

① 杨周翰选编：《莎士比亚评论汇编（上）》，北京：中国社会科学出版社，1979，第42页。
② 同上书，第43页。

象是"严肃、完整、有一定长度的行动";直到文艺复兴时期,卡斯特尔维特罗等意大利批评家在亚里士多德理论的基础上,考虑到观众的理解能力,为戏剧制定了三一律的规则。但一直到17、18世纪古典主义在西欧全面流行的时候,批评家们虽然不断讲模仿"自然",却很少明确将"自然"解读为"生活的面貌"。古典主义者口中的这种"自然"并非生活的本来面貌,而是遵循或然律的、有所教益的、应然的、类型化和理想化的人性。而约翰逊在一篇讨论戏剧规则的文章中曾说:"宣称唯以自然法则为重的人,大概不会不愿意做悲喜剧的保护人,……重大和琐碎之事交缠在一起,在现实世界中本就是普遍且永恒的现象,既是如此,在声称只是作为生活镜子的舞台上,为何就不能再现这样的景象?"[1] 当然,约翰逊的这种观念恐怕也与当时正在兴起的小说创作有关。早在1750年他就曾这样写道:"如今这代人对小说作品似乎尤为青睐。小说所展现的是生活的真实面貌。"[2] 因此,约翰逊博士虽然也不断强调模仿自然,但这种"自然"显然已不再是莱默等人口中所说的"自然"。某种程度上,正是小说的兴起改变了古典主义诗学的模仿理论和自然观念。

最后,约翰逊花了大量篇幅对莎士比亚饱受诟病的另一个问题进行了辩护,即莎剧违反三一律的问题。约翰逊先是解释了古典主义者为何会制定这样的规则,因为地点

---

[1] 塞缪尔·约翰逊:《饥渴的想象:约翰逊散文作品选》,叶丽贤译,北京:生活·读书·新知三联书店,2015,第122页。
[2] 同上书,第1页。

和时间的一致性能够让观众产生错觉,从而觉得舞台上的表演可信。但他继而指出这是没有意义的:"事实上观众并没有任何错觉,他们从头到尾都知道舞台不过是舞台,而演员不过是演员罢了。"① 如果观众能够想象构成情节的行动发生在不同的地方,"那么通过想象,时间也就可以加以延伸了"②。因此,观众完全可以通过想象转换时间和地点,尤其在各幕之间的空隙更是如此。而戏剧之所以动人,是因为观众在情感上的共鸣,而不是因为绝对的逼真。从这种认识出发,约翰逊博士一再强调,三一律中只有情节整一律是重要的,时间和地点的整一律并无道理可言。"鉴于对情节来说,除行动的一致性外,其他的一致性都无关紧要,又鉴于时间和地点的一致性显然是从错误的假设里得出的结论,它们限制了戏剧的范围,从而也就削减了戏剧的多样性,鉴于以上的事实,我认为莎士比亚不熟悉这些法则或没有遵守这些法则,并不是一件值得遗憾的事。"③ 应该说,约翰逊博士对古典主义诗学一致性原则的这种摒弃,正是他为莎士比亚辩护时最难能可贵的地方。

在为莎士比亚辩护之后,约翰逊也讨论了莎士比亚的缺点。不过由于他的辩护非常精彩,这些缺点便显得没那么重要了。在约翰逊看来,莎士比亚的缺点主要在于:过分重视戏剧给观众带来的快感,道德目的不强;情节松散,结尾不完美;时代错误造成对或然律的伤害;俏皮话、双

---

① 杨周翰选编:《莎士比亚评论汇编(上)》,北京:中国社会科学出版社,1979,第53页。
② 同上书,第54页。
③ 同上书,第56页。

关语太多，语言有时粗俗有时复杂浮夸，等等。总的来说，由于没有完全超越古典主义诗学原则，约翰逊对待莎士比亚的态度还是矛盾的，序言中的下面这段话是约翰逊评论莎士比亚的名言，同时也最能代表他的矛盾立场：

> 一个准确和遵守法则的作家像这样一座花园，它的设计很精确，在那里面人们细心栽培了许多花木，它既有树荫，又有花香；莎士比亚的创作像一片森林，在那里橡树伸张着它们的枝干，松树耸立在云端，这些大树有时间杂着野草和荆棘，也有时给桃金娘和玫瑰花遮阳挡风；它们用壮观华丽的景象来饱人眼福，以无穷的变化来娱乐人的心灵。其他的诗人陈列出一橱又一橱的贵重珍品，这些东西制作得十分精细，打成各种样式，而且擦得发亮。莎士比亚打开了一座矿藏，它含着取之不尽用之不竭的黄金和钻石，但它的外壳却使它黯淡无光，它所含的杂质却使它贬值，同时大量的普通矿物和它混合在一起。[①]

"准确和遵守法则的作家"指的无疑是古典主义者，约翰逊在这里其实已经将莎士比亚和古典主义者放在了对立面，而且做了两个非常恰当的比喻，一个是花园与森林的比喻，另一个是橱窗与矿藏的比喻。如果我们看一看雨

---

① 杨周翰选编：《莎士比亚评论汇编（上）》，北京：中国社会科学出版社，1979，第61—62页。

果在《〈短曲与民谣集〉序》中类似的说法就会发现①,约翰逊博士的这两个比喻离浪漫主义其实只有一步之遥。在这两个比喻中,约翰逊认为莎士比亚是树林和矿藏,莎士比亚的美正如树林的"壮观华丽的景观"和矿藏中的"黄金和钻石",但同时他又承认,树林中也有野草和荆棘,矿藏中也有杂质。而约翰逊找到的这些野草、荆棘和杂质还是揭示了他的古典主义立场,也是他与后来的浪漫主义者之间的本质区别。因为在浪漫主义者眼中,野草、荆棘乃至杂质本身就是秩序的一部分,因此同样是美的。正如雨果所言:"不要把秩序和匀称混淆了。匀称仅与外表有关,秩序则产生自事物的内部,产生自一个主题的内部因素之合理安排。匀称是纯粹人为的形体的组合;而秩序则是神意。……匀称是平庸者的趣味,秩序是天才的趣味。"② 不过应该承认,在古典主义诗学流行的年代,约翰逊博士能有这样的认识,已经难能可贵。

令人遗憾的是,后来的一些英国浪漫主义莎评家只看到了约翰逊对莎士比亚缺点的批评,没有读出其中的赞美

---

① 比较雨果同样的比喻:"请你以凡尔赛王家花园来做一个比较,花园里修饰得整整齐齐,打扫得干干净净,杂草都被刈除了……请你把这个被人高度赞扬的花园和新大陆的原始森林做个比较吧!那里有高大的树木、浓密的野草、深藏的植物、各种颜色的禽鸟、阴影与光明交相辉映的宽广的通道……在花园里,流水受制于人、违反原来的流向,神像也都显得呆滞……天然的秩序都被破坏、颠倒、打乱、消灭了。在大森林中则相反,一切服从于一个不可更改的法则;似乎有一个上帝主宰着一切。……在那里,甚至荆棘也很美丽。"参见《欧美古典作家论现实主义和浪漫主义(二)》,北京:中国社会科学出版社,1981,第121—122页。
② 中国社会科学院外国文学研究所外国文学研究丛刊编委会编:《欧美古典作家论现实主义和浪漫主义(二)》,北京:中国社会科学出版社,1981,第122页。

意味；或者更准确地说，他们对莎士比亚已太过崇拜，以至于约翰逊博士对莎士比亚的赞美完全不能让他们满足，因此诸如哈兹列特等人在19世纪初宁愿将德国人视为莎士比亚的知己[①]，却将本国的约翰逊博士视为古典主义者中对莎士比亚吹毛求疵的代表人物，这实际上是不公平的。通过上文的分析我们已经看到，英国浪漫主义批评家对天才的赞颂，对人物性格的痴迷，其实早已在18世纪莎评中生根发芽。

三、伏尔泰激起的争论

在莎评史上，如果说莱默是17世纪最主要的莎士比亚批评者以及古典主义的拥护者的话，那么18世纪这一角色的扮演者毫无疑问应该是法国启蒙思想家伏尔泰。客观地讲，伏尔泰对莎士比亚的翻译和评论确实促进了18世纪莎士比亚在欧洲大陆的接受与传播，但他从古典主义立场出发对莎士比亚的指责乃至谩骂也产生了很大的负面影响。18世纪30年代，伏尔泰便在《哲学通信》等论著中对莎士比亚有所评论，其态度虽褒贬参半，但无疑有助于欧陆各国了解莎士比亚乃至英国戏剧。后来，一方面随着伏尔泰在欧洲作为启蒙思想家的名望不断提升，他对莎士比亚的评价影响也越来越大；另一方面伏尔泰本人则越来越倾

---

① 参见本书第七章。

向于为维护法国古典主义戏剧传统而贬低莎士比亚。① 伴随着英法政治关系在一次次外交冲突中走向对立,英国批评家们的民族情绪终于在伏尔泰的莎士比亚评论中找到了具象化的发泄对象。伏尔泰成了法国古典主义诗学原则在现实中的代表,文学批评中的英法对立也变成了对伏尔泰的反驳甚至是人身攻击,其结果自然是进一步加速了古典主义诗学在英国的瓦解。而在这一过程中,莎士比亚则成为构建英国民族身份认同的重要工具。

1753—1754年间,诗人和剧作家亚瑟·墨菲(Arthur Murphy,1727—1805)写了一系列莎评文章,其中有一篇是写给伏尔泰的信。信承认了伏尔泰的一些观点,但也为莎士比亚进行了辩护,甚至还提到了一句很有名的话:"对于我们这些岛民来说,莎士比亚是一种已建立起的诗歌宗教。他的港湾永远都会草木繁茂。我说这话并不是认为他没有违反规则,而是说他用自己的魅力为观众弥补了这些缺点,而这样的魅力是举世无双的。"②

1764年,辉格党政治家、前首相罗伯特·沃波尔的儿子贺拉斯·沃波尔(Horace Walpole,1717—1797)出版了一部名为《奥托兰多城堡》(*The Castle of Otranto*)的小说,这部小说也是英国文学史上第一部哥特小说,其创作本身就受到莎剧(尤其是《哈姆雷特》)很大的影响。1765年,沃波尔为该小说的第二版重新写了序言,在这篇序言

---

① 参见本书第七章第一节。
② Brian Vickers ed., *William Shakespeare: The Critical Heritage, Vol. 4, 1753–1765*, London: Routledge, 1976, p.93.

中,沃波尔抨击了伏尔泰和法国古典主义诗学,并为莎士比亚进行了辩护。沃波尔十分机智地引用了伏尔泰自己的话为莎士比亚的悲喜混合风格辩护,这段话出自伏尔泰为自己的喜剧作品《浪子》所写的序言:

> 我们会发现这里有一种严肃和玩笑、喜庆和悲哀的混合;一个单一的事件便常常会造成这样的对照。……我们不能从中得出喜剧都必须有插科打诨和感人场面两种场景的结论。有许多优秀的作品都只有欢快的场景,另一些则完全是严肃的,还有一些将两者混合,还有一些让人怜悯甚至感动到流泪,不能一概而论。如果有人问我哪种形式最好,我会说,这要取决于作者怎么处理。①

而到了1779年,贺拉斯·沃波尔在另一篇文章中不仅谴责了伏尔泰,口气远比之前刻薄,甚至还表达了对约翰逊博士的不满:

> 约翰逊博士居然敢说当莎士比亚在追求崇高时常常陷入浮夸;只能说,除了言辞的排场华丽,约翰逊一点也不懂什么是崇高,而且他在自己的日常对话中常常是夸大其词和学究式的。……和约翰逊一样,伏尔泰也不懂得这一点。这位法国人谴责哈姆雷特关于

---

① Brian Vickers ed., *William Shakespeare: The Critical Heritage, Vol. 4, 1753–1765*, London: Routledge, 1976, p.549.

"短刀一柄"(bare bodkin)的表达,但每个有品位的英国人都能领会这句话中的积极内涵。①

这里沃波尔将约翰逊博士与伏尔泰一起都当作古典主义诗学的代言人进行批判。显然,在沃波尔看来,两者都是古典主义者,都在莎士比亚身上找到了不少缺点。但其实约翰逊博士与伏尔泰并没有站在同一条战线上,前者在序言中也数次对伏尔泰表达过不满,而且还直言不讳地说道:"当我们了解了莎士比亚的写作意图,莱默和伏尔泰对他的批评的绝大部分都不能成立。"②然而此时的沃波尔显然与后来的浪漫主义者的立场更为一致,他已经无法忍受任何对莎士比亚的微词。

随着伏尔泰对待莎士比亚的态度从带着矛盾心态的欣赏转变为完完全全的鄙视和嘲弄,英国批评家们为莎士比亚辩护时的民族自尊心也越来越强烈,商榷、讨论的语气也逐渐变为反驳甚至讥讽,言辞越来越激烈。1769年,正是加里克在斯特拉特福镇举办莎士比亚庆典的那一年,著名的"蓝袜女王"③伊丽莎白·蒙塔古(Elizabeth Montagu,1718—1800)匿名出版了《论莎士比亚的写作与天才》

---

① Brian Vickers ed., *William Shakespeare: The Critical Heritage, Vol. 6, 1774–1801*, London: Routledge, 1981, p.213.
② 杨周翰选编:《莎士比亚评论汇编(上)》,北京:中国社会科学出版社,1979,第45页。
③ 18世纪中叶,蒙塔古夫人在自家府邸设立了文艺沙龙,参与者多为诸如埃德蒙·伯克、大卫·加里克这类社会名流和一些知识女性,后因一位参与者穿便装蓝袜而被讽刺为"蓝袜俱乐部",后世便称蒙塔古夫人为"蓝袜女王",并以"蓝袜"代指知识女性。

(*An Essay on the Writings and Genius of Shakespeare*)一书,此书全名为《在与希腊和法国戏剧的对比中论莎士比亚的写作与天才,兼论伏尔泰的错误》。这本书的主要目的就是针对伏尔泰对莎士比亚的批评为其进行辩护。

虽然蒙塔古夫人从1764年就开始着手准备此书,但此书的观点本身并无太多新意,基本上还是17、18世纪的老生常谈,无非是将莎士比亚视为自然诗人的代表之类的观点,承认其有缺点,但优点远大于缺点云云。约翰逊对此书的评价也不高,认为其中并没有真正的批评。[①]不过,由于伏尔泰在整个西欧思想界的威望崇高,英国批评家们此前对伏尔泰的反驳都显得彬彬有礼,但蒙塔古夫人敢于挑战伏尔泰的权威地位,在言辞上更加激烈。而且,蒙塔古夫人对伏尔泰的反驳也许不是最深刻和新颖的,但一定是最全面的。[②]另外,蒙塔古夫人在此书中还提到了一些中肯的观点,比如规则可以用来避免诗人写出荒唐的作品,但仅仅遵守规则却不能让诗人创作出好作品,因为好的诗人能够赋予作品灵魂,这是靠遵守规则所不能达到的。尤其难能可贵的是,蒙塔古夫人有意识地将莎士比亚从其时代中抽离出来,一方面承认伊丽莎白时代的文风晦涩,但另一方面却认为莎士比亚超越了这种文风,这是许多当时的批评家所不敢承认的。蒙塔古夫人如此说道:

[①] 参见约翰逊的传记作者鲍斯韦尔(Boswell)的记载,见 Brian Vickers ed., *William Shakespeare: The Critical Heritage, Vol. 6, 1774–1801*, London: Routledge, 1981, p.570。

[②] 参见 R. W. Babcock, *The Genesis of Shakespeare Idolatry, 1766–1799*, Chapel Hill: University of North Carolina Press, 1931, p.109。

在莎士比亚写作的时代,学问充斥着学究气,机智未曾磨砺,欢笑不知礼数。伊丽莎白女王的宫廷讲的是一种科学术语,某种晦涩的风格普遍受到影响。詹姆斯一世带来了额外的迂腐,伴随着不雅的举止和语言。通过传染,或出于对公众口味的顺从,莎士比亚有时会陷入流行的写作模式。但这只是偶然情况,因为他所有的剧本中的大部分内容都是以最高贵、优雅和历久弥新的朴素语言写成的。这就是他的价值所在,我们民族的品位越是变得正直和精致,他的名声就变得越大。他被同时代的人所认可,被后辈所钦佩,被现在的人们所尊敬,几乎到了被崇拜的地步。[1]

不仅如此,蒙塔古夫人还有意识地用喜剧创作证明莎士比亚的才华,说明莎士比亚的全面性:

伏尔泰先生对这些作家进行的所有比较中忽略了莎士比亚创作了用英语所能写成的最好的喜剧作品这一事实:同一个人竟然有既创作《麦克白》又创作《温莎的风流娘们》这样风格多样的作品的天赋,这本身就是令人惊奇的。古往今来有哪一位诗人能够这样把崇高与悲悯融为一体,把最大胆的虚构和最客观的人物描绘相结合,同时还能拥有如此完美的喜剧创作

---

[1] Brian Vickers ed., *William Shakespeare: The Critical Heritage, Vol. 5, 1765–1774*, London: Routledge, 1979, p.329.

能力?①

正如当年莱默对莎士比亚的评论激起了德莱顿等人的辩护,伏尔泰对莎士比亚的评论也激起了蒙塔古夫人等人的辩护。不过与德莱顿等人对莱默的反驳不同,此时的伏尔泰已成为英国批评家们眼中的公敌,蒙塔古夫人直接将伏尔泰和法国戏剧作为攻讦对象,其民族主义情绪更加明显,因此对莎士比亚的辩护也更加激烈,这种辩护无疑进一步促进了古典主义诗学在英国的瓦解。在此书中蒙塔古夫人不仅将莎士比亚视为英国的骄傲,而且将其与法国的伏尔泰等人的创作进行对比,有理有据地坚决捍卫莎士比亚的声誉。

另外值得一提的是,在英国问世两年之后,蒙塔古夫人的这本书便被翻译成德文出版,五年之后,又被翻译成法文出版,这在很大程度上挑战了当时伏尔泰作为欧洲大陆莎士比亚唯一权威批评家的地位。由于此书在法国产生的巨大影响,当1776年蒙塔古夫人访问法国时,她成为各种巴黎沙龙上的座上客,在各种场合批评法国戏剧,阐述自己为莎士比亚辩护的观点,一时间出尽风头。据说当达朗贝尔在法兰西学院宣读伏尔泰那篇著名的诋毁莎士比亚的《致法兰西学院信》时②,蒙塔古夫人也正好在现场,旁边的法国同伴问她有没有感到尴尬,她机智地回答说,一

---

① Brian Vickers ed., *William Shakespeare: The Critical Heritage, Vol. 5, 1765–1774*, London: Routledge, 1979, p.343.
② 参见第七章第一节。

点也没有,我又不是伏尔泰的朋友。

蒙塔古夫人对伏尔泰的反驳也证明了在18世纪莎士比亚经典化的过程中女性再一次发挥了重要作用。此前莎剧演出便得到了夫人俱乐部的帮助,而在文学批评中也是女性批评家为莎士比亚辩护的声音最彻底。有学者认为,莎士比亚的经典化本身也意味着英国民族文学的崛起,而这个过程也有助于女性参与到以前由男性统治的文学批评领域。因为与男性相比,女性往往接受古典教育的机会不多,但对本民族文学的接受却相对容易得多。于是,"女性可以通过评论莎士比亚来成为批评家和学者"[①]。这种观点是有道理的,这自然也是蒙塔古夫人莎评的另一种意义所在。

到了18世纪末,莎士比亚在英国人心目中已经趋于完美,这位大诗人也因此摆脱了任何来自古典主义阵营的指责。在这种情况下,英国人逐渐失去了对伏尔泰进行理性反驳的耐心,针对伏尔泰的谩骂也越来越多。1789年,一位叫作詹姆斯·芬奈尔(James Fennell,1766—1816)的演员在愤怒地指责伏尔泰的同时也提到了蒙塔古夫人的一则逸事:

> 然而这位懦弱、令人厌恶、肤浅的作家居然胆敢把我们不朽的诗人的作品称为"粪肥"!当优雅而智慧的蒙塔古夫人在巴黎听到伏尔泰的信中这样的表述时,面对这样的侮辱,她回答说:正是这样的粪肥灌

[①] Fiona Ritchie, "Elizabeth Montagu, 'Shakespeare's Poor Little Critick'?" in *Shakespeare Survey Vol. 45*, p.72.

溉了一个不懂感恩的国度！①

显然，这则逸事很可能与上文提到的蒙塔古夫人的机智回答指的是同一件事。此事在英国广为流传，说明随着伏尔泰晚年对莎士比亚的态度转向污蔑与愤慨，英国批评家们的民族自尊心已越来越明显。学理上的争论已不再重要，通过质疑伏尔泰的批评家身份，质疑他对莎士比亚的翻译，甚至怀疑伏尔泰对莎士比亚的嫉妒并对其进行人身攻击来捍卫莎士比亚的名望，逐渐成为英国批评家们关注的重点。② 可以说，正是在对伏尔泰的一片骂声中，英国批评家们簇拥着莎士比亚走向了民族诗人的宝座。

四、古典主义诗学原则的瓦解

与法国在政治上的对立以及伏尔泰对英国戏剧的评论所激起的民族情绪，让英国批评家们在18世纪中叶便开始有意识地与来自法国的古典主义诗学原则划清界限。1730年之后，古典主义诗学开始在英国不断走向瓦解。1736年，乔治·斯塔布斯便认识到法国古典主义是一种束缚：

> 法国人（正如我们常看到的）用他们的批评原则

---

① Brian Vickers ed., *William Shakespeare: The Critical Heritage, Vol. 6, 1774–1801*, London: Routledge, 1981, p.520.
② 参见 Babcock, R. W., *The Genesis of Shakespeare Idolatry, 1766–1799*, Chapel Hill: University of North Carolina Press, 1931, pp.96–110。

平白给自己强加了一种奴役；当他们中稍有天赋的人戴着这些枷锁写了一些悲剧时，只能勉为其难，弄出一些完全没有精神的作品。①

不过斯塔布斯的批评还算温和，因为他认为出现这种现象的原因便在于，法国人有一种"关于合乎礼仪的错误思想和一种文雅的品位"②。

1748年，约翰·厄普顿在《论莎士比亚》中已经提到："戏剧诗是一种欺骗的艺术，最优秀的诗人是那些最会欺骗观众的诗人，而最易受骗的人也是最明智的。"③因此厄普顿认为，为了达到最好的欺骗效果，故事情节便是最重要的。因此，情节整一律是有道理的，但时间和地点的整一就完全没有必要了，因为为了讲好一个完整的故事，时间和地点一定会随之改变。厄普顿的这一观点显然与后来卡姆斯勋爵和约翰逊博士所表达的对三一律的看法基本一致。

到了1762年，作家和美学家丹尼尔·韦伯（Daniel Webb，1719—1798）在一篇文章中提到：

> 我们很容易发现，那些热衷于谴责莎士比亚忽视三一律的批评家与承认他在情感表达方面的非凡能力与魅力的批评家恰恰是同一批人。但我认为莎士比亚

---

① Brian Vickers ed., *William Shakespeare: The Critical Heritage, Vol. 3, 1733–1752*, London: Routledge, 1975, p.68.
② Ibid.
③ Ibid., p.296.

对三一律的忽视正是他的情感表达有魅力的原因。因为诗人如果没有被三一律所束缚，他就能创作出与他天才的活力相符的事件。因此，他的情感源于那些适合产生它们的动机：它们原初的精神恰恰源于此，正是这种精神克服了场景的不可能性，并在超越了理智的情况下传递给心灵。[1]

同样在1762年，卡姆斯勋爵在《批评的要素》一书中从戏剧实践的角度反驳了时间和地点整一律。他认为希腊戏剧由于运用歌队，难以进行场景转换，因此不得不选择时间和地点整一律。而英国戏剧没有歌队，每一个场景的转换都可以有一定时间间隔，这就完全有可能让剧内的时间和空间比希腊戏剧更广阔，因为换景间隔的时间不需要等同于剧内时间。"这就意味着许多古希腊戏剧中不能处理的题材在我们的戏剧中都可以得以展现。"[2] 与此同时，因为有了换景间隔，观众也完全能够清楚地意识到真实的时间和地点与剧内的时间和地点是两码事，正如他们清楚地知道加里克并不是李尔王，舞台也不是多佛海滩一样。因此，所谓时间和地点整一律，完全是现代批评家对古代戏剧愚蠢误解的产物。

正如上文已经提到的，此后不久，约翰逊博士在1765年版的《莎士比亚作品集》的序言中系统地反驳了三一律

---

[1] Brian Vickers ed., *William Shakespeare: The Critical Heritage, Vol. 4, 1753–1765*, London: Routledge, 1976, p.519.

[2] Ibid., p.496.

的不合理。约翰逊的观点本质上与卡姆斯以及这一时期的许多英国批评家类似,那就是反对时间和地点整一律,不反对情节整一律。但其实早在1751年,约翰逊博士便在另一篇文章中反驳了三一律:

> 批评家将戏剧的故事限定在数小时内,遵守这一规则似乎天经地义,其实毫无道理。……既然事实是戏剧必须要有引人遐想的余地,笔者就不知道想象的边界应该定在何处。假如一个人的思想不受机械批评观的左右,他很少会因为两幕间的时间跨度被延长而感到不悦;一个人假若能把舞台上的三个时辰想象为现实中的十二个时辰、二十四个时辰,他在想象比这个更大的数字时大概也会同样得心应手,这在笔者看来毫无荒诞或牵强之处。①

这与他在序言中的反对时间和地点整一律的观点基本一致。不仅如此,约翰逊还鼓励作家要勇敢对抗权威和规则:

> 一位作家首要的任务是应当把自然与习俗分开来,将因为正确才被公认的东西与仅因为被公认才算正确的东西区别开来;一位作家不能因为想要标新立异而违背最本质的原则,同时也要知道有些规则是任何独

---

① 塞缪尔·约翰逊:《饥渴的想象:约翰逊散文作品选》,叶丽贤译,北京:生活·读书·新知三联书店,2015,第122页。

揽文坛的泰斗都无权制定的,所以无须害怕自己会破坏这些规则,从而无法领略近在眼前的各种美好。①

在约翰逊博士反驳了三一律之后,越来越多的英国批评家站出来明确反对这种古典主义规则。1777年,英国博物学家、医生和批评家约翰·伯克恩霍特(John Berkenhout,1726—1791)在反驳伏尔泰对莎士比亚的指责时提到:

> 我读过的所有被这些三一律所束缚的悲剧或喜剧,没有任何一部不是做作、不可信和乏味的。……我越是思考这些希腊的三一律规则,就越是发现它们的荒谬。如果这荒唐的东西从未存在过,那么对英国戏剧来说真是极好的事。……如果自然中存在这样的三一律,那么莎士比亚这样如此熟悉自然的人早就应该发现它们。但如果一位剧作家想要完成戏剧创作的目的,自然根本不会给他规定这样的三一律规则。这些规则是无聊的发明,是可怜的蹩脚诗人的束缚。②

1783年,苏格兰诗人和散文作家詹姆斯·比蒂(James Beattie,1735—1803)在《道德与批评论文集》(*Dissertations moral and critical*)中认为:

---

① 塞缪尔·约翰逊:《饥渴的想象:约翰逊散文作品选》,叶丽贤译,北京:生活·读书·新知三联书店,2015,第123—124页。
② Brian Vickers ed., *William Shakespeare: The Critical Heritage, Vol. 6, 1774–1801*, London: Routledge, 1981, pp.158-159.

遵守三一律在某些情况下无疑会让戏剧行动变得更可信；但它们对作家的天赋是一种巨大的束缚；遵守它们有时甚至比忽视它们还要显得荒唐。比如，如果某个戏剧描绘了一场阴谋，故事发生的场景是街道，那么如果遵守地点整一律，阴谋就变成阳谋了，这是不可能发生的事。……如果这时把场景换到私密空间里，显然就合理了许多。①

紧接着比蒂几乎是完全复述了约翰逊博士关于观众的舞台想象力的观点：

但实际上，在戏剧中根本就没有批评家们所说的那种严格的或然性。我们从不会把演员真的当作他所扮演的角色，我们也从不会想象自己置身于异国他乡，或者回到了古代：我们观剧的快乐来自其他方面，我们从这里知道，整个剧都是虚构的。……因此我认为，我们可以得出结论，即让诗人去严格遵守时间和地点整一律并不是创作的必要条件，而是一种机械的创作规则。②

1799年，英国作家和历史学家威廉·贝尔舍姆（William Belsham，1752—1827）分别出版了《哲学、道德、历史与文学论文集》(*Essays, Philosophical, Historical, and*

---

① James Beattie, *Dissertations Moral and Critical, Vol. 1*, Dublin: Printed for Mess, 1783, pp.226–227.
② Ibid., pp.227–228.

Literary)的第一卷和第二卷。在此书第二卷中，贝尔舍姆同样认为三一律中只有情节整一律是有道理的，而且直言不讳地指出了时间与地点整一律的错误本就出自亚里士多德：

> 情节的整一或完美联系确实是建立在理智的基础上的，亚里士多德也常常提到其重要地位，但他没有意识到，时间和地点的整一律是来自希腊戏剧创作的特殊形式的。因此我们完全有理由质疑这一点，即亚里士多德是否有不容置疑的资格来决定戏剧只能有一种形式，而这种形式中只有情节的整一律是应该遵守的，如果诉诸理性而非权威的话，时间和地点的整一律有时可以被抛弃。①

贝尔舍姆继而说道："很明显，如果严格遵守这些规则，诗人的天赋便会受到束缚，变得捉襟见肘，情节的组织也会受到伤害。"② 可见，由于约翰逊博士在文坛的巨大影响力，18世纪60年代之后约翰逊博士关于三一律的见解已经成为英国批评家们的共识。此后，英国批评家们也越来越大胆，最后直接将矛头指向了三一律的源头亚里士多德，可以说完全与古代传统决裂。虽然个别古典主义诗学原则还被认为有必要遵循，但以三一律为代表的大部分古典主义原则在英国几乎已无立足之地，三一律也已被视

---

① William Belsham, *Essays Philosophical and Moral, Historical and Literary, Vol. 2*, London: Printed for G. G. and J. Robinson, 1799, p.551.
② Ibid., p.552.

为文学创作的束缚和人为设计的枷锁。

五、从"英国的荷马"到性格塑造大师

18世纪中叶,英国批评家们依然乐于提及莎士比亚与荷马之间的类比,但这种类比往往更细致和具体,比如1751年,莎剧编辑威廉·沃伯顿的好友,作家和教士理查德·赫德(Richard Hurd,1720—1808)就提到:"荷马和莎士比亚相对于其他诗人的优越性不在于他们发现了新的情感或意象,而在于他们崇高的天才教会了他们传达和打动旧有情感和意象的有力方式。"①

有时也会有人用荷马为例来批判古典主义诗学原则,进而为莎士比亚辩护,比如上文提到的厄普顿在1748年就曾用荷马来为莎士比亚的悲喜混用风格和忽视三一律辩护。厄普顿认为莎士比亚并非完全没有顾及情节整一律,但确实对时间和地点的整一律不屑一顾,因为相对于法国戏剧,莎士比亚的戏剧其实更像史诗:

> 如果我们可以将莎士比亚的悲剧视为戏剧性的英雄叙事诗,它们有些以幸福结束,有些以不幸的灾难结束,那么,如果荷马在他的《伊利亚特》中,在诸神和英雄中引入了一个小丑的角色,在他的《奥德

---

① Brian Vickers ed., *William Shakespeare: The Critical Heritage, Vol. 3, 1733–1752*, London: Routledge, 1975, pp.430–431.

赛》中引入了一个荒谬的怪物独眼巨人波吕斐摩斯（Polypheme），那么为什么莎士比亚在他的英雄叙事诗中不能展现福斯塔夫、卡利班或小丑这样的人物？[①]

不得不承认，厄普顿对莎士比亚的这种辩护是有道理的。古典主义规则囿于戏剧文体，如果抛开文体问题，则会发现其中的许多问题毫无意义。不过此时的英国批评家已经不满足于将莎士比亚视为荷马的接班人，甚至有人认为莎士比亚已经超越了荷马[②]，比如1747年，威廉·加斯里在将莎士比亚与荷马对比时提到："很少有人注意到，在荷马和其他作家那里的美妙在莎士比亚这里被放大成了奇迹，甚至比在荷马本人那里更完美，更频繁也更醒目。"[③]

不过更值得注意的是，在对莎士比亚与荷马的相似之处进行分析时，越来越多的批评家们开始提及两者的人物性格塑造问题。早在1748年，学者和牧师彼得·沃利（Peter Whalley，1722—1791）便提到：

> 荷马受到崇拜是由于他将人在生活中所受到的影响完美地展现出来，他向我们展示了不同倾向之间的

[①] Brian Vickers ed., *William Shakespeare: The Critical Heritage, Vol. 3, 1733–1752*, London: Routledge, 1975, p.298.
[②] 荷马与莎士比亚的名望在18世纪下半叶的欧洲确实经历了此消彼长的过程。由于古今之争问题在西欧知识界的持续发酵以及历史主义思想的兴起，作为古代作家的代表人物，荷马也开始被历史主义视角所审视。但历史主义有助于为莎士比亚不遵守规则辩护，却让荷马失去了其古代作家的普世价值。
[③] Brian Vickers ed., *William Shakespeare: The Critical Heritage, Vol. 3, 1733–1752*, London: Routledge, 1975, p.195.

对立,以及贪生怕死的情绪与荣誉和美德之间的斗争,这些虽然发生在他的人物身上,却常常让我们感同身受。与他塑造的角色的多样性一样,这就是他当之无愧的卓越之处。我们难道不应该用同样的话去评价莎士比亚吗?我们从他笔下人物中不是也看到了同样的多元、自然而与众不同?[1]

1753年,莎士比亚与荷马在人物塑造上的这种优点被诗人和批评家约瑟夫·沃顿(Joseph Warton,1722—1800)表述得更直白:"自然地刻画人物并一致地描绘他们,需要对人的内心有如此深入的了解,这是一种罕见的精妙手法,也许只有荷马和莎士比亚这两位作家才能如此擅长。"[2]两年之后的1755年,讽刺作家约翰·谢比尔(John Shebbeare,1709—1788)则提到:"在这种人物性格的一致性中,英国诗人的优越性似乎高于其他所有诗人,除非批评家在深入研究了古希腊经典之后,认为荷马能与之媲美。"[3]到了1769年,蒙塔古夫人在著名的《论莎士比亚的写作与天才》一书的序言部分也提到了荷马与莎士比亚的相似之处,她最后指出:"在描绘人物性格方面,应该承认他(莎士比亚)超越了其他所有剧作家,甚至超越了荷马;他笔下的所有事物都有一种现实的感觉,抛开那些明显的

---

[1] Brian Vickers ed., *William Shakespeare: The Critical Heritage, Vol. 3, 1733–1752*, London: Routledge, 1975, p.276.
[2] Brian Vickers ed., *William Shakespeare: The Critical Heritage, Vol. 4, 1753–1765*, London: Routledge, 1976, p.61.
[3] Ibid., p.185.

缺点，他比任何人都能更好地实现戏剧的目的。"[1]

在18世纪下半叶，莎士比亚批评史上最引人注目的变化便是这种戏剧人物性格和心理分析的兴起。[2]越来越多的批评家开始从人物塑造的角度评判莎剧的价值，与荷马之间的类比显然也促进了这种观念的发展。某种程度上，这也是对古典主义戏剧规则的一种反动。因为在古典主义那里，由于亚里士多德《诗学》的影响，情节一直被认为是第一位的，而人物塑造是第二位的。古典主义戏剧创作的人物塑造一般遵循得体原则，但这种原则又往往与文体分用原则结合在一起，这显然是严重脱离现实生活的。这也是为何英国批评家们此时开始强调莎剧的人物塑造要更贴近现实生活。

在莎剧的人物性格批评方面，有几位英国批评家尤其值得一提。1785年，作家、下院议员托马斯·怀特利（Thomas Whately, ? —1772）的《对一些莎剧人物的评论》（*Remarks on Some of the Characters of Shakespeare*）一书在他去世之后被匿名出版。此书出版虽晚，但写作时间较早，应该写于1770年之前。因此，怀特利在此书开篇的这段话无疑具有非常重要的意义：

> 探讨戏剧创作的人们大部分都将他们的考察局

---

[1] Elizabeth Montagu, *An Essay on the Writings and Genius of Shakespeare*, London: R. Priestly, 1810, Introduction, p.23.
[2] 17世纪下半叶以来，洛克和休谟等人的经验主义心理学理论为时人对性格的认识提供了新的视角。在洛克和休谟那里，人的性格是一种长时间内获得的意识的一致性，是其所处环境和成长经历的综合产物。这种经验主义心理学无疑有助于打破古典主义此前对普遍人性的认识。

于情节。因此就其实践而言,他们所接受的准则被称为"戏剧规则"。……然而由此建立起来的规律性,虽然并无不当,但绝不是戏剧创作的首要条件。即使不考虑诗人的想象力或感性赋予的那些更美好的情感,在判断力和知识的领域中,还有一个比一般的讨论话题更值得关注的批评主题。我指的是对人物性格的鉴别与遵循,没有人物性格的塑造,一部剧作充其量只是一个故事,而不是一个行动;因为其中的演员不是以场景为基础的。[1]

不过怀特利虽然提倡对人物性格进行分析,且与当时的许多批评家一样认为莎士比亚在塑造人物方面是无与伦比的,但实际上其基本原则还是来自贺拉斯探讨戏剧人物的古典主义传统。几年之后,另一位批评家则从道德哲学的角度开始对莎剧人物性格进行系统的分析。1774年,格拉斯哥大学教授威廉·理查森(William Richardson,1743—1814)出版了专著《一些莎剧人物的哲学分析与解读》(*A Philosophical Analysis and Illustration of Some of Shakespeare's Remarkable Characters*),书中主要讨论了麦克白、哈姆雷特、杰奎斯和伊摩琴等几个人物。此后数年间,理查森又连续出版了多部讨论莎剧人物性格的专著,主要包括1784年的《论理查三世、李尔王和雅典的泰门等莎剧人物》(*Essays on Shakespeare's Dramatic Characters*

---

[1] Brian Vickers ed., *William Shakespeare: The Critical Heritage, Vol. 6, 1774–1801*, London: Routledge, 1981, p.408.

of Richard the Third, King Lear, and Timon of Athens）和《论莎剧人物福斯塔夫》（*Essays on Shakespeare's Dramatic Character of Sir John Falstaff*），1798年的《论莎剧人物》（*Essays on Shakespeare's Dramatic Characters*）等。

理查森对莎剧人物性格的分析带有明显的当时流行的道德哲学色彩，注重探讨人物的情感、情欲与道德原则等问题。他认为，与自然哲学相比，道德哲学由于研究对象的样本难以获取而处于劣势，但戏剧由于对人物形象的塑造和人物情欲的描绘，能够指引道德哲学家将其作为研究标本。对理查森来说，人物情绪和情欲的一致性要远比时间、地点、情节的一致性更重要，古典主义诗学中情节的重要性让位于人物塑造的重要性。对18世纪莎评来说，这是一种全新的人物心理分析方法，后来的浪漫主义莎评也专注于这种人物性格和心理分析，从柯勒律治、哈兹列特一直到20世纪初的布拉德雷，流行了上百年之久。①

不过在浪漫主义莎评兴起之前，真正把怀特利和理查森所开启的人物性格和心理分析发扬光大，并使之成为浪漫主义重要先驱的是莫里斯·莫尔根（Maurice Morgann，1726—1802）。1777年，莫尔根发表了著名的《论约翰·福斯塔夫爵士的戏剧性格》（"An Essay on the Dramatic Character of Sir John Falstaff"）一文。在此文中，莫尔根不仅把福斯塔夫当作现实中的真人来分析其性格，而且提出了一个全新的批评原则，即"在戏剧作品中印象就是事

---

① 参见拙著《二十世纪莎评简史》第一章，中国社会科学出版社2016年版。

实"①。这种重视印象而非理性与常识的批评原则显然更接近后来的浪漫主义批评,而不是此前的古典主义。从这种原则出发,莫尔根整篇文章探讨的是福斯塔夫是否是一个懦夫的问题,他认为"怯懦并不是福斯塔夫的整个性格在毫无偏见的听众的头脑中造成的印象"②,因为莎士比亚笔下的人物与生活中的人物一样,是立体完整的,把完整的人物性格还原自然而然就会得出这样的结论。莫尔根这种讨论人物性格的方式的观念基础还是来自前辈批评家所称颂的莎士比亚对"自然(人性)"的观察与描绘,但这种把人物当作现实生活中真人的做法最终走向了一种心理现实主义,可谓开后世浪漫主义莎评之先河。莫尔根这种新的原则影响很大,此后的莎评家们越来越关心戏剧人物的心理和性格问题,除了福斯塔夫到底是不是一个懦夫,类似的问题还有:伊阿古是否真的相信奥赛罗勾引了自己的夫人?夏洛克是否遭受了不公的对待并值得同情?李尔王性格中的哪些因素导致了他的愤怒和疯狂?麦克白是否像理查三世一样是一个勇敢的恶人?哈姆雷特的复仇为何会延宕?他性格中不讨人喜欢的矛盾与不一致从何而来,等等,这其中的每个问题都被后世的莎评家们反复讨论。

不仅如此,在莫尔根那里莎士比亚的地位进一步提高,一百年前莱默对莎士比亚的苛责已完全不值一提,这位英国大诗人不仅已经超越了荷马,也超越了诗歌的立法者亚

---

① 杨周翰选编:《莎士比亚评论汇编(上)》,北京:中国社会科学出版社,1979,第89页。
② 同上书。

里士多德,甚至连亚里士多德也要在莎士比亚面前俯首称臣:

> 像莱默这样的家伙,从迷茫中醒来,觉得自己应该肩负起作为警察的责任,试图以亚里士多德的名义让这位伟大的魔术师、被禁锢艺术的勇敢开路者屈服,但亚里士多德自己定会与这位可悲的警官划清界限,连他自己都会拜倒在他(莎士比亚)的脚下,承认他至高无上的地位。"啊,戏剧的卓越权威!"他也许会说,"别把那些蠢人的无礼归罪于我。希腊的戏剧诗人被歌队的合唱所束缚,因此他们会发现自己无法做到对自然细致的描绘。我只看到这些剧作家的作品,不知道还有更广阔的视野,也不知道戏剧还可以将人类的天赋展现得如此淋漓尽致。相信了这些,我就知道一个更广阔的自然是可以达到的,这是一种效果上的自然,对它来说地点的整一和时间的连贯都无足轻重。自然屈从于人的能力与理解,在人的生活中勾勒出一系列的简单因果关系;但诗以惊喜为乐,隐藏她的脚步打动人的心灵,在不背叛自己上升阶梯的情况下达到崇高。真正的诗歌是魔术,而非自然;它是由未知的或隐藏的原因所导致的结果。我不会给魔术师制定规则,他的规则与他的能力是一致的,他的能力就是他的规则。……"[①]

---

① Brian Vickers ed., *William Shakespeare: The Critical Heritage, Vol. 6, 1774–1801*, London: Routledge, 1981, p.171.

在这里，古典主义诗学原则已完全瓦解，亚里士多德不仅拜倒在莎士比亚脚下向其表达敬意，而且承认自己对自然的理解有误，甚至亲自为莎士比亚辩护。于是，一种对戏剧的全新认识开始出现，更广阔的、效果上的自然取代了建立在普遍人性论基础上的自然，戏剧评论中的浪漫主义呼之欲出，而莎士比亚距离浪漫主义者们为他树起的神坛也只有一步之遥。

第六章

文化产业
——成为文化符号

随着18世纪莎士比亚名望的提升以及莎剧的演出、评论与出版的不断繁荣，莎士比亚也开始进入更广阔的文化领域。不仅各种莎剧的续作、仿作、改编歌舞剧以及滑稽模仿频出，而且绘画、音乐、雕塑等其他艺术领域也开始出现莎士比亚的影子。而像雅各布·汤森这样的出版商不仅出版制作精良的学术版莎士比亚文集，也会出版廉价的、更多人买得起的莎剧单行本，这就让莎剧出版也成为一种文化产业，让莎剧的传播变成一种纯粹的商业行为，也让莎士比亚真正走向了大众读者。到了18世纪下半叶，与莎士比亚有关的其他文化事件也开始出现，其中标志性的事件便是加里克于1769年举办的莎士比亚庆典，这场轰动一时且影响深远的庆典往往被视为英国普通民众公开崇拜莎士比亚的开端。此后，莎士比亚不仅成了画廊的主题，甚至成为伪书制造案的受害者。因此，虽然在莎士比亚死后的一百余年间，剧作家、莎评家和早期莎学家们已经让莎士比亚从伊丽莎白时代的众多剧作家中脱颖而出，使他成为英国诗人的代表，但真正让莎士比亚成为一种文化现象并走进千家万户的却是18世纪的出版商、莎剧演员、画家以及各种文化商人，是他们把莎士比亚变成了一种文化产业，将莎士比亚带入大众的视野。这些人也许才是使莎士比亚的名望在英国走向巅峰的最重要的幕后推手。

一、莎剧单行本与版权之争

前文提到,莎士比亚时代的出版行业被书商公会所垄断,而实际上,书商公会对出版行业的垄断一直延续到17世纪末。在内战后的1662年,英国政府曾颁布新的《出版授权法》(Licensing of the Press Act)①,但其基础依然是书商公会制度,只是在此基础上强化了出版审查,加强了政府对书商的控制。于是,书商公会的权利不断得到政府的法律支持,而政府也在颁布各种法律支持书商公会的同时一再确立自己的审查权。虽然《出版授权法》由于到期和议会解散的原因在1679年至1685年间中断,但詹姆斯二世继位后立即恢复了该法案的效力。于是,这种由《出版授权法》所保障的政府与书商公会之间的互惠平衡关系一直维持到1695年。这一年,《出版授权法》再次到期,新的法案一时间难以出台。这种平衡的打破导致了各方利益的冲突,书商公会制度在这一过程中也逐步走向瓦解。当时问题的核心在于关于审查制度的争论。由于涉及整个出版行业,这场争论在社会上引起了作家、哲学家以及各种文化政治名人的广泛关注,约翰·洛克等人也参与到这场争

---

① 《出版授权法》又译作《出版审查法》,全名为《关于规范印刷和新闻出版业,禁止印刷煽动性、反动叛国和无证照出版物的法令》(*An Act for Preventing the Frequent Abuses in Printing Seditious, Treasonable and Unlicensed Books and Pamphlets and for Regulating of Printing and Printing Presses*)。

论中。随着资产阶级革命的完成，商人等资产阶级新贵政治地位上升，希望通过议会在出版界发出自己的声音，当时的两大政党也在争夺对新闻媒体的影响力，而公众受教育程度的提高也意味着更大的出版需求，再加上作者的利益诉求随着出版的繁荣也越来越强烈，这种多方博弈的情况不仅摧毁了传统书商公会的审查权，也让新的出版法案一再难产。

《出版授权法》失效后，从1695年至1710年，伦敦的出版业比较混乱，书商们一再向国会申请重新立法，通过新的版权法案。经过一系列争论以及作者、书商、政府之间的三方博弈，著名的《安妮法案》(The Statute of Anne)终于得以通过。《安妮法案》又称《1709年版权法》(Copyright Act of 1709)或《促进知识进步法》(An Act for the Encourage of Learning)，此法案由安妮女王批准于1710年4月1日，并于当年4月10日生效。这也是人类历史上第一个现代版权法。《安妮法案》明确了版权保护的基本思想，而且规定了版权的有效期：1710年4月10日以后出版的作品，版权有效期为十四年；如果此作者仍然在世，那么版权回到作者手中并再延长十四年；1710年4月10日之前出版的作品，版权有效期为二十一年，二十一年后不再受到版权保护。很明显，《安妮法案》增强了对版权的保护，杜绝了书商公会时期书商间通过注册制度和各种内部交易来获得作品出版权的现象，但该法案对版权的保护时间并不算长，这一规定也导致在版权保护末期，书商们便开始想方设法通过各种方式维护自己的版权。

前文提到过汤森家族祖孙三代在莎士比亚文集出版过程中的作用，但其实汤森家族在莎士比亚出版史乃至文化史中的贡献远不止于此。1695年《出版授权法》失效后，出版审查制度也暂时失效，这导致18世纪初，宗教和政治小册子开始盛行于出版界，而文学作品出版并不多，但汤森家族则始终专注于文学出版。17世纪末，老汤森已成为文学作品的重要出版商，只不过此时他出版的多是古典文学作品，偶尔也有弥尔顿的作品。1696—1702年间，老汤森开始与剑桥大学出版社合作，出版了一套古典文学丛书。这套丛书由当时著名的古典学家、英国古典学奠基人理查德·本特利主导，收录了包括贺拉斯、维吉尔、泰伦斯等古代作家在内的一系列作品。通过这次合作，汤森掌握了一种较为精致的排版方式，随后他便开始以这种新的方式大量出版英国本土作家的作品。这些作品往往以多卷小开本文集的形式出版，出版史学界称之为"汤森俗语经典丛书"（Tonson's Vernacular Classics）。这是一个雄心勃勃的出版计划，而《莎士比亚作品集》便是其中之一。

1707年，汤森出版了《考利作品集》（*The Works of Mr. Abraham Cowley*），开启了专注于本土作家的"汤森俗语经典丛书"。这些书之所以构成了一个系列，是因为它们有一些标准化元素，比如题目一致，都是《某某某作品集》；插图和字体风格的运用一致；每部作品都附有作者的传记以及对作者的天赋及优缺点的评论；等等。这些本土文学经典主要包括：《考利作品集》（1707、1710）、《鲍芒与弗莱彻作品集》（1712）、《康格里夫作品集》（1710、1719）、《德莱顿作品集》（1717）、《埃斯里奇作品集》（1715）、《琼生作品集》（1716）、《弥尔顿作品集》（1711、1720）、《沙德韦尔作品集》（1720）、《莎士比亚作品集》（罗版，

1709、1714)、《斯宾塞作品集》(1715)、《萨克林作品集》(1709),等等。①从这个角度看,汤森确实是英国本土文学经典化过程中的重要推手,莎士比亚作为民族作家的一员,当然也因此而受益。不过莎士比亚在这群作家中的特殊性很快就展现出来。

《安妮法案》生效后,汤森家族逐渐成为莎剧在英国的唯一合法出版人。其实早在1707年5月《安妮法案》商定之前,老汤森便已经意识到了莎士比亚版权的重要性。1695年《出版授权法》失效后,对开本莎剧的版权在出版商之间不断交易。1707年和1709年,汤森家族先后两次收购莎剧版权。老汤森先是从出版第四对开本的著名书商亨利·海林曼(Henry Herringman,1628—1704)的儿子手中买来了包括部分莎剧在内的一批文学作品版权,紧接着在1709年10月,小汤森又从伦敦印刷商乔治·威尔斯(George Wells,生卒年不详)手中买到了一批莎剧版权。至此汤森家族至少已拥有二十三部莎剧的版权。后来又经

---

① 关于汤森俗语经典的出版情况可参见Robert B. Hamm Jr., "Rowe's Shakespeare (1709) and the Tonson House Style", in *College Literature*, 31.3, Summer 2004, pp.179–205。不过汉姆(Hamm)列出这些文集是为了证明莎士比亚在汤森那里并不重要,他不断强调莎士比亚只是汤森的宏伟出版计划的一部分,"莎士比亚只是这些作家中的一位,并非其核心人物"。汉姆认为这说明莎士比亚在18世纪初地位并没有那么高,是汤森的出版行为极大地推进了莎士比亚的经典化过程。然而实际上,汤森的出版计划确实很宏大,包括了大量其他本土作家,这一出版计划的实施为许多英国作家的经典化过程都做出了重要贡献,但18世纪初莎士比亚的地位已经开始超越其他本土作家。即便在汤森的构想中,从一开始莎士比亚就与其他作家有所区别,比如起用"桂冠诗人"罗来编辑莎士比亚,并在罗被之后很快又选择当时的大诗人蒲柏来继续编辑莎剧。这本身就已经说明莎士比亚的地位与众不同,而且蒲柏版出版之后所引起的争论更是证明莎士比亚当时的影响力已大于其他本土作家。

过一系列交易,汤森家族逐渐掌握了绝大部分莎剧版权,而他们此后一直宣称拥有所有的莎剧版权。[1]汤森家族之所以决定赶在1709年出版莎士比亚文集,其实也与版权法案有关。因为1710年新的版权法案生效之后,版权保护期只有十四年,而版权法案生效之前出版的书籍则享有二十一年的版权保护。同样,罗版莎士比亚文集之所以选用第四对开本为底本,也可能是出于版权方面的考虑,因为汤森收购的主要就是第四对开本的版权。此外,从1709年开始,几乎每隔十几年汤森家族就会起用新的编辑来重新校勘莎剧,应该也与巩固版权,规避十四年版权保护期限的目的有关。

不过,除了汤森家族出版的莎剧文集,18世纪还有几个重要的莎士比亚文集问世,分别是1744年托马斯·汉默编辑的六卷四开本——此版未经汤森家族同意,有版权纠纷;1773年乔治·斯蒂文斯编辑的十卷八开本和1790年埃德蒙·马隆编辑的十卷八开本。除了1790年的马隆版,其他这些莎剧文集与汤森几乎都有版权纠纷。1790年的版本之所以没有纠纷,是因为1767年老汤森的侄孙汤森三世去世,汤森家族的各种版权都被拍卖,其中莎士比亚版权卖出了一千二百英镑的价格。而且到了1774年,英国上议院做出裁决,莎士比亚和弥尔顿等作家的作品不再受到版权法的保护,这对于莎剧出版而言是巨大的变革。此后莎

---

[1] 汤森的莎剧版权问题非常复杂,可参见Jeffrey M. Gaba, "Copyrighting Shakespeare: Jacob Tonson, Eighteenth Century English Copyright, and the Birth of Shakespeare Scholarship", in *Journal of Intellectual Property Law*, September, 2011, pp.23–63。

剧出版更加繁荣，莎剧剧本也更便宜，为莎剧走进千家万户创造了条件。但我们不难看出，其实在1774年之前，汤森家族手中的莎士比亚版权争议就一直存在。正如有学者所指出的："1774年的裁决不是一个断头台上斩钉截铁的决定，而是一场长期游击战的最后高潮。"①

其实早在18世纪30年代，汤森家族的莎剧版权就受到了严峻挑战。前文提到，1709年的版权法案规定1710年4月10日之前出版的作品，版权有效期二十一年，这就意味着汤森手中的莎剧版权在1731年就会到期。在《安妮法案》颁布前后，由于罗版莎士比亚文集的及时问世，汤森家族成为莎剧的唯一合法出版商，但由于此法案对版权保护的时间期限，势必会影响汤森家族的出版策略，汤森家族每隔十几年就出一版莎士比亚文集，也许正是出于巩固版权的目的，因为不断起用新的编辑来校勘新的版本可以成为延长手中的莎剧版权的重要理由。② 由于二十一年的保护期限在1731年结束，虽然汤森家族认为经过重新编辑的莎剧版权仍在自己手中，但其他出版商还是觉得有理由在1731年之后以版权法案为由挑战汤森家族的莎剧版权。于是到了18世纪30年代，汤森家族的莎士比亚版权出现了很大的危机。

由于18世纪教育水平的提高和资产阶级的崛起，大

---

① Andrew Murphy, *Shakespeare in Print: A History and Chronology of Shakespeare Publishing*, Cambridge: Cambridge University Press, 2003, p.101.
② 大部分学者认为汤森出版莎剧有此动机，但加巴（Gaba）在上述《获得莎士比亚的版权》（"Copyrighting Shakespeare"）一文中不同意此说，认为市场和商业利润是唯一动机。

众读者开始出现，书籍市场开始繁荣。1731年汤森的莎剧版权到期后，很快就有人意识到应该针对大众读者出版更便宜的莎剧单行本来牟利。第一个通过出版单行本莎剧挑战汤森莎剧版权的出版商叫考尼勒斯·考蒂斯（Cornelius Cotes，生卒年不详），但此人的出版活动并不成功。到了1734年，更大的威胁来自另一位出版商，那就是罗伯特·沃克（Robert Walker，约1709—1761）。沃克也敏锐地意识到不是所有能够阅读并欣赏莎士比亚的人都买得起汤森出版的莎士比亚文集，单行本莎剧显然是有利可图的。更重要的是，沃克同样认为按照《安妮法案》的规定，汤森对莎士比亚作品享有的版权已经到期。

1734年夏天，沃克首先出版了十二开本的《温莎的风流娘们》单行本，由此开始了一系列出版活动。单行本的商业价值便在于价格便宜，薄利多销。沃克的销售方式是将一部剧本分开卖，一页纸卖一便士，每部莎剧耗费四页纸，也就是每部莎剧卖四便士。以这样的价格即便将所有莎剧全部买齐，也比汤森出版的任何一部莎士比亚文集要便宜得多。有趣的是，面对这样的侵权行为，汤森尝试了包括威胁和贿赂在内的各种应对方式，但就是没有诉诸法律。沃克甚至在《奥赛罗》单行本的广告中公开挑衅汤森，质疑汤森的版权："如果这些诚实、富有且公平竞争的人拥有任何我正在出版的作品的版权，他们为何不诉诸法律或衡平法（Equity）①来解决，既然两者都能保证公正？……

---

① 衡平法是英国自14世纪末开始与普通法平行发展的、适用于民事案件的一种法律，用以弥补普通法的一些不足。

如果这些诚实、富有且公平竞争的人拥有任何我正在出版的作品的版权,他们为何企图在交易中给我巨大的好处来让我放弃出版这些作品?"[1]这也许从另一个方面证实了汤森对自己手中的莎剧版权确实有些心虚,认为法律未必会支持他的版权诉求。而且实际上,即便汤森的莎剧版权确实已经过期,沃克也并没有获得以任何形式出版莎剧的权利,但沃克坚持认为根据《安妮法案》的规定,莎士比亚作品的版权在1731年之后就应该不再受任何保护,从而成为公共资源。显然,沃克对《安妮法案》的解读是有道理的,这也许是汤森放弃诉讼而选择以打价格战的方式来应对沃克挑战的最重要的原因。

在与沃克进行的一系列沟通都无效之后,汤森最终采用的方式是与沃克打价格战,即通过向市场倾销更低价的莎剧单行本来将沃克的版本从市场中迅速驱逐出去。因此,每当沃克出版一部单行本莎剧,汤森便会在一周之内出版同样的却更便宜的莎剧,甚至有时会在沃克出版之前提前行动,在最大程度上占领市场并让市场饱和。简单来讲,汤森的策略便是这三种:首先,严格按照沃克的出版顺序出版自己的莎剧单行本;其次,尽量抢在沃克之前出版;再次,大量印刷占领市场份额,让沃克薄利多销的商业模式不能产生足够的利润,从而将其击垮。[2]

这场出版界的"莎士比亚之战"在当时轰动一时,历

---

[1] 转引自 Robert B. Hamm Jr., "Walker v. Tonson in the Court of Public Opinion", in *Huntington Library Quarterly*, Vol. 75, No. 1 (March 2012), pp.100–101。

[2] 参见 Don-John Dugas, *Marketing the Bard: Shakespeare in Performance and Print, 1660–1740*, Columbia: University of Missouri Press, 2006, p.220。

时长达半年之久,从1734年夏天持续至当年年底。双方在打价格战的同时还展开了舆论战,在各自的出版物中互相指责对方。作为实力明显占优的一方,汤森动用自己的所有资源在报纸和杂志上攻击沃克,不仅指责沃克侵犯他的版权,而且声称沃克出版的莎剧文本质量低下。而沃克则把自己塑造成垄断巨头的反抗者和公平竞争的倡导者,他不仅质疑汤森的版权过期,还揭露汤森为了阻止他的公平竞争,背地里进行各种见不得人的勾当,包括对他进行威胁恐吓、贿赂,甚至收买他的仆人获得出版情报,等等。[1]

沃克的单行本定价为四便士,这在当时已经非常便宜。虽然利润非常低,但是市场前景应该很好,因为在沃克出版单行本之前,市场上的莎剧单行本很少,而且定价都在一先令以上,沃克等于把价格降到了之前的三分之一。[2] 到了1735年,沃克已经出版了所有莎剧,甚至包括第三对开本中的七部伪作。但汤森为了将沃克完全逐出市场,不仅紧跟沃克的出版计划,而且售价比沃克还要低。一开始汤森就用三便士一本的成本价将自己的单行本莎剧带入市场,但发现效果并不好,很快汤森便做出调整,竟然用一便士一本的价格向市场倾销自己的单行本莎剧。这个价格完全是赔本的,曾有学者做过估算,以这样的价格卖书,每卖

---

[1] 关于双方的舆论战可参见 Robert B. Hamm Jr., "Walker v. Tonson in the Court of Public Opinion", in *Huntington Library Quarterly*, Vol. 75, No. 1 (March 2012), pp.95-112。

[2] 汤森在1720年以后曾出版过单行本莎剧,但截至1733年只出版了五部,分别是《哈姆雷特》、《凯撒》、《亨利四世(上)》、《亨利四世(下)》和《温莎的风流娘们》。

一本会损失两便士以上。[1]而汤森大部分莎剧单行本印刷数量多达一万册，可想而知这位书商抢占莎剧出版市场的决心。汤森叔侄是精明的商人，他们明白维持一个垄断市场比短期的资金损失要重要得多。而事实也证明汤森这样做是有效的，沃克虽然成功出版了莎士比亚的全部戏剧作品，但由于没有足够的资金能够像汤森一样大规模印刷，其印刷数量大概只有汤森的五分之一到四分之一。而且由于汤森的倾销行为，沃克之前的价格优势也不复存在，从市场表现上看汤森的单行本无疑大获全胜。由于汤森的定价过低，沃克的版本在实际销售中应该也卖不到四便士一本，因此几乎不可能从中盈利。单纯从商业上看，这无疑是一场两败俱伤的恶性竞争。

然而这样恶性竞争的结果却是大量便宜的莎剧单行本充斥了当时的图书市场。以汤森的售价购买莎士比亚剧本，只用花不到四先令便可以凑齐一套完整的莎士比亚戏剧集，而且这个价钱还包括第三对开本中出现的那几部伪作。如果对比罗版三十先令和蒲柏版六英镑六先令的天价[2]，就知道莎士比亚的文本此时有多便宜了。对于莎士比亚名望的传播而言，汤森和沃克之间的这场价格大战可谓影响深远，因为它极大地扩大了莎士比亚在普通读者中的影响。由于这场价格战，到了1735年，市场上已经有大量莎剧单行本，而且几乎每部莎剧的印刷量都在一万册以上，这其中

---

[1] 参见 Don-John Dugas, *Marketing the Bard: Shakespeare in Performance and Print, 1660–1740*, Columbia: University of Missouri Press, 2006, p.221。
[2] 蒲柏版为四开本，采用订购模式，针对上层人士，因此非常昂贵。

还包括三分之一从来没有以单行本形式出版过的莎剧，其他许多莎剧也是自从莎士比亚时代的四开本之后就再也没有单独出版过。而这场价格战之后，不仅所有的莎剧都有单行本问世，而且价格非常便宜，普通读者也完全负担得起。这应该也是有史以来书籍形式的莎剧第一次能够被大众所轻易获得。更重要的是，在莎士比亚改编剧依然在伦敦舞台大行其道的时代，大量单行本的问世能够让更多人通过阅读的方式来了解莎士比亚原文，一睹莎剧的本来面目，这无疑是莎士比亚接受史上的一大进步。而这一进步反过来很可能也促进了莎士比亚作品在剧场中的进一步繁荣，因为"莎士比亚夫人俱乐部"的活动恰恰就在莎剧单行本价格战发生后不久，两者之间很可能就有某种因果联系。[①] 正如一位学者所指出的："突然间，不仅所有的莎剧都能够被买得起，而且所有人都能轻易接触到莎士比亚的原始文本：大家不用再通过戴夫南特、德莱顿或泰特的过滤器来了解莎士比亚。莎士比亚在18世纪的突然崛起很难用某种单一因素来解释，但便宜且半正宗的所有莎剧剧本突然间变得唾手可得，这一定是让莎士比亚变得更有名的关键因素之一。"[②]

在整个18世纪，在莎剧出版的普及性上能与单行本价

[①] 多位学者指出过两者之间的关联，参见 Giles E. Dawson, "Robert Walker's Edition of Shakespeare", in *Studies in the English Renaissance Drama*, ed. by Josephine W. Bennett, Oscar Cargill and Vernon Hall Jr., London: Peter Owen, 1959, pp.63–67, 以及 Don-John Dugas, *Marketing the Bard: Shakespeare in Performance and Print, 1660–1740*, Columbia: University of Missouri Press, 2006, pp.232–233。

[②] Robert D. Hume, "Before the Bard: 'Shakespeare' in Early Eighteenth-Century London", in *ELH*, Vol. 64, No. 1 (Spring, 1997), p.54.

格战相提并论的事件,恐怕只有1774年的上议院关于莎士比亚和弥尔顿等作家版权问题的裁决了。这一年之后,由于国会裁定莎士比亚的作品不再受到版权保护,各种莎剧版本的出版明显更加繁荣。1725年至1774年的五十年间,英国一共出版了三十一部各式各样的莎士比亚文集,而1775年至1824年的五十年里,这个数量翻了一倍,达到了六十二部,其中更是包括1790年埃德蒙·马隆编辑的十卷八开本莎士比亚文集这样的里程碑式成果。进入19世纪之后,各种形式的莎士比亚文集都开始出现,有家庭版莎士比亚,也有学校版莎士比亚。通过出版行业的繁荣,莎士比亚在18世纪下半叶已经完全进入了大众的认知。

总之,作为17世纪初已经作古的作家,莎士比亚的版权在18世纪本不应再被保护,但由于此时莎士比亚名望的逐渐增加,以汤森为代表的出版商开始争夺莎剧的版权。这间接促进了莎剧出版的繁荣,也进一步增加了莎士比亚的名望,对莎士比亚成为英国民族诗人起到了推波助澜的作用。当书籍成为商品,需求量大增,大规模印刷书籍甚至造成了书籍的泛滥,戏剧也从舞台体验开始转向阅读体验时,莎士比亚这样的剧作家也开始与古代作家一起被视为书籍文化的一部分,这种观念无疑有助于莎士比亚经典地位的形成。而到了18世纪下半叶,当莎士比亚的经典地位在英国已完全确立,版权已经开始成为莎剧出版的障碍时,英国上议院及时解除了莎剧的版权保护,这无疑是进一步促进莎剧出版繁荣的明智行为。

二、莎士比亚在斯特拉特福

莎士比亚于1597年其戏剧职业生涯最多产的时候便开始为自己的退休生活做打算了。这一年他决定回乡置业，于是在斯特拉特福镇买了一栋有上百年历史的大房子，取名为"新居"（New Place）。此房至少在15世纪末便已建成，是当时亨利七世的朝臣休·克劳普顿爵士（Sir Hugh Clopton，1440—1496）在家乡为自己建的私宅。大概在1608年以后，莎士比亚便开始长期生活在自己的"新居"里，直到1616年4月23日在这里与世长辞。时人应该不会意识到，这个他们眼中的普通乡绅的离世会在未来数百年间给这座小镇带来什么样的变化。但是从17世纪末开始，随着其身后名的不断提升，莎士比亚的名人效应已开始逐步显现。作为这位名人的故乡，小镇斯特拉特福开始有越来越多的变化与莎士比亚有关；而作为名人故居，"新居"也越来越受人关注，并有了自己的故事。

莎士比亚在斯特拉特福有两处住宅，一个是他出生的老宅，另一个就是他后来购买的"新居"，莎士比亚晚年曾长期在"新居"居住。在"新居"的院子里有一棵桑树，据说是莎士比亚在1609年亲手所栽。因为詹姆斯一世继位后不久曾提倡过养蚕，并大量进口过桑树苗，一时间英国乡绅阶层种植桑树蔚然成风。而彼时正是莎士比亚搬入"新居"后不久，所以这个莎士比亚种桑树的说法有可能是真的。莎士比亚去世之前在遗嘱中将"新居"留给了大女儿苏珊娜，苏珊娜又将房子传给了女儿伊丽莎白·霍尔

（Elizabeth Hall，1608—1670），莎士比亚的这位外孙女也是诗人的最后一位后人。"新居"在伊丽莎白去世后曾回到过克劳普顿家族的手中。与15世纪那位爵士同名的他的后人，另一位休·克劳普顿爵士买下了莎士比亚的"新居"。此人作为当地的望族后代，曾有意识地保护了这座莎士比亚最后生活过的故居。但不幸的是，大概在1751年，克劳普顿去世并欠下一笔债务，一位叫作弗朗西斯·加斯特雷（Reverend Francis Gastrell，生卒年不详）的富有的退休牧师从他的后人手里买下了"新居"，成了它的新主人。

加斯特雷不是斯特拉特福镇本地人，他买下"新居"只是为了想有一个安静的乡野别墅，以便时不时来休闲度假。但是事与愿违，此时已是18世纪中叶，慕名来莎士比亚故乡看他故居的人已经越来越多。游客不断从四面八方赶来瞻仰莎士比亚的房子、庭院以及院中那棵著名的桑树。"新居"的新主人加斯特雷不堪骚扰，他先是在1756年给庭院加装了护栏，但此举依然阻挡不了时不时翻越护栏的热情游客，这些人为的只是到庭院里折取几条桑树枝作为纪念品。对此忍无可忍的加斯特雷便索性将庭院中的桑树砍倒了事。此举当时便遭到了斯特拉特福镇居民的批评，并引起了镇议会的正式抗议，但加斯特雷毫不理会，认为这是他自己的私人权利。镇议会为了惩罚加斯特雷的破坏行为决定以他不常在本镇居住为由向其征收一笔数额为四十先令的济贫税，但是这更加剧了加斯特雷与镇议会和小镇居民之间的矛盾。在与镇议会争执不下的情况下，加斯特雷不但拒不缴税，甚至一怒之下命令自己的仆人将"新居"直接夷为平地，然后连夜逃出了斯特拉特福。于是，莎士比亚留给斯特拉特福最重要的历史遗迹就这样在世人刚刚意识到它的重要性时便被毁于一旦。①

但这个故事并没有结束。在莎士比亚"新居"庭院中的那棵桑树被加斯特雷砍倒的时候，一位叫作托马斯·夏普（Thomas Sharpe，生卒年不详）的钟表匠敏锐地察觉到了商机，于是从加斯特雷手中将此树以做木料的名义买来，并开始加工成工艺品和纪念品出售给慕名而来的游客们。这些纪念品包括茶罐、高脚杯、汤勺、鼻烟盒等小物件。夏普的这项生意做得风生水起，就连加里克后来在莎士比亚庆典上佩戴的莎士比亚头像胸章据说也是由这块桑木做成的。夏普号称他出售的所有工艺纪念品都是用莎士比亚庭院中诗人亲手栽种的桑木制成，但这显然是不可能的，因为夏普的桑木纪念品生意一直做了四十年，直到他去世。而且夏普的行为也被其他本地居民所模仿，直到19世纪，斯特拉特福镇还经常能见到有人贩卖号称由"新居"庭院的那棵桑树所制成的工艺品。

就在越来越多的游客开始慕名到莎士比亚故乡寻访他的故居时，伦敦的著名演员加里克在1747年开始担任特鲁里街剧院经理，并在这个职位上一直做到1776年。作为当时莎士比亚最著名的崇拜者，在将近三十年的职业生涯中，加里克对莎士比亚名望的确立贡献极大。经过多年的策划，

---

① 有一种说法认为"新居"的上一位主人休·克劳普顿爵士在18世纪初曾经完全重建过这栋房子，或者至少按照当时流行的样式重建过建筑的外立面，"新居"早已不是莎士比亚时代的面貌，因此加斯特雷的破坏行为造成的损失也许并没有之前认为的那么大。参见 S. Schoenbaum, *Shakespeare's Lives*, Oxford: Clarendon Press, 1970, p.109。

到了1769年，斯特拉特福镇发生了一件大事，那就是由加里克出资举办的莎士比亚庆典。加里克作为当时戏剧界最著名的演员和最重要的剧院经理，以狂热地崇拜莎士比亚闻名于世。他不但在舞台上完美地诠释了莎剧中的人物，在生活中也毫不掩饰自己对莎士比亚的热爱。如前文所述，加里克甚至在自己的房子旁边为莎士比亚建造了一个小型的神庙，专门用来满足自己对莎士比亚的崇拜。

莎士比亚庆典是莎士比亚文化史上的一个重要事件，它极大地扩大了莎士比亚的影响力，而且真正将莎士比亚变成了一个文化符号，并将其带入资本主义文化产业。但某种意义上它不仅是加里克个人意愿的体现，也是莎士比亚名望不断积累的必然结果，因为当时的斯特拉特福镇也开始出现纪念莎士比亚的呼声，这与加里克在伦敦对莎士比亚的崇拜不谋而合，两者只需要一个机会便可一拍即合。这个机会在1768年终于来了，这一年莎士比亚故乡斯特拉特福镇重新建造了市政厅（Town Hall，后来被改称为Shakespeare Hall）。新的市政厅北面山墙上有一个地方空着，于是镇里有人提议应该放一个莎士比亚像。加里克的朋友，一位叫乔治·斯蒂文斯（George Alexander Steevens，1710—1780）的演员向镇政府建议让当时声名卓著且异常富有的加里克来帮助出资建造此像[1]——还有一种说法认为是一个叫弗兰西斯·维勒（Francis Wheler，

---

[1] 参见 Isabel Mann, "The Garrick Jubilee at Stratford-Upon-Avon", in *Shakespeare Quarterly*, Vol. 1, No. 3 (Jul., 1950), p.129. 有的文献在提到这个演员斯蒂文斯时与当时著名的莎剧编辑乔治·斯蒂文斯混为一谈，实际上应为两人。

生卒年不详)的人做出此项提议并辗转联系上了加里克。[①]斯特拉特福市政当局同意了这个建议,并让联系人转告加里克,在莎士比亚像的旁边还可以放上加里克自己的画像,而这个莎士比亚像既可以是全身像,也可以是半身像。

消息传到加里克那里,他认为这是一个向世人宣传莎士比亚的绝佳机会,而且能把自己的画像放在莎士比亚的旁边对他来说也是一种巨大的荣耀。经过再三考虑,虚荣且富有的加里克已不满足于仅仅为他崇拜的诗人竖立一座雕像,他提议干脆组织一场庆典来纪念莎士比亚。1769年5月3日(一说5月8日),斯特拉特福市政当局的代表在伦敦拜访了加里克,并呈上一个装有此镇特许权(Freedom)的桑木盒子(盒子所用的木料据说还是出自那棵被加斯特雷砍倒的、莎士比亚在1609年亲手栽种的桑树)。加里克欣然接受了这项荣誉和任务。于是,在当年伦敦剧院演出季结束的最后一场演出上,加里克以谢幕诗的方式第一次向外界预告了这次庆典。

很快,加里克和自己的兄弟乔治·加里克便一起到斯特拉特福筹备这场盛大的庆典。他们面对的最重要的任务是在埃文河畔建造一个能容纳一千名观众和一百名乐队演员的圆形剧场(rotunda),这个剧场将为庆典提供欢宴和演出场所。剧场的建造还比较顺利,但庆典的其他准备工作从一开始就很不顺利。困难是多方面的,庆典得到了小镇和附近的绅士阶层的支持,但大部分普通民众却持反对

[①] 参见 Christian Deelman, *The Great Shakespeare Jubilee*, London: Micheal Joseph, 1964, p.11。

态度，因为他们害怕伦敦的小偷和罪犯们会来破坏小镇的安宁；甚至在庆典的前两周，加里克花费巨资从特鲁里街剧院专门运来的吊灯由于不慎被全部摔碎。不过，最大的麻烦还是来自舆论，比如上文提到的那位叫作塞缪尔·福特的演员出于对加里克的嫉妒，不仅对庆典冷嘲热讽，甚至还创作了一部戏剧作品专门讽刺加里克；一些报纸也并不看好这次庆典，连续发文质疑加里克的做法。这些社会舆论给加里克带来了不小的压力，但同时也让他更加坚定决心要办好这次庆典。

1769年9月6日到8日，历史上第一个莎士比亚庆典在加里克的全程导演下如期举行。9月6日是星期三，虽然黎明时的天气还不错，但随后天空变得阴沉起来，这也预示了后面两天的大雨。不过，第一天的庆典丝毫没有受到天气的影响，所有的程序基本都在按照计划进行。早上5点，三十门礼炮齐鸣宣布了庆典的开始。早上8点，新建成的市政厅举行仪式，衣着华丽的加里克接受了市长和市政委员会所授予的权杖和勋章（两者都由传说中的莎士比亚所种下的桑木制成）。这之后是盛大的宴会活动——一个有乐队伴奏的公共早餐。早餐之后，一小部分人到教堂观看了由当时的著名作曲家托马斯·阿恩（Thomas Arne，1710—1778）创作并亲自指挥的宗教清唱剧《友弟德》（*Oratorio of Judith*），虽然这个故事有点不合时宜，但"音乐却保持了极高的水准"[①]。其他的大部分人则拥向埃文河

---

① Martha England, *Garrick's Jubilee*, Ohio: Ohio State University Press, 1964, p.192.

畔的圆形剧场，参加下午3点在那里举行的超过七百人用餐的欢宴。这场宴会之后是长时间的狂欢和舞会活动，舞会一直持续到第二天凌晨，其间在场外进行的焰火表演也满足了不能入场的当地普通民众对庆典的期待。

第二天是9月7日，清晨下起了毛毛雨，随即雨势开始变大。按原计划，庆典的游行队伍会经过莎士比亚诞生地，向这位文豪致敬后再到圆形剧场参加加里克的颂歌表演，然后再回到市政厅，为莎士比亚全身像揭幕并加冕桂冠。这是白天一整天的活动，到了晚上则会在圆形剧场里举办盛大的化装舞会。但是因为天降大雨，最后大家决定将大部分户外活动取消，只在圆形剧场里面进行颂歌表演，结束之后在原地举行盛大的化装舞会。

加里克的颂歌表演是整个庆典活动的一个高潮，也是他展现自己演员才华的一个绝佳机会，为此他专门创作了一首长诗，其全名为《在埃文河畔的斯特拉特福献给一栋建筑和竖立一座莎士比亚像的颂歌》(*Ode upon Dedicating a Building and Erecting a Statue to Shakespeare at Stratford upon Avon*，以下简称《颂歌》)。加里克声情并茂的朗读伴随着托马斯·阿恩专门为其创作的《静静流淌的埃文河》(*Soft Flowing Avon*) 以及剧团演员的合唱，这场颂歌表演获得了非常理想的效果，堪称整个庆典中最成功的活动。有超过两千人现场观看了加里克的颂歌表演，这让设计上只能容纳一千人的临时圆形剧场显得十分拥挤。加里克的颂歌表演完之后，莎士比亚的全身像被抬到舞台中央接受大家的瞻仰。此时的加里克春风得意、斗志昂扬，他在莎士比亚像前又做起了长篇的致辞和演讲，甚至还当场向那些贬低过他

《加里克在莎士比亚庆典上吟唱颂歌》

原画作者：罗伯特·潘恩（Robert Edge Pine，1730—1788）
版画作者：卡洛琳·沃特森（Caroline Watson，1760—1814）

或质疑过莎士比亚的人发出挑战,并现场为莎士比亚进行了辩护。正是在这次庆典上所表演的《颂歌》中,加里克说出了那句著名的话:"是他!是他!我们所崇拜的神!"①

不过,颂歌表演之后,庆典的盛况便开始急转直下,直到被典型的英国坏天气破坏得一塌糊涂。当天傍晚是一场盛大的公共晚餐,据记载上千人在这场晚餐中分食了一只巨大的海龟,但此时由于连续一天的大雨,埃文河河水大涨,河畔已经被淹。坐落在河畔,已经挤满了人的圆形剧场内部也开始进水,原计划的焰火表演被迫取消。到了晚上11点化装舞会开始的时候,剧场外面的雨水已经有两英尺深,人们只能通过临时搭起来的木板进出剧场。大雨对剧场本身也造成了一定程度的破坏,到了凌晨4点舞会结束时,外面已经洪水泛滥,有的人走不出去,只能在剧场里面等待黎明。

第三天是9月8日,在原计划中这一天最重要的活动是盛装巡游,巡游中加里克剧团里的各位伦敦戏剧名角会使用从特鲁里街剧院带来的服装和道具,装扮成各种莎士比亚戏剧中的人物进行游行。但由于天降大雨,坚持巡游显然会损坏那些价值不菲的服装和道具,所以这项计划只能搁浅。不过,尽管赛道上泥泞不堪,但是原计划中的"庆典杯"赛马比赛还是如期举行了。这场比赛吸引了一部

---

① Brian Vickers ed., *William Shakespeare: The Critical Heritage, Vol. 5, 1765–1774*, London: Routledge, 1979, p.345. 加里克这句名言某种程度上化用自《罗密欧与朱丽叶》中著名的阳台场景,当时罗密欧为证明自己的爱情,要起誓诅咒自己,朱丽叶说道:"不用起誓吧;或者要是你愿意的话,就凭你优美的自身起誓,那是我所崇拜的神(the god of my idolatry)。"

分本打算离开的人，但大部分人都在这天上午选择了离开，导致斯特拉特福镇外泥泞的道路上拥挤不堪。下午的时候雨终于停了，中断了一天的焰火表演也终于可以进行了，但是据说只有少数几个焰火能够成功发射。这时圆形剧场里面的水已经达到一英尺深，无法进行任何活动，于是第三场舞会被迫转移到了市政厅。这时剩下的宾客已经不多，舞会的参加者基本都是上流人士。这个舞会持续到凌晨4点，它的结束也标志着整个莎士比亚庆典在斯特拉特福镇的谢幕。

但作为18世纪下半叶的一场重要文化事件，庆典带来的传播效应远未结束。加里克不愧是一位天才的演员和生意场上的高手。在斯特拉特福庆典之后，不仅庆典上所表演的《颂歌》很快便出版，连庆典期间所表演和演唱的各种歌曲也被加里克收入一本名为《莎士比亚的花冠》（*Shakespeare's Garland*）的小册子出版。作为加里克在庆典上最得意的作品，在当年9月伦敦的戏剧季一开始，加里克就将庆典上的颂歌表演原封不动地搬回到了自己在伦敦的舞台上。在此后的几个月里，他在不同的场合最少七次重新表演了他的《颂歌》，其中甚至有一次是表演给当时的国王乔治三世和王后看。

正如加里克所希望的，伦敦文化界对这场莎士比亚庆典的关注程度非常高，关于庆典的各种评论不断见于报端，其中有人支持赞美，也有人冷嘲热讽，不过许多论者都对加里克表演的《颂歌》称赞有加。伦敦的戏剧界甚至出现一些以庆典为题材的戏剧作品，这些作品包括《莎士比亚庆典：一个假面剧》（*Shakespeare's Jubilee: A Masque*）、

《斯特拉特福庆典》(*The Stratford Jubilee*)、《加里克的异想天开》(*Garrick's Vagary*)等,其中第一部的作者为剧作家乔治·萨维尔·凯里(George Saville Carey,1743—1807),后两部则是匿名作品,主题都是对这场庆典的揶揄和讽刺。①

不过,所有这些剧作中,只有乔治·考曼的一部喜剧真正刺激了加里克。作为特鲁里街剧院的死对头科芬园剧院的经理,考曼不仅将自己的一部名为《男人和妻子》(*Man and Wife*)的三幕婚姻喜剧的背景改到了斯特拉特福的一座酒馆中,时间则改为加里克的庆典期间,而且还在此剧的尾声里模仿了斯特拉特福圆形剧场中的化装舞会,更令加里克不能忍受的是,这部剧上演后很成功,而且考曼还在此剧的第一幕与第二幕之间加入了加里克在庆典上没能表演的"莎剧人物盛装巡游",可谓充分利用了庆典的轰动效应。自认为是当时戏剧界领袖的加里克自然不会拱手将自己亲手创造出来的题材留给考曼这样有可能威胁到他领袖地位的同行,所以他必须进一步利用庆典做文章,并且坚决捍卫自己"莎士比亚代言人"的地位。于是,在得知了考曼的演出内容之后,经过不到两天的紧张创作,两幕剧《庆典》(*The Jubilee*)便问世了。这部剧作在1769年10月14日被搬上舞台,剧中终于出现了加里克版本的莎士比亚戏剧人物盛装巡游。有十九部莎剧中的核心人物相继登场,并演出了剧中著名场景的片段,最后阿波罗与

---

① 参见 Vanessa Cunningham, *Shakespeare and Garrick*, Cambridge: Cambridge University Press, 2008, pp.112–113。

缪斯女神也一起登场,场面宏大且热闹非凡,具有很高的观赏性。加里克与三百余名演员一起参与了这场演出,他扮演的是《无事生非》中的培尼狄克。加里克对这部充满喜剧色彩的新"庆典"寄予厚望,而这部戏也确实没有辜负他的一片苦心。《庆典》连续演出了九十场以上,成为加里克职业生涯中最成功的剧作之一。[①] 当然,这部戏剧作品的成功也在一定程度上补偿了加里克在斯特拉特福所投入的巨额财富——据说他为庆典损失了两千多英镑。

作为莎士比亚二百周年诞辰的纪念活动,1769年的庆典本应被安排在五年前的1764年,但当时的加里克正在欧洲大陆度假,无暇顾及英国本土的事务;作为全国性的纪念活动,庆典本应被放在繁华的伦敦,却被安排在莎士比亚的故乡,一个在当时还名不见经传的小镇斯特拉特福。但是不管多么不合时宜,也不管恶劣的天气如何将其变成一场灾难,历史上第一个莎士比亚庆典终于因为加里克的"异想天开"和不懈努力而成为现实。这场关注度极高的庆典由于加里克的名人效应在当时掀起了一场崇拜莎士比亚的运动,如何纪念莎士比亚开始变成公共讨论的话题。庆典之后,有一个名叫保罗·海福南(Paul Hiffernan,1719—1777)的爱尔兰诗人和剧作家写了一本名为《戏剧天才》(*Dramatic Genius*, 1770)的书,他在书中提议应该仿照古希腊神殿为莎士比亚也建造一座神殿,甚至还为这座自己想象中的神殿写了拉丁文和英文的纪念铭文。可见

---

① 参见 Vanessa Cunningham, *Shakespeare and Garrick*, Cambridge: Cambridge University Press, 2008, pp.113–114.

在此时的英国，单纯语言的赞美已经不能满足一些人对莎士比亚的敬仰之情，越来越多的人想通过实际行动表达对莎翁的崇拜。

最后值得一提的是，1770年斯特拉特福镇请求加里克再为他们举办一次莎士比亚庆典，但加里克拒绝了这个提议，斯特拉特福镇只好在同样的日期自己举办了小规模的莎士比亚庆典。虽然之后的莎士比亚庆典没有了加里克的参与，缺少了他所带来的名人效应，但斯特拉特福还是把加里克所开创的庆典模式变成了一个节庆传统，在1769年庆典之后的六十年里，他们每年都会举办一次莎士比亚庆典。虽然没有取得第一次那样的影响力，但正如加里克通过莎士比亚庆典巩固了自己"莎士比亚代言人"的地位，斯特拉特福镇也通过这一系列的庆典活动，以及加里克所开创的引入外地游客的模式，逐渐成为一个文学朝圣者们必去的"圣地"，为以后获得巨大成功的斯特拉特福旅游业奠定了基础。

1769年莎士比亚庆典的重要意义更体现在文化史方面。前文提到，正是在这一年，蒙塔古夫人出版了那本著名的《论莎士比亚的写作与天才》，将为莎士比亚辩护的声音推向高潮，而加里克在这一年举行的莎士比亚庆典更是让人们对莎剧背后的那个作为作者的莎士比亚本人产生了更浓厚的兴趣。在17世纪，尽管人们在剧院看莎士比亚的戏剧，有人在赞美他也有人在贬低他，但其实大家对莎士比亚的评价都集中在他的作品，很少有人对作品背后的作者感兴趣。在斯特拉特福镇，许多莎士比亚的亲友以及认识莎士比亚的人一直活到复辟时代，但遗憾的是，整个17

世纪人们都没有意识到诗人生平的重要性。到了 1709 年，当罗所写的莎士比亚传记首次将莎士比亚的生平故事带入人们的视野时，遗忘早已蔓延，很多事情已经真假难辨、难以考证，为后世的莎学家平添了巨大的麻烦和困扰。但无论如何，18 世纪开始出现的这种对作者本人的兴趣无疑反映了一种新的作者观念正在形成。人们开始意识到，作者的生平与他的作品之间有很大的关联，要了解和评价一个人的作品，最好先了解他的生平。加里克的斯特拉特福庆典之后，许多英国媒体在报道庆典的同时，都会附上罗的那篇莎士比亚传记，这就让读者对作者本人乃至作者的故乡产生了兴趣。这种对作品背后的人的兴趣在 18 世纪也为莎士比亚的故乡带来了很大的变化，人们开始到斯特拉特福寻访莎士比亚的逸事，想象着诗人的过往，搜寻纪念品来凭吊诗人。而 1769 年的庆典既是这个逐渐积累的认知过程的一个高潮，又开启了一种新的到名人故乡寻访凭吊名人的文化与商业行为。

莎士比亚的地位如何在 18 世纪一步一步地不断获得提升，并最终成为整个英国的民族诗人，这是一个非常复杂的问题。它涉及社会各界的互动和渗透，比如剧作家和演员对莎剧的改编和演出、学者们对莎剧的编辑校勘工作以及批评家们对莎剧文本的分析和解读，甚至一些中产阶级社会团体也在其中发挥了重要的作用。同时这也是一个非常复杂的文化生产过程，但是有一点可以肯定，那就是莎士比亚之所以在 19 世纪能够获得如此崇高的地位，是因为当时的文学艺术界已经将他当作偶像来崇拜了，而这种偶像崇拜如果究其源头，应该就是加里克在 1769 年所举办的莎士比亚庆典。因此，1769年的莎士比亚庆典在某种程度上标志着"莎翁崇拜"在英国本土的确立。

加里克的庆典甚至在整个欧洲范围内产生了影响。由于加里克在法国也有一些名气，法国媒体对1769年的庆典进行了大量报道，而这些报道又进一步影响了欧洲其他国家，甚至间接推动了欧洲浪漫主义运动的发展。庆典之后，斯特拉特福镇作为莎士比亚的故乡更是广为人知，迅速奠定了在日渐繁荣的莎士比亚文化产业中的核心地位，前往斯特拉特福镇瞻仰缅怀这位伟大诗人的游客越来越多，甚至一些外国游客也开始慕名而来。1790年，波兰大贵族伊莎贝拉·恰尔托雷斯卡王妃（Princess Izabela Czartoryska，1746—1835）慕名来到斯特拉特福缅怀莎士比亚，因为此前她通过法文译本读到了这位大作家的作品，读得如痴如醉，甚至为了阅读莎士比亚又专门学习了英语。在去斯特拉特福之前，伊莎贝拉王妃已经在伦敦观看了莎拉·西登斯的莎剧演出，参观了博伊戴尔（John Boydell，1719—1804）的莎士比亚画廊①，并订购了画廊还未出版的画册。这一年6月，伊莎贝拉王妃到达斯特拉特福，开始寻访与莎士比亚有关的一切文物。在莎士比亚故居，王妃看上了一把椅子，她认为这一定是莎士比亚坐过的文物，经过讨价还价，王妃最终花了二十几尼把椅子带回了波兰。回到波兰后，伊莎贝拉王妃举办了一场莎士比亚展，把她从英国带回的莎士比亚文集、椅子以及各种与

---

① 参见本章第五节。

莎士比亚有关的物件进行了展览。1796年，喜爱收集文物的伊莎贝拉一手创建了以丈夫的家族姓氏命名的恰尔托雷斯基博物馆，莎士比亚故居的这把椅子也成为博物馆最早的文物之一，而这座博物馆也成为欧洲历史上最悠久的博物馆之一。

就在游客开始络绎不绝地前往斯特拉特福的同时，镇上也开始出现最早的导游。一位叫作约翰·乔丹（John Jordan，1746—1809）的斯特拉特福镇青年本是个造车匠，但他天生热爱文学，靠自学成才成为诗人。此人非常崇拜为自己故乡带来荣耀的大诗人莎士比亚，在创作诗歌的同时也开始大量收集关于莎士比亚及其家族的逸事，研究莎士比亚的生平经历，尤其是诗人在斯特拉特福镇留下的生活轨迹。作为诗人，乔丹写的第一首诗便是献给加里克的，因为加里克为他的家乡吸引了世人的目光，也提升了莎士比亚的声望。乔丹甚至还写了两本关于莎士比亚生平考证的书，但是因为质量不佳、错误百出一直未能出版。在自发研究莎士比亚生平的同时，经济状况一直不佳的乔丹以接待慕名到访的游客，为其介绍莎士比亚的逸事并带其参观有关景点来补贴家用。1793年春天，乔丹热情地接待了到访斯特拉特福镇的莎学家马隆，马隆与乔丹进行了深入的交流，并在此后和乔丹保持了长期的通信联系。乔丹为世人留下了包括未出版的两本专著在内的大量研究莎士比亚生平经历的手稿，并在去世前将这些手稿悉数交给了马隆。不过在乔丹的研究中，业余爱好者的热情远远大于专业学者的学术素养，以至于马隆不得不对其中的许多说法进行辨别和勘误。

但无论如何,乔丹留下的资料还是有一定价值的,一些关于莎士比亚的逸事也因此得以流传。

同样在1793年,接待过马隆短短几个月以后,乔丹还接待了两位专程到斯特拉特福镇缅怀莎士比亚的游客,他们就是后来名声大噪的爱尔兰德父子。这两位并不是像马隆一样是有分辨是非能力的学者,因此对乔丹和镇上其他人所说的一切都深信不疑。于是,这对父子的这次旅行成了莎士比亚文化史上一场著名闹剧的开端。

三、伪书、报刊与小说

18世纪下半叶,英国文坛伪书事件频发,成为一种文化现象,先后有苏格兰诗人詹姆斯·麦克菲生(James Macpherson,1736—1796)伪造《莪相诗集》(*The Poems of Ossian*)和天才诗歌少年托马斯·查特顿(Thomas Chatterton,1752—1770)伪造罗利(Thomas Rowley)诗篇的事件发生,而且这两件事影响都很深远,与18世纪末兴起的浪漫主义运动之间有千丝万缕的联系。而另一方面,随着文化界对作为作者的莎士比亚的兴趣的不断增加,莎士比亚成为文物爱好者和古董商人们青睐的对象,与莎士比亚有关的文物价值大涨。但是,莎士比亚留下的生平资料过少,与其有关的文物自然也不多,这种市场供求的严重不平衡也成为一些伪造事件背后的真正原因。① 然而令人感到不可思议的是，18世纪最著名的莎士比亚伪造事件却是出自一位十八岁的男孩之手。

1793年，一位名叫塞缪尔·爱尔兰德（Samuel Ireland，1744—1800）的版画家带着当时只有十八岁的儿子威廉-亨利·爱尔兰德（William-Henry Ireland，1775—1835）来到斯特拉特福镇写生怀古。② 塞缪尔同时是一名古董爱好者和戏剧迷，狂热地崇拜着莎士比亚，而且与当时的剧作家谢里丹私交甚好。塞缪尔这次是专程带着儿子到莎士比亚的故乡朝圣，并准备画一组有关埃文河河畔风光的作品。父子两人在斯特拉特福游览了所有与莎士比亚有关的景点，并如饥似渴地打听着关于莎士比亚的奇闻逸事，同时还希望能收集一些关于莎士比亚的文物，尤其是书籍和签名手稿。

当爱尔兰德父子在乔丹的陪同下拜访莎士比亚的"新

---

① 莎士比亚曾在1613年与弗莱彻合作创作喜剧《卡迪纽》（*Cardenio*），其故事来源于塞万提斯的《堂吉诃德》第一部，但原剧已失传。1727年，莎剧编辑刘易斯·西奥博德声称自己获得了《卡迪纽》的原始文本，然后在此基础上创作了改编剧《一错再错》（*Double Falsehood*）。大部分学者认为此剧是一场伪书骗局，但也有人认为西奥博德真是根据《卡迪纽》原剧进行的改编。2010年，阿登版《莎士比亚文集》正式收录了《一错再错》，但此举引起了广泛的争议。此外，18世纪的莎士比亚伪造事件也不止西奥博德和爱尔兰德两起，而且某种程度上，约翰·乔丹对莎士比亚生平事件的杜撰也是一种伪造，上文注释中提到马隆揭露的麦克林伪造小册子也是一例。关于莎士比亚伪造事件可参见 E. K. Chambers, *William Shakespeare: A Study of Facts and Problems, Vol. 2*, Oxford University Press, 1930, pp.377–383。
② 一说威廉-亨利当时只有十七岁，不过据舍恩鲍姆考证，威廉-亨利自称出生于1777年，按说时年只有十六岁，但他实际上出生于1775年，当时应为十八岁，参见 S. Schoenbaum, *Shakespeare's Lives*, Oxford: Clarendon Press, 1970, p.190。

居"遗址时，塞缪尔听说莎士比亚的藏书和手稿在"新居"被毁时被人转移到了斯特拉特福镇郊外克劳普顿家族的一栋住宅中。于是他们急急忙忙赶到此处，却发现这栋房屋已经有些破败，屋内阴暗无光，而主人已经变成一位名叫威廉的没有文化的富农，此时塞缪尔便有了不好的预感。当问到此人屋内是否藏有古老的手稿和书籍时，屋主人威廉答到，半个月之前为了清理一间小屋来养山鹑，刚刚在炉子里烧毁了一批没用的信件和文献，信上面好像有好多莎士比亚的名字，但现在已经什么都不剩了。塞缪尔听到这个消息之后顿足捶胸，认定自己与莎士比亚的手稿失之交臂，只差一点就能得到一生中最重要的收藏。①

这一切都被塞缪尔的儿子威廉-亨利看在眼里。小威廉从小便目睹了父亲对莎士比亚的崇敬之情，在这次旅行中又听到父亲一再感叹道，如果能得到莎士比亚的哪怕一页手稿就好了，对他来说那简直是无价之宝。于是这个十八岁的男孩产生了一个大胆的想法，那就是伪造莎士比亚的手稿以取悦自己的父亲，弥补他的遗憾。刚开始，爱尔兰德的伪造行为很谨慎，他只是伪造了几本带莎士比亚签名和笔记的藏书，并对父亲声称是从一位不愿透露身份的贵族朋友 H 先生那里得到的。塞缪尔·爱尔兰德得到这些签名后非常高兴，不仅丝毫没有怀疑儿子的谎言，还催

---

① 对后世莎学家来说，问题在于这位叫作威廉的农夫是否真的烧掉了莎士比亚的手稿。威廉-亨利·爱尔兰德事后回忆说这个农夫看起来非常诚实，马隆从乔丹口中得知此事后也觉得非常遗憾，但另有斯特拉特福当地古董商记载，这位农夫后来承认自己只是与爱尔兰德父子开了个玩笑而已。参见 S. Schoenbaum, *Shakespeare's Lives*, Oxford: Clarendon Press, 1970, pp.192–193。

爱尔兰德伪造的莎士比亚签名

促威廉-亨利想方设法再从那位朋友那里去弄一些类似的文物来。爱尔兰德的初衷在于取悦自己喜欢收集古董的父亲，但这样一来却一发不可收拾，短时间内他又连续伪造了莎士比亚给妻子安妮·海瑟薇的情书、莎士比亚与贵族的通信、与莎士比亚有关的一些法律文件，等等。而塞缪尔不仅没有鉴别这些文件，还将它们拿给自己的朋友们看，一边到处炫耀自己的收藏，一边敦促自己的儿子搜寻新的藏品。在这种情况下，威廉-亨利也被成功的喜悦冲昏了头脑，开始打起了莎士比亚剧本手稿的主意，他陆续伪造了《李尔王》和《哈姆雷特》的手稿片段。此事一时间引起了伦敦文化界的轰动，许多人都对爱尔兰德父子的新发现感到欣喜若狂，很少有人怀疑其真假。而塞缪尔自己甚至认定了一个道理，即越多的文件被发现，就越有可能是真的。

荒唐的是，初步成功的爱尔兰德此时已不满足于伪造书信和手稿，还开始伪造莎士比亚的画像。有一天他看到有人在卖一幅双面画像，一面是一位穿17世纪服装的年轻人，另一面是一位老年人。爱尔兰德买下这幅画，在老年人的画像上加了一个天平和一把刀，在年轻人的脸上加上了胡须，将其改得有些像莎士比亚的样子，并在上面写上了莎士比亚的名字缩写"W.S."和几部莎剧的名字，暗示其画像与莎士比亚有一定的关系。于是，这幅画很快就被塞缪尔认定为当年挂在环球剧场的演员休息室中的画像，内容与《威尼斯商人》有关，年轻人正是莎士比亚亲自扮演的巴萨尼奥，而老年人则是夏洛克。到了1795年，已经胆大妄为的爱尔兰德甚至伪造了伊丽莎白女王写给莎士比亚的信，内容是邀请莎士比亚的剧团到宫廷演出。

塞缪尔十分得意于儿子的这些发现，将它们进行了整理，居然在1796年出版了一本书，名为《威廉·莎士比亚本人签名盖章的各种文件和法律文书》(*Miscellaneous Papers and Legal Instruments under the Hand and Seal of William Shakespeare*)。此书的出版将整个伪造事件推向高潮，而且书的扉页还附上了一幅所谓的莎士比亚自画像，这幅既业余又粗陋无比的画像自然也出自威廉-亨利之手。不仅如此，塞缪尔还为儿子发现的这批珍贵"文物"举办了展览，吸引了当时著名的传记作家詹姆斯·鲍斯韦尔（James Boswell，1740—1795）[①]和莎剧编辑、校勘专家乔治·斯蒂文斯等人前去观看。鲍斯韦尔在看到这些"文物"后十分激动，声称自己死而无憾。可惜的是（抑或对鲍斯韦尔来说反而是幸运），就在几个月后，在爱尔兰德的骗局被彻底揭穿之前，鲍斯韦尔便去世了。

在前期的造假获得成功之后，爱尔兰德开始变本加厉地继续自己的伪造事业，甚至开始伪造一部完整的"莎剧"——《伏提庚》(*Vortigern*)。更荒唐的是，由于塞缪尔·爱尔兰德与谢里丹等戏剧界人物保持着良好的关系，1796年4月2日，在父亲的帮助下，爱尔兰德伪造的莎剧《伏提庚》居然得以在伦敦的特鲁里街皇家剧院上演。这部剧的主人公伏提庚是英国古代传说中的国王，其基本情

[①] 詹姆斯·鲍斯韦尔是传记作家，以为约翰逊博士写传记闻名于世，前文提到的第三集注本的编辑詹姆斯·鲍斯韦尔是此人的儿子，两人同名。

节来自英国历史的记载。①爱尔兰德的这部伪剧大致情节如下:

不列颠国王君士坦提乌斯(Constantius)与军中大将伏提庚分享王权,但伏提庚得寸进尺,准备谋害国王。在经过犹豫与迟疑之后,伏提庚决定动手,于是派两位杀手行刺国王,随后将罪行栽赃给正在入侵不列颠的苏格兰人。英国贵族在不知情的情况下选伏提庚暂时担任护国公,等待闻讯从罗马赶回的国王的儿子奥列里乌斯(Aurelius)归国继位。与此同时,伏提庚的妻子艾德曼达(Edmunda)感觉到了伏提庚并不爱她,而两人的女儿弗拉维娅(Flavia)却早已与奥列里乌斯相爱,但伏提庚想让弗拉维娅嫁给其他人,导致弗拉维娅女扮男装与自己的哥哥一起躲入山林。奥列里乌斯在得知伏提庚是杀父真凶后在苏格兰起兵,但因爱着仇人的女儿而感到痛苦。此时伏提庚决定联合撒克逊人来对抗入侵的苏格兰人,并决定自立为王,公开与奥列里乌斯争夺王位。奥列里乌斯与弗拉维娅等人会合,而伏提庚则与撒克逊人会合。此后双方交战,兵力占优的伏提庚在首战中战胜了奥列里乌斯,然后在庆功宴上与撒克逊公主罗文娜(Rowena)一见钟情,

---

① 关于伏提庚的故事首次见于6世纪的僧侣和历史学家吉尔达斯(Gildas,约500—570)的记载,8世纪的历史学家比德(Bede,672—735)和9世纪的内尼厄斯(Nennius,生卒年不详)也都有提及。所有这些记载都比较简略,但都提到了伏提庚与撒克逊人联合对抗苏格兰人却导致撒克逊人入侵不列颠的故事。到了12世纪,编年史家蒙茅斯的杰弗里(Geoffrey of Monmouth,约1100—1155)的《不列颠诸王史》中开始对此事有更为详细的记载,其中提到了伏提庚爱上了撒克逊公主罗文娜的说法。在后来的流传过程中,伏提庚成为亚瑟王传奇系列故事中的人物。

并当即宣布让罗文娜成为他的新王后,但此举导致伏提庚的儿子们集体叛变,纷纷投入奥列里乌斯的阵营。结果在第二场战斗中,伏提庚一方惨败,罗文娜服毒自杀,伏提庚负隅顽抗直至被俘。奥列里乌斯本来准备处死伏提庚,但终因弗拉维娅的劝阻而作罢。全剧最后的结局是伏提庚被迫退位,奥列里乌斯登基成为新的国王。

不难看出,此剧中伏提庚谋杀国王篡位,最后众叛亲离,整体情节与莎剧《麦克白》十分相似,而其中许多具体情节则有其他莎剧的影子,因此更像是由许多部莎剧的情节拼凑而成的大杂烩。虽然在情节上类似,但其实《伏提庚》全剧的风格一点也不像莎剧,更像是 18 世纪的古典主义戏剧,而且许多细节也符合古典主义的原则。与莎剧完全不同,其中的谋杀情节不在舞台上发生,而是采用报信的形式,等等。明眼人应该一眼就能看出这不是真正的莎剧,事实也确实如此。爱尔兰德愈演愈烈的伪造行为其实早已引起了怀疑,当时的传记作家和剧作家詹姆斯·鲍登(James Boaden,1762—1839)在《伏提庚》上演的这一年年初便已经写信给著名的莎剧编辑斯蒂文斯,明确提出爱尔兰德的所有文件都是假的,并说自己一开始也被骗到了,曾对其真实性深信不疑。在《伏提庚》将要上演的时候,质疑之声已经不绝于耳,就连此剧的主演,当时已是著名莎剧演员的约翰·菲利普·坎布尔也认为这部剧不可能是真的。而当时的莎学大家埃德蒙·马隆此时早已写好了揭露这场骗局的小册子《一些文件的真伪考证》(*An Enquiry into the Authenticity of Certain Papers and Legal Instrument*),不过为了获得更好的传播效果,马隆将此书的出版专门推迟至《伏提庚》上演之前,结果首次印刷的五百册在两天内便销售一空。因此,《伏提庚》作为一部如此明显的伪作,只上演了一场便草草收场,爱尔兰德的整个骗局也随着《伏提庚》的落幕而大白于天下,他本人落下个声名狼藉的下场。1805年,穷困潦倒的爱尔兰德出版了《威廉-亨利·爱尔兰德的自白》(The Confessions of William-Henry Ireland),坦白并忏悔了自己的伪造行为。

大家都知道手稿、信件和画像等资料对于莎学研究的价值,不过爱尔兰德的这些伪造文件明显带有拼凑的痕迹,手法也不高明,但当时的大量批评家、学者、记者、贵族一开始都相信这些文件真的是莎士比亚的手迹,其根本原因便在于18世纪下半叶,尤其是加里克的庆典之后,英国的文化界对于作为作者的莎士比亚本人的兴趣的不断增长,所有人都渴望发掘出更多关于莎士比亚的史料。但由于莎士比亚生平资料实在有限,这种愿望与现实之间的矛盾便不断刺激着前往斯特拉特福寻访作家生活的蛛丝马迹的人们。在这种情况下,爱尔兰德的伪造文件应运而生,以符合18世纪审美品位的方式重新书写着关于莎士比亚的神话,很大程度上满足了人们的心理预期。

从文学史上看,爱尔兰德的莎士比亚伪书与被伪造的《莪相诗集》和罗利诗篇一样,在中世纪和文艺复兴时代等古典主义所忽视的时代去寻找伪造的对象,体现了与古典主义相反的审美倾向,应该说迎合了一种即将到来的浪漫主义文学品位,据说爱尔兰德还是托马斯·查特顿的崇拜者。但是,爱尔兰德的伪造行为远没有麦克菲生和查特顿两位前辈影响深远,这主要还是他自己的原因。首先,爱

爱尔兰德伪造的《莎士比亚自画像》

尔兰德并没有麦克菲生和查特顿的诗才，文学造诣并不算高，因此其伪作《伏提庚》的文学价值也不高。爱尔兰德晚年曾出版了署名自己的剧作《伏提庚与罗文娜》，对内容进行了一些改动和再创作，也写作了一些诗歌作品，但仍未能获得文艺界的认可；反之，查特顿的罗利诗篇却因其表现出的诗歌天赋在20世纪以后越来越引起学界的关注。其次，爱尔兰德虽然迎合了时人对莎士比亚的热情，却在伪造《伏提庚》时依然遵循了古典主义的戏剧规则和品位，未能意识到莎士比亚的真正价值恰恰在于他与古典主义的格格不入，这就让他的伪造行为更显得拙劣不堪。但是无论如何，爱尔兰德的伪造事件还是体现了莎士比亚日益增长的声望和人们对莎士比亚生平及作品的好奇，此事所引起的关注也有助于莎士比亚进一步扩大在英国本土的影响。

18世纪不仅各种图书出版繁荣，报纸杂志更是经历了爆发式发展，并成为英国文化社会生活的重要组成部分。1714年，伦敦定期出版的报刊只有十家左右，到了半个多世纪以后的1776年，则有五十余家，在这期间经历了创刊又停刊的更是数不胜数。有学者统计，在1700年到1741年间的一百六十五种报刊中，一共提到过三十二部莎剧，其中提到次数最多的就是《哈姆雷特》，然后依次是《亨利四世（上）》《裘力斯·凯撒》《奥赛罗》《李尔王》《亨利八世》《约翰王》《皆大欢喜》《理查二世》等。[①]

[①] 参见 George Winchester Stone Jr., "Shakespeare in the Periodicals, 1700–1740: A Study of the Growth of a Knowledge of the Dramatist in the Enghteenth Century", in *Shakespeare Quarterly*, Vol. 2, No. 3 (Jul., 1951), p.222。

众所周知，斯蒂尔和艾迪生携手创办的《闲谈者》和《旁观者》，是英国文学史上最早的两份文学期刊。斯蒂尔在《闲谈者》上多次提及莎士比亚及其作品，比如在1709年4月26日出版的《闲谈者》第8期上，斯蒂尔借一位绅士之口痛斥伦敦观众品位之低下。这位绅士认为"只有有地位的人才能改变这些低级的满足感，方法则是通过鼓励舞台上表演莎士比亚和其他一些剧作家所刻画的高贵人物，这些人物能给人留下关于荣誉和人性的深刻印象"[①]。

斯蒂尔和艾迪生与当时的大部分批评家一样也是古典主义者，但他们并不认为古典主义的各种规则是放之四海而皆准的真理。在1711年4月16日出版的《旁观者》第40期，艾迪生谈到了古典主义的诗性正义原则，他这样评价泰特的改编剧道："莎士比亚的《李尔王》是一部同样值得赞赏的悲剧，但根据荒唐的诗性正义原则被改成了这个样子，依我愚见，这样改的话它的魅力少了一半。"[②] 而在1714年9月10日的《旁观者》第592期上，艾迪生更是直言不讳地说道：

> 我们独一无二的莎士比亚是这些死板的批评家的绊脚石。谁放着莎士比亚的一部不受任何舞台规则限制的戏剧不读，而去读一部现代批评家完全遵守规则写出的作品？莎士比亚确实天生便拥有所有诗歌的种

---

① Brian Vickers ed., *William Shakespeare, The Critical Heritage, Vol. 2, 1693–1733*, London: Routledge, 1974, p.203.

② Robert Joseph Allen ed., *Addison and Steele, Selections from the Tatler and the Spectator*, New York: Holt, Rinehart and Winston, Inc., 1970, p.156.

子,可以与皮洛士(Pyrrhus)指环中的石头相提并论,正如普林尼告诉我们的那样,此石的纹理脉络中有阿波罗和九位缪斯的形象,却纯粹诞生于自然之手,没有任何人工技艺的帮助。[1]

这种观点显然和18世纪初德莱顿等批评家们为莎士比亚辩护时的逻辑完全一致。更值得一提的是,在1711年9月3日出版的第160期《旁观者》上,艾迪生讨论了天才与创作的问题。他认为世界上有两种天才,第一种是伟大的"自然天才",这种人不需要学识或技艺的辅助便能成就伟大的作品,比如荷马和莎士比亚;第二种是循规蹈矩的天才,比如维吉尔和弥尔顿。虽然艾迪生一再强调自己并不认为后一种天才比前一种要低级,但他还是如此说道:

> 后一种天才最大的危险在于,过多的模仿阻碍了他们自己能力的发展,他们把自己完全限制在某些榜样上,没有充分发挥自己的自然才华。对最好的作者的模仿也不能和好的原创相提并论;我相信我们会发现,世上很少有作家在缺乏自己的思考方式或自我表达方式的情况下,还能成为超凡的人物。[2]

艾迪生将荷马和莎士比亚视为自然天才的代表,与维

---

[1] Brian Vickers ed., *William Shakespeare, The Critical Heritage, Vol. 2, 1693–1733*, London: Routledge, 1974, pp.280–281.

[2] Robert Joseph Allen ed., *Addison and Steele, Selections from the Tatler and the Spectator*, New York: Holt, Rinehart and Winston, Inc., 1970, p.328.

吉尔和弥尔顿所代表的循规蹈矩的天才区别开，这显然是在古代为莎士比亚找到了榜样。因此，如上文所述，艾迪生用荷马和莎士比亚作为与维吉尔和弥尔顿对应的自然天才，与同时期的蒲柏强调对荷马的模仿一样，在某种程度上已经超越了奥古斯都时期的古典主义品位。虽然艾迪生未能完全抛弃古典主义品位，仍然承认循规蹈矩也属于天才的一种，但从他热情洋溢的表述来看，他明显更看重前一种自然状态的天才，而这种天才观念当然也应和了稍早以前德莱顿、丹尼斯、戈尔登等人对莎士比亚创作天才的讨论，预示着后世批评家们不断提及的天才理论。

需要指出的是，报纸杂志作为18世纪公共领域的重要媒介，其本身便是莎士比亚评论的舞台，是任何研究莎士比亚批评史的学者所不能忽视的研究对象。约翰逊博士的《序言》虽然有名，但他也有大量文章是发表于《漫游者》、《冒险者》和《懒散者》等散文刊物的，我们上文探讨莎评问题时所引用的许多论断也是出自报纸杂志的。可以说，报刊已经成为18世纪文人公开表达自己观点的主要方式之一。

18世纪的英国不仅迎来了报刊的繁荣，更见证了一种新的文学形式的兴起，那就是小说。有学者估算，在1740—1780年出版的数百部小说中，大概有七分之一都提到过莎士比亚或莎士比亚的作品。[①]前文提到，18世纪著名小说家菲尔丁早年以剧作家的身份进入文坛，后来被首

[①] 参见 Robert Gale Noyes, *The Thespian Mirror: Shakespeare in the Eighteenth Century Novel*, Providence, Rhode Island: Brown University Press, 1953, Preface p.3.

相沃波尔迫害不能从事戏剧事业，才转向小说创作。在小说家中，菲尔丁无疑对莎士比亚更为熟悉。因此，在后来的小说创作中，菲尔丁也是最喜欢提及莎士比亚的作家之一。在《弃儿汤姆·琼斯史》第十六卷第五章，有琼斯陪米勒太太去剧院看戏的情节，一行人看的就是莎剧《哈姆雷特》，而小说中的剧院就是约翰·里奇的科芬园剧院，而且其中明确提到加里克参演了此剧。不仅如此，菲尔丁在此书也多次提到莎士比亚及其作品，比如在第十卷第一章开篇，菲尔丁写道：

> 读者先生，汝之为人究属如何，我们无从得而先知；因为，汝对人性之了解，虽亦可如莎士比亚所了解者之深奥，但亦可如某些莎士比亚之注释者并不更加高明。现在，为了防止后一种情况出现，我们认为，在我们共同继续前进之先，我们应该给你几条有益心神的指导，以期你不至于严重地误解我们、歪曲我们，像前面所说的莎氏注释者误解歪曲莎氏那样。①

菲尔丁这里指的可能是18世纪莎剧校勘中篡改、揣测原文的现象。同样在第十卷第八章，菲尔丁在叙述中突然感慨道："哦，莎士比亚，但愿我能有你那支羽笔。"② 紧接着，这位小说家又直接引用了《亨利四世（下）》第一幕第

---

① 亨利·菲尔丁：《弃儿汤姆·琼斯史（下册）》，张若谷译，重庆：重庆出版社，2008，第665页。
② 同上书，第704页。

一场的一段话来描绘仆人找不到苏菲娅小姐时的沮丧模样。菲尔丁不仅在小说中为莎士比亚鸣不平,而且多次在《弃儿汤姆·琼斯史》中提及他对批评家们的厌恶,有时甚至也会抨击古典主义三一律的不合理,比如在第五卷第一章,深谙戏剧创作之道的作者如此说道:

> 时间的一致性和地点的一致性,现在已经约定俗成,为韵文戏剧里必不可少的东西了。但是谁曾问过,这种细致的规定,理由安在?一个剧本里,可以包括一天的时间,而不许包括两天。但是为什么,也从来没有人向批评家问过。也没人问过,观众既能瞬息达到五里之处,为什么就不可以瞬息达到五十里之处?①

批评家制定的戏剧规则束缚了戏剧创作,究其原因,还是因为批评家们"渐渐篡其主人之权力,窃其主人之威仪。写作之法则,乃不以作家之实践为据,而变为以批评家之诘谕为准,抄录员而变为立法家……"② 如此看来,剧作家出身的菲尔丁同情并赞美处处不遵守古典主义规则的莎士比亚便不难理解了。而另一方面,略显反讽的是,虽然菲尔丁对批评家颇多微词,但他在《弃儿汤姆·琼斯史》中对古典主义规则的质疑前承德莱顿和戈尔登,后继约翰逊博士,其本身也成为18世纪不断觉醒的为英国民族戏剧

---

① 亨利·菲尔丁:《弃儿汤姆·琼斯史(下册)》,张若谷译,重庆:重庆出版社,2008,第245—246页,译文有改动。
② 同上书,第247页。

辩护的继往开来的批评思潮中的一部分。

另一位18世纪的英国小说大师,感伤主义的代表人物劳伦斯·斯特恩(Lawrence Sterne,1713—1768)也深受莎士比亚的影响。1759年,已经四十六岁的约克郡牧师斯特恩开始写作奇书《项狄传》(*Tristram Shandy*)。此书前两卷于次年年初问世之后,斯特恩便托人联系上了当时的文化名人大卫·加里克,并毛遂自荐、想方设法地与加里克成为朋友,让加里克为自己宣传这部小说。此后《项狄传》便由于加里克的推荐在英国引起了广泛关注,其东拉西扯、不合常理,甚至带有一些后现代色彩的创作方法一时间引起了轰动,斯特恩也如愿成为文化名流。1765年,斯特恩前往法国和意大利旅行,归国后开始创作另一部小说《多情客游记》(*A Sentimental Journey*),此书于1768年作者去世前出版。

《项狄传》与《多情客游记》都带有强烈的感伤主义色彩,可谓浪漫主义之先驱,其中莎士比亚的影响也十分常见。品位奇特的斯特恩对莎士比亚的欣赏也与众不同,他明显对《哈姆雷特》中一位从未出场的人物情有独钟,那就是老国王的弄臣约里克(郁利克)。在《哈姆雷特》第五幕第一场,王子在墓地见到了幼时熟悉的弄臣约里克的骷髅,于是发表了一番关于死亡的感慨,还形容约里克是"最会开玩笑、非常富于想象力的家伙"。这个全剧哈姆雷特参悟生死的关键时刻一定给斯特恩留下了深刻的印象,因为他在《项狄传》中也塑造了一个叫作约里克的牧师,甚至此人从形象到性格都有不少作者自己的影子。斯特恩在《项狄传》中介绍约里克时曾提到,这位牧师的祖上来自丹麦,其直系祖先在国王的朝廷担任显要职务,随后又补充道:"这个职位可能是国王的第一弄臣;——而那就是我们的莎士比亚的《哈姆雷特》里的那个约里克,肯定正是此人,——您知道,莎士比亚的许多戏剧都是以事实为依据的。"① 不仅如此,小说中的约里克牧师去世之后,其墓志铭便是哈姆雷特见到约里克骷髅时感慨的那句话:"唉,可怜的约里克!"(Alas, poor YORICK!)在后来以第一人称写成的《多情客游记》中,斯特恩干脆将主人公命名为约里克,并在书中多次提到莎士比亚及其作品,以至于在斯特恩去世的时候,有的报纸在讣告中直接引用了哈姆雷特的"唉,可怜的约里克"这句话。

不过总的来说,18世纪的英国小说中关于莎士比亚的讨论并无太多新意,更多的是重复德莱顿和约翰逊等人的观点。有学者曾指出,当时的小说家们在小说中对莎士比亚的讨论主要可分为以下几种:在承认莎士比亚不遵守古典主义规则的同时,赞美莎士比亚是自然诗人;将琼生与莎士比亚进行对比;开始莎士比亚崇拜;赞美加里克的莎剧表演以及莎士比亚庆典,认为他是莎士比亚的代言人;对莎剧编辑和校勘进行评论;等等。② 但不可否认的是,随着大众阅读的兴起,小说在当时的文化界乃至全社会有着巨大的影响力,莎士比亚不断在小说中被提及,这本身便意味着这位剧作家在英国人心目中地位的不断提升。

---

① 劳伦斯·斯特恩:《项狄传》,蒲隆译,南京:译林出版社,2006,第24页。
② 参见 Robert Gale Noyes, *The Thespian Mirror: Shakespeare in the Eighteenth Century Novel*, Providence, Rhode Island: Brown University Press, 1953, preface pp.15-56。

四、审美与修辞教育中的莎士比亚

不同于今天文学研究与高等教育的结合,在17、18世纪,无论是莎评还是莎学都是游离于学校教育之外的。正如上文所提到的,即便到了18世纪晚期,大部分批评家的身份还是作家或其他各类文人,而莎学考证基本上还是莎剧出版的附产品,因此没有严格意义上的所谓莎学家。究其原因,是因为无论是文学批评还是文学考证,都还未在大学中形成制度化、体系化的研究体制和传授机制。因此我们看到的情况便是,18世纪莎学的重要开创者刘易斯·西奥博德是律师出身,莎剧是其业余爱好;18世纪莎学集大成者马隆也是学习法律出身,后来有志于从事文学研究而成为专业文人,但依然是靠殷实的家境和父辈留下的遗产从事研究,始终游离在大学体制之外。直到19世纪中叶以后,大学里的学者们才开始从各种各样的业余人士手中接手莎学研究。因此,莎士比亚进入学校教育体系的过程与莎士比亚学术考证和莎士比亚批评的发展过程并不同步,这个过程主要发生在19世纪以后,甚至在20世纪才最终完成。但另一方面,在进入真正体制化的教育之前,莎士比亚在17、18世纪其实已经开始与审美和修辞教育联系在一起,以另一种方式进入了教育体制。

总的来说,17、18世纪的教育与莎士比亚时代一样,文法学校还是以古代语言和古典作家为基础,本土作家几乎没有可能成为学生学习的对象,不过有些变化早在17世纪便开始悄然发生。17世纪中叶,剑桥大学毕业的约书亚·波尔（Joshua Poole，生卒年不详，大概活动于17世纪40年代）编了一本名为《英国的帕纳索斯》（*English Parnassus*）的诗歌名句选集，其中收录有不少莎士比亚的诗句。此书于1657年波尔死后出版，1677年曾经再版。波尔从剑桥大学毕业后曾在米德尔塞克斯郡一个叫作哈德里（Hadley）的地方当过一所私人学校的校长。据说他当时曾用这本名句选集当作学生们的诗歌鉴赏教材，如果真有此事的话，这应该是莎士比亚进入英文教育最早的案例。不过值得一提的是，《英国的帕纳索斯》一书除了收录莎士比亚，还选择了琼生、斯宾塞、弥尔顿等其他大量英国作家的诗句，这是在17世纪英国民族意识开始觉醒，英语教育变得越来越重要的大背景下出现的必然现象。不过此类图书的大规模流行，还是18世纪的事。

约书亚·波尔的书虽然只出了两版，却成为一种本土诗歌鉴赏与导读类图书的先驱。到了18世纪初，出现了一本与《英国的帕纳索斯》类似性质的作品，但比前者成功得多。这本书名为《英国诗歌的艺术》（*The Art of English Poetry*），作者名为爱德华·比希（Edward Bysshe，生卒年不详，活动于18世纪初）。此人是伦敦一位名不见经传的以卖文为生的作家。不过虽然作者没什么名气，但这本书却非常受欢迎。该书于1702年出版，此后几年连续再版，到1714年已经出版了五次之多，1724年又出版了修订和扩展的第七版，后来又陆续出了两版，获得了很大成功，当时甚至还出现了一些模仿此书的作品。18世纪的著名作家蒲柏、约翰逊、理查逊、菲尔丁、哥尔德斯密以及后来的布莱克、司各特等人都是此书的读者，可见其流行非常广。《英国诗歌的艺术》分为三个部分,第一部分简单讨论了作诗的基本法则,第二部分总结了韵律问题,第三部分则是以英国诗人作品为主的诗歌名作赏析。[①] 在最终版的《英国诗歌的艺术》中,被引用最多的作家是德莱顿,莎士比亚的被引次数在众多诗人中排在第七位,排在蒲柏乃至亚伯拉罕·考利和塞缪尔·巴特勒等人之后,一共有一百余条引用。[②]

但这个排名并不能完全反映出比希心目中莎士比亚的地位,因为他解释了为何莎士比亚被引用得不多:

> 我不仅选取了我们现代诗人笔下的种种明喻、用典、人物和文笔,也选取了他们关于许多问题的最自然和最宏伟的思想。我之所以说现代诗人,是因为虽然像乔叟、斯宾塞这样的古代诗人并没有被超越,甚至难有后来人能够在文笔或思想的伟大与得体方面与之比肩,但是他们的语言现在已经显得古老而过时,

---

① 有趣的是,比希几年之后又出版了一部与《英国诗歌的艺术》类似的书,书名与波尔那本基本相同,也叫作《英国的帕纳索斯》(*The British Parnassus*)。
② 该引用数据来自耶鲁大学教授德怀特·卡勒(A. Dwight Culler)为1953年重印版《英国的诗歌艺术》所写的简介,根据卡勒的统计,在此书最后一次修订版中作家的引用数量从少到多依次为纳撒尼尔·李(Nathaniel Lee,约1653—1692)一百零四次、罗一百一十六次、弥尔顿一百一十七次、莎士比亚一百一十八次、理查德·布莱克摩尔(Richard Blackmore,1654—1729)一百二十五次、托马斯·奥特威(Thomas Otway,1652—1685)一百二十七次、塞缪尔·巴特勒(Samuel Butler,1612—1680)一百四十次、亚伯拉罕·考利一百四十三次、蒲柏一百五十五次、德莱顿一千二百二十一次(德莱顿的引用包括其翻译作品),引文主要是英雄双韵体诗句。参见 Edward Bysshe, *The Art of English Poetry*, Los Angeles: William Andrews Clark Memorial Library, 1953 年版卡勒的序言部分。

导致我们时代的读者们难以欣赏:这也是为什么美好的莎士比亚在此书中出现得没有那么频繁的原因,而他完全配得上更多的篇幅。①

显然,此时的英国文化界已经将伊丽莎白时代看作上一个时代,莎士比亚与斯宾塞甚至乔叟一样,都是上一个时代的代表诗人,因此在语言上已经与现代人有隔阂。不过这个解释本身便说明了虽然18世纪初莎士比亚在英国诗人中的地位已经很特殊,但也不过是众多优秀诗人中的一员,还远远没有成为真正的民族诗人。比希担心将莎士比亚与乔叟和斯宾塞放在一起影响了现代读者的接受能力,这在当时是一个普遍的看法。对18世纪初的英国人来说,莎士比亚的语言虽然没有像乔叟那样完全难以辨识,也并不像斯宾塞那样晦涩,但也确实被认为是过时的。尤其是比希选编此书时罗版的莎剧文集还未问世,莎剧文本对许多人来说确实难以卒读且难以获取。

不过这并不影响热爱莎士比亚的人为莎士比亚的语言进行辩护。在波尔和比希等人的影响下,剧作家和批评家查尔斯·戈尔登便出于为莎士比亚的语言辩护的目的选编了一部莎剧文选。1718年,戈尔登出版了两卷本的《诗歌艺术大全》(*The Complete Art of Poetry*)。此书分为六个部分,大部分内容是对当时流行的古典主义诗学原则的总结,其中第六部分是英国诗歌中的美文选集。而在此书第

---

① Edward Bysshe, *The Art of English Poetry*, Los Angeles: William Andrews Clark Memorial Library, 1953, preface pp.6–7.

一卷最后，则有一部分名为《莎士比亚汇编：莎剧文选》(*Shakespeariana: A Collection of Passages from Shakespeare*)①的独立内容。虽然没有单独出版，但这部分内容应该算是最早的莎士比亚美文选编了。在介绍这部分内容的"广告"中，戈尔登写道：

> 由于发现无与伦比的莎士比亚因为语言的过时而被一些现代选编者所抛弃，而且正好最近又读了这位伟大的诗人，因此我忍不住向读者们推出这部从莎剧中挑选的美好描写的典范，来展示对这位作家进行这类指责的不公。我本可以引用更多证据，因为莎士比亚有太多的美妙之处，但这里选取的已经足够证明那些人的指责是完全错误的。②

由此可见，戈尔登选编莎剧的美文片段目的非常明确，就是要反驳那些认为莎士比亚的语言已经过时的人，证明莎士比亚的语言仍然是可以被现代读者所欣赏的。戈尔登的这一观点显然纠正了德莱顿对莎士比亚"以辞害意"的指责，预示着上文提到的18世纪中期以后英国批评界对莎士比亚语言风格的认可。

前文也提到，1725年亚历山大·蒲柏编辑出版六卷四

---

① 戈尔登书中出现的Shakespeariana一词，也可拼写为Shakespeareana，后来有了"莎士比亚研究资料汇编"的含义，被19世纪的莎学家们广泛使用，再后来则多用来指与莎士比亚有关的文物和工艺品。
② Charles Gildon, *The Complete Art of Poetry, Vol. 1.*, London: Printed for C. Rivington, 1718, p.304.

开本《莎士比亚作品集》的时候,他将自认为优美的莎剧片段进行了标注,而且还为一些莎剧中的"美文"做了一个索引,这在某种程度上也带有一种美文汇编的性质。也许是受到蒲柏和戈尔登等人的启发,1752年,英国国教牧师威廉·多德(William Dodd,1729—1777)编辑的《莎士比亚美文选》(*The Beauties of Shakespeare*)出版。这是一部两卷本的莎士比亚美文选集,是同类美文名句选集的真正先驱,其中收录了大量莎士比亚戏剧文本的节选和片段,每一部莎剧都按幕次选取了每一幕每一场戏中的精彩片段,也配有一些注释和赏析,因此也可以说是一部节选本的莎士比亚文集。此书在当时非常流行,曾经多次重印,一直到19世纪末乃至20世纪初还在英美拥有大量读者,而且其影响力在18世纪就已经超出英国本土,据说歌德第一次读到莎士比亚便是通过此书。正如前文提到的,朗吉努斯的崇高理论在18世纪常常被用来为莎士比亚辩护,多德在此书前言中便用朗吉努斯的观点来证明莎士比亚的伟大:"朗吉努斯告诉我们,崇高最好的证明就是当我们朗读或背诵时,其表现力给我们的心灵带来的震撼。……朗吉努斯的精彩观点最好的证明就是莎士比亚,他笔下所有的气质、年纪和意愿都是对此的证明。"[1]

到了18世纪下半叶,编辑莎士比亚美文名句选集的做法变得更加流行,但此时这种现象的背后还有一个不太被人注意的文化背景,那就是修辞学复兴。这场复兴

---

[1] William Dodd, *The Beauties of Shakespeare*, London and Glasgow: Collins Cleartype Press, 1909, p.5.

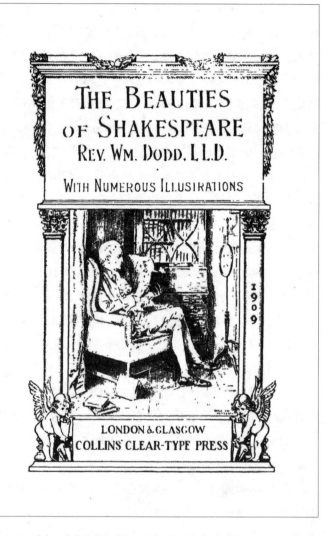

威廉·多德选编的《莎士比亚美文选》扉页,1909年版

有时也被称为"英国修辞运动"（The English Elocutionary Movement）。这场修辞运动本身也有自己的文化政治背景。我们知道，自从无嗣的伊丽莎白女王1603年去世，来自苏格兰的斯图亚特王朝入主英格兰，两国便进入了王位联合状态，但这种状态实际上却让苏格兰陷入长期无主的境地，严重削弱了苏格兰的地位与国力。到了18世纪初，苏格兰人面临着两个选择，要么完全独立，要么干脆与英格兰合并。1707年，国力衰弱的苏格兰着眼于现实利益，同意与英格兰正式合并，合并后的英国成为新的大不列颠王国，此事也使英国人的民族意识得到了强化。几年之后的1714年，安妮女王驾崩，大不列颠王国王位虚空。作为斯图亚特王朝国王詹姆斯二世的两个女儿，安妮女王和她的姐姐玛丽女王都没有子嗣。考虑到宗教信仰的问题，王位被传到了詹姆斯一世的外孙女索菲亚的儿子、德国汉诺威贵族乔治·路德维格那里。于是，来自德国的汉诺威家族成了新的英国统治者，自此开启了英国历史上的汉诺威王朝。这场王朝变革影响深远，汉诺威王朝也以温莎的名字延续至今。

虽然新的国王来自德国，甚至连英语都不会讲，但英国人的民族认同感却随着国家的统一和经济实力的日益强大而不断增强。而且随着苏格兰成为王国的一部分，口音浓重的苏格兰方言在某种程度上阻碍了苏格兰公民参与全国政治与社会事务的热情，因此英语口语的现代化和标准化、方言的规范等问题就变得越来越重要。在这样的大背景下，大概从18世纪上半叶开始，修辞学逐渐成为英国文化界的显学。修辞学的复兴让修辞教育再次成为教育的重要内容，也让教育的内容由古代语言（尤其是拉丁语）逐渐转向现代民族语言（英语）。

1733年，一位叫约翰·斯特灵（John Stirling，生卒年不详）的牧师出版了《修辞学体系》（*A System of Rhetoric*）一书，此书专门针对基础教育阶段的学生编著，当时非常流行，陆续再版十余次，对18世纪英国的修辞教育影响深远。18世纪中叶在英国出版的类似著作还有约翰·霍姆斯（John Holmes，1703—1760）的《简明修辞艺术教程》（*The Art of Rhetoric Made Easy*，1739），约翰·梅森（John Mason，1706—1763）的《论演说》（*An Essay on Elocution*，1748），约翰·劳森（John Lawson，1709—1759）的《雄辩术讲座》（*Lectures Concerning Oratory*，1758），约翰·沃德（John Ward，生卒年不详）的《雄辩术体系》（*A System of Oratory*，1759），等等。这些作者大多并非名流，甚至生平已难以考证，但这些著作在当时流传很广，有些在英美的学校里甚至一直被使用到19世纪中叶。

修辞教育虽然是一种与演讲术、雄辩术密切相关的教育方式，但其发展离不开作为范例的文学文本。而此时早已在爱德华·比希和威廉·多德那里成为审美典范的莎士比亚自然也为修辞教育提供了范例。另一方面，与古代修辞学强调如何说服他人不同，英国修辞学家的身份多为演员或牧师，这两种职业显然都与公共场合的语言表达有关。因此，英国修辞学家们在18世纪中叶开始逐渐摆脱古代修辞学对修辞格的细分以及对文体背后思想的考察，而是强调语言表达能力的重要性。这种修辞学更重视教人如何说话，试图将修辞变为一种提升个人能力的手段。在这种基本认识下，英国的修辞学大致发展出两个派别，分别是演说派和美文派，两派都致力于改变古代修辞学对措辞和风格的强调，转向关注如何用语言进行有效的表达。演说派以爱尔兰演员和教育家托马斯·谢里丹（Thomas Sheridan，1719—1788）为代表，此派尤其重视演说和口头表达，认为书面表达更多时候只能传达思想，而口头表达才是情感与激情的载体。谢里丹的父亲与18世纪著名讽刺作家斯威夫特交往甚密，因此他从小便是斯威夫特的教子，而后来的著名剧作家和政治家理查德·谢里丹（Richard Sheridan，1751—1816）则是这位托马斯的儿子。谢里丹有两部关于修辞学的著作比较有名，即《关于演说法的演讲》（*A Course of Lectures on Elocution*，1762）和《关于阅读艺术的演讲》（*Lectures on the Art of Reading*，1775）。两部书都从文学作品中选取演说法案例，强调从表情、动作、发音、语调等口头表达角度对学生进行修辞学训练，这种关于演说的训练后来也变成了英语教育中的一个重要方面。

由于加里克在18世纪中叶英国文化界举足轻重的影响力以及他对莎士比亚众所周知的崇拜，加之演说派的修辞学家中有不少人是演员出身，因此演说派从当时的莎剧演出中也获得了不少灵感，常常用莎剧台词来举例说明演说问题。除了谢里丹，演说派另一位重要代表人物约翰·沃克（John Walker，1732—1807）早年同样当过演员和剧院经理。此人在代表作《演说的要素》（*Elements of Elocution*，1781）中列举了六十余种不同的人类情感，并为每种情感找到许多演说的案例，这其中便有不少是莎剧中的台词。而沃克的另一本书《演讲提高训练》(*Exercises for Improvement in Elocution*, 1799) 便是题献给大卫·加里克的。

在谢里丹等人的影响下,演说派修辞运动的许多成果都是名人名句的选集,其中最著名的是恩菲尔德的《演说者》(*The Speaker*)。牧师威廉·恩菲尔德(William Enfield, 1741—1797) 曾在沃灵顿学院(Warrington Academy) 教授修辞学,1774年出版了《演说者》一书。此书是一本文学名句名篇选,更像是今天所谓的"读本"或鉴赏辞典或名人名言录,当时这种书也被称为"札记书"(Commonplace book)。①《演说者》还有一个副标题为《最优秀的英国作家片段选》(*Miscellaneous Pieces Selected from the Best English Writers*),恩菲尔德旨在通过选取这些修辞学上的经典范例来教授读者掌握雄辩的技巧。而从这些所谓的"最优秀的作家"所选取的片段中,莎士比亚占据了相当大的篇幅。恩菲尔德将此书用于自己的修辞学教学,产生过很大的影响。此书当时十分流行,曾多次重印,直到19世纪上半叶还常常被作为修辞学教材使用。

与演说派修辞学同时出现的还有所谓的美文派修辞学。18世纪英国开始出现"美文"(Belles-lettres)一词,这个词来自法语,意为"华丽的写作"。据说斯威夫特于1710年在《闲谈者》杂志中第一次在英语中使用Belles-lettres这个词,将其从法语引入英语。广义上的"美文"指的是

---

① 札记书是西方文化中一种特有的文体,关于札记书的介绍可参见郝田虎教授的《文艺复兴时期的札记书》,载《清华大学学报》2013年第4期。

纯文学文本，尤其强调文学的艺术与想象，注重文学的审美价值；而狭义上的"美文"指的是除了戏剧、诗歌、小说等传统文类之外的文学文本，比如演讲、书信等非传统文类的文学文本。由苏格兰教士休·布莱尔（Hugh Blair, 1718—1800）与法官卡姆斯勋爵（即亨利·霍姆）等人所倡导的"美文运动"（Belles-lettres movement 或 belletristic movement）在18世纪的英国曾产生过深远的影响。这场发源于苏格兰的修辞学运动是与演说派并行发展的一场现代修辞学史上的重要思潮，此派以关注文体风格和品位著称，将修辞学从公众话语转向个人修养的提升。

与谢里丹等人注重演说不同，休·布莱尔更重视从写作的角度讲授修辞学。布莱尔认为文体表现的是作者的性格，因此研究文体就是研究人性，学习修辞就是要将优雅的公众表达能力与个体审美经验的提升相结合，将"品位"问题变成修辞的核心问题，修辞于是成了对文学艺术的鉴赏能力，这就与文学批评在功能上非常类似。布莱尔曾长期在爱丁堡大学教授修辞学，并在1783年退休后将这些讲义整理成书，出版时命名为《修辞与美文讲座》（*Lectures on Rhetoric and Belles-Lettres*）。由于关注文学品位问题，布莱尔在《修辞与美文讲座》中用大量篇幅讨论了文学史上的各位作家，许多内容实际上与当时流行的各种文学批评无异。在此书中布莱尔对莎士比亚多有褒奖，其观点也与当时流行的批评观点类似，大都是拿莎士比亚与其他古代和现代作家比较，指出其优点所在，比如认为莎士比亚是自然的代表，他善于表现情欲且精于人物塑造，描写生动且情感热烈，正是这些特点让莎士比亚在不遵守古典主义规则的情况下也能成为伟大的悲剧诗人，等等。与当时其他批评家的不同之处也许在于，布莱尔认为最能表现莎士比亚上述特点的两部杰作是《奥赛罗》与《麦克白》，不过这也只能说反映了布莱尔的个人喜好。布莱尔的观点虽然并不新鲜，甚至他本人在对待古典主义的态度上还趋向保守，认同三一律等原则，但其贡献在于大量引用莎剧文本，将莎士比亚与一系列古代作家一起作为经典案例，来阐述诸如文学品位和修辞手法等问题，进一步奠定了莎士比亚在整个修辞运动中的核心作家地位。此外值得一提的是，早在1753年，布莱尔还编辑出版了苏格兰的第一部莎士比亚文集。此文集为八卷本，以1747年的沃伯顿版为底本，但也融入了布莱尔自己的一些校勘成果。

在布莱尔等人提倡的"美文运动"的影响下，18世纪晚期出现了许多"美文"选集。许多美文派修辞运动的提倡者与布莱尔一样，对莎士比亚的看法并无多少创见，但他们选编的这些美文选集大量选取莎士比亚文本作为范例。可以说，无论各种修辞学文选在选取作家时有多大的分歧，但它们竞相使用并持续认可的唯一作家就是莎士比亚。在演说派和美文派修辞运动的共同影响下，莎士比亚被作为修辞典范不断引用，成为塑造现代英语的英国民族文学的重要代表，也由此逐渐开始进入英语教育。到了1822年，约翰·皮特曼（John Rogers Pitman，1782—1861）专门针对学校教学编辑出版了《学校版莎士比亚文集》(*School Shakespeare*)，这无疑更加巩固了莎士比亚作为英国民族诗人的地位。

与演说派修辞学一样，在修辞运动中出现的各种美文选集,以及这种美文选编行为背后对演讲术与雄辩术的推崇,给后世的莎士比亚教育打上了深厚的修辞运动的烙印,深刻影响着此后的英语教育。可以这样说,18世纪的修辞教育便是莎士比亚最初进入教育体制的重要方式。而一直到20世纪初,一位美国学者在回顾19世纪下半叶莎士比亚在学校教育中被使用的情况时还在抱怨:

> 至今人们仍然相信演讲术的价值,仍将它视为通往辉煌的公众生活的康庄大道。……因此,虽然莎士比亚被视为最伟大的英语诗人,也必然成为学校学习的对象,但(在学校)他的作品里最被认可的只是那些适合大声朗读和当众"背诵"的雄辩篇章。[①]

由此也可见18世纪的修辞教育影响之深远。但毫无疑问,正是通过修辞教育,莎士比亚被更多从来不去剧院、阅读量也十分有限的读者和学生们所熟悉,其名望在普通英国民众中得到了进一步提升。

五、艺术中的莎士比亚

我们知道,莎士比亚留下的可靠的生平记载其实不多。

---

① Franklin Thomas Baker, "Shakespeare in the Schools", in *Shaksperian Studies, by Members of the Department of English and Comparative Literature in Columbia University*, ed. by Brander Matthews and Ashley Horace Thorndike, New York: Columbia University Press, 1916, p.34.

随着诗人身后名的不断提升和新的作者著作权观念的出现，人们首先感到好奇的是，这位大诗人到底长什么样子？因此，当我们考察莎士比亚与艺术的关系时首先会想到，是否有画家记录下了莎士比亚的容貌？

要回答这一问题，越早的证据自然越重要。在1623年的第一对开本扉页上，有一幅莎士比亚肖像版画，这就是著名的"德罗肖特画像"（Droeshout portrait）。这幅肖像画的重要之处在于，它出现在莎士比亚去世仅仅七年之后的对开本文集中，一定是能够反映出莎士比亚的真实相貌的。因为对开本文集是莎士比亚的演员同事们收集其作品出版的，这幅画既然被他们所采用，说明他们对这幅画是认可的。之所以叫作德罗肖特画像，因为这幅版画的作者是一位叫作马丁·德罗肖特（Martin Droeshout，约1601—1650）的版画家。第一对开本出版时德罗肖特二十二岁，也就是说，莎士比亚去世时他只有十五岁，不太可能亲自为莎士比亚作画。而且根据当时的习惯，版画家一般不会根据画作对象的真实相貌直接制作版画，而是会依据另一幅油画作品制成版画，但德罗肖特所依据的这幅油画原作已经失传，不知其出处和原作者。但无论如何，在整个17世纪，从1623年的第一对开本到1685年的第四对开本，德罗肖特画像都是出现在莎士比亚文集中的唯一一幅作者肖像画，1640年出版的莎士比亚诗集中使用的也是此画的复制品。[①] 因此长期以来，德罗肖特画像都被认为是最接近

---

① 参见前文第三章第一节第一对开本扉页插图。

莎士比亚相貌的画作。

除了德罗肖特画像，还有一座雕像被认为较为真实地反映了莎士比亚的相貌，那就是坐落在莎士比亚故乡斯特拉特福镇的"圣三一教堂半身像"（Holy Trinity bust）。这座半身像就在教堂内部的莎士比亚墓旁边，是莎士比亚的纪念雕像。这座半身像的制作时间不明，但一定早于1623年。因为在这一年出版的第一对开本的开篇，不仅附有本·琼生的那首著名的颂诗，还附有另一位诗人伦纳德·迪格斯的一首短诗，其中就提到了一句这座斯特拉特福的雕像，这就证明最晚在莎士比亚去世之后的七年之内，这座雕像就已经存在了。流传最广的说法认为这座雕像是莎士比亚的大女婿约翰·霍尔（John Hall，1575—1635）医生为纪念岳父而竖立的。因此，这座雕像在真实性上无疑与德罗肖特画像具有相同甚至更高的价值，因为它们都被熟悉莎士比亚的人所认可。不过，与德罗肖特画像相比，这座半身像所塑造的莎士比亚的脸庞和身材都明显偏胖，也许更真实地反映了莎士比亚晚年在故乡生活时的容貌。

长期以来，德罗肖特画像和圣三一教堂半身像都被认为是最真实地记录了莎士比亚容貌的两个重要证据，但这两件作品毕竟都出现在莎士比亚去世之后。18世纪之后，随着莎士比亚声望的不断提升，人们愈发渴望找到莎士比亚生前的肖像画，因此，越来越多的所谓的莎士比亚画像也开始出现。不过此后发现的大部分画像要么被证实是伪

圣三一教堂莎士比亚半身像

钱多斯画像

作或仿作,要么并不能明确证明是莎士比亚本人。[①]这其中唯一能对德罗肖特画像和圣三一教堂半身像的权威地位形成挑战的恐怕只有一幅,那就是著名的"钱多斯画像"(Chandos portrait)。

1719年,著名的版画家和收藏家乔治·维特(George Vertue,1684—1756)在自己的笔记中首次提到了这幅画,并讲述了这幅画的历史。维特声称这幅画最早由威廉·戴夫南特收藏,后来被转手给托马斯·贝特顿,然后流落到钱多斯公爵手中。由于此画曾长期被钱多斯公爵家族所收藏,因此被称为"钱多斯画像"。不过"钱多斯画像"走进公众视野已经是19世纪中叶的事了。1856年,当英国国家肖像馆(National Portrait Gallery)建成的时候收到了许多捐赠画作,其中有一幅来自埃尔斯米尔伯爵(Francis Egerton,1st Earl of Ellesmere,1800—1857)捐赠的莎士比亚肖像油画,这幅画就是埃尔斯米尔伯爵在1848年从钱多斯公爵家族那里买来的"钱多斯画像"。此画像应该创作于1610年左右,作者不明,据说可能是一位叫作约翰·泰勒(John Taylor,生卒年不详)的画家,也有人认为是莎士比亚的演员同事理查德·伯比奇所画。画中的人物也确实与德罗肖特画像和圣三一教堂半身像类似,但明显更加

[①] 18世纪之后,许多画像都曾被认为是莎士比亚的肖像,其中比较著名的有格拉夫顿(Grafton)画像、考伯(Cobbe)画像、桑德斯(Sanders)画像、詹森(Janssen)画像等,其中一些流传很广,但这些画像在相貌上都明显不同于德罗肖特画像和圣三一教堂的莎士比亚半身像。此外,19世纪还出现过一幅至今流传甚广的弗劳尔(Flower)画像,此画像一度被许多人认为是德罗肖特画像的油画原作,但后来被证实是19世纪的伪作。

年轻也更加英俊,而且还戴了一个金耳环。正因如此,虽然也存在一些争议,但很多人更愿意相信这幅画就是莎士比亚生前容貌的真实再现。

到了18世纪,人们对莎士比亚的热情已经不仅体现在试图从艺术作品中追寻莎士比亚的容貌,也体现在试图从造型艺术中再现莎士比亚及其作品。1741年1月,作为莎士比亚在英国文坛地位飙升的标志性事件之一,这位大诗人的全身雕像被竖立在了象征英国诗人文学成就和地位的威斯敏斯特大教堂诗人角。我们知道,斯宾塞在1599年去世之后,成为除乔叟外第一个被葬在诗人角的大诗人。此后,鲍芒和琼生死后也被葬在诗人角。因此,死后葬在诗人角在莎士比亚的时代已经成为英国诗人的一项巨大荣誉。但众所周知,莎士比亚并没有长眠于此,他在斯特拉特福去世,被葬在了镇上的圣三一教堂。不过,莎士比亚去世后不久,便已经有人提出他应该被安葬在诗人角。有一位叫作威廉·巴斯(William Basse,约1583—1653)的诗人为莎士比亚写了一首悼亡颂诗,其中提到:

> 著名的斯宾塞,请躺近一些,
> 多学的乔叟、稀世的鲍芒
> 请挪近斯宾塞,给莎士比亚
> 在你们三四个人的墓里腾个地方。
> 在末日审判之前请凑合一点,
> 四人睡一床,恐怕在那时以前
> 命运不可能夺去第五条这样的生命,

需要再把这里的床帐揭开。①

这首诗在当时应该产生过一定的影响,因为琼生在1623年第一对开本的那首颂诗中便对此诗进行了回应:

> 我的莎士比亚,起来吧;我不想安置你
> 在乔叟、斯宾塞身边,鲍芒也不必
> 躺开一点,给你腾出个铺位。
> 你是不需要陵墓的一个纪念碑,
> 你还是活着的,只要你的书还在,
> 只要我们会读书,会说出好歹。②

如果说琼生在莎士比亚去世不久便对他进行这样的评价有所夸张的话,那么18世纪中叶以后,情况确实开始朝着琼生所描绘的方向发展。此时的诗人角中如果少了莎士比亚,不再是莎士比亚的遗憾,而是诗人角的遗憾。因此,尽管琼生说莎士比亚不需要这项荣誉,但英国人在1741年还是决定把这项荣誉补给莎士比亚。经过几位戏剧界人士和贵族的提议,人们决定把莎士比亚的雕像竖立在诗人角来纪念这位伟大的诗人。

在诗人角竖立雕像之前,社会上甚至已经有声音提议

---

① 裴克安:《莎士比亚年谱》(修订版),北京:商务印书馆,2006,第191页,译文略有改动。
② 杨周翰选编:《莎士比亚评论汇编(上)》,北京:中国社会科学出版社,1979,第12页。前文已经提到,琼生的这首颂诗与巴斯的那首颂诗一样,是当时的一种特定文体。这种诗中对逝者的夸赞往往有夸大其词的成分。

将莎士比亚的遗骸从斯特拉特福转至诗人角,但未被采纳。在决定用雕像的形式在诗人角纪念莎士比亚之后,当时戏剧界的两位重要人物,特鲁里街剧院的经理查尔斯·弗利特伍德和科芬园剧院的经理约翰·里奇开始向社会募资。随后由伯灵顿伯爵三世理查德·博伊尔(Richard Boyle, the 3rd Earl of Burlington,1695—1753)、理查德·迈德医生(Dr. Richard Mead,1673—1754)、亚历山大·蒲柏等人出资,由当时著名的建筑师威廉·肯特(William Kent,约 1685—1748)设计雕像,雕塑家彼得·施马克(Peter Scheemakers,1691—1781)则负责制作雕像。这座真人大小的大理石雕像有五英尺六英寸高,雕像中的莎士比亚双腿交叉站立,倚着一个石基座,一手托腮,另一手指向一页正在滑落的手稿,手稿上的话出自莎剧《暴风雨》。雕像的底座被三位人物头像的浮雕所围绕,分别是莎士比亚时代的女王伊丽莎白一世、莎士比亚历史剧中的英王亨利五世和理查三世。雕像的上方还刻有一句拉丁文,意为"威廉·莎士比亚,去世一百二十四年后出于公众的敬仰所竖立"。

当然,为莎士比亚竖立雕像只是这位大诗人成为文化偶像的第一步而已。前文提到,1769 年加里克举办的莎士比亚庆典在整个英国文化界产生了深远的影响,并将对莎士比亚的崇拜变成了一种文化产业。此后,莎士比亚成为一种文化产品的趋势越来越明显,甚至在当时的花瓶上、瓷砖上都开始出现莎士比亚本人或莎剧人物的画像。在这种情况下,莎士比亚及其戏剧场景越来越多地出现在绘画中。斯特拉特福庆典过后,一位叫作罗伯特·潘恩

诗人角的莎士比亚雕像

（Robert Edge Pine, 1730—1788）的画家便将加里克为莎士比亚雕像揭幕和朗读颂诗的场景画了下来，并在1782年在伦敦连同几幅莎剧场景的绘画作品一起进行了展出。① 当然，绘制莎剧场景的情况出现得更早，因为前文已经提到，为莎士比亚戏剧创作插图始于尼古拉斯·罗的1709年版《莎士比亚作品集》，后来西奥博德的1740年版文集也配有插图。不过越来越多的画家开始绘制各种各样与莎士比亚有关的绘画作品还是在18世纪中叶之后，尤其是加里克的庆典之后。

相对于欧洲大陆，英国绘画起步较晚，在18世纪之前几乎没有任何英国画家能够在西方美术史上留下重要作品，18世纪之后才逐渐有比较重要的画家出现。不难看出，英国绘画的成熟与莎士比亚民族诗人地位的确立都发生在18世纪，因此两者之间难免发生交集，甚至可以说，莎士比亚在英国美术史的发展过程中扮演过重要的角色。大概在18世纪中叶，第一位在欧洲大陆获得声誉的英国画家，同时也是英国本土第一位重要画家威廉·荷加斯（William Hogarth, 1697—1764）便开始创作莎剧题材的作品。此人与加里克是好友，曾以加里克饰演的理查三世为题材绘制了一幅著名画作，画的是此剧第五幕第三场理查三世从梦中惊醒的场景。② 另外，荷加斯还有一幅关于《暴风雨》戏剧场景的画作传世，而与荷加斯同时代的画家本杰明·威尔逊（Benjamin Wilson, 1721—1788）也创作过有关莎剧

---

① 参见本章第二节插图。
② 参见第四章第二节插图。

场景的作品。

随着18世纪下半叶莎士比亚名望的不断提升,这位大诗人在绘画中的影响也愈发显现。与此同时,随着工业革命的开始和英国的经济实力与日俱增,此时的英国迅速崛起并成为欧洲第一强国。但在艺术领域,英国的地位与其经济成就并不相符,明显落后于法国、意大利等欧洲大陆国家。作为第一位以英语为母语的汉诺威王朝君主,当时的英国国王乔治三世也开始公开鼓励带有爱国主义色彩的艺术创作,并在1768年亲自担任了新成立的皇家艺术学院(Royal Academy of Arts)的庇护人。于是,与文学家们一样,英国画家们的民族意识也开始觉醒。皇家艺术学院广纳人才的包容精神甚至让一些外国人也心甘情愿地投身于英国绘画事业的发展,比如瑞士人亨利·福赛利(Henry Fuseli,1741—1825)和美国人本杰明·韦斯特(Benjamin West,1738—1820)都是皇家艺术学院的重要成员。[1]

在这样的大背景下,将英国的民族诗人反映到绘画中似乎是在绘画中彰显民族精神的一个不错的选择。1775—1776年间,便有一位叫作约翰·莫蒂默(John Hamilton Mortimer,1740—1779)的画家创作了与莎剧人物有关的一系列绘画作品,名为《莎剧中的十二位人物》(*Twelve Characters from Shakespeare*)。1776年12月,时任皇家艺术学院主席的著名画家约书亚·雷诺兹在向自己的学生演

---

[1] 这两人都参与了后来的莎士比亚画廊计划,福赛利甚至有八幅作品被收入画廊。

讲时说道："每一个从事绘画工作的人都应该以某种语言或其他语言在相当程度上对诗人们（的工作）有所了解，以便他可以吸收诗歌的精神并扩大他的思想储备。"[①]这种观点很快就成为画家们的共识。如此一来，莎剧中的人物和情节成为画家所描绘的对象已是水到渠成的事。

于是到了1786年11月，版画家和出版商约翰·博伊戴尔开启了一项宏伟的计划，这就是著名的"莎士比亚画廊"（Shakespeare Gallery）计划。按照博伊戴尔的设想，此计划的最终目的在于借助其在绘画领域的影响形成一个"英国自己的历史画派"，以消除欧洲艺术界对英国绘画的成见，甚至对抗欧洲大陆的绘画传统。博伊戴尔之所以这样做是因为在他看来，当时的欧洲绘画界普遍认为英国人只会画肖像画，不会画更复杂的更需要想象力的历史题材画。要改变英国绘画中这种缺乏想象力的现状，英国人需要的是适合以绘画形式表现的丰富的故事情节和富有想象力的叙事场景，那么莎士比亚的这三十多部戏剧作品无疑是很好的题材。

博伊戴尔本人既是画家也是版画商人，他从1746年开始从事版画事业。到了18世纪50年代，博伊戴尔已经从与法国的版画贸易中大量获利，但他发现自己的贸易只能从法国进口版画，却不能出口任何的英国版画给法国，因为法国人看不上来自英国的版画。这样的贸易逆差不仅让博伊戴尔在商业上蒙受损失，更重要的是挫伤了他的民族

---

① Joshua Reynolds, *Discourses on Art*, ed. by Robert R. Ward, London: Collier-Macmillan Ltd., 1966, p.105.

自尊心。于是博伊戴尔开始自己出资订购高质量的英国版画，从而促进英国版画的发展并带动版画出口。经过一系列的努力，在1761年他开始尝试与法国人进行版画实物交易。博伊戴尔的努力很快起到了效果，到了1770年，英国出口的印刷品数量已远远超过进口量，其中原因之一便是博伊戴尔几乎凭一己之力逆转了英法之间的版画贸易。博伊戴尔也因此名声大噪，成为英国最著名的印刷品商人之一。到了1773年，博伊戴尔获得了皇家艺术学院颁发的金质奖章，以表彰他在提升英国版画品质方面的成就和在印刷品贸易领域的巨大贡献。

在这种情况下，晚年的博伊戴尔已积累了大量财富，而且在艺术界与商界都拥有大量人脉资源。不过此时的博伊戴尔还是对英国没有自己的历史画派的问题耿耿于怀，于是他决定开启一场关乎英国绘画民族声誉的更大规模的风险投资，那就是"莎士比亚画廊"计划。1786年，在博伊戴尔的侄子约西亚·博伊戴尔（Josiah Boydell，1752—1817）举办的一次宴会上，关于莎士比亚画廊的设想首次被提出，而后来参与画廊计划的乔治·罗姆尼（George Romney，1734—1802）和本杰明·韦斯特等画家也都参加了此次聚会。据说当时的场景是这样的，众人都在恭维博伊戴尔为英国版画事业做出的巨大贡献，博伊戴尔则提到欧洲人仍然认为英国人只会画肖像画，他打算出资鼓励英国画家创作历史题材作品，但苦于没有好题材，于是在座的一位书商提出应该在莎士比亚戏剧中取材，这个建议得到了大家的一致响应，当时便商定了莎士比亚画廊计划的基本框架。① 一个月以后，博伊戴尔便拿出了一个宏大的计划。根据博伊戴尔的设想，"莎士比亚画廊"计划分为三个阶段，第一步是找当时最优秀的画家订购一批以莎士比亚戏剧场景为内容的油画作品（这些作品分为大画幅和小画幅两种，因为第二阶段需要大画幅作品，第三阶段则需要小画幅作品），最初计划的数量在七十二幅左右，并且以这些作品为基础办一个永久性质的画廊；第二步是请版画家们照着这些油画制作版画，并将大画幅作品集合成一个大型的对开本《莎士比亚画廊版画集》出版，卖给画展参观者和全欧洲的订购者；第三步是以小画幅作品为基础出版一套制作精美的《插图版莎士比亚戏剧集》，形式为八卷四开本（最终为九卷），文本方面由著名莎剧校勘专家乔治·斯蒂文斯负责，以预售和订购的方式组织印刷。在这个庞大的计划中，《插图版莎士比亚戏剧集》是最终成果，而画廊和《莎士比亚画廊版画集》则是计划的两个阶段和《戏剧集》的副产品。

为了实现这一计划，博伊戴尔几乎邀请了当时所有的一流画家。在随后的画展中，先后出现了约书亚·雷诺兹、乔治·罗姆尼、亨利·福赛利、本杰明·韦斯特、詹姆斯·巴里（James Barry, 1741—1806）、詹姆斯·诺斯科特（James Northcote, 1746—1831）、托马斯·斯托萨德（Thomas Stothard, 1755—1834）、约翰·奥佩（John Opie, 1761—1807）等人的作品。而这些画家也从博伊戴尔那里

---

① 参见 Malcolm Salaman, *Shakespeare in Pictorial Art*, London and New York: "The Studio" Ltd., 1916, p.18.

获得了丰厚的报酬。博伊戴尔的慷慨也让这项计划耗资非常巨大,在画廊开展之前,博伊戴尔和他的合伙人就已经花了上万英镑用来支付各种开支。

1789年5月,画廊在伦敦的蓓尔美尔街(Pall Mall)52号开展,首先展出了十八位画家的三十四幅油画作品,分别刻画了二十一部莎剧中的不同场景。著名画家乔治·罗姆尼虽然没有创作与莎剧场景有关的作品,但画了一幅名为《自然与情欲之神与婴儿莎士比亚相伴》(*The Infant Shakespeare Attended by Nature and the Passions*)的作品,这幅画也是整个画廊最著名的画作之一。到了1790年,画廊展出的画作增加至五十五幅,而到1791年则增至七十二幅。到了1796年,画廊里最终展出的作品包括了八十四幅大型作品和若干幅小画,总数将近一百七十幅画作。画廊的门票价格为一先令,而《莎士比亚画廊版画集》和《插图版莎士比亚戏剧集》的订购者们则可以免费参观画展。莎士比亚画廊的展出一直持续到1803年,因为这一年11月博伊戴尔宣布破产。

不过直到破产之前,莎士比亚画廊计划基本在按照博伊戴尔的设想推进,只不过进度十分缓慢。在画廊开展之后,由四十六名经验丰富的版画师组成的团队开始制作版画。也就是说,无论在最终的《莎士比亚画廊版画集》中,还是在《插图版莎士比亚戏剧集》中,每幅版画的背后都有一幅油画原画,可以说每幅版画都是由一位油画家和一位版画家共同完成。但是,版画的制作进度远没有博伊戴尔预想的那么快。《插图版莎士比亚戏剧集》从1791年开始出版第一卷,一直到1805年博伊戴尔破产之

《莎士比亚画廊版画集》中的《自然与情欲之神与婴儿莎士比亚相伴》

原画作者:乔治·罗姆尼

版画作者:本杰明·史密斯(Benjamin Smith,1775—1833)

后两年才勉强出版完整。这套售价昂贵的戏剧集制作非常精美，其中的插图甚至可以单独取出。同样制作精美的是那本名为《英国艺术家创作的莎士比亚戏剧插图版画集》（*A Collection of Prints from Pictures for the Purpose of Illustrating the Dramatic Works of Shakespeare by the Artists of Great-Britain*）的对开本版画集，这部版画集也是一直拖到1803年博伊戴尔濒临破产时才得以出版。这两部计划中的出版物都没有给博伊戴尔带来预想中可观的收入，也没能挽回整个计划的失败。

据说在整个莎士比亚画廊计划中博伊戴尔的投资高达三十五万英镑，这在当时几乎是个天文数字。博伊戴尔付给画家和版画家们的报酬是很丰厚的，他印刷的《莎士比亚画廊版画集》和《插图版莎士比亚戏剧集》也都非常精美。但这也意味着成本的不断增加，而莎士比亚画廊毕竟是一场由商人主导的商业行为，这种不计成本的投入带来的结果对博伊戴尔来说无疑是毁灭性的。更重要的是，虽然第一阶段的画展按计划进行，但版画制作的缓慢严重拖延了整个计划的进度，导致《插图版莎士比亚戏剧集》的出版进展异常缓慢。由于版画集和戏剧集均采用预售和订购的形式，制作进度的拖延导致订购人数开始急剧下降，整个莎士比亚画廊计划的商业价值岌岌可危。意识到危机的博伊戴尔不得不雇用更多经验并不丰富的版画家加入版画制作过程，试图加快版画集的制作进度并节约成本，但此举却导致了版画质量的明显下降。更令博伊戴尔没有想到的是，1789年爆发的法国大革命严重影响了他的对法版画贸易，随后1793年爆发的英法之间的拿破仑战争则几乎彻底斩断了他的版画出口业务，最终导致博伊戴尔在经营上出现严重问题。此外，导致博伊戴尔的画廊计划利润下降的另一个原因是其他出版商和画家的模仿行为。由于看到了博伊戴尔所描绘的宏伟前景，莎士比亚画廊计划刚启动不久就有出版商和画家开始模仿它，比如出版商和画商托马斯·麦克林（Thomas Macklin，？—1800）受到博伊戴尔的启发，早在1788年博伊戴尔还在筹备莎士比亚画廊的时候便率先在蓓尔美尔街举办了"诗人画廊"，后来又加入圣经题材的绘画作品，其中不乏亨利·福赛利和约书亚·雷诺兹等参与博伊戴尔计划的名画家的画作；亨利·福赛利自己则在1799年举办了弥尔顿画廊；还有一位叫罗伯特·鲍伊尔（Robert Bowyer，1758—1834）的出版商和画家也于1793年在蓓尔美尔街87号举办了与英国历史有关的画廊。这些不断出现的类似画展导致公众对博伊戴尔的莎士比亚画廊的新鲜感不断降低，从而影响了博伊戴尔的《莎士比亚画廊版画集》和《插图版莎士比亚戏剧集》的销售。不过与博伊戴尔的画廊计划一样，这些画廊后来大都陷入了经济上的困境。

在这种情况下，到了1803年，已经长期入不敷出的博伊戴尔不得不宣布破产。此后他想出了一个自救的办法，那就是用莎士比亚画廊的画作当作头奖的奖品，以彩票的形式大量募资，然后再用卖彩票募来的钱将这些画作回购。这个计划本身很完美，彩票的发行在议会的授权下进行得也很成功，在每张彩票卖到三个几尼的情况下仍有超过两万张彩票被卖出。这些彩票为博伊戴尔带来了大约六万六千英镑的收入。彩票开奖的结果是一位名叫泰西（Tassie，生卒年不详）的珠宝商人中了头奖，获得了莎士比亚画廊的所有画作，但此时已经八十六岁高龄的博伊戴尔还没等到彩票开奖便带着遗憾去世了。当博伊戴尔的侄子约西亚·博伊戴尔想以一万英镑的价格回购这些画的时候，泰西却要价两万英镑以上，这已经远远超出了约西亚的预算，最终导致回购失败。然而讽刺的是，当泰西在1805年将这些画作拍卖时，却只拍出了六千英镑的价格。于是，本打算永久经营下去的莎士比亚画廊在持续展览了十六年后永远关闭了，而博伊戴尔本人也没有来得及看到莎士比亚画廊最后的结局。

虽然博伊戴尔的破产意味着莎士比亚画廊计划在商业上最终是失败的，但并不意味着它在其他层面上的失败。莎士比亚画廊计划确实促进了英国绘画艺术的发展，在画展开展之初它便引起了媒体和公众的广泛关注。有学者认为莎士比亚画廊虽然并没有帮助博伊戴尔实现建立英国历史画派的愿望，但"无论如何，这项事业至少让许多画家确立了一个值得尊敬的志向，将他们的注意力引向（文学）高贵主题中的丰富资源，也为那些艺术庇护人指出了一个他们可以鼓励本土艺术家们进行创作的大有可为的领域。从最后这方面看，大量成果已经出现，而在未来的几年里，许多收藏家们开始推动英国本土艺术大师们的创作"[①]。本土画家以本土作家提供的题材进行艺术创作，这本身便是英国民族意识在绘画领域的一次觉醒。应该说，莎士比亚

[①] Sadakichi Hartmann, *Shakespeare in Art*, London: Jarrold and Sons, 1901, p.69.

画廊是艺术商人和艺术家面对自己与欧洲绘画艺术之间的文化劣势进行的一次有意识的文化对抗，这与莎士比亚在文学领域的经典化过程有着类似的心理动机。

当然，博伊戴尔实施莎士比亚画廊计划的18世纪末19世纪初也正是浪漫主义兴起的时候，浪漫主义莎评家查尔斯·兰姆（Charles Lamb，1775—1834）以提倡阅读莎剧，而不是将莎剧诉诸演出或绘画等视觉艺术而闻名。因此，莎士比亚画廊受到了兰姆的批评。1833年年底，在写给诗人塞缪尔·罗杰斯（Samuel Rogers，1763—1855）的一封信中，兰姆这样说道：

> 博伊戴尔的莎士比亚画廊（除了剧院之外）带给我的莎士比亚怎样的伤害！有了奥佩的莎士比亚，诺斯科特的莎士比亚，轻率的福赛利的莎士比亚，愚蠢的韦斯特的莎士比亚，木讷的雷诺兹的莎士比亚，而不是我的和每个人的莎士比亚。用一个真实的朱丽叶的面容将我们束缚，伊摩琴居然也有了画像！ [1]

"每个人的莎士比亚"只能是每个人想象中的莎士比亚。作为浪漫主义批评家，兰姆对想象力的强调众所周知，他甚至认为想象力是与理性并列的人类的两大能力之一，因此兰姆认为文学作品的魅力正是由于它诉诸读者的想象力。这不仅涉及对莎士比亚的理解，更涉及诗与画的区别

---

[1] C. E. Hughes ed., *The Praise of Shakespeare, an English Anthology*, London: Methuen & Co., 1904, p.148.

等美学问题。①但实际上博伊戴尔早就预见到了类似的指责，在意识到莎士比亚的作品是历史画派的绝佳题材的同时，博伊戴尔也清楚地认识到了莎士比亚在文学上的伟大成就是绘画这种艺术形式所不能完全表现的：

> 虽然我认为大家都会承认这一点，那就是英国要形成自己的历史画派，不朽的莎士比亚笔下的场景无疑是最合适的题材，不过同样应该被铭记的是，他拥有的是画笔所无法企及的力量，那就是他的想象力的力量。他常常在超然于自然之外的同时却能让人感到很自然，因为如果自然本身能够突破她自己的局限，那么她展现出来的应该恰恰就是莎士比亚所展现给我们的。因此，我们不能期待画家能够达到莎士比亚的高度。在这一点上，即便米开朗基罗的力量与拉斐尔的优雅相结合也无济于事。有哪一支画笔能够给莎士比亚的飞升的想象力赋予"居处和名字"？②所以，我希望观众能够在这方面理解这些画，不要带着他那被莎士比亚的魔法所感染的想象力期望从绘画中寻找绘

---

① 德国批评家莱辛在18世纪下半叶关于诗与画界限问题的论述十分有名，莱辛的结论是诗歌是比绘画更高级的艺术，其观点某种程度上与兰姆类似。参见莱辛：《拉奥孔》，朱光潜译，人民文学出版社1979年版。此外，兰姆在著名文章《关于莎士比亚的悲剧及其上演的问题》中还探讨了莎剧阅读与演出的关系问题，中译文见于《王元化集·莎剧解读》，武汉：湖北教育出版社，2007，第210—221页。
② "居处和名字"语出《仲夏夜之梦》第五幕第一场，忒修斯的台词提到"想象会把不知名的事物用一种形式呈现出来，诗人的笔再使它们具有如实的形象，空虚的无物也会有了居处和名字"。

画所不能表现的东西。①

这里博伊戴尔不仅清楚地意识到了想象力的重要性和绘画的局限性,而且也提到了选择莎士比亚的一个重要原因,那就是莎士比亚拥有超越自然的力量。博伊戴尔的这段话其实代表了当时艺术界乃至文化界对莎士比亚的基本看法。因此,我们常常认为是浪漫主义运动将莎士比亚推上了神坛,这种观点并没有错,但是18世纪末的莎士比亚与19世纪上半叶的莎士比亚之间的差别也并没有我们想象的那么大。如果没有18世纪持续不断的经典化进程,浪漫主义的莎士比亚也很难横空出世。

博伊戴尔另一个重要贡献在于他开启了绘画的商业化新模式,摆脱了以前艺术庇护人制度对绘画创作的制约。莎士比亚画廊的开办完全是一种商业行为,博伊戴尔试图通过订购和预售模式盈利,这种盈利方式依赖的是日益强大的中产阶级不断提升的艺术品位和购买能力。虽然最后以失败告终,但这种全新的艺术生产方式无疑标志着艺术创作领域重大变革的开始。这场资本主义的变革对艺术的影响是深远的,正如版权制度的确立瓦解了文学创作中的贵族庇护人制度,绘画的商业化流通也有助于摧毁艺术创作中的贵族庇护人制度。画家詹姆斯·诺斯科特在接受了博伊戴尔提供的丰厚报酬之后便曾说过:"博伊戴尔对英

---

① 转引自 Malcolm Salaman, *Shakespeare in Pictorial Art*, London and New York: "The Studio" Ltd., 1916, p.19。

国美术的贡献比所有贵族加起来都要大。"①因此，博伊戴尔的画廊同加里克的庆典一样，既是英国资本主义文化产业的萌芽，也是莎士比亚在文化领域成为商品的重要标志性事件，也预示着莎士比亚在即将到来的文化产业大潮中将扮演重要的角色，并将凭借文化产业的兴起产生更大的影响。

博伊戴尔的《插图版莎士比亚戏剧集》和《莎士比亚画廊版画集》出版之后，19世纪有大量插图版莎士比亚文集出版，这些插图版文集不能说没有博伊戴尔的影响。对莎士比亚来说，这项持续十几年的艺术界盛事也极大地增强了莎士比亚与绘画这一重要艺术领域之间的联系，此后莎士比亚形象及题材便开始更加频繁地在绘画中以各种形式出现。18世纪末，除了参与莎士比亚画廊的画家以外，著名诗人和版画家威廉·布莱克也创作过莎士比亚题材的作品。毫无疑问，是莎士比亚在18世纪日益增长的声望让他进入了绘画艺术领域，但同样不可否认的是，包括莎士比亚画廊计划在内的各种以莎士比亚为题材的绘画作品在英国文化界的大量出现也进一步巩固了莎士比亚作为英国民族诗人的无可替代的地位。这种不同门类的艺术形式之间和文化产业的不同部门之间的互相影响无疑会进一步提高莎士比亚的声望。

同样，在音乐方面，莎士比亚在世时已有配乐问题，因为莎剧中本身有背景音乐和歌曲存在。作曲家托马

---

① 转引自 Sadakichi Hartmann, *Shakespeare in Art*, London: Jarrold and Sons, 1901, p.61。

斯·莫里（Thomas Morley，1557—1602）和罗伯特·约翰逊（Robert Johnson，1583—1633）便是两位目前已知的当时便为莎剧配乐的音乐家，尤其是约翰逊，此人在1610年之后为莎士比亚所在的国王供奉剧团创作背景音乐和戏剧歌曲，比如《暴风雨》中爱丽儿的歌曲《蜂儿吮啜的地方》（*Where the Bee Sucks*，见第五幕第一场）和《五浔深处》（*Full Fathom Five*，见第一幕第二场）便确定为此人所创作。

前文提到，受欧洲大陆的影响，17世纪下半叶歌剧开始在英国流行起来。17、18世纪的歌剧改编将莎士比亚正式带入音乐领域。改编剧中有不少作品实际上就是歌剧改编，其中甚至出现了一些能够在西方音乐史上留名的原创性曲目，比如17世纪的作曲家马修·洛克（Matthew Locke，1622—1677）就曾为戴夫南特改编版的《麦克白》以及托马斯·西德维尔改编的歌剧版《暴风雨》配乐，后者至今仍有上演。17世纪的另一位著名作曲家亨利·珀赛尔（Henry Purcell，1659—1695）也为歌剧版的《仲夏夜之梦》留下了《仙后》（*The Fairy Queen*）这样的名作。不仅如此，随着莎士比亚名望的传播，莎剧的歌剧改编不仅出现在英国本土，18世纪以后也开始出现在欧洲大陆。一位叫作史蒂芬·斯图拉斯（Stephen Storace，1762—1796）的英国作曲家根据莎剧《错误的喜剧》在维也纳创作了一部名为《误会》（*Gli equivoci*）的两幕歌剧，该剧歌词部分由著名的歌剧词作者洛伦佐·达·彭特（Lorenzo Da Ponte，1749—1838）负责，此人也是莫扎特著名歌剧《费加罗的婚礼》、《唐·乔万尼》和《女人皆如此》的词作者。《误会》一剧于1786年12月27日在维也纳著名的城堡剧院

（Burgtheater）上演。

在18世纪，除了歌剧的改编，莎剧演出的编曲和配乐也有了新的发展。前文提到的为加里克的莎士比亚庆典配乐的作曲家托马斯·阿恩便是以为各种戏剧演出配乐而闻名于世。阿恩曾长期为特鲁里街的皇家剧院担任曲作者，而且他的妹妹、考利·西伯的儿媳苏珊娜·西伯（Susannah Maria Cibber，1714—1766）也是当时著名的女演员和歌唱家。阿恩为许多莎剧中的小曲都重新创作了配乐，比如《暴风雨》中的《蜂儿吮啜的地方》，《第十二夜》中的《过来吧，死神！》（*Come Away, Death*），《皆大欢喜》中的《不惧冬风凛冽》（*Blow, Blow, Thou Winter Wind*）和《青林之下》（*Under the Greenwood Tree*），《威尼斯商人》中的《告诉我爱情生长在何方？》（*Tell me Where is Fancy Bred?*），等等。其中有的歌曲一直到20世纪还在英国的莎剧演出中被使用，而流行至今的《告诉我爱情生长在何方？》便是阿恩为1741年麦克林那场引起轰动的《威尼斯商人》原剧的演出所创作的曲子。

不过除了17、18世纪的歌剧改编以及莎剧演出的编曲之外，莎士比亚对音乐创作的影响还要等到19世纪才会大规模展现。在这即将到来的一百年中，包括舒伯特、瓦格纳、舒曼、柏辽兹、威尔第、门德尔松、斯美塔那、勃拉姆斯、德沃夏克、罗西尼、柴可夫斯基等人在内的欧洲各国的大作曲家都曾创作过以莎剧故事为灵感来源的作品。而此时莎士比亚已借浪漫主义运动成为全欧洲的文化偶像，其经典地位早已无法撼动，他的影响自然也渗透至文化领域的方方面面，但这已不是本书的探讨范围了。

第七章

走 出 英 国

——借浪漫主义风靡欧洲

我们知道，莎士比亚在19世纪的英国已经有了和今天相似的地位，他不仅是英国文学的代表作家，也是英国的重要文化符号。甚至在文化远没有今天多元的情况下，莎士比亚在19世纪英国的地位比今天还要高不少。也就是说，莎士比亚的经典化过程在19世纪上半叶已经完全完成。19世纪莎士比亚之所以能够走上神坛，主要是由于19世纪初浪漫主义运动在英国乃至全欧洲的兴起。在浪漫派那里，莎士比亚不仅是戏剧天才，更是被整个欧洲的浪漫主义者们当作对抗古典主义思潮的一面旗帜。

在浪漫主义者的推动下，莎士比亚不仅走出英国，走向欧洲，甚至还反过来影响英国人对莎士比亚的理解。英国浪漫主义莎评家哈兹列特在《莎士比亚戏剧中的人物》(*Characters of Shakespeare's Plays*)一书的序言中便说道：

> 我们同时要承认，民族自尊心的嫉妒心理在本书成书过程中的作用。因为让我们"感到生气"的是，使我们"英国人崇拜莎士比亚的原因"源于一位外国批评家。因为我们自己人当中没有哪位能展示出（像这位批评家）一样的对莎士比亚天赋的热情崇拜，也

> 没有哪位在指出莎士比亚的杰出特质方面能拥有（像这位批评家）一样的哲学敏锐性。①

哈兹列特提到的这位外国批评家就是德国浪漫主义莎评家奥·威·施莱格尔。当然，作为浪漫主义批评家，为了与本土的古典主义传统决裂，哈兹列特显然夸大了来自外国的影响，贬低了德莱顿、约翰逊、加里克等英国前辈对莎士比亚名望提升的贡献，甚至还大肆批评约翰逊等人对莎士比亚的看法。哈兹列特的观点代表了一部分英国浪漫派的立场，他们与英国本土莎评传统的决裂是因为他们将17、18世纪视为古典主义盛行的时代，将约翰逊等人视为古典主义批评家。但通过上文的梳理我们已经看到，这样评价英国人对莎士比亚的崇拜问题是不公平的，英国人崇拜莎翁的现象在18世纪其实就已经非常明显。只不过在浪漫主义兴起之前，除了加里克之外，还很少有人像浪漫派那样把莎士比亚奉为神明。不过我们从哈兹列特将德国浪漫派视为"英国人崇拜莎士比亚的原因"也可以看出，19世纪莎士比亚在英国被神化其实受到欧洲大陆的影响非常大。那么，对于莎士比亚来说，18世纪末19世纪初的欧洲大陆发生了什么，他是如何被介绍到欧陆的，为何又在欧洲大陆产生了如此大的影响，以至于反过来影响英国浪漫派，让英国人无视自己人的贡献？

---

① William Hazlitt, *Characters of Shakespeare's Plays*, Cambridge: Cambridge University Press, 1908, p.2.

一、莎士比亚在法国

作为离英国最近,同时也是与英国在政治、文化和经济上联系最紧密的欧洲大国,法国无疑是莎士比亚抵达欧洲大陆的第一站,而法国在整个现代欧洲文明中的重要地位也让它在莎士比亚走向整个欧陆的过程中起到了重要的媒介作用。英国光荣革命在17世纪末的成功为欧洲大陆的资产阶级政治改良树立了榜样。于是到了18世纪的启蒙时代,虽然英法在宗教上和军事上冲突不断,但两国文化上的交流反而更加深入,而且与此前英国人的被动接受不同,法国人对英国的兴趣与日俱增。在一些法国知识分子心目中,英国代表着宽容、理性以及政治上的温和,众多启蒙思想家都开始视英国为榜样。于是,法国人对英国文化的这种兴趣很快便延伸至文学领域。18世纪中叶以后,法国书籍市场上开始出现大量英国文学的翻译作品。据不完全统计,从1740年至1790年的半个世纪中,有二百二十二部英国小说被翻译成法语,甚至还有四十六部法国小说为了提高销量,在广告中谎称"从英语翻译而来"[①]。由此可见当时英国文学对法国的影响和法国人对英国文学的喜爱。

不过这种喜爱主要体现在小说方面,18世纪本就是英国小说兴起的时代,但在戏剧领域情况就不同了。自从17世纪以来,古典主义戏剧不仅是法国人的文化高地,而且

---

① 参见 John Pemble, *Shakespeare Goes to Paris: How the Bard Conquered France*, London: Bloomsbury Academic & Professional, 2005, pp.70–71。

是法国文化输出的重要阵地。法国的古典主义戏剧理论在17、18世纪影响了西欧大部分国家的戏剧创作，在法国本土更是根深蒂固。法国人其实很早就对莎士比亚有所耳闻，据说太阳王路易十四的藏书中便有第二对开本的《莎士比亚戏剧集》。不过骄傲的法国人一直以自己的古典文学传统为荣，这就导致法国人接受英国戏剧的过程比较矛盾和曲折。当法国人开始注意到英国戏剧和莎士比亚时，有两个人在将莎士比亚介绍到法国的过程中起到了重要作用，第一位是普莱沃修士（Abbé Prévost，1697—1763），第二位就是大名鼎鼎的启蒙主义思想家伏尔泰。

普莱沃以小说《曼侬》（*Manon Lescaut*）在文学史上留名。这部作品是18世纪法国小说中为数不多的存世名作之一，而普莱沃本人也算是浪漫主义运动在法国最早的先驱之一。普莱沃修士曾在1728年至1730年间到访英国，此后在回忆录中详细介绍并赞扬了英国戏剧。仅仅几年后，普莱沃便在英法文化交流方面做出了更大的贡献，从1733年至1740年，他出版了自己的评论性周刊《正与反》（*Pour et Contre*），其办刊目的之一便是介绍并评价英国文学，而其中连续有几期专门介绍莎士比亚。普莱沃之所以能成为浪漫主义在法国的先驱，部分原因也正是他对英国戏剧和莎士比亚的介绍。

第二位帮助法国人了解莎士比亚的人就是伏尔泰。由于自身的名望和社会影响力，在莎士比亚的法国乃至整个欧洲的传播史中，伏尔泰所起的作用要比普莱沃修士大得多。不过与努力提倡英国文化的普莱沃修士不同，伏尔泰在文学品位上仍是古典主义的忠实信徒。正是由于这种文学品位和立场，伏尔泰对待莎士比亚乃至英国文化的态度很矛盾。一方面，伏尔泰热爱以高乃依和拉辛为代表的法国古典戏剧，自己也是剧作家，创作了许多符合古典主义原则的剧作；而另一方面，伏尔泰曾流亡英国两年，精通英语并熟悉英国文化和文学，与包括蒲柏在内的许多英国作家都有交往，因此在很多方面能够欣赏英国文学。

早在1733年的《论史诗》(*Essai sur la poésie épique*)和1734年的《哲学通信》(*Lettres philosophiques*)中，伏尔泰对英国文学都有相当篇幅的介绍和讨论。对于莎士比亚，伏尔泰一方面认为他粗俗且不懂规则，另一方面又承认他的戏剧天赋和想象力。在《哲学通信》中，伏尔泰对莎士比亚的评价基本是褒贬各半，一边称其为"英国的高乃依"，"创造性地发展了戏剧，具有充沛的活力和自然而卓绝的天才"，一边又评价他"毫无高尚的趣位，也丝毫不懂戏剧艺术的规律"。① 在《哲学通信》中我们也可以看出，伏尔泰对待莎士比亚的这种矛盾态度很大程度上取决于他对待英国戏剧的态度，"他们（英国的悲剧作家们）的剧本几乎全是野蛮的，缺乏节度，缺乏条理，缺乏逼真，却在黑夜之中射出惊人的光芒。文笔太铺张，太欠自然，过度抄袭了希伯来作家们充塞着亚洲式的夸大；但也应该承认那种引申文笔的铺张堆砌——英国语言正以此为矫饰——却十分提高了精神，虽则进度不是规律的。"② 伏尔泰对莎士比亚的这种矛盾态度至少延续到18世纪60年

---

① 伏尔泰：《哲学通信》，高达观译，上海：上海人民出版社，2005，第96页。
② 同上书，第99页。

代。1748年,伏尔泰在为自己创作的剧本《塞弥拉弥斯》(*Semiramis*)所写的序言中一面称《哈姆雷特》"是个既粗俗又野蛮的剧本,它甚至不会得到法国和意大利最卑微的贱民的支持……人们会以为这部作品是一个烂醉的野人凭空想象的产物"[1];但马上便又声称"在使英国戏剧至今仍如此荒唐、如此野蛮的这些粗俗而不合法则的情节中,在《哈姆雷特》里,我们还可以发现一些无愧于最伟大的天才的崇高特点"[2]。在《凯撒之死》的序言中,伏尔泰再次提到:"莎士比亚是伟大的天才,但他生活在粗野的时代,在他的戏剧中迸露出了这个时代的粗野性;这种粗野性大大超过了作者的天才。"[3]

不难发现,早期伏尔泰对莎士比亚的评价虽然有很多批评,但正面的成分也不少。不过我们应该认识到,包括约翰逊博士在内的同一时期的许多英国批评家们对待莎士比亚的态度也是有褒有贬、毁誉参半的,因此伏尔泰的批评也并没有显得太过突兀。但随着时间的推移,当莎士比亚在英国的声望越来越高,英国人的民族意识也越来越强烈的时候,伏尔泰却越来越倾向于贬低莎士比亚。因为晚年的伏尔泰越来越意识到以莎士比亚为代表的英国戏剧的传播是对法国古典主义戏剧的严重威胁。不过总的来说,伏尔泰对待莎士比亚的态度始终是矛盾的,而且与外部环境的变化有关。当伏尔泰看到有法国人开始喜爱英国戏剧

---

[1] 杨周翰选编:《莎士比亚评论汇编(上)》,北京:中国社会科学出版社,1979,第352页。
[2] 同上。
[3] 同上书,第354页。

的时候，他很担心莎士比亚威胁到高乃依等法国剧作家的崇高地位，便会对莎士比亚恶语相向。比如在1761年匿名出版的小册子《对所有欧洲国家的呼吁》(*Appel à toutes Its nationsde l'Europe*)中，伏尔泰对法国出现赞美英国戏剧的现象非常生气，并试图通过攻击莎士比亚来证明法国戏剧的优越，因此他大肆嘲讽《哈姆雷特》，尤其是其中的掘墓人场景，认为这种低劣的场景是对悲剧的玷污；到了1768年，当伏尔泰的英国友人贺拉斯·沃波尔公开指责他贬低莎士比亚和英国戏剧时①，他又会为自己辩解："您大概想使您的国民相信我是蔑视莎士比亚的吧。我还是第一个让法国人认识莎士比亚的人呢。"②甚至他还会说出这样为莎士比亚辩解的话："我曾说过，他的天才是属于他的，而他的错处是属于他的时代的。……卑贱与伟大相交，滑稽与恐怖共处：这是悲剧的混沌世界，其中却有万道金光。"③莎士比亚的缺点属于他的时代，但优点却属于他自己，这正是17、18世纪许多英国批评家为莎士比亚辩解时的观点。如果不看作者，我们甚至会认为这是德莱顿或者约翰逊博士对莎士比亚的褒奖。

由于伏尔泰在整个欧陆的崇高名望，他很快成为欧陆各国的莎士比亚权威，在18世纪下半叶长期左右着整个欧洲对莎士比亚的看法。而伏尔泰本人也对自己的这种权威地位非常满意。因此，当法国开始出现莎士比亚的法语

---

① 参见上文第五章第三节。
② 杨周翰选编：《莎士比亚评论汇编（上）》，北京：中国社会科学出版社，1979，第357页。
③ 同上书，第358页。

译本时,伏尔泰认为这个译本挑战了自己作为莎士比亚欧陆传播者的权威地位。他希望欧洲大陆在了解莎士比亚的同时也能清晰地认识到他的缺点,因为莎士比亚并不符合古典主义的规则。对伏尔泰来说,任何对莎士比亚的过分赞誉和译介都是值得警惕的。因此,当伏尔泰看到勒图尔纳的莎剧法译本时勃然大怒,认为其扩大了这位粗俗野蛮的作家在法国的影响。其实早在《哲学通信》中伏尔泰自己就曾翻译过哈姆雷特的独白,大概在1764年他还翻译过《裘力斯·凯撒》的上半部分,不过这部莎剧翻译被收录在一部评论高乃依的著作中,被伏尔泰用来证明高乃依比莎士比亚更优秀。针对勒图尔纳的译本,伏尔泰在写给友人的信中愤怒地讲出了也许是他对莎士比亚所讲的最刻薄的话:

> 令人惊骇的是这个怪物在法国有一帮响应者,为这种灾难和恐怖推波助澜的正是我——很久以前第一个提起这位莎士比亚的人。在他那偌大的粪堆里找到几颗珠宝后拿给法国人看的第一个人也正是我。未曾料到有朝一日我竟会促使国人把高乃依和拉辛的桂冠踩在脚下,为的是往一个野蛮的戏子脸上抹金。[①]

短短几年时间,莎士比亚从"悲剧混沌中的万道金光"变成了"粪堆里的几颗珠宝",虽然所表达的矛盾态

---

① 转引自韦勒克:《近代文学批评史》第一卷,杨自伍译,上海:上海译文出版社,2009,第37页。

度没什么变化，但其中的褒贬含义却差别巨大，令人不得不佩服伏尔泰嬉笑怒骂的文字功底。其实尽管伏尔泰对莎剧翻译心存警惕，但其实莎剧的法译本出现得很早。早在1745年，一位叫作拉普拉斯（Pierre Antoine de La Place，1707—1793）的剧作家便翻译了一系列莎剧，此人也是法国的第一位莎士比亚译者。拉普拉斯翻译的莎剧收录在他的《英国戏剧集》（*Théâtre Anglois*）一书中。此书在1745年首先出版了两卷，其中包括《奥赛罗》《亨利六世（下）》《理查三世》《哈姆雷特》《麦克白》等莎剧，很快又增补了两卷，其中包括《辛白林》、《裘力斯·凯撒》、《安东尼与克里奥佩特拉》、《雅典的泰门》（西德维尔改编版）、《温莎的风流娘们》等五部莎剧。但拉普拉斯翻译的所有莎剧中只有《理查三世》是完整的，其他莎剧均是采用经典段落与情节介绍结合的形式。除了这十部莎剧，拉普拉斯还在此书中介绍了另外二十六部莎剧的基本情节，而且还在序言中对英国戏剧和莎士比亚的生平情况进行了介绍。拉普拉斯的翻译对整个欧洲大陆都有一定影响，后面我们还会看到，德国和俄国在某种程度上都通过他的翻译认识了莎士比亚。

到了18世纪下半叶，法国人才开始逐渐走出伏尔泰的观点，对莎士比亚有了越来越多新的认识。1751年，英国著名演员、莎士比亚的忠实崇拜者大卫·加里克曾到访法国，与法国戏剧界的友人有所交流。1763年和1764年，加里克在往来意大利的途中又两次经过法国并在巴黎逗留许久。此时由于普莱沃和伏尔泰的介绍以及拉普拉斯的翻译，莎士比亚在法国已经有了一定的知名度，而加里克在巴黎的沙龙中表演莎剧，凭着自己的表演天赋和丰富的舞台经验，给法国文化界带来了耳目一新的戏剧体验。也正是由于1764年年底加里克在巴黎的各种社交活动在当时产生了很大影响，五年之后当他举办莎士比亚庆典的时候，巴黎的报纸也对这场盛事进行了大量报道，客观上进一步促进了莎士比亚在法国的传播。

不过直到1776年，法国人才通过完整的译本得以更加深入地认识莎士比亚。这个译本的译者便是上文提到的让伏尔泰愤怒的皮埃尔·勒图尔纳（Pierre Le Tourneur，1737—1788）。勒图尔纳的译本虽是散文形式，文笔水平也只能算差强人意，但与拉普拉斯的译本相比，其内容明显更忠实于莎士比亚的原文。这部莎士比亚法译本戏剧集采用四开本的形式印制，装帧豪华精美。勒图尔纳不仅为这部戏剧集写了长达一百六十页的介绍性序言，而且在其中对莎士比亚大加赞扬，认为莎士比亚是世界范围内最伟大的戏剧天才，尤其善于刻画人性。相应地，勒图尔纳的序言中对本国的古典主义戏剧家高乃依和拉辛却没有如此高的评价，对剧作家伏尔泰更是只字不提，无怪乎这个译本引起了伏尔泰的强烈怒火。气急败坏的伏尔泰不仅在上述信中抱怨法国人对莎士比亚的接受，甚至还写了一篇公开信，并委托法兰西学院的秘书、著名数学家和物理学家达朗贝尔（Jean le Rond d'Alembert，1717—1783）在1776年8月25日的学院会议上当众宣读。在这篇公开信中，伏尔泰号召法兰西学院通过抵制莎士比亚来保卫法国文学。10月7日，伏尔泰又发表了第二封公开信，信中称莎士比亚是一个在黑夜中闪耀着些许天才光芒的野蛮人。这个评价延续了伏尔泰对莎士比亚的一贯看法，或许也算是伏尔泰晚年对莎士比亚所做的最后定论，因为仅仅一年多之后，这位将莎士比亚介绍到欧洲大陆的伟大思想家便带着没能保卫法国戏剧的遗憾与世长辞了。

毫不夸张地说，18世纪70年代之前，伏尔泰就是整个欧洲大陆最重要的莎士比亚权威，他对莎士比亚的评价决定着整个欧洲对莎士比亚的看法。他既是莎士比亚名望的传播者，但同时也在不断提醒人们不要给莎士比亚太高的名望。不过就在伏尔泰不遗余力地捍卫法国古典主义戏剧传统不受英国戏剧玷污的同时，莎士比亚在法国的影响却在持续扩大。就在加里克忙着在莎士比亚的故乡举办庆典的同一年，他在法国戏剧界的好友之一，剧作家让－弗朗索瓦·杜西（Jean-François Ducis，1733—1816）不仅编译了莎士比亚的剧作，而且还第一次将莎士比亚搬上法国的戏剧舞台。杜西开始排演莎剧时勒图尔纳的译本还未问世，杜西也并不懂英语，因此只能通过拉普拉斯那些不完整的翻译了解莎士比亚。于是他不得不对莎剧进行重新编排，这就和莎剧的原貌有了比较大的差距。而且由于受到古典主义戏剧传统的影响，杜西对待莎士比亚的态度很像一个世纪以前英国的剧作家们，他为了让莎翁更适应法国的戏剧舞台，根据古典主义戏剧原则对莎剧进行了大幅度的改编。

杜西自从1768年开始戏剧生涯之后便不断在巴黎舞台上演出自己改编的莎剧，二十余年间一共改编并上演了六部莎剧，分别是1769年的《哈姆雷特》（*Hamlet*）、1772年的《罗密欧与朱丽叶》（*Roméo et Juliette*）、1783年的

《李尔王》(*Le Roi Lear*)、1784年的《麦克白》(*Macbeth*)、1791年的《约翰王》(*Jean sans Terre*)以及1792年的《奥赛罗》(*Othello*)。不难看出，杜西为法国戏剧舞台改编了莎士比亚的所有重要悲剧，其中除了《麦克白》的演出效果不好之外其他剧目都获得了成功，尤其是《奥赛罗》。这部剧由当时法国著名的戏剧演员塔尔玛（François Joseph Talma，1763—1826）出演，进一步保证了演出的效果。不过由于担心结局过于野蛮和残忍，不符合古典主义的得体原则，杜西对《奥赛罗》的情节进行了很大改动，最后的结局是奥赛罗发现了伊阿古的阴谋，他不仅与苔丝狄蒙娜重归于好，还选择了原谅伊阿古。这样的结局难免让人想起当年泰特对《李尔王》所做的改编，其动机同样是出于对古典主义戏剧原则的妥协。此事再一次证明，在17、18世纪古典主义文学品位盛行的时代，无论在英国还是法国，为了向流行的品位妥协而对原作者的作品进行改编，并不是对原作者的背叛，而是一种必要的妥协和权宜之计。由于古典主义戏剧的长期流行，莎士比亚在英国和法国的舞台上都经历了这种改编才获得了更长久的生命力。杜西凭借着改编和上演这种当时的法国人能够接受的莎剧在巴黎戏剧界获得了巨大的声誉，而他改编的莎剧在长达半个多世纪的时间内都是法国舞台上唯一的莎剧演出版本。不仅如此，杜西改编的莎剧还被翻译成意大利语、西班牙语等西欧语言，在欧洲许多地区都曾上演，这无疑促进了莎士比亚在更大范围内的传播。而更具有反讽意味的是，成名后的杜西在伏尔泰死后接替他成为法兰西学院院士，这恐怕是伏尔泰生前所始料未及的。

自从普莱沃和伏尔泰将莎士比亚介绍给法国，在勒图尔纳等人的影响下，在拉普拉斯和杜西等人有意或无意的推动下，莎士比亚在法国乃至整个西欧的名望都开始朝着伏尔泰所警惕的方向发展，并最终走向浪漫主义对古典主义的反叛。而到了19世纪，莎士比亚已开始成为法国人反抗自己古典主义传统的浪漫主义英雄。斯达尔夫人（Madame de Staël，1766—1817）是将浪漫主义思潮引入法国的一位重要先驱，她与歌德、席勒等德国重要作家都保持着通信联系，并在1804年与德国浪漫主义的重要代表人物奥·威·施莱格尔建立了长期而深厚的友情。从施莱格尔那里，斯达尔夫人了解了关于德国文坛的大量信息。1813年斯达尔夫人出版了《论德国》(*De l'Allemagne*) 一书，此书系统介绍了德国的文化、艺术、风俗、思想，并将德国浪漫主义介绍到法国，产生了深远的影响。不过早在1800年，斯达尔夫人就出版了《从文学与社会制度的关系论文学》(*De la littérature dans ses rapports avec les institutions sociales*) 一书，书中有一节专门讨论莎士比亚的悲剧。斯达尔夫人认为莎士比亚有自己独特的魅力，而这种魅力与北方文学的特性有关。在文学史上，斯达尔夫人对欧洲南北方文学的划分法非常有名。她将德国文学和英国文学视为北方文学，认为这种文学更重视情感、崇尚想象、气质阴郁且富有哲思，而南方文学则以希腊、罗马为根源，崇尚古典、情调欢快，意大利、西班牙、法国文学都属于此类。不难发现，虽然不够准确，但这个南北方文学的划分已经初步体现了浪漫主义和古典主义的区别，这种划分显然也有利于后来浪漫主义文学的兴起。

随着浪漫主义在法国的兴起，越来越多的法国本土作家加入了欣赏并赞美莎士比亚的队伍，司汤达（Stendhal，1783—1842）在1823年与1825年出版的《拉辛与莎士比亚》(Racine et Shakespeare)一书的《序言》中便宣告了与古典主义诗学的决裂：

> 我们在诗的领域同样处于革命的前夜。作为浪漫艺术的捍卫者，我们直到取得胜利之前，都要受到百般攻击，在所难免。伟大胜利的一天终要到来，法国青年一代也将要觉醒。那时，高贵的青年一代将会奇怪自己在过去很长时间曾经这样认真地称赞如此无聊愚蠢的东西。①

莎士比亚便是这场革命的重要武器，司汤达在此书中的第一篇论文就叫作《为创作能使1823年观众感兴趣的悲剧，应该走拉辛的道路，还是莎士比亚的道路》。毫无疑问，司汤达给出的答案是走莎士比亚的道路，因为莎士比亚的道路是浪漫主义者的道路，走莎士比亚的道路便意味着对时间整一律和地点整一律的抛弃。不仅如此，在第一篇论文中反驳了古典主义地点和时间整一律之后，司汤达在此书第三篇论文中还明确提出"莎士比亚是浪漫主义

---

① 司汤达：《拉辛与莎士比亚》，王道乾译，上海：上海世纪出版集团，2006，第12页。

者"①的观点,并讨论了法国的新悲剧创作应该如何借鉴莎士比亚的问题。

就在司汤达号召法国戏剧走莎士比亚道路的同时,莎士比亚在法国舞台上也在不断深入的英法文化交流中逐渐摆脱了杜西改编剧的影响。19世纪初,英国著名莎剧演员约翰·菲利普·坎布尔曾到访巴黎,结识了著名的法国演员塔尔玛等人,并在巴黎舞台上扮演过哈姆雷特,一度引起轰动。不久后埃德蒙·凯恩和威廉·麦格雷迪(William Macready,1793—1873)这样的英国莎剧台柱演员也都来到巴黎的舞台上,为法国人带来了与法国传统完全不同的戏剧体验。浪漫主义风格的英国演员演出莎剧时强烈的情感、夸张的动作带来了很好的舞台效果,给法国人留下了深刻的印象。1848年,另一位法国浪漫主义戏剧的代表人物大仲马与朋友保罗·莫里斯(Paul Meurice,1818—1905)一起翻译并改编了《哈姆雷特》,这个版本的《哈姆雷特》长期以来都是法国舞台上最受欢迎的版本,一直流行至20世纪初。但与杜西的《奥赛罗》一样,大仲马版的《哈姆雷特》的结局也被做了更改,最后哈姆雷特成功复仇并活了下来。此后,法国的浪漫主义文学大师雨果借莎士比亚之名写出了著名的批评著作《莎士比亚论》(*William Shakespeare*,1864),而此时雨果的儿子弗朗索瓦-维克多·雨果(Francois-Victor Hugo,1828—1873)已经陆续出版了自己翻译的莎士比亚作品,此译本后来甚至成了法

---

① 司汤达:《拉辛与莎士比亚》,王道乾译,上海:上海世纪出版集团,2006,第47页。

国的经典译本，不过此时莎士比亚早已借浪漫主义运动成为整个欧洲的文化偶像，任何来自其他作家的赞誉都不过是锦上添花罢了。

二、莎士比亚在德国

早在17世纪上半叶，英国的民间巡回剧团就有在德语地区演出的记录，演出的剧目包括《哈姆雷特》《李尔王》和《罗密欧与朱丽叶》，演出的剧本对莎剧的情节有所改编，但具体情况已很难考证，也很难说有多大影响。德国人对莎士比亚的兴趣在18世纪上半叶开始有所展现，但正如当时大部分欧洲国家的情况一样，德国人对莎士比亚的早期接受史的背后都有法国人——尤其是伏尔泰——的影子。18世纪中叶之前，莎士比亚在德国只有只言片语的提及，且多数关于莎士比亚的信息是通过法国的媒介传播的。18世纪上半叶的德国还处在法国古典主义的影响中。当时德国文化界的一位重要人物、莱比锡大学教授戈特舍德（Johann Christoph Gottsched，1700—1766）深受法国影响，试图用布瓦洛的学说和法国古典主义的原则来塑造德国的民族文学，并强调文学的道德功用，使其服务于德国新兴的中产阶级市民阶层。因此当时即便有些德国人与英国有直接的交流，但古典主义的影响还是无处不在，比如戈特舍德便曾支持自己的夫人翻译过英国的《旁观者》杂志，但也是由于看中了其中的理性主义思想。

一位名叫威廉·勃克（Kaspar Wilhelm von Borck，

1704—1747）的普鲁士外交官于1735年至1738年间曾任普鲁士驻英国大使。此人在1741年翻译出版了德文版的《裘力斯·凯撒》，这不仅是在德国出版的第一部莎剧，也是在英国以外被翻译的第一部完整的莎剧。不过勃克之所以翻译这部莎剧，也是因为凯撒这个题材是法国的古典主义戏剧所钟爱的题材，而伏尔泰也创作过关于凯撒的戏剧。而且勃克的翻译也是按照古典主义戏剧的惯例采用亚历山大诗体（alexandrines），小心翼翼地避免与古典主义原则有所冲突。但即便如此，此剧的翻译仍然引起了戈特舍德等人的反感。

这种情况到了18世纪下半叶才有所改善，因为此时出现了一位重要的剧作家和批评家，那便是莱辛（Gotthold Ephraim Lessing，1729—1781）。正是由于莱辛的出现，德国才得以在18世纪末彻底摆脱伏尔泰的影响，继而超越法国成为莎士比亚在欧洲大陆传播的最重要的高地。莱辛一开始对莎士比亚的了解也是来自伏尔泰的《哲学通信》和勃克翻译的那部《裘力斯·凯撒》，但大概在1757年，莱辛对莎士比亚戏剧开始有新的认识。他认为莎士比亚的作品在效果上比法国古典主义戏剧更接近希腊戏剧，因此德国的民族戏剧应该摆脱法国古典主义的束缚，走莎士比亚的道路。此时的莱辛已经认识到："即便用古代的榜样来作为标准，莎士比亚也是比高乃依更伟大的戏剧家，虽然后者更熟悉古代戏剧，前者则几乎对其一无所知。但高乃依是通过技巧来接近古人，而莎士比亚则得其精髓。……索福克勒斯的《俄狄浦斯王》之后，世界上再也没有哪些作品能比《奥赛罗》《李尔王》《哈姆雷特》等莎剧更有打动人心的力量。"① 于是到了1759年,莱辛便开始与戈特舍德等人展开论战,他将英国文学和莎士比亚作为武器,攻击戈特舍德所代表的古典主义传统,要为德国的民族文学开辟一条新的道路。与戈特舍德所强调的戏剧文学的道德功能不同,莱辛更强调悲剧给人带来的情感效果,这也是德国文学界朝着后来的浪漫主义方向走出的重要一步。

在著名的《汉堡剧评》(*Hamhurgiache Dramaturgie*)中,莱辛与同时期的英国批评家一样认识到了性格塑造的重要性,而且比英国批评家们表述得更为彻底。在第二十三篇文章的结尾处他这样写道:

> 一切与性格无关的东西,作家都可以置之不顾。对于作家来说,只有性格是神圣的,加强性格,鲜明地表现性格,是作家在表现人物特征的过程中最当着力用笔之处;最微小的本质的改变,都会失掉为什么他们用这个姓名而不用别的姓名的动机;而再也没有比使我们脱离事物的动机更不近情理的了。②

而在第三十三篇文章中,莱辛再次详细阐述了这种观点:"对一个作家来说,性格远比事件更为神圣。……我们把事件看作某种偶然的、许多人物可能共有的东西。性格则相反,被看作某种本质的和特有的东西。"③ 于是,与英

---

① 转引自 H. B. Carland, *Lessing, the Founder of Modern German Literature*, London: Macmillan, 1962, p.60。
② 莱辛:《汉堡剧评》,张黎译,上海:上海译文出版社,1981,第125页。
③ 同上书,第176—177页。

国的情况类似，亚里士多德情节第一的戏剧原则在 18 世纪下半叶的德国也开始被颠覆。

不仅如此，莱辛在《汉堡剧评》中也同样强调了天才的重要："天才可以不了解连小学生都懂得的千百种事物。他的财富不是由经过勤勉获得的储藏在他的记忆里的东西构成的，而是由出自本身、从他自己的感情中产生出来的东西构成的。"① 于是，带着这种对戏剧的全新认识，莱辛常常将伏尔泰与莎士比亚进行对比，几乎每次都要嘲笑前者的拙劣。在比较两者笔下的鬼魂时，他这样说道："莎士比亚就是这样的作家，莎士比亚几乎是独一无二的这样的作家。不论你信或不信，在他的《哈姆雷特》里的鬼魂面前是要毛发悚然的。伏尔泰先生所描写的鬼魂则一点都不成功，他自己和他的尼努斯的鬼魂都令人感到可笑。"② 这位剧评家甚至不久后又补充道："伏尔泰对这种艺术手法的了解是何等肤浅啊！"③ 在比较两者描绘的爱情时，莱辛说道："伏尔泰让他的处于热恋中的扎伊尔，非常细腻、非常恰如其分地表现自己的感情。但是，这种表现较之莎士比亚那种生动活泼的描绘，算得了什么呢？"④ 在提到伏尔泰笔下的人物奥洛斯曼时，莱辛这样说道："心怀嫉妒的奥洛斯曼，与莎士比亚的心怀嫉妒的奥赛罗相比，是一个十分干瘪的形象。"⑤ 凡此种种不一而足。不过总的来说，莱辛

---

① 莱辛：《汉堡剧评》，张黎译，上海：上海译文出版社，1981，第 178 页。
② 同上书，第 61 页。
③ 同上书，第 62 页。
④ 同上书，第 80 页。
⑤ 同上。

对莎士比亚的了解还是比较有限的，其对莎士比亚的评论主要集中在《哈姆雷特》《奥赛罗》《理查三世》《罗密欧与朱丽叶》等几部作品。莱辛常常将莎士比亚当作反对伏尔泰和戈特舍德等人的武器，但其实缺乏对莎士比亚作品的深入探讨，也很难完全将莎士比亚融入自己的戏剧理论体系。

莱辛对莎士比亚认识的局限性也是因为当时的译本并不完整。莱辛能够读到的莎士比亚剧本很有限，主要依赖威兰德的译本。克里斯托弗·威兰德（Christoph Marthin Wieland，1733—1813）在1762—1766年间翻译出版了二十二部莎剧，莱辛的《汉堡剧评》也恰好写作于威兰德的译本刚问世后不久。威兰德以备受争议的沃伯顿版为底本，本身文本问题就比较多，再加上威兰德的翻译也有很多错误，不仅语言笨拙，而且对古典主义原则做出了许多妥协，其评论性注释基本上是伏尔泰的观点和沃伯顿的考证与猜测结合的产物，而前言则译自蒲柏的1725年版本。不过虽然有各种问题，但这毕竟是德国第一次大规模翻译莎剧，对德国新一代作家的成长来说，威兰德的莎剧无疑发挥了巨大的作用。

1775—1777年，一位叫作艾申伯格（Johann Joachim Eschenburg，1743—1820）的大学教授翻译了所有莎剧，在此基础上出版了十二卷本的《莎士比亚戏剧集》（*William Shakespear's Schauspiele*），弥补了威兰德版不完整的遗憾。由于艾申伯格以约翰逊版为底本，并附上了许多研究资料，因此这部文集质量远高于威兰德版。艾申伯格不仅翻译了莎剧，而且在译本中考证了许多莎学问题。

由于他的译本以约翰逊版为底本，所以这个版本的许多特征与18世纪后期在英国本土由于约翰逊的倡导而出现的带集注性质的莎剧版本有些类似，有一定的学术性。艾申伯格自然也成为德国最早的莎学家，将在英国兴起也不过半个世纪的莎学考证引入德国，而德国莎学后来的辉煌也将由此开启。

18世纪70年代之后，德国文坛出现了狂飙突进运动。正是在这场运动中，德国批评界终于开始意识到莎士比亚代表的是一种全新的文学。格斯滕伯格（Heinrich Wilhelm von Gerstenberg，1737—1823）出版于1767年的《文学通信》(*Briefe über Merkwürdigkeiten der Literatur*)是狂飙突进运动的重要文献，其中对莎士比亚有大量论述，在德国影响深远。关于莎士比亚，格斯滕伯格最大的贡献是认识到每个民族都应该有自己的戏剧，那么莎士比亚戏剧与古代戏剧本质上就是不同的，不必非要用古代戏剧的标准去衡量莎士比亚。因此，莎剧中的所谓"不和谐"根本就不是问题，因为莎士比亚的特点是塑造性格，而不是亚里士多德所说的用怜悯和恐惧来净化心灵。不仅如此，格斯滕伯格认为能否体验到莎剧的魅力，还取决于观众自己的想象力，因为莎士比亚是制作幻觉的高手，他能够打动观众的前提是观众自己的想象力在起作用。格斯滕伯格的这些观点已经不同于古典主义的戏剧理论，在他这里，观众不再被动地接受剧作家的道德说教，而是靠想象力积极地参与到戏剧欣赏之中。

在一篇名为《莎士比亚》("Shakespeare"，1773）的论文中，哲学家和诗人、狂飙突进运动中的另一位重要人物赫尔德（Johann Gottifried Herder，1744—1803）从历史哲学的角度出发，同样认识到莎士比亚戏剧与希腊戏剧是在不同的历史环境中产生的，因此必定会采取不同的形式，没有必要非要在两者之间寻找联系：

> 内核没有外壳是不能生长的，各民族永不会学到不带外壳的内核，即使它们对于外壳完全不能加以利用。希腊戏剧和北欧戏剧的情形就是这样。戏剧产生在希腊，正如它不能产生在北欧一样。北欧的戏剧不可能和当初希腊戏剧的情形一样。所以，北欧戏剧不是，也不能是当初希腊戏剧那个样子。所以，索福克勒斯的戏剧和莎士比亚的戏剧是两回事，就某一点看来，简直没有共同的名称。①

这样的论述无疑进一步阐发了格斯滕伯格的相关论点，而且为一种历史主义思想的产生奠定了基础。② 另外，与莱辛强调戏剧应该反映现实生活不同，赫尔德与格斯滕伯格在"戏剧制造幻觉"这个问题上的观点也基本一致。两人都认

---

① 杨周翰选编：《莎士比亚评论汇编（上）》，北京：中国社会科学出版社，1979，第262—263页。
② 在西方思想史上，赫尔德往往被视为历史主义思想的重要源头。在《各民族趣味兴衰的缘由》《又一种历史哲学》等文章中，赫尔德详细阐述了这种历史主义思想。赫尔德的这种思想显然给古典主义所信仰的普遍人性论带来了致命的打击，不过在上文的梳理中我们也看到，在17、18世纪的英国，历史主义的萌芽已在莎评中多次出现，且18世纪莎学中的历史背景、作者生平以及创作年表等考证其实也是一种历史主义思想的体现。因此，"莎翁"的诞生其实和历史主义思想以及历史意识的兴起之间有千丝万缕的联系。

为是诗人和观众的想象力带来了强烈的戏剧效果,都认为莎士比亚是主观的、个性化的、自然的和富有激情的诗人的代表,与古典主义所强调的理性、客观和重视艺术技巧截然相反。由此也可以看出,在狂飙突进运动中,德国浪漫主义思想的萌芽正在通过对莎士比亚的重新解读而迅速滋长。

1770年,歌德在斯特拉斯堡与赫尔德相识,在文学史上,这往往被视为狂飙突进运动的开始。这场邂逅对年轻的歌德也有重要影响,正是在赫尔德的建议下,歌德开始阅读莎士比亚。到了1771年,作为狂飙突进运动的重要旗手,二十二岁的歌德发表了著名的《莎士比亚纪念日讲话》(*Zum Schäkespears Tag*),在这篇演讲词中他热情洋溢地说道:

> 当我读完他的第一个剧本时,我好像一个生来盲目的人,由于神手一指而突然获见天光。我认识到,我极其强烈地感到我的生存得到了无限度的扩展;对我来说一切都是新奇的、前所未闻的,不习惯的光辉使我眼睛酸痛。我渐渐学到了怎样去用视力,感谢赐我智慧的神灵,我现在还亲切地感觉到,我获得了些什么。我没有片刻犹疑拒绝了有规则的舞台。我觉得地点的统一好像牢狱般的狭隘,行动和时间的统一是我们想象力的讨厌的枷锁。我跳向自由的空间,这时我才觉得有了手和脚。现在我知道了这些讲规律的先生们在他们的洞穴里对我加了多少摧残,并且还有多少自由的心灵在里边卷曲着,因此,要是我不向他们宣战,不每日寻思着去攻破他们的牢狱,那我的心要

激怒得爆裂了。①

歌德的这段话生动地描述了自己初读莎士比亚之后的心路历程，形象地反映出在古典主义戏剧规则已经强烈束缚欧洲各国的戏剧创作时，莎士比亚是如何作为一种解放的力量在戏剧界产生影响的，同时也在很大程度上解释了为什么在18世纪末莎士比亚的戏剧能够在欧洲大陆迅速得以传播。这恐怕就是伏尔泰晚年会后悔将莎士比亚介绍给欧洲大陆的原因，因为在此文后面的段落中，歌德将伏尔泰比作荷马史诗《伊利亚特》中因谩骂统帅而被尤利西斯（奥德修斯）杖责的希腊士兵特尔西脱，并声称"假如我是尤利西斯的话，他要在我的杖下把背都扭歪了"②。不知此时还健在的伏尔泰听到这样的话会作何感想。

从1786年开始，歌德在意大利游历了两年之久，思想上开始有所转变。1794年，歌德在与席勒订交后迅速转向古典主义，他对莎士比亚的态度也因此更加理性和成熟，溢美之词有所减少，也看到了莎士比亚的一些缺点，但总的来说喜爱的态度没有太大变化，毕竟歌德所信仰的古典主义并不是法国人僵化的"伪古典主义"。"这是一种独特的古典主义理论，它既保留了模仿自然和'普遍性'等传统艺术观念，又不为它所束缚，蕴含了丰富而深刻的美学思想。其核心，毋宁说是阐发了一套主观与客观、精神与

---

① 杨周翰选编：《莎士比亚评论汇编（上）》，北京：中国社会科学出版社，1979，第289页。
② 同上书，第291页。

自然高度统一的文学理论。"①

1815年,六十六岁的歌德发表了《说不尽的莎士比亚》("Shakespeare und kein Ende")一文②,此文基本上代表了这位德国文学巨人对莎士比亚的最终态度。歌德在这里区分了古典的和近代的两种文学,古典的文学是朴素的、异教的、英雄的、现实的、必然和天命,近代的文学是感伤的、基督教的、浪漫的、理想的、自由与愿望,而莎士比亚是这两者的结合:

> 因此人们已经认识到,他不属于现代作家,即所谓的浪漫的作家,他更应归属于朴素类作家,因为他的价值是以现实为基础的,他极少柔情脉脉,甚至可以说,只是在最极端的情况下才有一点渴望的味道。然而尽管如此,如果仔细地观察一下,他还是一个真正的现代作家,他与古人之间隔着一道鸿沟;而且这不是就其外在形式而言,这种外在形式的差别完全可以撇开不管,而是指最内在的深层含义。③

歌德进而认为"莎士比亚热情洋溢地将古与今结合起来,在这一方面他是独一无二的"④。而他的这种特点来自

---

① 杨冬:《文学理论——从柏拉图到德里达》(第三版),北京:北京大学出版社,2015,第78页。
② 此文第一、二部分写于1813年,1815年发表;第三部分写于1816年,1826年发表,此处主要涉及第一、二部分。
③ 歌德:《歌德文集第10卷:论文学艺术》,范大灿、安书祉、黄燎宇等译,北京:人民文学出版社,1999,第238页。
④ 同上书,第241页。

他剧作中"愿望"与"应当"之间的冲突,"在他的剧作中,他竭力使愿望与应当达到平衡,二者进行强烈的抗争,然而,最终总是愿望处于劣势"①。这实际上也是个体的、有限的、特殊的人物性格与对无限的追求之间的冲突,而这种人物的内在冲突往往会伴随一个外在冲突,因为"一个难以实现的愿望由于某些机缘会上升为不可避免的应当"②。由此可见,歌德晚年虽然越来越转向客观的、朴素的、现实的古典主义,离浪漫主义运动也越来越远,他并不像浪漫主义者那样认为莎士比亚就是浪漫主义的代表,但仍然从自己的理解出发给予了莎士比亚很高的评价。

18世纪末,浪漫主义运动开始在德国兴起,其中奥·威·施莱格尔(August Wilhelm von Schlegel,1767—1845)和弟弟弗里德里希·施莱格尔(Friedrich von Schlegel,1772—1829)两兄弟不仅是德国浪漫主义运动的重要成员,也对莎士比亚在德国的传播做出了重要的贡献,尤其是奥·威·施莱格尔。1796年左右,奥·威·施莱格尔与新婚夫人一起移居耶拿,并成为耶拿大学教授。正是在耶拿,施莱格尔兄弟与诺瓦利斯(Novalis,1772—1801)、蒂克等人创办了著名的《雅典娜神殿》(*Das Athenaeum*)杂志,开启了德国浪漫主义文学中的一个重要流派——耶拿派。移居耶拿之后不久,奥·威·施莱格尔便开始着手翻译莎剧。这部《莎士比亚戏剧集》

---

① 歌德:《歌德文集第10卷:论文学艺术》,范大灿、安书祉、黄燎宇等译,北京:人民文学出版社,1999,第241页。
② 同上。

(*Shakespeare's Dramatische Werke*)从1797年开始陆续出版，至1801年共出版了八卷，其中包括《哈姆雷特》《罗密欧与朱丽叶》《威尼斯商人》等名剧在内的十三部莎剧。1810年，第九卷问世，此卷只有《理查三世》一部莎剧。至此，施莱格尔一共主持翻译了十四部莎剧。从1826年开始，施莱格尔未完成的工作在德国浪漫派的另一位重要人物蒂克（Ludwig Tieck，1773—1853）的组织下得以继续，翻译者包括蒂克自己的女儿多萝西·蒂克（Dorothea Tieck，1799—1841）和外交官兼诗人鲍迪辛（Wolf Heinrich von Baudissin，1789—1878）。到了1833年，其余的所有莎剧都被翻译出版。这个德文版的《莎士比亚戏剧集》往往被称为"施莱格尔-蒂克版"，后来成为德语经典译本，甚至很长时间内都被认为是莎士比亚作品的德语标准文本。

奥·威·施莱格尔的莎士比亚评论也非常有名，因此哈兹列特才会说一位外国人是英国人崇拜莎士比亚的原因。施莱格尔不仅针对古典主义诗学为莎士比亚做了全面辩护，甚至说出了这样的预言："我可以满怀信心地说，在未来的岁月里，他的声名将如阿尔卑斯山的雪崩一样，随着时间向前进展的每一刹那而不断地增加威力。他的声誉日隆，人们对他怀着极大的热忱，这种热忱使诗人在德国一被熟悉之后，就被当作本国的诗人那样对待了。"[1] 施莱格尔在这里不仅预言了即将到来的浪漫主义对莎士比亚的神化，也预言了德国人对莎士比亚的热爱。的确如他所言，

---

[1] 王元化编译：《王元化集（卷三）——莎剧解读》，武汉：湖北教育出版社，2007，第293页。

从后来莎学史和莎评史的发展来看，德国人确实是除了盎格鲁－撒克逊人之外最热爱莎士比亚的民族了。

随着莎士比亚在德国的影响的不断深入，德国的莎剧演出也在18世纪下半叶之后开始繁荣，此后莎士比亚在德国的舞台上就远比在其他欧洲国家活跃。18世纪上半叶的德国戏剧界由于受到戈特舍德等人的影响一度死气沉沉、毫无活力。著名演员康拉德·埃柯夫（Konrad Ekhof, 1720—1778）作为德国戏剧界的改革者，在1767年与一些富有的市民合作创立了汉堡民族剧院，并邀请莱辛作为该剧院的特约评论家，每周发表戏剧评论，这才有了著名的《汉堡剧评》。汉堡民族剧院也因此在德国戏剧史上享有重要地位。虽然这座剧院只运营了两年，于1769年因经营问题和赞助人的经济问题而倒闭，但它却以剧团的形式得以保留，一直活跃在德国戏剧界，后来还在德国各地巡回演出。发生在汉堡的戏剧改革很快就反映在莎剧演出方面。到了1776年9月20日，出身于戏剧世家的另一位汉堡剧团的经理、德国当时最著名的演员弗里德里希·施罗德（Friedrich Ludwig Schröder, 1744—1816）在汉堡上演了《哈姆雷特》，并亲自扮演了其中的鬼魂一角，而哈姆雷特则由另一位著名演员布罗克曼（Johann Brockmann，生卒年不详）扮演。随后施罗德连续为德国舞台排演了一系列莎剧，包括1776年的《奥赛罗》，1777年的《威尼斯商人》和《一报还一报》，1778年的《李尔王》、《理查二世》和《亨利四世》，1779年的《麦克白》以及1792年的《无事生非》。在这些剧中，施罗德又先后扮演了伊阿古、夏洛克、李尔、福斯塔夫和麦克白等角色。施罗德本人懂英文，能够阅读莎士比亚原文，还曾经亲自改编过《哈姆雷特》并将剧本出版。他上演的莎剧虽然在内容上有所删减，甚至有个别还是改编版本，但总体上远比同时期在法国上演的杜西版莎剧更忠实于莎士比亚的原著。1780年，施罗德离开汉堡来到维也纳，并在这里居住了四年之久，后来又回到汉堡。施罗德的剧团在汉堡、柏林、维也纳等地长期演出这几部莎剧，因此他的演出很大程度上推动了整个德语地区对莎士比亚的接受。

在施罗德等人的带领下，德国的莎剧演出日益活跃，甚至连歌德也对18世纪德国的莎剧演出有突出的贡献。自从受邀来到魏玛公国，歌德便一直在从事业余的戏剧演出活动。到了1791年，魏玛公爵卡尔·奥古斯特（Karl August，1757—1828）正式任命歌德成为新建成的魏玛宫廷剧院的负责人，此后歌德终于有了专业的演员团队可供指挥。从1791年至1817年，歌德一直都是魏玛宫廷剧院的实际负责人。后来席勒来到魏玛之后，两人不仅在文学上志同道合，在戏剧演出方面也经常有合作。从1791年开始，歌德就在魏玛宫廷剧院不断排演莎剧。他亲自负责莎剧的改编和导演工作，分别在1791年上演了《约翰王》，1795年上演了《哈姆雷特》，1796年则是《李尔王》，1800年上演的是席勒改编的《麦克白》，1803年又上演了《裘力斯·凯撒》，1805年则上演过《奥赛罗》，直到1812年，歌德还上演了自己改编的《罗密欧与朱丽叶》。

除了施罗德，当时著名的演员奥·威·伊夫兰德（August Wilhelm Iffland，1759—1814）和斐迪南·弗莱克（Ferdinand Fleck，1757—1801）都曾演出多个莎剧角色，尤其是弗莱克，他在1786—1801年间在柏林宫廷剧院演出莎士比亚悲剧，以扮演麦克白闻名于世。弗莱克的一系列努力甚至大大提高了《麦克白》一剧在德国的知名度。进入19世纪之后，莎士比亚在德国已经享有几乎和他在自己祖国一样的盛誉，而德国人也同样热衷于在舞台上展现莎剧的魅力。路德维格·德弗里恩特（Ludwig Devrient, 1784—1832）和卡尔·赛德尔曼（Karl Seydelmann, 1793—1843）都是19世纪上半叶德国演员中的代表人物，也都先后成为著名的莎剧演员。德弗里恩特曾受到前辈演员伊夫兰德的提携，后来逐渐成长为浪漫主义时期德国最伟大的戏剧演员，他尤其擅长扮演福斯塔夫、夏洛克、李尔和理查三世等莎剧角色，而赛德尔曼扮演的夏洛克也为他赢得了巨大的声誉。

总之，与法国人对莎士比亚若即若离的态度不同，莎士比亚早已深深地融入了德国文学与文化，据说奥·威·施莱格尔曾称莎士比亚"完全是我们的"（ganz unser），因此才会有本章开头哈兹列特的感慨，是德国人重新把莎士比亚介绍给英国。

三、莎士比亚在其他欧洲国家

在18世纪，俄国文学也像许多欧洲其他国家一样，深受法国古典主义的影响，俄国戏剧也是通过向法国学习逐渐走向了成熟。不过，俄国人还是通过法国和德国的媒介接触到了莎士比亚。作为当时俄国文坛最著名的诗人之一，俄国古典主义文学的代表人物亚历山大·彼得洛维奇·苏马罗科夫（Александр Петрович Сумароков，1717—1777）无疑读过法国人拉普拉斯译介的删节版散文体莎剧，于是他早在1748年便创作了一部名为《哈姆雷特》的戏剧作品。但苏马罗科夫只是保留了《哈姆雷特》最基本的复仇情节，对其他许多情节都进行了删减和改动，比如此剧中波洛涅斯成为最大的反派，他不仅谋杀了老哈姆雷特，还企图谋害哈姆雷特的母亲并将奥菲利娅嫁给克劳狄斯。为了让这个版本的《哈姆雷特》符合古典主义诗学原则，苏马罗科夫不仅将情节简化，人物也大为精减，全剧只有八个人物，而其中只有五个是莎剧中的人物。总之，此剧和莎士比亚的原剧相比已经面目全非。

18世纪下半叶，威兰德和艾申伯格的德译本莎剧先后传入俄国，并成为叶卡捷琳娜女皇的读物。出身于普鲁士贵族的女沙皇叶卡捷琳娜二世与狄德罗和伏尔泰等法国启蒙思想家都保持有良好的关系，她不仅提倡学习欧洲文化，而且自己也是欧洲戏剧的爱好者。叶卡捷琳娜不仅是俄国戏剧的庇护人，而且还亲自创作戏剧作品，尤其爱写喜剧和轻歌剧。1786年左右，这位俄罗斯女皇读到了德文版的莎士比亚。同年，她便创作了一部名为《这就是脏衣篓子的用处》（*Вот каково иметь корзину и белье*）[①]的喜剧，并于当年在圣彼得堡上演，此剧实际上是对莎剧《温莎的风流娘们》的改编。作为一个喜剧人物，福斯塔夫在此剧中

[①] 英文为 This 'tis to have Linen and Buck-baskets，出自莎士比亚《温莎的风流娘们》第三幕第五场福德的台词。

化身成了法国迷波尔加多夫（Полкадов），在剧中被一再捉弄。因此，此剧也在一定程度上显示出叶卡捷琳娜对待法国文化的矛盾态度，一方面她为了迎合古典主义原则做了许多改动，创作了一部符合法国戏剧规范的喜剧；但另一方面，此剧却在主题和精神上讽刺了法国，体现了俄国民族精神的自觉。除了《温莎的风流娘们》，叶卡捷琳娜还改编过《雅典的泰门》，并将其重新取名为《挥霍者》（Расточитель），只是该剧一直没有完成。除此之外，叶卡捷琳娜还模仿莎士比亚历史剧创作了两部俄罗斯历史题材的剧作，包括1786年的一部歌剧作品《奥列格大公登基》（Начальное управление Олега）以及同年的一部戏剧作品《留里克的生平》（Историческое представление из жизни Рюрика）。

1783年，《理查三世》成为第一个被完整翻译成俄语的莎剧，此剧的俄译本出现在下诺夫哥罗德，当时并没有产生什么影响，而且译者并未署名。1787年，当时还很年轻的俄国作家与历史学家尼古拉·米哈伊洛维奇·卡拉姆津（Николай Михайлович Карамзин，1766—1826）出版了莎剧《裘力斯·凯撒》的俄译本。也许是由于卡拉姆津后来所取得的名望，很多人认为这是第一部被翻译成俄语的莎剧。卡拉姆津也是第一位把18世纪英国作家斯特恩的感伤主义小说介绍到俄国的人，有"俄国斯特恩"之称，因此他比较注意莎剧中的情感元素，这与当时在俄国流行的古典主义品位相左，同时也由于一些政治原因，导致他的《裘力斯·凯撒》译本长时间内都未能在俄国舞台上演。

进入19世纪之后，继法国的拉普拉斯和德国的威兰德等人之后，法国剧作家杜西开始影响俄国人对莎士比亚的接受。杜西在俄国的影响很大,至少有两个版本的俄译本莎剧都是从他的版本而来。到了19世纪20年代末,从英文直译的、学术化的莎剧版本开始在俄国出现,比较有代表性的是米哈伊尔·弗龙琴科(Михаил Павлович Вронченко,1802—1855)的译本。1828年,弗龙琴科翻译的《哈姆雷特》出版,这是一个非常忠实于莎士比亚原文的版本。但由于俄语与英语在表达上的差异,这种逐字逐句的翻译不太适合俄国舞台的表演。因此,一直到1837年,尼古拉·波列伏伊(Николай Алексеевич Полевой,1796—1846)专门为俄国舞台打造的《哈姆雷特》出版并上演,莎剧才真正在俄国舞台上结出硕果。该剧由有"俄罗斯凯恩"之称的巴维尔·莫恰洛夫(Павел Степанович Мочалов,1800—1848)扮演哈姆雷特,取得了很大成功。正因如此,大批评家别林斯基认为是波列夫伊"确立了莎士比亚在俄国的名望,不仅在文学界传播了莎士比亚的名望,而且将其推广至阅读与看剧的大众,因此消除了莎士比亚不适合演出的偏见,并证明莎士比亚与之相反,非常适合演出"[①]。在波列夫伊等人的影响下,19世纪30年代之后,《哈姆雷特》《李尔王》《奥赛罗》等重要莎剧都先后成为俄国舞台上的保留剧目。

此后,浪漫主义在俄国兴起,与这一过程相伴的是俄国民族文学的崛起,而莎士比亚在其中起到了重要作用。民族文学的自觉与对莎士比亚的欣赏此时在一位文学巨匠

[①] Aleksandr Tikhonovich Parfenov, Joseph G. Price ed., *Russian Essays on Shakespeare and His Contemporaries*, Newark: University of Delaware Press, 1997, p.86.

身上得到了完美结合,那便是有"俄罗斯诗歌的太阳"之称的普希金。的确,对英国和俄国来说,莎士比亚所在的伊丽莎白时代与普希金所在的19世纪初都是各自民族语言定型,民族文学开始自觉的时代。在1824年左右,普希金就开始对莎士比亚表现出浓厚的兴趣,这种兴趣和欣赏很快便在普希金自己的文学创作中得以表现,创作于1825年的悲剧《鲍里斯·戈东诺夫》(*Борис Годунов*)便是模仿莎士比亚历史剧的作品。在1827年写给《莫斯科先驱报》出版人的信中,普希金在总结自己的戏剧创作时提到:"我坚信,我们戏剧的陈腐形式需要革新,因此我便按照我们的鼻祖莎士比亚的体系撰写悲剧,把两个古典主义的一致律作为牺牲品贡献在他的祭坛之前,勉强保存了最后一个。"[①]

《鲍里斯·戈东诺夫》从情节到细节都与《亨利四世》以及其他莎士比亚历史剧有诸多相似之处,某些场景很容易让人想起莎士比亚历史剧。比如:沙皇鲍里斯临死之前与儿子告别,让人想起《亨利四世》中亨利王临死前与哈尔王子的对话;鲍里斯在犯罪之后难以入睡,和亨利四世篡位后对睡眠发出的感慨同样绝望;等等。[②] 普希金自己也提

---

① 普希金:《普希金论文学》,张铁夫、黄弗同译,桂林:漓江出版社,1987,第74—75页。此句中"勉强保存"的三一律中的最后一个指的是情节整一律;"我们的鼻祖"一句普希金的俄文原文为"Я расположил свою трагедию по системе Отца нашего Шекспира",отца 为 отец(父亲)的变格形式,由此可见普希金对莎士比亚的崇敬态度。不过需要指出的是,普希金集各种文学传统于一身,受到许多英国作家的影响,尤其是拜伦和莎士比亚。

② 参见 Henry Gifford, "Shakespearean Elements in 'Boris Godunov'", in *The Slavonic and East European Review*, Vol. 26, No. 66 (Nov., 1947), pp. 152–160。

到两剧中的人物有相似性,比如"季米特里身上有很多和亨利四世相同之处。和亨利一样,他勇敢、宽宏大量、喜欢自吹自擂;和亨利一样,他对宗教抱冷漠的态度——他们两人都由于政治上的打算而放弃了自己的信仰,他们两人都喜欢玩乐和征战,两人都醉心于无法实现的幻想,两人都是阴谋诡计的牺牲品……"[①]

1830 年,普希金在为《鲍里斯·戈东诺夫》写序言时再次提到了对莎士比亚的模仿问题:

> 在对莎士比亚、卡拉姆津和我国古代编年史进行研究之后,我产生了用戏剧形式体现现代史上最富有戏剧性的一个时代的念头。我没有因任何世俗的影响而心神不宁。我模仿莎士比亚的自由而宽广的性格描绘,以及塑造典型的随意和朴实,而在事件的明快发展上,我仿效卡拉姆津,并且竭力从编年史中揣摩当时的思想方式和语言。[②]

普希金自称模仿了莎士比亚的性格描绘,因为他对莎士比亚的人物塑造有深刻的认识。普希金认为福斯塔夫最能体现莎士比亚塑造人物的天才,他还曾将夏洛克和安哲鲁与莫里哀笔下的人物进行对比:

[①] 普希金:《普希金论文学》,张铁夫、黄弗同译,桂林:漓江出版社,1987,第 85 页。
[②] 同上书,第 86 页。

莎士比亚创造的人物不是莫里哀笔下的只有某种热情或恶行的典型，而是具有多种热情、多种恶行的活生生的人物；环境把他们形形色色的，多方面的性格展现在观众面前。莫里哀笔下的悭吝人只是悭吝而已；莎士比亚的夏洛克则悭吝、敏捷，怀复仇之念，抱舐犊之情，而又机智灵活。莫里哀笔下的伪君子追逐自己恩人的妻子，是假仁假义的。莎士比亚笔下的伪君子以虚假的严厉态度宣读判决书，但他却是公正的；他处心积虑地借对一名绅士的判决来为自己的残忍作辩解，他用强有力的、引人入胜的诡辩，而不是用杂以虔诚和殷勤的可笑态度勾引童贞的少女。安哲鲁是一个伪君子——因为他的公开行动与他的秘密欲望是相矛盾的啊！这个性格是多么深刻啊！①

同样在1825年，普希金模仿莎士比亚的诗歌《鲁克丽丝受辱记》创作了叙事诗《努林伯爵》(*Граф Нулин*)，该诗某种程度上也是对莎士比亚叙事诗崇高华丽的浪漫风格的戏仿。到了1833年，普希金又创作了叙事诗《安哲鲁》(*Анджело*)，此诗正是对莎剧《一报还一报》的重述，而且其中甚至有相当一部分诗句完全是莎剧文本的直接翻译。我们知道，《一报还一报》主要探讨了"伪善"的问题，此剧在19世纪初并非莎士比亚最著名的剧本，其被视为莎士比亚的"问题剧"是19世纪末的事，20世纪上半叶经过

---

① 普希金：《普希金论文学》，张铁夫、黄弗同译，桂林：漓江出版社，1987，第96页。

威尔逊·奈特（G. Wilson Knight，1897—1985）等人的解读才逐渐变为重要的莎剧之一。因此，普希金此时便注意到此剧，一定是对某些人的伪善有深刻的体认。

如果说普希金是俄国莎士比亚接受史上的重要先行者的话，1840年之后，别林斯基、赫尔岑、屠格涅夫等人则开启了俄国莎士比亚阅读与接受的第二轮高潮。不过此时莎士比亚在欧洲范围内的经典地位已经完全确立，此后所有的赞誉都将是锦上添花，即便如文豪托尔斯泰的贬损也不会再撼动他的地位。

相对于其他欧洲国家，意大利与莎士比亚的关系无疑更耐人寻味。我们知道，莎士比亚喜欢从意大利故事中取材创作戏剧，更有多达十部左右的莎剧故事就发生在意大利或与意大利有关，甚至有人因此认为莎士比亚在缺少生平记载的七年（所谓"失落的岁月"）中曾去过意大利。然而事实却是，直到18世纪上半叶之前，莎士比亚在意大利几乎没有任何影响。在伏尔泰对莎士比亚的介绍传到意大利之前，大概只有个别几位意大利人提到过莎士比亚。意大利诗人和翻译家帕奥罗·洛里（Paolo Rolli，1687—1765）于1715年来到英国，并成为英王乔治二世的意大利语老师，此后长期为英国王室服务，直至1744年回国。此人将弥尔顿的《失乐园》翻译成意大利语，而且为意大利歌剧文化在英国的传播起到了重要的推动作用，很大程度上促进了英意两国的文化交流。早在1728年，洛里便曾赞美过莎士比亚的人物塑造技巧，后来还批评过伏尔泰不懂莎士比亚，不过由于长期生活在英国，他的评论当时并未在意大利产生影响。

到了18世纪下半叶，意大利人与其他欧洲各国一样，在莎士比亚接受史方面深受伏尔泰的影响。与此同时，也有人开始通过拉普拉斯的法译本和威兰德的德译本莎剧了解莎士比亚的创作，不过在莱奥尼的意大利文版莎士比亚文集出现之前，勒图尔纳的法译本在意大利产生的影响无疑是最大的。随着意大利与英国之间文化交流的深入，意大利人也逐渐展开了对莎士比亚的译介活动。1756年，锡耶纳大学一位叫作多米尼科·瓦伦蒂尼（Domenico Valentini，生卒年不详）的研究教会史的教授在不懂英语的情况下用托斯卡纳方言转译了第一部完整的意大利文莎剧，这部莎剧是《裘力斯·凯撒》。1776年，杜西的法文版《哈姆雷特》被转译成意大利语并在威尼斯出版。1777年，亚利桑德罗·瓦里（Alessandro Verri，1741—1814）翻译了《奥赛罗》和《哈姆雷特》，但可惜并未出版。1798—1800年间，一位叫作吉斯提那·米希尔（Giustina Renier Michiel，1755—1832）的威尼斯贵族翻译了《奥赛罗》《麦克白》和《科里奥兰纳斯》。到了1814年，米切尔·莱奥尼（Michele Leoni，1776—1858）的意大利版《莎士比亚悲剧集》（*Tragedie di Shakespeare*）在比萨出版。此书为四卷八开本，每卷收入两部莎剧，共收入八部莎士比亚悲剧作品，是第一部真正产生本土影响的意大利译本，因此也往往被认为是第一个莎剧意大利译本。此后，第一个完整的莎剧意大利译本直到1831年才出现。

在莎士比亚评论方面，同许多其他欧洲国家一样，意大利人也花了很长时间才摆脱伏尔泰观点的束缚。有一位叫作朱塞皮·巴拉蒂（Giuseppe Baretti，1719—1789）的作家和批评家自1751年开始两次游历伦敦,在此期间结识了约翰逊博士,而且进入了以约翰逊为首的英国文人圈子。巴拉蒂于1777年用法语写了一部名为《论莎士比亚与伏尔泰先生》(*Discours sur Shakespeare et sur Monsieur de Voltaire*)的著作,他在此书中认为戏剧本就是种娱乐活动,不是批评家们争论的阵地,莎士比亚的成功便在于他清楚地认识到这一点,从而无视当时就已经开始出现的戏剧规则。另外,巴拉蒂还站在英国人的立场上反驳了伏尔泰,指责其不懂英国戏剧传统,对莎士比亚的翻译也流于肤浅。巴拉蒂的观点很多都来自约翰逊博士,其中有新意的不多。但由于他的这本书是用法语写成的,因此在当时流传很广,对整个欧洲大陆重新认识莎士比亚产生了一定的影响。

在意大利本土,在莱奥尼的莎剧出版之前,文森佐·芒蒂(Vincenzo Monti,1754—1828)和乌戈·福斯科洛(Ugo Foscolo,1778—1827)等作家都是通过勒图尔纳的法译本了解到莎士比亚的。莎士比亚是芒蒂最喜爱的作家之一,他的创作中甚至有大量模仿莎士比亚的痕迹。[①]18世纪末19世纪初,意大利著名作家乌戈·福斯科洛对莎士比亚产生了浓厚的兴趣。福斯科洛从18世纪90年代便开始学习英语,晚年还曾长期在伦敦生活,他多次对莎士比亚做出了相当积极的评价。1802年,在一部名为《雅科波·奥尔蒂斯的最后书简》(*Leultime lettere di Jacopo Ortis*)的小说中,福斯科洛借主人公之口说道:"荷马、

[①] 参见 Lacy Collison-Morley, *Shakespeare in Italy*, Stratford-upon-Avon: Shakespeare Head Press, 1916, pp.70–74。

但丁和莎士比亚,三位超人的天才大师,控制了我的想象力,点燃了我的心。"①后来在给一位友人的信中,福斯科洛再次将莎士比亚与但丁相提并论:"谁会看不到但丁与莎士比亚的浮夸与缺陷?但阅读这些大作家的作品,谁又没有感到心灵的扩展与升华?"②显然,在福斯科洛这里莎士比亚已经是与但丁和荷马齐名的经典作家了。

众所周知,意大利有自己的歌剧传统,因此莎剧演出在意大利出现得较晚。整个18世纪90年代,意大利有记载的莎剧演出只有两场。不过在18世纪末,长期在维也纳生活的意大利作曲家安东尼奥·萨列里(Antonio Salieri,1750—1825)曾将《温莎的风流娘们》改编成两幕歌剧,取名为《福斯塔夫,或三次捉弄》(*Falstaff, ossia Le tre burle*)。此剧于1799年1月在维也纳上演,此后三年间上演过二十余场,还算比较成功。

由于同属于罗曼语语区,18世纪的意大利文学受强势的法国古典主义影响较大,浪漫主义运动兴起也比较晚。1814年,斯达尔夫人的《论德国》被翻译到意大利,引起了巨大反响,浪漫主义思潮才开始在意大利逐渐焕发生机。而正如在欧洲其他地方一样,莎士比亚在意大利也被当作与古典主义对立的新生力量而受到重新审视。正是在这种情况下,作为当时意大利最重要的作家之一,亚历山德罗·曼佐尼(Alessandro Manzoni,1785—1873)对莎士比亚的热爱与

---

① 转引自 Lacy Collison-Morley, *Shakespeare in Italy*, Stratford-upon-Avon: Shakespeare Head Press, 1916, p.89。
② Ibid., p.90。

赞美成为整个欧洲的浪漫主义莎士比亚接受史的一个重要组成部分。鉴于曼佐尼在意大利文学中地位之崇高，整个19世纪意大利文化界对待莎士比亚的态度都受到其影响。

曼佐尼不仅在创作中借鉴莎士比亚，也在各种场合评论过莎士比亚的作品。在曼佐尼看来，古往今来最伟大的两位诗人就是维吉尔和莎士比亚。作为浪漫主义作家，曼佐尼不但为莎士比亚违反古典主义规则辩护，而且他对莎士比亚的欣赏也处处透露出浪漫主义的品位，比如他最欣赏的莎剧是历史剧《理查二世》，虽然深知这不是莎士比亚最优秀的剧作，但曼佐尼在这位软弱的国王身上看到了自己的影子。在给一位友人的信中，曼佐尼为《理查二世》中不遵守三一律的情况进行了辩护，甚至还虚构了莎士比亚本人面对古典主义批评家质疑时的回答：

> 我展现给他们（观众）眼前的是一个逐渐展开的行动，由发生在不同地点的一系列连续的事件所构成；观众的思想会跟着它们走——他所要做的仅仅是想象自己的旅程而已。你以为他们来到剧场是为了看真实的历史事件吗？我难道会想过为他们制造这种幻觉？让他们相信他早已知道发生在几百年前的事会在他们面前再发生一次？让他们相信这些演员会真的沉浸在那些台词所表现出的激情里，而且还用诗体讲出来？[1]

---

[1] Alessandro Manzoni, "From Letter to M. Chauveton the Unity of Time and Place in Tragedy", in Oswald Lewinter ed., *Shakespeare in Europe*, Cleveland: The World Publishing Co., 1963, p.133.

显然，曼佐尼认为莎士比亚是故意无视所谓的戏剧规则的，因为他深知观众自己有想象的能力，而且戏剧所追求的也不是历史的真实。

与欧洲其他几个大国相比，西班牙应该算是莎士比亚在欧洲大陆最难攻克的堡垒。原因主要在于，与英国一样，西班牙的戏剧传统不仅悠久而且十分优秀，剧作家众多。当英国人在尽情享受伊丽莎白时代的戏剧繁荣所带来的荣耀和欢乐时，西班牙文学与戏剧的黄金时代甚至让他们有理由比英国人更加自豪。在文艺复兴时期，西班牙戏剧与英国戏剧几乎同时开始繁荣，而且同样大师辈出。西班牙不仅有同样创作了三十余部戏剧作品的大作家塞万提斯，而且有洛卜·德·维加（Lope de Vega，1562—1635）和卡尔德隆（Calderón de la Barca，1600—1681）这样驰名欧洲的剧作家。正是由于有如此强大的戏剧传统，在17世纪之后，西班牙在戏剧领域几乎没有受到法国古典主义的影响。于是到了18世纪末19世纪初，当莎士比亚被当作与法国古典主义对抗的旗帜而风靡大半个欧洲时，西班牙并没有对这场文学品位上的新陈代谢运动有太明显的反应。

西班牙第一次有记载的莎剧演出是1772年在马德里上演的《哈姆雷特》，但此剧并非莎士比亚原作，而是杜西的法国改编版。这部剧由西班牙剧作家拉蒙·德拉克鲁兹（Ramón de la Cruz，1731—1794）翻译并搬上舞台，但此后三十年间西班牙都没有莎剧演出的记录。直到1802年，杜西版的《奥赛罗》在巴塞罗那上演，次年又有两部莎剧上演，但仍然是杜西版的《罗密欧与朱丽叶》和《麦克白》。令人遗憾的是，这些在西班牙上演的杜西版莎剧不仅是改编剧，而且据说在演出广告中根本没有提到莎士比亚的名字，因此直到演出结束，西班牙的观众中也很少有人知道谁是莎士比亚。进入19世纪之后，莎剧演出在西班牙仍然是不温不火的状态。据统计，在马德里和巴塞罗那两地，1802年至1833年间有一百七十次莎剧演出，1833年至1857年间有一百六十六次，从1857年之后才开始明显增多，至19世纪末有七百四十三次。[①]可见整个19世纪上半叶，莎士比亚并没有像在欧洲其他国家那样在西班牙戏剧界封神成圣。

这种现象也许和莎士比亚在西班牙的译介情况有关系。直到1798年，一位叫作莱安德罗·费尔南德斯·德莫拉廷（Leandro Fernández de Moratín，1760—1828）的西班牙诗人和剧作家将自己翻译的散文版《哈姆雷特》出版，这才使西班牙人第一次见到原汁原味的莎剧。德莫拉廷此前曾担任西班牙国王斐迪南七世的驻英大使，长期居住在伦敦，因此能做出这样的贡献。不过此剧翻译之后一直未能上演，可见西班牙人对莎士比亚并不算热情。直到19世纪下半叶，西班牙才开始有系统的莎剧翻译。

至此，我们已经清晰地看到，从18世纪下半叶到19世纪上半叶，莎士比亚是如何在整个欧洲范围内声名鹊起的。虽然有浪漫主义这个东风相助，但总的来说，任何国家对这位剧作家的接受都不外乎翻译、评论、演出以及学术研究这几个大的方面，因此这个过程也正是莎士比亚后

---

① 参见Thomas A. FitzGerald, "Shakespeare in Spain and Spanish America", in *The Modern Language Journal*, 1951, Vol.35 No.8, p.591。

来在全世界传播过程的缩影。鉴于西方文明在过去两百余年间的强势发展与传播,当莎士比亚成为代表欧洲文学和文化的大作家时,当他成为整个西方文明的重要文化符号时,他在世界范围内的接受和影响恐怕也只剩下时间问题。当然,这已经是另一个值得我们深思的问题了。

结　语

伊格尔顿在著名的《二十世纪西方文学理论》中设想了在价值观不断变化的情况下可能出现的一种前景,他这样写道:

> 所谓的"文学经典"以及"民族文学"的无可怀疑的"伟大传统",却不得不被认为是一个由特定人群出于特定理由而在某一时代形成的一种建构(construct)。根本就没有本身(in itself)即有价值的文学作品或传统,一个可以无视任何人曾经或将要对它说过的一切的文学作品或传统。"价值"是及物词:它意味着某些人在特定情况中依据某些标准和根据既定目的而赋予其价值的任何事物。因此,假定我们的历史能发生足够深刻的变化,我们将来很可能会创造出这样一个社会,它将完全不能从莎士比亚那里再获得任何东西。他的作品那时看起来可能只是完全不可理解地陌生。在这种情况下,莎士比亚也许不会比今天的很多涂鸦更有价值。[①]

[①] 特雷·伊格尔顿:《二十世纪西方文学理论》,伍晓明译,北京:北京大学出版社,2007,第11页。

这显然是一种较为极端的建构主义观点。但不可否认的是，从最近三十余年西方的莎学研究情况来看，伊格尔顿的说法并非危言耸听，而且他本人显然也认同这种观点。除了哈罗德·布鲁姆和布莱恩·维克斯等少数老派学者仍在立场明确地坚持莎士比亚文本的内在价值和超越时代的经典属性，相当一部分莎学家都在解构主义、左派理论和文化研究等思潮的共同影响下重新回到莎士比亚文本所赖以存在的多元文化和历史语境，认为莎士比亚的文化身份和经典地位是一系列外部因素和权力话语作用的结果。

那么，究竟是什么力量塑造了莎士比亚，让他拥有今天至高无上的经典地位？是莎士比亚文本本身的魅力？还是读者与作者之间的某种互动？抑或某种高高在上的外部权力在运作？如果只考察17、18世纪的莎士比亚经典化进程，我们确实会发现，莎士比亚去世之后的"生命"是幸运的，有各种外部因素在起作用：他首先是在复辟时代的戏剧品位变迁中得以幸存，随后又被赋予了"自然"和"天才"的标签，而正是这两种特质让莎士比亚融入了18世纪的英国民族共同体的形成和文化的现代化进程，不断被各种外部力量推动着成为英国民族诗人的代表。到了浪漫主义兴起的时候，莎士比亚又被德国和法国的浪漫主义者借来成为对抗古典主义的一面旗帜，终于成为整个欧洲的文学和文化偶像。

仅从这一过程来看，各种外部力量似乎是莎士比亚经典化最重要的推动者，建构主义确实是有道理的。不过值得注意的是，莎士比亚被赋予"自然"与"天才"的标签也是建立在莎剧文本与古典主义诗学原则格格不入的基础上。而且莎士比亚的经典化虽然在18世纪末已基本完成，但莎士比亚的接受史并没有终结，时间还会继续对他的经典地位进行考验。很显然，莎士比亚经受住了这种考验。每一次文学品位的变革和文学思潮的洗礼都像是一次大浪淘沙，有些作家被推上神坛，有些则被无情抛弃，湮没在历史的长河里。但是，我们会惊讶地发现，莎士比亚所经历的每一次变革都更加巩固了其经典地位。在古典主义盛行的时代，莎士比亚由于自己的英国特质而被本民族的批评家所维护，在民族主义初兴的18世纪逐渐完成了经典化进程。到了浪漫主义时代，本就被视为天才的莎士比亚自然而然成为浪漫主义的代言人，地位进一步被神化。随着现实主义思潮到来，批评家们进一步深化了浪漫主义莎评开启的性格分析解读，将莎士比亚的悲剧解读为性格悲剧，乐此不疲地分析剧中人物的心理状态及其与所处环境的关系。而到了20世纪，当新批评强调文本内部价值的时候，却发现爱用双关语和歧义文字的莎士比亚文本中有极其丰富的象征意味，于是各种解读随之而来，极大地深化了莎剧的内涵。文学理论兴起之后，莎士比亚更是成为各种理论的试验田，每种理论都以能成功地应用于莎士比亚的文本为荣。直到20世纪80年代中期以后，各种建构主义理论在莎学界兴起，莎士比亚的经典地位才开始受到些许挑战。[①]但客

---

① 由于浪漫主义对莎士比亚过于推崇，20世纪上半叶的历史派莎评通过还原莎士比亚的创作过程，认识到一些莎剧的局限性，因此在学界曾短暂动摇过浪漫派对莎翁的盲目崇拜，但在更大的文化领域，应该说莎士比亚的经典地位在20世纪也是稳步提升的。目前流行的建构主义思潮是否能够超越学界内部的反思，在更大的范围内影响莎士比亚的经典地位，恐怕还要交给时间来检验。

观地讲，建构主义深入的历史语境研究及其背后的批判理论虽然深刻，但完全忽视文本和传统文学批评的价值判断的做法也显得有失偏颇，难免有矫枉过正甚至盲目追求政治正确的嫌疑。

因此，我们更倾向于认为，莎士比亚能拥有今天崇高的经典地位，单靠一种外部或内部因素显然是无法解释的，这是各种因素综合作用的结果，既有莎士比亚文本本身复杂性的因素，也有某些社会、政治、文化的权力话语运作，甚至还有一些机缘巧合和运气的因素。总之，1616年4月23日，一位名叫莎士比亚的乡绅在沃里克郡的斯特拉特福镇去世，但一位大文豪莎士比亚的命运才刚刚开始。直到今天，只要还有人在阅读莎士比亚，他的生命就没有终止，他所创造的人物也将依然栩栩如生。正如莎士比亚自己在脍炙人口的第十八首十四行诗中所预言的那样："只要人口能呼吸，人眼看得清，我这诗就长存，使你万世流芳。"

参考文献

西文文献

[1] Allen, Robert Joseph, ed., *Addison and Steele, Selections from the Tatler and the Spectator*, New York: Holt, Rinehart and Winston, Inc., 1970

[2] Anonymous, *The Life and Times of the Excellent and Renowned Actor Thomas Betterton*, London: Reader, 1888

[3] Arundell, D. D., ed., *Dryden & Howard 1664–1668, the Text of an Essay of Dramatic Poesy, The Indian Emperor and the Duke of Lerma*, Cambridge: Cambridge University Press, 1929

[4] Avery, Emmett L., "The Shakespeare Ladies Club", in *Shakespeare Quarterly*, Vol. 7, No. 2 (Spring, 1956), pp.153–158

[5] Babcock, R. W., *The Genesis of Shakespeare Idolatry, 1766–1799*, Chapel Hill: University of North Carolina Press, 1931

[6] Baker, Franklin Thomas, "Shakespeare in the Schools", in *Shaksperian Studies, by Members of the Department of English and Comparative Literature in Columbia University*, ed. by Brander Matthews and Ashley Horace Thorndike, New York: Columbia University Press, 1916, pp.31–44

[7] Варнеке, Б. В. *История Русского Театра, Ч.1. XVII и XVIII век*, Казань: Типо-литогр Император Ун-та, 1908

[8] Bate, Jonathan, *Shakespearean Constitutions: Politics, Theatre, Criticism, 1730–1830*, Oxford: Clarendon Press, 1989

[9] Bate, Jonathan, *Shakespeare and Ovid*, Oxford: Clarendon Press, 1993

[10] Beattie, James, *Dissertations Moral and Critical, Vol. 1*, Dublin: Printed for Mess, 1783

[11] Belsham, William, *Essays Philosophical and Moral, Historical and Literary, Vol. 2*, London: Printed for G. G. and J. Robinson, 1799

[12] Bentley, Gerald Eades, *Shakespeare and Jonson—Their Reputations in the*

Seventeenth Century Compared, Chicago: University of Chicago Press, 1945

[13] Bohn, Wm. E., "The Development of John Dryden's Literary Criticism", in PMLA, Vol. 22, No. 1 (1907), pp.56–139

[14] Bysshe, Edward, *The Art of English Poetry*, Los Angeles: William Andrews Clark Memorial Library, 1953

[15] Caines, Michael, *Shakespeare and the Eighteenth Century*, Oxford: Oxford University Press, 2013

[16] Carland, H. B., *Lessing, the Founder of Modern German Literature*, London: Macmillan, 1962

[17] Carlson, Marvin, *Voltaire and the Theatre of the Century*, Westport: Greenwood, 1998

[18] Chambers, E. K., *William Shakespeare: A Study of Facts and Problems, Vol. 1–2*, Oxford: Oxford University Press, 1930

[19] Colley, Linda, *Britons: Forging the Nation,1707–1837*, New Haven: Yale University Press, 1992

[20] Collison-Morley, Lacy, *Shakespeare in Italy*, Stratford-upon-Avon: Shakespeare Head Press, 1916

[21] Cunningham, Vanessa, *Shakespeare and Garrick*, Cambridge: Cambridge University Press, 2008

[22] Dawson, Giles E, "Robert Walker's Edition of Shakespeare", in *Studies in the English Renaissance Drama*, ed. by Josephine W. Bennett, Oscar Cargill and Vernon Hall Jr., London: Peter Owen, 1959

[23] Dawson, Giles E, *Four Centuries of Shakespeare Publication*, Lawrence, Kansas: University of Kansas Libraries, 1964

[24] Deelman, Christian, *The Great Shakespeare Jubilee*, London: Micheal Joseph, 1964

[25] Depledge, Emma, *Shakespeare's Rise to Cultural Prominence: Politics, Print and Alteration, 1642-1700*, Cambridge: Cambridge University Press, 2018

[26] Depledge, Emma and Kirwan, Peter, ed., *Canonising Shakespeare: Stationers and the Book Trade, 1640–1740*, Cambridge: Cambridge University Press, 2017

[27] Dobson, Michael, "Bowdler and Britannia: Shakespeare and the National Libido", in *Shakespeare Survey, Vol. 46*, Cambridge: Cambridge University Press, 1993, pp.137–144

[28] Dobson, Michael, *The Making of the National Poet: Shakespeare, Adaptation, and Authorship, 1660–1769*, Oxford: Clarendon Press, 1992

[29] Dodd, William, *The Beauties of Shakespeare*, London and Glasgow: Collins Cleartype Press, 1909

[30] Dugas, Don-John, *Marketing the Bard: Shakespeare in Performance and Print, 1660–1740*, Columbia: University of Missouri Press, 2006

[31] Dryden, John, *Dramatic Essays*, London: J. M. Dent & Sons, Ltd., 1912

[32] Edwards, Paul C., "Elocution and Shakespeare: An Episode in the History of Literary Taste", in *Shakespeare Quarterly*, Vol. 35, No. 3 (Autumn, 1984), pp. 305–314

[33] England, Martha, *Garrick's Jubilee*, Ohio: Ohio State University Press, 1964

[34] Ferrando, Guido, "Shakespeare in Italy", in *The Shakespeare Association Bulletin*, Vol. 5, No. 4 (October, 1930), pp.157–168

[35] FitzGerald, Thomas A., "Shakespeare in Spain and Spanish America", in *The Modern Language Journal*, 1951, Vol.35 No.8, pp.589–594

[36] Francisci, Enza De and Stamatakis, Chris, ed., *Shakespeare, Italy, and Transnational Exchange: Early Modern to Present*, Taylor & Francis, 2017

[37] Gaba, Jeffrey M., *Copyrighting Shakespeare: Jacob Tonson, Eighteenth Century English Copyright, and the Birth of Shakespeare Scholarship*, Journal of Intellectual Property Law, September, 2011, pp.23–63

[38] Gifford, Henry, "Shakespearean Elements in 'Boris Godunov'", in *The Slavonic and East European Review*, Vol. 26, No. 66 (Nov., 1947), pp.152–160

[39] Gildon, Charles, *The Complete Art of Poetry, Vol. 1*, London: Printed for C. Rivington, 1718

[40] Graff, Gerald, *Professing Literature, An Institutional History*, Chicago: The University of Chicago Press, 2007

[41] Grazia, Margreta de, *Shakespeare Verbatim: The Reproduction of Authenticity and the 1790 Apparatus*, Oxford: Clarendon Press, 1991

[42] Haines, C. M., *Shakespeare in France*, Qxford: Oxford University Press, 1925

[43] Halliday, F. E., *The Cult of Shakespeare*, New York: Thomas Yoseloff, 1960

[44] Hamm Jr., Robert B., "*Walker v. Tonson* in the Court of Public Opinion", in *Huntington Library Quarterly*, Vol. 75, No. 1 (March 2012), pp.95–112

[45] Hamm Jr., Robert B., "Rowe's Shakespeare(1709) and the Tonson House Style", in *College Literature*, 31.3, Summer 2004, pp.179–205

[46] Harrison, G. B. and Granville-barker, Harley, ed., *A Companion to Shakespeare Studies*, Cambridge: Cambridge University Press, 1934

[47] Harrison, G. B., *Introducing Shakespeare*, West Drayton: Pelican Books, 1939

[48] Hartmann, Sadakichi, *Shakespeare in Art*, London: Jarrold and Sons, 1901

[49] Havens, George R., "Romanticism in France", in *PMLA*, Vol. 55, No. 1 (Mar., 1940), pp.10–20

[50] Havens, George R., "The Abbé Prévost and Shakespeare", in *Modern Philology*, Vol. 17, No. 4 (Aug., 1919), pp.177–198

[51] Hazlitt, William, *A View of the English Stage, or, a Series of Dramatic Criticisms*, London: John Warren, 1821

[52] Hazlitt, William, *Characters of Shakespeare's Plays*, Cambridge: Cambridge University Press, 1908

[53] Home, Henry, *Elements of Criticism*, London: B. Blake, 1839

[54] C. E. Hughes ed., *The Praise of Shakespeare, an English Anthology*, London: Methuen & Co., 1904

[55] Hume, Robert D., "Before the Bard: 'Shakespeare' in Early Eighteenth-Century London", in *English Literary History* 64 (1997), pp. 41–75

[56] Ingleby, C. M. and Munro, John James, ed., *The Shakspere Allusion-Book: A Collection of Allusions to Shakspere from 1591 to 1700, Vol.1*, London: Chatto & Windus, 1909

[57] Jarvis, Simon, *Scholars and Gentlemen: Shakespearian Textual Criticism and Representations of Scholarly Labour, 1725–1765*, Oxford: Clarendon Press, 1995

[58] Ker, W. P., ed., *Essays of John Dryden Vol. 1–2*, Oxford: Clarendon Press, 1900

[59] Kilbourne, Frederick W., *Alteration and Adaptation of Shakespeare*, Boston: Richard G. Badger, The Gorham Press, 1910

[60] Klein, David, *Literary Criticism from the Elizabethan Dramatists; Repertory and Synthesis,* New York: Sturgis & Walton Company, 1910

[61] Kramnick, Jonathan Brody, *Making the English Canon: Print-Capitalism and the Cultural Past, 1700–1770*, Cambridge: Cambridge University Press, 1998

[62] Levitt, Marcus C., *Early Modern Russian Letters: Texts and Contexts*, Boston: Academic Studies Press, 2009

[63] Lewinter, Oswald, *Shakespeare in Europe*, Cleveland: The World Publishing Co., 1963

[64] Lounsbury, Thomas Raynesford, *Shakespeare as a Dramatic Artist, with an Account of His Reputation at Various Periods*, New York: Charles Scribner's Sons, 1901

[65] Lynch, Jack, *Becoming Shakespeare: The Unlikely Afterlife that Turned a*

Provincial Playwright into the Bard, New York: Walker Books, 2007

[66] Macey, Samuel L., "The Introduction of Shakespeare into Germany in the Second Half of the Eighteenth Century", *Eighteenth-Century Studies*, Vol. 5, No. 2 (Winter, 1971–1972), pp.261–269

[67] Mann, Isabel, "The Garrick Jubilee at Stratford-upon-Avon", in *Shakespeare Quarterly*, Vol. 1, No. 3(Jul., 1950), pp.128–134

[68] Marder, Louis, *His Exits and His Entrances: The Story of Shakespeare's Reputation*, Philadelphia and New York: J. B. Lippincott Company, 1963

[69] Marsden, Jean I., ed. *The Appropriation of Shakespeare: Post-Renaissance Reconstructions of the Works and the Myth*, Hemel Hempstead: Harvester Wheatsheaf, 1991

[70] Marsden, Jean I., *The Re-Imagined Text: Shakespeare, Adaptation, & Eighteenth-Century Literary Theory*, Lexington: University Press of Kentucky, 1995

[71] Montagu, Elizabeth, *An Essay on the Writings and Genius of Shakespeare*, London: R. Priestly, 1810

[72] Mowat, Barbara A., "The problem of Shakespeare's Texts", in *Textual Formations and Reformations*, Laurie E. Maguire, Thomas L. Berger ed., Newark: University of Delaware Press, 1998

[73] Murphy, Andrew, *Shakespeare in Print: A History and Chronology of Shakespeare Publishing*, Cambridge: Cambridge University Press, 2003

[74] Nicoll, Allardyce, *British Drama*, New York: Barnes Noble, Inc., 1961

[75] Nicoll, Allardyce, *A History of Early Eighteenth Century Drama, 1700–1750*, Cambridge: Cambridge University Press, 1929

[76] Nicoll, Allardyce, *A History of Restoration Drama, 1660–1700*, Cambridge: Cambridge University Press, 1928

[77] Noyes, Robert Gale, *The Thespian Mirror: Shakespeare in the Eighteenth Century Novel*, Providence, Rhode Island: Brown University Press, 1953

[78] Odell, George C. D., *Shakespeare from Betterton to Irving*, Vol. 1–2, London: Constable, 1921

[79] Parfenov, Aleksandr Tikhonovich and Price, Joseph G. ed., *Russian Essays on Shakespeare and His Contemporaries*, Newark: University of Delaware Press, 1997

[80] Pascal, R., *Shakespeare in Germany, 1740–1815*, Cambridge: Cambridge University Press, 1937

[81] Pemble, John, *Shakespeare Goes to Paris: How the Bard Conquered France*,

London: Bloomsbury Academic & Professional, 2005
[82] Pepys, Samuel, *Diary and Correspondence of Samuel Pepys, F.R.S., Vol. 1–4* Philadelphia: John D. Morris & Company, 1900
[83] Price, Lawrence Marsden, *The Reception of English Literature in Germany*, Berkeley: University of California Press, 1932
[84] Reynolds, Joshua, *Discourses on Art*, ed. by Robert R. Ward, London: Collier-Macmillan Ltd., 1966
[85] Ritchie, Fiona and Sabor, Peter, ed., *Shakespeare in the Eighteenth Century*, Cambridge: Cambridge University Press, 2012
[86] Ritchie, Fiona, "Elizabeth Montagu, 'Shakespeare's Poor Little Critick' ?" in *Shakespeare Survey Vol. 45: Hamlet and Its Afterlife*, Cambridge: Cambridge University Press, 2002
[87] Rogers, Pat, ed., *Alexander Pope, The Major Works*, Oxford: Oxford University Press, 1993
[88] Ross, Trevor, *The Making of the English Literary Canon: From the Middle Ages to the Late Eighteenth Century*, Montreal: McGill-Queen's University Press, 1998
[89] Rovee, Christopher Kent, *Imagining the Gallery: The Social Body of British Romanticism*, Stanford: Stanford University Press, 2006
[90] Salaman, Malcolm, *Shakespeare in Pictorial Art*, London and New York: "The Studio" Ltd., 1916
[91] Schoenbaum, S., *Shakespeare's Lives,* Oxford: Clarendon Press, 1970
[92] Smith, D. Nichol, ed., *Eighteenth Century Essays on Shakespeare*, Glasgow: James MacLehose and Sons, 1903
[93] Spencer, Christopher, ed., *Five Restoration Adaptations of Shakespeare*, Urbana: University of Illinois Press, 1965
[94] Spencer, Hazelton, S*hakespeare Improved, The Restoration Versions in Quarto and on The Stage*, New York: Frederick Ungar Publishing Co., 1963
[95] Spingarn, Joel Elias, ed., *Critical Essays of the Seventeenth Century, Vol. 1-3*, Oxford: Clarendon Press, 1908–1909
[96] Spingarn, Joel Elias, ed., *Goethe's Literary Essays*, Oxford: Oxford University Press, 1921
[97] Steele, Richard, *The Tatler*, Vol. III, London: Whittingham, 1804
[98] Stone, George Winchester, Jr., "Shakespeare in the Periodicals, 1700–1740: A Study of the Growth of a Knowledge of the Dramatist in the Enghteenth Century", in *Shakespeare Quarterly*, Vol. 2, No. 3 (Jul., 1951), pp.220-232

[99] Swindells, Julia ang Taylor, David Francis, ed., *The Oxford Handbook of the Georgian Theatre 1737–1832*, Oxford: Oxford University Press, 2014

[100] Taylor, Gary, *Reinventing Shakespeare: A Cultural History, from the Restoration to the Present*, New York: Weidenfeld & Nicolson, 1989

[101] Thorn-Drury, George, *More Seventeenth Century Allusions to Shakespeare and His Works, Not Hitherto Collected*, London: P. J. and A. E. Dobell, 1924

[102] Vickers, Brian, ed., *William Shakespeare: The Critical Heritage, Volume 1–6*, London: Routledge, 1974–1981

[103] Walsh, Marcus, *Shakespeare, Milton, and Eighteenth-Century Literary Editing*, Cambridge: Cambridge University Press, 1997

[104] Wells, Stanley W. and Stanton, Sarah, ed., *The Cambridge Companion to Shakespeare on Stage*, Cambridge: Cambridge University Press, 2002

[105] Wells, Stanley, *Great Shakespeare Actors–Burbage to Branagh*, Oxford: Oxford University Press, 2015

[106] Williams, Simon, *Shakespeare on the German Stage, Volume 1: 1586–1914*, Cambridge: Cambridge University Press, 1990

[107] Woo, Celestine, *Romantic Actors and Bardolatry: Performing Shakespeare from Garrick to Kean*, New York: Peter Lang Inc., 2008

中文文献

[1] 哈罗德·布鲁姆:《西方正典:伟大作家和不朽作品》,江宁康译,南京:译林出版社,2005

[2] 陈中梅:《言诗》,北京:北京大学出版社,2008

[3] 亨利·菲尔丁:《弃儿汤姆·琼斯史(下册)》,张若谷译,重庆:重庆出版社,2008

[4] M. I. 芬利主编:《希腊的遗产》,张强等译,上海:上海人民出版社,2016

[5] 伏尔泰:《哲学通信》,高达观译,上海:上海人民出版社,2005

[6] 郝田虎:《发明莎士比亚》,载《江西社会科学》2014年第1期,第82—88页

[7] 郝田虎:《文艺复兴时期的札记书》,载《清华大学学报》2013年第4期,第146—157页

[8] 贺拉斯:《诗艺》,杨周翰译,北京:人民文学出版社,2008

[9] 贺拉斯:《贺拉斯诗全集:拉中对照详注本》,李永毅译,北京:中国青年出版社,2017

[10] 戴维·斯科特·卡斯顿：《莎士比亚与书》，郝田虎、冯伟译，北京：商务印书馆，2012
[11] 恩斯特·R.库尔提乌斯：《欧洲文学与拉丁中世纪》，林振华译，杭州：浙江大学出版社，2017
[12] 莱辛：《汉堡剧评》，张黎译，上海：上海译文出版社，1981
[13] 西德尼·李：《莎士比亚传》，黄四宏译，北京：华文出版社，2019
[14] 李伟昉：《说不尽的莎士比亚》，北京：中国社会科学出版社，2004
[15] 普希金：《普希金论文学》，张铁夫、黄弗同译，桂林：漓江出版社，1987
[16] 裘克安：《莎士比亚年谱》（修订版），北京：商务印书馆，2006
[17] 司汤达：《拉辛与莎士比亚》，王道乾译，上海：上海人民出版社，2006
[18] 劳伦斯·斯特恩：《项狄传》，蒲隆译，南京：译林出版社，2006
[19] 王元化编译：《王元化集（卷三）——莎剧解读》，武汉：湖北教育出版社，2007
[20] 韦勒克：《近代文学批评史》第一卷，杨自伍译，上海：上海译文出版社，2009
[21] 韦勒克：《批评的诸种概念》，罗钢等译，上海：上海人民出版社，2015
[22] 锡德尼：《为诗辩护》，钱学熙译，北京：人民文学出版社，1964
[23] 辛雅敏：《二十世纪莎评简史》，北京：中国社会科学出版社，2016
[24] 辛雅敏：《莎士比亚与古典文学传统》，北京：中国社会科学出版社，2021
[25] 亚里士多德：《诗学》，陈中梅译，北京：商务印书馆，2016
[26] 杨冬：《文学理论——从柏拉图到德里达》第三版，北京：北京大学出版社，2015
[27] 杨周翰：《十七世纪英国文学》，北京：北京大学出版社，1996
[28] 杨周翰选编：《莎士比亚评论汇编（上）》，北京：中国社会科学出版社，1979
[29] 特雷·伊格尔顿：《二十世纪西方文学理论》，伍晓明译，北京：北京大学出版社，2007
[30] 塞缪尔·约翰逊：《饥渴的想象：约翰逊散文作品选》，叶丽贤译，北京：生活·读书·新知三联书店，2015
[31] 章安祺编订：《缪灵珠美学译文集》，第一卷，北京：中国人民大学出版社，1987
[32] 中国社会科学院外国文学研究所外国文学研究丛刊编委会编：《欧美古

典作家论现实主义和浪漫主义(二)》,北京:中国社会科学出版社,1981

[33] 周兵:《新文化史:历史学的"文化转向"》,上海:复旦大学出版社,2012